U0474074

哈佛百年经典

史诗与传说

佚 名◎著
[美]查尔斯·艾略特◎主编
崔朝晖 / 罗伦全◎译

北京理工大学出版社
BEIJING INSTITUTE OF TECHNOLOGY PRESS

版权专有 侵权必究

图书在版编目（CIP）数据

史诗与传说 / 佚名著；崔朝晖，罗伦全译. —北京：北京理工大学出版社，2014.5（2019.9重印）

（哈佛百年经典）

ISBN 978-7-5640-8907-8

Ⅰ. ①史… Ⅱ. ①佚… ②崔… ③罗… Ⅲ. ①史诗–诗集–世界 Ⅳ. ①I12

中国版本图书馆CIP数据核字（2014）第037307号

出版发行 / 北京理工大学出版社有限责任公司
社　　址 / 北京市海淀区中关村南大街5号
邮　　编 / 100081
电　　话 / (010) 68914775（总编室）
　　　　　 82562903（教材售后服务热线）
　　　　　 68948351（其他图书服务热线）
网　　址 / http://www.bitpress.com.cn
经　　销 / 全国各地新华书店
印　　刷 / 三河市金元印装有限公司
开　　本 / 700毫米×1000毫米　1/16
印　　张 / 28.75　　　　　　　　　　　　责任编辑 / 钟　博
字　　数 / 426千字　　　　　　　　　　　文案编辑 / 钟　博
版　　次 / 2014年5月第1版　2019年9月第2次印刷　责任校对 / 周瑞红
定　　价 / 76.00元　　　　　　　　　　　责任印制 / 边心超

图书出现印装质量问题，请拨打售后服务热线，本社负责调换

出版前言

人类对知识的追求是永无止境的,从苏格拉底到亚里士多德,从孔子到释迦摩尼,人类先哲的思想闪烁着智慧的光芒。将这些优秀的文明汇编成书奉献给大家,是一件多么功德无量、造福人类的事情!1901年,哈佛大学第二任校长查尔斯·艾略特,联合哈佛大学及美国其他名校一百多位享誉全球的教授,历时四年整理推出了一系列这样的书——《Harvard Classics》。这套丛书一经推出即引起了西方教育界、文化界的广泛关注和热烈赞扬,并因其庞大的规模,被文化界人士称为The Five-foot Shelf of Books——五尺丛书。

关于这套丛书的出版,我们不得不谈一下与哈佛的渊源。当然,《Harvard Classics》与哈佛的渊源并不仅仅限于主编是哈佛大学的校长,《Harvard Classics》其实是哈佛精神传承的载体,是哈佛学子之所以优秀的底层基因。

哈佛,早已成为一个璀璨夺目的文化名词。就像两千多年前的雅典学院,或者山东曲阜的"杏坛",哈佛大学已经取得了人类文化史上的"经典"地位。哈佛人以"先有哈佛,后有美国"而自豪。在1775—1783年美国独立战争中，几乎所有著名的革命者都是哈佛大学的毕业生。从1636年建校至今，哈佛大学已培养出了7位美国总统、40位诺贝尔奖得主和30位普利策奖获奖者。这是一个高不可攀的记录。它还培养了数不清的社会精英，其中包括政治家、科学家、企业家、作家、学者和卓有成就的新闻记者。哈佛是美国精神的代表，同时也是世界人文的奇迹。

而将哈佛的魅力承载起来的，正是这套《Harvard Classics》。在本丛书里，你会看到精英文化的本质：崇尚真理。正如哈佛大学的校训："与柏拉图为友，与亚里士多德为友，更与真理为友。"这种求真、求实的精神，正代表了现代文明的本质和方向。

哈佛人相信以柏拉图、亚里士多德为代表的希腊人文传统，相信在伟大的传统中有永恒的智慧，所以哈佛人从来不全盘反传统、反历史。哈佛人强调，追求真理是最高的原则，无论是世俗的权贵，还是神圣的权威都不能代替真理，都不能阻碍人对真理的追求。

对于这套承载着哈佛精神的丛书，丛书主编查尔斯·艾略特说："我选编《Harvard Classics》，旨在为认真、执著的读者提供文学养分，他们将可以从中大致了解人类从古代直至19世纪末观察、记录、发明以及想象的进程。"

"在这50卷书、约22000页的篇幅内，我试图为一个20世纪的文化人提供获取古代和现代知识的手段。"

"作为一个20世纪的文化人，他不仅理所当然的要有开明的理念或思维方法，而且还必须拥有一座人类从蛮荒发展到文明的进程中所积累起来的、有文字记载的关于发现、经历以及思索的宝藏。"

可以说，50卷的《Harvard Classics》忠实记录了人类文明的发展历程，传承了人类探索和发现的精神和勇气。而对于这类书籍的阅读，是每一个时代的人都不可错过的。

这套丛书内容极其丰富。从学科领域来看，涵盖了历史、传记、哲学、宗教、游记、自然科学、政府与政治、教育、评论、戏剧、叙事和抒情诗、散文等各大学科领域。从文化的代表性来看，既展现了希腊、罗马、法国、意大利、西班牙、英国、德国、美国等西方国家古代和近代文明的最优秀成果，也撷取了中国、印度、希伯来、阿拉伯、斯堪的纳维亚、爱尔兰文明最有代表性的作品。从年代来看，从最古老的宗教经典和作为西方文明起源的古希腊和罗马文化，到东方、意大利、法国、斯堪的纳维亚、爱尔兰、英国、德国、拉丁美洲的中世纪文化，其中包括意大利、法国、德国、英国、西班牙等国文艺复兴时期的思想，再到意大利、法国三个世纪、德国两个世纪、英格兰三个世纪和美国两个多世纪的现代文明。从特色来看，纳入了17、18、19世纪科学发展的最权威文献，收集了近代以来最有影响的随笔、历史文献、前言、后记，可为读者进入某一学科领域起到引导的作用。

这套丛书自1901年开始推出至今，已经影响西方百余年。然而，遗憾的是中文版本却因为各种各样的原因，始终未能面市。

2006年，万卷出版公司推出了《Harvard Classics》全套英文版本，这套经典著作才得以和国人见面。但是能够阅读英文著作的中国读者毕竟有限，于是2010年，我社开始酝酿推出这套经典著作的中文版本。

在确定这套丛书的中文出版系列名时，我们考虑到这套丛书已经诞生并畅销百余年，故选用了"哈佛百年经典"这个系列名，以向国内读者传达这套丛书的不朽地位。

同时，根据国情以及国人的阅读习惯，本次出版的中文版做了如下变动：

第一，因这套丛书的工程浩大，考虑到翻译、制作、印刷等各种环节的不可掌控因素，中文版的序号没有按照英文原书的序号排列。

第二，这套丛书原有50卷，由于种种原因，以下几卷暂不能出版：

英文原书第4卷：《弥尔顿诗集》

英文原书第6卷：《彭斯诗集》

英文原书第7卷：《圣奥古斯丁忏悔录 效法基督》

英文原书第27卷：《英国名家随笔》

英文原书第40卷：《英文诗集1：从乔叟到格雷》

英文原书第41卷：《英文诗集2：从科林斯到费兹杰拉德》

英文原书第42卷：《英文诗集3：从丁尼生到惠特曼》

英文原书第44卷：《圣书（卷Ⅰ）：孔子；希伯来书；基督圣经（Ⅰ）》

英文原书第45卷：《圣书（卷Ⅱ）：基督圣经（Ⅱ）；佛陀；印度教；穆罕默德》

英文原书第48卷：《帕斯卡尔文集》

这套丛书的出版，耗费了我社众多工作人员的心血。首先，翻译的工作就非常困难。为了保证译文的质量，我们向全国各大院校的数百位教授发出翻译邀请，从中择优选出了最能体现原书风范的译文。之后，我们又对译文进行了大量的勘校，以确保译文的准确和精炼。

由于这套丛书所使用的英语年代相对比较早，丛书中收录的作品很多还是由其他文字翻译成英文的，翻译的难度非常大。所以，我们的译文还可能存在艰涩、不准确等问题。感谢读者的谅解，同时也欢迎各界人士批评和指正。

我们期待这套丛书能为读者提供一个相对完善的中文读本，也期待这套承载着哈佛精神、影响西方百年的经典图书，可以拨动中国读者的心灵，影响人们的情感、性格、精神与灵魂。

目 录 Contents

贝奥武夫　　　　　　　　　　　　001

罗兰之歌　　　　　　　　　　　　099

鞑德嘎旅店的毁灭　　　　　　　　245

沃尔松和尼贝龙根之歌　　　　　　291

埃达之歌　　　　　　　　　　　　379

贝 奥 武 夫
Beowulf

主编序言

当我们的日耳曼祖先从欧洲大陆迁移到英国时，他们带来了吟游诗人赞美君王和勇士英勇行为的英雄赞歌。《贝奥武夫》的第十六节就是一首在盛会上吟诵的短诗。也许早在七世纪，基督教被引入后不久，一位不知名的诗人开始收集这些叙事短诗并创作了史诗《贝奥武夫》。创作时，除了故事情节外，他还沿用了古诗的格律和体裁，但借用了多少原话却无从考证。他添加了大量的评论和思想，并自创了史诗的结构。他没有像前辈们那样借助竖琴吟唱来表达，而是撰写了一本可读的书。《贝奥武夫》不是民谣，而是一种有深度的艺术。

诗歌所叙之事发生在日耳曼民族跨越北海之前，特征之一是人物是真实的历史人物。海格拉克是丹麦王，于公元520年前被莱茵河畔的国家袭击并身亡，由于他是贝奥武夫的叔叔，这正好树立了我们这个时代的英雄榜样，但诗歌的事实是传奇而非史事。那些占据诗歌大量篇幅的与怪物和龙打斗的描写在很大程度上使那些已经模糊的历史人物的形象更加清晰。一些学者们认为诗歌中的人物事件就是神话，但我们不可否认，虽然神话元素是可以编织的，但诗人却认为他的诗中的英雄都是彻底的人类，而敌人是魔鬼野兽。关于这一点，直到今天欧洲大部分地区的农夫都还这样认为。

从格默尔所保留的大量原始基本格律、方言和头韵的翻译中，我们可以了解到古英语强烈的韵律。这一译本是来自十世纪流传下来的唯一一本手稿，现存于大英博物馆。

据说这首诗的首席材料来自大陆，那些展现日耳曼王朝的图片很可能是作者当时在英国所作。《贝奥武夫》之所以传承下来，除了它是日耳曼民族最早的具有丰富想象力的作品外，还因它在英国人统治英国的一个世纪里对英国文化和理想的人物的塑造具有特殊的价值。

查尔斯·艾略特

引子　丹麦早期的历史

各位注意了！我们已经听说，
在遥远的过去，用矛当武器的
丹麦国王是勇敢的，丹麦的
王公贵族们建立了丰功伟业。
斯基夫之子希尔德常常
从敌人手中和周围部落那里夺得领地。
当初他孤苦伶仃，如今却成了
威震四方的酋长，命运拯救了他。
他建功立业，财富剧增，
以致远近的部落主管们，
无不对他俯首听命，
对他巴结讨好：哦，好一个强大的国王！
不久，一位王子降临在他的王宫，
这是上帝给百姓的安慰，
以弥补黎民百姓长期无首领统率而遭受的苦难，
上帝赋予了他天底下最伟大的荣耀：

奇迹的创造者。

在斯堪的纳维亚领土上,

希尔德之子——贝奥[①]声名卓著,被人颂扬。

年轻的王子侍奉在父王左右,善待父王的朋友,

以便日后有忠诚的伙伴追随,

一旦战争爆发,他们将为他效命;

要想建功立业,要先有值得颂扬的行为。

他一直守望着那一时刻。

终于,强健的希尔德一命归天了。

遵照他的遗嘱,深爱着希尔德的

国人们把他抬到海边。

这位可敬的国王,

曾经长久地治理过这个国家。

港口停泊着布满花圈的灵船,

船身结着冰,正准备起航,

他们将可敬的首领放在船舱的正中央,

花圈的护理者靠近最大的桅杆,

来自远方的很多财富都是由他运输,

我从未听说过有哪只船舶

曾经装载过那么多的武器和甲胄,

那么多的护身甲和战刀;

他的胸前还堆放着大量的珠宝财物,

它们将随着他一起在海上漂流。

这些贵重的礼物是一笔巨大的财富,

他当初在襁褓中漂洋过海带来不少财宝,

这次他带走的礼品绝不比当初带来的少。

他们还在他的头顶竖起一面金色的旗子,

[①] 原稿为贝奥武夫,但与主人翁贝奥武夫不是同一人。当今学者多数认为这里应该是贝奥。

然后才让海浪将他卷进海洋。
他们是多么的悲伤!
无论是宫廷的智者还是天下的英雄,
没有人能确切地知道,
这一船财物落到了谁的手中。

一

于是贝奥接受了治理国家的重任,
在百姓心中,长久地享有盛誉,
直到他生下了伟大的哈夫丹,
这位一生勇猛贤明、备受百姓爱戴的君王,
他有三子一女:军事统帅西罗加、赫罗斯加
和勇敢的哈尔格,我还听说公主艾伦成了
奥尼拉的王后,那位骁勇的瑞典人的亲爱伴侣。

赫罗斯加在战场上捷报频传,
下属都乐意追随在他身后,
以致他的队伍越来越壮大,
于是他心中谋划建筑一座
规模宏大,令子孙后代引以为傲的大厅,
在那里,除了土地和人民之外,
他可以将上帝给予他的一切都
奖赏给身边的新老爱将。

我听说这一工程的命令被传达到四面八方,
众多部落奉命而来,
大家齐心协力共建这座大厅,
不久后,大厅按时落成。

如大家所期望的，
这是一座宏伟的殿堂，
他给这座大厅取名为"鹿厅"①。
他遵守诺言，宴席中他赏赐项链和珠宝。
大厦高高耸立，山墙宏伟壮观；
可它不知道一场仇恨的火焰
将会将它烧尽。
翁婿之间的一场血仇还未爆发②。
一个因嫉妒而仇恨的恶魔，
安营扎寨在黑暗之处，
每天他都听到大厅里欢声笑语：
竖琴弹奏，吟游诗人甜美的歌声。
他知道诗人吟唱着远古时代人类的故事，
造物主是怎样创造了地球，让田野不失雨露滋润，
如何成功地设置了日月，让它们以清明的光辉照耀人寰，
如何用树木和绿叶装点世界，
如何创造出各种各样的生命，
让他们能够呼吸，能够运动。
宫廷的人们就这样快快乐乐地生活着，
直到地狱的恶魔前来作恶，向他们挑起事端。
这恶魔叫格兰道尔，是塞外的漫游者，
占据着荒野和沼泽，统治着一片魔鬼出没的领土。
那里是该隐子孙的庇护所，
自从该隐杀害了亚伯，
造物主就严惩了他的后裔。
主厌恶这样的仇杀，也因此把他赶到

---

① 鹿象征王权。
② 为了避免仇杀，赫罗斯加将女儿嫁给敌国，但战争仍未能避免。鹿厅后来被火烧掉。

荒无人烟的边陲，从此那里滋生了
大量妖魔，有食人精、精灵、怪物，
还有巨人，他们长期与上帝抗争，
上帝给了它们应有的报应。

二

夜幕降临，恶魔来到大厅
偷看佩戴金环的
丹麦人是如何狂欢的。
他发现盛宴已经结束，
在场的人已经酒足饭饱，
此时正一个个地酣睡着，
他们哪里会知道自己的悲痛
与苦难即将来临。
这个残酷而又贪婪的恶魔，
急不可待地伸出野蛮而残忍的魔爪，
抓起30个正在酣睡的武士，
得意扬扬地返回他的居所。
第二天天刚破晓，
格兰道尔的暴行就赫然在目。
欢乐的夜宴迎来的是
清晨悲伤的号哭。
伟大的酋长、高贵的国王悲伤地坐着，
为失去的贤士而感到极其痛苦。
当看见恶魔留下的足迹，
他的灵魂充满了仇恨，
这场灾难实在太深重、太可恨！
然而，就在接下来的几夜里，

血腥的屠杀再一次发生,
这个恶魔对他的罪行毫无顾忌。
不难想象,人们连夜逃离自己的家园,
寻求安宁的地方并在那儿安家落户。
足够的证据表明灾难源自恶魔对大厅主人的仇恨。
所以,那些幸免于难的人,
一个个远走高飞。
于是,恶魔占据了大厅,以一敌众,
直到神圣的大厅变得空荡荡,
这样的日子是漫长的。
整整十二年,丹麦领袖历经苦难,
蒙受万般艰难和无限悲伤。
这些不幸的故事还被编进了歌谣,
令子孙后代无不知道
格兰道尔与赫罗斯加之间的争斗,
双方不共戴天,战争无休无止,
持续了无数个春秋。
恶魔不愿消仇解恨,
拒绝和丹麦人和谈或和平相处
或赔偿损失,明智的谋士们
都不指望他会为他的恶行做出补偿。
相反的,恶魔不断偷袭新老士兵,
在月黑的夜晚跟踪、引诱他们,
或者整夜潜藏在浓雾漫天的荒地;
没有人知道他会出没在哪里。
这独行者继续放肆,对世人的骚扰从未停止过,
夜幕一降临,他就侵犯那金碧辉煌的大厅,
使得王子无法坐上宝座,履行上天赋予的王权,
或者在大厅享受生活。

丹麦国王非常苦恼，心痛如刀绞。
众多王公贵族聚在一起商讨对策，
讨论如何派出最勇敢的武士去消除骚扰，
他们还向异教徒的神灵发誓，
祈求灵魂的屠宰者能拯救他们，使他们摆脱灾祸。
他们求助于异教徒，他们心里只想着地狱，
他们不知道上帝，不知道仲裁者，
不知道有万能的主，
不知道如何赞美天堂的保护者——光荣的王。
这是何等的不幸啊！
陷入困境的人竟然让自己的灵魂
投入烈火的怀抱，忍受失望的煎熬而不思出路！
好在他们死后能求得上帝的庇护，
能在天父那里得到友谊！

三

于是，哈夫丹之子整日忧心忡忡，
没有哪位智者能排解他的忧愁，
因为这场灾难降临在百姓身上，
它太残酷、太可憎、太漫长！
格兰道尔的暴行传到高特王国，
传到海格拉克的一位勇士那里。
这位英雄出身高贵、勇力过人，
在同时代人中可谓卓越超凡。
他让人为他准备好一艘快艇，
好让他跨过天鹅之路，去拜访
那位高贵的国王，因为他正需要有人出力相助。
勇士的行程是谨慎的，没有受到质疑，

虽然他们个个与他相处友善，
但他们也鼓励他，为他择定良辰。
他在高特队伍中挑选了
最虔诚和最勇猛的武士，
十四位壮士与他一同奔向快艇。
这位老练的水手很快
就把他的勇士们带到了海岸。
时辰一到，停泊在绝壁下的船只
立刻下了水，勇士们也争先恐后登上甲板，
潮水汹涌激荡，冲击着沙滩；
勇猛的武士们将闪光的盔甲、
珍贵的武器搬进了船舱；
船儿被推进深水，开始了备受祝福的航程。
船儿乘着海风，船首飞溅着浪花，
像一只在海面飞翔的鸟儿，
航行在大海的波涛中。
直到第二天，船头的武士见到前方的陆地、
闪烁的海岩、陡峭的山脉和突兀的岬角。
他们到达港口，航程已经全部结束。
高特的勇士们停泊好船只，快速上了岸，
身上的盔甲和战袍叮当作响。
他们感谢上帝，因为他们平安到达目的地。
当时，一位在岸边巡逻的丹麦哨兵，
发现这些盾牌金光闪闪、全副武装的勇士，
他非常焦急，急切想弄清楚这些人的身份。
这位赫罗斯加手下的将官挥舞着手中的长矛
驱马上前，厉声问道："什么人？
竟敢全副武装乘坐高大的战船
跨洋过海来侵犯我们的边界！

我一直守卫着这片海岸，
监视任何带着武器的部队乘船来
侵犯我们丹麦的领土，伤害我们的人民！
也从来没有像你们这样持盾的外来者，
敢明目张胆地闯入我的地盘，
你们回答不出这里士兵的号令，
也没有得到我的同胞们的批准。
不过，那位身披盔甲的武士，
他那英勇的气概，
在这个世界上我还从未见过，
他绝不是用武器乔装的武士，
从他的气质我敢断定他有出色的才干。
我向你保证，我必须弄清你们的身份，
我不能让任何间谍混入丹麦国土。
远道而来的陌生人和航海者，
请回答我的问题，越快越好：
你们来自哪个国家？"

四

领航者——武士的统帅庄严说道：
　"我们是高特部落的人，
是海格拉克国王的亲信。
我的父亲众人皆知，
他就是大名鼎鼎的艾克赛奥；
他在世数十年，现已寿终正寝，
但普天下的智者都深切地怀念他。
我们此次匆忙而来，是怀着诚意来
拜访你们的主公哈夫丹之子

——百姓的庇护人。请指示我们：
我们有很多差事，但最重要的事情
是拜见你们丹麦的主人，
我觉得此事不用保密。
你也一定知道，不知我们听到的传闻是否属实：
传说在丹麦人中出现了一个怪物，
在夜间做尽可怕的事情，
以伤害与屠杀百姓来宣泄令人恐怖的仇恨。
我此行的目的就是向赫罗斯加进言献策，
以便这位贤明的君王能除掉这一恶魔。
如果他能时来运转，摆脱恶魔的骚扰，
他就能心安理得地过平静的生活，
否则他将继续跟恶魔纠缠，
忍受恶魔对百姓的摧残，
只要那宏伟的大厅还高耸在丹麦的高地上！"
骑在马背上的哨兵毫不畏惧地回答道：
"每个有智慧的士兵只要能保持清醒的头脑，
那他就是能辨别是非，判断善恶的。
知道了你们是对丹麦国王友好的队伍。
上路吧，带上武器沿着我给你们指引的路前进，
我将吩咐我的同胞看管好你们的船只，
以免它落入敌人的手中，
你们那艘涂了焦油的船只
将被我们的士兵推到岸边忠实地守护，
直到那艘曲颈的木舟载着
勇猛的武士们穿过大海平安回到高特国土。
命运将保佑那些英雄平安无恙地经历战争。"
他们继续前行。船舱宽敞的木舟用缆绳系住，
稳稳地停泊在沙滩上。

镶嵌着黄金的带有野猪图案的
盔甲金光闪闪，闪烁的野猪似乎在为他们设防，
武士们一个个斗志昂扬，雄赳赳地前进着，
直到那金碧辉煌的王宫遥遥在望。
那是人世间最宏伟的建筑，离天堂最近，
里面住着雄踞一方的国王，
它的光辉照耀着方圆数里。
勇敢的向导指着闪光的宫殿，
告诉他们径直沿着大道走。
勇猛的武士掉转马头，对他们说道：
"我该跟你们说再见了，
全能的上帝会保佑你们平安！
我必须回到岸边，去监视入侵的敌人。"

五

武士们大步走在由石块铺成的大道上，
当他们跨进大厅，
犹如作战凯旋的勇士，
手里的盔甲闪闪发光，
战袍上的铁环叮当作响。
久航令人疲倦，他们把盾牌——他们的护身物搁在墙边，
然后坐在长凳上，
身上的盔甲和战袍叮当作响。
他们的武器成排放着，
那枪尖都是一色的青灰。
这样的武器值得勇士们使用！
一位高傲的丹麦人询问他们的家乡和种族：
"这些镀金的盾牌、灰色的盔甲、

护面的头盔和一大堆长矛，
你们是从什么地方带来的？
我是赫罗斯加的传令官和亲信，
我从未见过这么多勇猛的陌生人，
你们来求见赫罗斯加，不是避难，
而是为了抱负吧？"
那位在战争中显得很勇猛的武士准备回答，
可那位骄傲的戴头盔的高特人答道：
"我们是海格拉克的同桌伙伴，我叫贝奥武夫。
如果你们的国王，勇猛的王子能屈尊接见我们，
接受我们的问候，
我将当面向哈夫丹之子陈述我们此行的使命。"
温德尔人的酋长乌夫加，
以作战勇敢、足智多谋而远近闻名，
回答道："应你们所求，
我很高兴去请丹麦的国王和朋友——
那项圈的赐予者和著名的首领，
告诉他你们到此的目的，
并尽可能快地转达他的答复。"
他说完就立刻去见赫罗斯加。
白发苍苍的王者正坐在宝座上，
健壮的传令官直接来到他面前。
他知道他是一位优秀的侍臣！
乌夫加向他的国王汇报说：
"一帮高特人远渡重洋来到我们这里，
武士们称他们的首领叫贝奥武夫；
他们希望得到您的恩惠，
尊敬的陛下，他们请求您本人亲自接见他们，
请不要拒绝！这帮人是我们喜欢的那类，

尤其是那位领帅，更是气宇非凡！"

六

丹麦人的护卫者赫罗斯加回答道：
"这个人童年时我就认识，
他的父亲叫艾克塞奥，
高特王雷塞尔把女儿嫁给了他；
今天他勇敢的儿子来到我们这里。
我派去给高特人送礼的一位水手回来
说他在战场上非常英勇，
他一只手的力量可以
与三十位勇士的力量相当。
仁慈的上帝把他派到我们西部丹麦，
我希望他能消除格兰道尔所带来的凶险。
我要很好地感谢这位好心人。
赶快去把客人请进来，
让他们见我手下的一帮侍臣。
传我的话：丹麦人民欢迎他们的到来！"
乌夫加奉命来到大厅门口，传达了国王的旨意：
"我的主人传达这样的消息：东丹麦国的首领，
你们的祖先是一位不朽的英雄，
你们不畏险阻渡海前来，
他表示热烈的欢迎。
现在你们不必脱下盔甲
就可以直接面见赫罗斯加，
但会见期间盾牌和长矛留在这里。"
那位勇士站起来，强壮的伙伴围在他身边，
一部分人奉命留了下来看守武器。

在传令官的引领下,他们踏进大厅。
那位戴着头盔的英雄
一直走到大厅中央才止步。
贝奥武夫讲话了,身上的盔甲闪烁,
精致的勋章见证了铁匠的高超手艺。
"尊敬的赫罗斯加国王,我向您致敬!
我是海格拉克的外甥和随从。
少年时代我就立过很多功,
我早就听说过格兰道尔的恶行;
航海归来的人都说这是多么漂亮宏伟的大厅,
可是夜幕降临后,里面就空空荡荡,一片凄凉,
所以我的同胞们——那些机智勇敢的大臣们
建议我来拜见您——赫罗斯加,
因为他们知道我的想法和非凡的力量。
他们曾亲眼见到我从战场凯旋,
身上沾满敌人的鲜血,在一次战争中
就抓获了五个巨人,那是一场最残酷的血战。
还有一个晚上,我在波涛中历经艰难杀死许多海怪,
把怪物撕成碎片,为高特人报了仇。
这次,我想单独跟魔怪格兰道尔较量,
所以,我请求你——丹麦的国王,
希尔德子孙的庇护者,
武士的保护神和丹麦人的朋友,
千万不要拒绝我,
让我独自率领我的手下一起铲除这一恶魔。
我也听说一旦这个怪物发怒,
没有什么武器能对付。
因此,为了让我的主公——
海格拉克国王感到欣慰,

在交战中我不屑用刀枪盾牌，
只需空手作战，来个你死我活，
看死神最后带走谁。
我不否定，如果他赢了，
他会在大厅吞噬高特的子民，
就像以前吞噬高贵的丹麦人那样。
如果死神一定要拖我走，
你们不用埋藏我的脑袋，
因为他一定会让我血肉模糊，
带着我的尸体返回他的窝，
独自贪婪地吞噬。
你们不用为我的尸体费心！
如果打败了，请把这身漂亮的盔甲
交还给海格拉克国王，
因为它是雷塞尔的奖品，威兰德①的杰作。
上天注定这样，没法抗拒。"

七

丹麦的护卫者赫罗斯加说：
"为了建立功勋和过去的友谊，
我的朋友贝奥武夫，
你来这里援助我们。
你的父亲曾有过一桩大血仇，
他杀死了威尔夫人希塞拉夫。
高特国当时因为害怕战争
而没让他留在国内。

---

① 指古代斯堪的纳维亚人的冶炼神。

他于是越过波涛汹涌的海洋
投奔了光荣的希尔德子孙。
那时我还年轻,刚刚登基治理
这个疆域辽阔的王国、英雄会聚的城堡。
哈夫丹之子——我的兄长希罗加刚刚去世,
他比我优秀。
我用金钱化解了那桩血仇,
我派人渡海给威尔芬人送财宝,
你父亲从此与我结盟。

说起格兰道尔,我的心如刀绞!
他因仇恨而在大厅滥杀,
给我带来莫大的耻辱。
我的勇士们越来越少,
命运女神让他们一个个进入格兰道尔的魔掌。
当然,上帝定能阻止他的疯狂。
我的将士们在酒醉后会发誓要持刀剑守在大厅,
等待格兰道尔并与他一决胜负。
然而,第二天一早,又见大厅血迹斑斑,
长凳子上沾满血迹,
整个大厅随处可见凝固的血块。
我忠诚的卫士和朋友们被日益削减,
因为死神把他们一一带走。
请各位现在入席吧,也请你们
谈谈各自的想法和英雄的业绩。"
他们在大厅指定的位置坐下,
个个气宇昂扬,信心十足。
这时一位侍臣端来一只镀金的大酒杯,
给他们倒上美酒,

吟游诗人则放声歌唱，丹麦人

与高特人在一起狂欢，无不畅快！

八

坐在丹麦国王旁边的安佛斯——艾格拉夫之子做出了挑衅，

贝奥武夫，这位勇敢的水手深深地刺激了他，

他嫉妒天底下任何比他优秀的人，

"你就是布雷克的对手，

为了名誉在茫茫大海中游泳的贝奥武夫？

为了荣誉你深入大海探险，

为了面子你放纵生命？

没有人阻止你那可怕的举动，

无论是敌是友。

你用双臂拥抱大海的浪花，

用胳膊丈量海水，挥舞双臂。

寒冷的风暴击打着浪花，

你在大海的魔掌里挣扎了七天，

但结果还是他战胜了你，

因为他比你强大。

第二天一大早，当他到达希塞里姆海岸，

便又开始返程，回到布朗丁人可爱的家园，

那里有坚固的堡垒，有他的乡亲、城堡和财富。

比斯丹的儿子的自负一时得到满足。

如果你胆敢在格兰道尔身边待上一夜，

我认为你的结局是很糟糕的，

尽管你在其他战争中一次次胜利。"

艾克塞奥之子贝奥武夫说道，

"我亲爱的安佛斯，你说了那么多

有关布雷克的胜利,我想你肯定醉了,
我跟你说实话,我在海上
比其他任何人都强大,历险也更多。
当我们是孩子的时候我们打过赌——
那时我们确实年轻,用生命去大海冒险。
而且我们说到做到。
游泳时我们手里拿着宝剑,
用来保护自己以防鲸鱼的袭击。
它根本无法超越我游到前面,
但我也没能把它抛到身后太远。
我们在海上并肩前进持续了五天五夜,
直到汹涌的潮水把我们分开。
汹涌的海水,寒冷的天气,
犀利的北风,黢黑的夜晚,
一切都对我们不利,大海变得凶险无比。
海怪此时也被惹怒,
幸好有紧固的铠甲保护着我,
所以我没有遭到袭击,
那镶金的护胸甲帮我抵御了破坏者。
然而,一头凶猛的海鱼还是把我紧紧抓住,
拖进大海的深渊;
幸好,我用锋利的宝剑刺向那头海怪
并彻底杀死了那头海中巨兽。"

九

"其他海怪也频频向我攻击,气势凶猛,
但我不停地挥舞着手中的宝剑,与它们周旋。
它们想吞噬我这个受害者,

作为它们的美食。
然而，就在第二天早上，它们带着
致命的伤被冲到岸边，就此长眠不醒。
从那以后，它们再也不兴风作浪，
阻挡航海者的行程。
大海归于平静，从东方升起的上帝的明灯
使我看见了前方的陆地以及迎风的峭壁。
命运之神会拯救那些不甘失败的英雄的。
无论如何，我用我的宝剑杀死过九个海怪。
我也从未听说有谁像我那样经历过艰苦的夜战，
在海里经历过如此多的凶险。
然而我毫无损伤地逃出敌人的魔掌。
大海托起我，潮汐把我带到了芬兰的领地上。
我从未听说你也经历过这样的战斗，
无论你还是他都没有建立过辉煌的业绩——
我并不是要夸奖我自己，
你只杀过你的同胞兄弟，
也因此你将永远受地狱之苦，
你的聪明才智也救不了你。
跟你说实话，艾格拉夫之子，
如果你在战场上像你所说的那样勇敢，
格兰道尔不敢对你们的主公犯下这么多罪行，
也不敢把你们的大厅搞得大乱。
结果他发现他用不着害怕，
用不着警惕胜利的希尔德子孙的刀剑，
所以他强行掠夺，对你们丹麦人毫不留情，
他随心所欲，大肆杀戮，相信你们不会奋起反抗。
今天，我要给他证明高特人的勇气和自豪，
当黎明的曙光照耀大地，

那时，只要人们乐意，
就可以回到宴乐大厅享乐。"
财宝的赐主，白发苍苍的老英雄非常高兴，
丹麦人的国王有了希望。
贝奥武夫坚定有力的声音
给了他们安慰和安全感。
英雄们个个精神抖擞，笑逐颜开！
此时，打扮得珠光宝气的赫罗斯加王后
彬彬有礼地来到大厅问候在场的客人。
高贵的夫人首先将酒杯递与东丹麦王国的保护者，
并倒满酒，祝愿他享用美酒并永受爱戴。
赫罗斯加兴奋地接过酒杯一饮而尽。
丹麦人的主妇，穿金戴银的王后
端着酒杯走上前来向在场的新老侍臣一一敬酒，
然后她款款来到贝奥武夫面前。
她以优雅的语言向这位高特人的首领致敬，
感谢上帝了却了她的心愿。
她所希望的英雄终于可以让他们不再恐惧。
勇猛的武士接过王后手中的杯子，
他已做好准备，随时可以作战。
艾克塞奥之子贝奥武夫说道：
"当我和我的伙伴下海跳进船舱的那一刻起，
我就下决心要解救你们的人民，否则就
死于敌人的魔掌中。
要么让我创建英雄的业绩，
要么让我在这大厅见证我的末日。"
这些话在王后看来就是战争的誓言，
她非常满意地坐在国王身边。
大厅里再次响起热烈的交谈声，热闹非凡，

直到哈夫丹之子赫罗斯加发布安寝的旨意。
他知道欢乐的大厅等待着一场战争，
当他们看不到白昼的光芒时，
当黑夜吞噬整个欢乐大厅时，
苍穹下黑色的幽灵蠢蠢欲动，准备行凶作恶。
所有的人都激动地站了起来，
赫罗斯加为贝奥武夫喝彩，
祝他福星高照，看管好这个宴乐大厅。
他说道："当我能挥舞刀枪时，
我不相信任何人能守护好这个雄伟的大厅。
现在只有你才值得托付。
守护好这个雄伟的建筑，利用你的英明，
表现你的勇猛，严防敌人的侵犯。
在今晚的战争中你若能安然无恙，我将重赏你。"

十

于是，丹麦人的保护者赫罗斯加
率领他的大臣离开了大厅。
国王与他的王后欣然地同床共枕。
光荣的国王已派出一名卫士去对付格兰道尔，
他是国王的护卫者，关注着魔兽的一切。
这位高特王子是值得信任的，
他的勇气、他的力量都是上帝赏赐的。
他脱下战袍，摘下头盔，
与那把纯钢制作的宝剑一起
交给了一位卫兵，并叮嘱他看好这些武器。
这位勇猛的贝奥武夫在上床之前说道：
"在战争中，无论力量还是本领，

格兰道尔都不是我的对手,
我就算不用武器,他也不会是我的对手。
我将取他性命,因为他根本不懂与我交战的技巧。
他会对我穷凶极恶,在战争中表现凶狠。
在今晚的战争中,我们将徒手作战。
如果他空手而来,就让万能的上帝,
神圣的上帝来做裁判,因为上帝是公平的。"
勇士躺下身子,把他的头放在枕头上,
与他同行的水手们都在大厅的床上依偎着躺下,
大家认为从此以后他们再也回不到可爱的家乡,
见到可爱的乡亲和养育自己的土地。
他们非常清楚,在这宴会大厅,
死于非命的丹麦人不计其数。
然而,主已为他们编制了战争的福利,
为高特人带来了舒适和帮助,
保证凭借一人的神威,
依靠他个人的力量战胜敌人。
这说明一个事实:上帝永远掌控着人类的命运!
幽灵来了,守卫大厅的勇士们除了贝奥武夫外,
其他都酣然入睡。
众所周知,只要主不答应,
恶魔无法把任何人拖进黑暗的深渊。
贝奥武夫怀着满腔的愤怒,
清醒地等待着和恶魔决一死战。

十一

格兰道尔带着上帝的怒火,
走出雾气腾腾的沼泽地。

可恶的恶魔决心要在雄伟的大厅杀掉生灵。
他在云雾中潜行,直到清楚地看到
那金碧辉煌的大厅——财物的宝库。
这已不是他初次造访赫罗斯加的门户了,
然而在他一生中,不迟不早,这还是
他第一次遇到这么多勇猛的大厅武士!
没有灵魂的恶魔急切地来到大厅,
他一拳打开被铁环紧锁的大门,
杀气腾腾地踏上洁白的地板,
眼里流露出可怕的光芒,
就像燃烧的火焰。
他看到大厅里躺着许多人,
一大班亲信武士挤在一起,睡得正香。
可恶的恶魔盘算着天亮以前
让每个人的生命与肉体分离,
幻想着一场等待他的盛宴!
然而,命运之神不允许他自那晚后再抓获人类作美食。
海格拉克的亲信(贝奥武夫)
正密切地注视着这个被诅咒的敌人,
看他如何进行毁灭性的进攻。
只见他一刻也不迟疑,
迅速抓起一位沉睡的武士,
撕裂他的躯体,咬断他的骨头,
吮吸他的鲜血,吞食他的肌肉。
很快地,这已经没有生命的躯体
从头到脚被他吃得精光,
然后他的手又伸向下一个目标,
他的手触碰到床上的英雄,
于是他伸出了魔爪。

然而，斜躺着的贝奥武夫
迅速而又有力地抓住了恶魔的手臂。
恶魔很快发现在世间，在这广袤的大地上，
他还没有遇到过与他臂力相当的对手。
他开始发自内心地惧怕，
但他无法逃跑，他多么想逃回
恶魔的窝巢，他的堡垒，
但他现在什么也做不了，不像过去了。
海格拉克的外甥（贝奥武夫）
想起晚上他发过的誓言，
随即一跃而起，紧紧抓住恶魔，
而他的手指咔嚓断裂。恶魔要逃走，
武士紧随其后。恶魔想着逃跑，
返回他的沼泽地。他也知道他的手指
在可怕的人手里。恶魔的此次鹿厅之行
真是够晦气的！大厅里响声震天动地，
所有的人，包括城堡的居民，
所有的亲信大臣都心存恐怖。
两位对手怒火冲天，生死搏斗，
格斗声在大厅回响。奇迹的是宴乐厅
在他们的打斗中仍然坚固，没有倒塌。
也亏得它里里外外都由铁环加固，
我也听说，当他们俩搏斗时，
许多镶嵌着黄金的宴会凳子被压坏。
聪慧的丹麦人哪曾想过
竟有人有如此大的力气，
能将用骨头装饰的凳子折断，
除非是用火来吞没它。格斗声越来越大，
北丹麦人大为恐慌，听到墙边传来的

号哭声，一个个毛骨悚然。那是上帝的
仇人在唱哀歌，战败的痛哭，是地狱的
奴隶因痛哭而发出的号叫。
贝奥武夫一直紧抓不放，
他的力量真是没有可比性。

十二

武士的庇护人无论如何也不愿意
让这个嗜杀成性的外来者活着逃走，
他的生存对地球人来说只有害而无利。
贝奥武夫的手下挥舞着手中的宝剑，
只要能保护他们的首领，王子的安全，
他们就什么也不顾地全力以赴。
这些勇士们四面围攻，
力争最快夺取他的性命，
但出乎他们意料的是还没有
一件武器或宝剑能收拾这个可恨的恶魔。
他有护身的魔法，任何武器对他都无效。
然而，他在那天的死是注定了的，
他这次无法保住他的性命。
他的灵魂正在走向地狱。
他也发现，他先前犯下的恶行，
对上帝的冒犯，对众多百姓的杀戮，
这一切都将在今天一起被清算。
如今他发现身体使不上劲，
因为海格拉克的亲信紧紧地抓住他，
彼此都极力想置对方于死地。
可恨的亡命之徒已痛苦难忍，

他的肩膀上豁开一个大口子，
筋肉绽开，锁骨已经断裂。
战胜的荣耀是属于贝奥武夫的，
格兰道尔现在只得带着致命的创伤
匆忙逃回他那阴暗的沼泽地。
他知道自己的生命已经到了终点。
经过这场血战，丹麦人的好日子来了。
这场野蛮的战争保全了大厅，
那些智勇双全的勇士们
使大厅恢复了它的风采。
那次夜战使贝奥武夫十分自豪，
因为他兑现了自己的诺言，
勇敢的高特人从此减轻了
丹麦人的灾难和痛苦，
历时长久的战争和灾难就这样被消除了。
为了见证，勇敢的武士们在大厅
将格兰道尔的手背和肩膀
架成三角形来取笑嬉戏。

十三

第二天一早，我就听说
很多武士聚集在大厅周围，
远近的部落首领也赶来看
这一奇迹和恶魔留下的脚印。
当他们看到那野蛮的恶魔走过的痕迹，
了解他失败后带着满身伤痕，
拖着垂死的步伐懊恼地逃回他的水巢。
人们发现那里波涛汹涌，血泡沸腾，

他必死无疑，但无人同情他。
他在沼泽地的兽窝里结束了自己的生命，
交出异教的灵魂，下了地狱。
看毕，久经考验的将士们心情愉快地折回鹿厅，
其中很多年轻人骑白马，
一路上激动地谈论着贝奥武夫的荣耀，
大家一致认为，无论东西南北，海内海外，
天底下，再也没有比贝奥武夫更强壮，
更善于治国安邦的勇士了。
他们也没有责备他们深爱着的恩主
赫罗斯加的意思——他是个好国王。
武士们快马加鞭，
在平坦的道路上你追我赶比试骑艺。
不一会儿，一位国王的随从
吟唱起一些古代的历险和武功的诗歌，
以及自己临时编撰的诗歌。
很快，他又开始吟诵贝奥武夫，
用优美的文字叙述他的好战行为
和丰功伟绩。
他同时还歌唱了西格蒙德，
歌颂他的英雄业绩，
后代人对这位威尔士王子一概不知，
不知道他有许多奇闻逸事，
包括他的游历和武功事迹，
都不为部落人员所知。
西格蒙德曾把自己的经历
全部告诉过他的外甥菲特拉，
甥舅两人同甘共苦，
在战场上互相照应。

他们用手中的剑,
曾征服过许多巨人部落。
当西格蒙德去世后,
他的善战名声远扬,
称颂这位勇猛的武士杀死毒龙——
财宝的卫士。那次菲特拉不在身边,
这一王子独自来到藏宝的岩石下,
留下了勇敢的行为。
他的宝剑刺穿了那奇特的毒龙,
他那最好的刀片甚至穿过毒龙,
扎进它背后的墙壁上。
毒龙死在血泊中。
勇敢的战士成功地消灭了
可怕的毒龙,获得大量宝藏。
威尔士之子把这些金光闪闪的
金银财宝装进他的小船,
而这条毒龙却一命呜呼。
在周围远近部落中,
自海勒摩德[1]的英雄本色减退后,
西格蒙德成了最有名的英雄,
他作为勇敢的武士保护神的
名声与日俱增。
而海勒摩德则被朱特人出卖给敌人,
很快就丢了性命。
而西格蒙德历经千辛万苦,
为百姓做了很多善事,
从而赢得众人的喜爱和牵挂。

---

[1] 丹麦国王,暴君。

许多人曾为他痛哭流涕，
为这位勇士的离去而悲伤。
他们希望他能够继续保护人民，
也希望他能一帆风顺，
可以继承父亲的王位，继续保护百姓，
包括他们的财产和城堡，
保卫英雄的领地，
希尔德子孙的家园。
故事唱到这里，海格拉克的亲属
让人感到更为亲切，
而海勒摩德则罪孽深重。
他们继续策马前行，奔驰在沙石路上。
此时，东方的太阳已高高升起。
勇士们争先恐后涌入大厅，
争着观看这桩奇迹。
赫罗斯加国王——财宝的看管人，
头戴王冠，在一帮壮士的陪同下
从寝宫走出来，王后陪同着他，
还跟着一班侍女，
气宇昂扬地踱着方步来到宴乐大厅。

十四

赫罗斯加进入大厅站在台阶上，
抬眼望着金碧辉煌的屋顶，
发现了格兰道尔的手背，他说：
"眼前的景象使我不得不感谢全能的上帝！
格兰道尔让我吃尽了苦头，
但上帝——光荣的庇护者从奇迹中再创奇迹。

当这座美丽的大厅被血腥的屠杀
折腾得污秽不堪，令我的臣民伤心绝望时，
我也不敢期望有朝一日能摆脱这样的困境。
因为没有人觉得他有足够的力量来
保卫这座人民的城堡，
让它免遭敌人的侵犯、妖魔的蹂躏。
而今在上帝的帮助下，一位勇士
帮助我们完成了我们以前无论
通过诡计还是智慧都无法完成的伟业。
无论哪位母亲生下这么优秀的儿子，
只要她还活着，在她生这个小孩时，
上帝肯定给予了好处。
噢，贝奥武夫，我伟大的英雄，
我将把你当作自己的儿子来爱护，
请接收这份亲情吧！
这世上凡是我所有的，
就不会让你缺少。
平时，战士们获得的小成绩和小功勋，
我都会慷慨地给予各种奖赏，
现在你用你的壮举取得了这样的伟业，
你的荣耀值得永世长存。
但愿上帝能像以前那样
给予你最美好的回报！"

艾克塞奥之子贝奥武夫说：
"在这场战斗中，我们心甘情愿豁出命去，
大家无所畏惧地与敌人厮杀，
真希望你当时在场目睹
你的仇敌是如何死亡的。

要不是他脱身逃跑,
我将用我的铁腕把他
牢牢捆绑在灵床上,让他在我的
掌控中苦苦挣扎着死亡。
但我没能阻止他逃跑,
因为主不让我那么紧紧地抓住他,
而且,那家伙也很有力气,
为了逃命他留下了他的手背和肩膀,
不过他无论如何也得不到饶恕,
他也活不了多久,可恶的敌人罪恶深重。
就像不法之徒在等待严正的判决,
严明的主会给他应有的惩罚。"

恶魔的爪子被高高挂在屋顶,
武士们一个个抬头观看,
喜欢炫耀自己在打斗中勇猛的
艾格拉夫之子①此时也变得很安静。
那恶魔的指甲,那个钢铁般坚硬的指甲,
就是那异教徒的枪矛!
武士们都害怕这样神秘的利器。
他们说任何锋利的武器
都无法对付他那血腥的利爪。

十五

鹿厅接到了命令要求重新装饰。
男男女女们都开始布置宴乐厅和迎宾大殿。

———————
① 经常嘲笑贝奥武夫的安佛斯。

门架上金碧辉煌，墙上也装饰着布格。
许多奇观展现在人们眼前。
尽管大厅里面很多铁环紧扣，
但明亮的大厅还是遭到严重的损坏。
门锁已坏，只是整个屋顶还完好无损，
因为当时那作恶多端的恶魔
已陷入绝境，只顾逃命。
不过，逃命也绝非易事，谁愿意可以试试！
一个人命中注定要去寻找归宿，
那是专为大地的居民、灵魂的负荷者、
人类的子孙准备的居所。
人生的宴席一旦结束，
人的躯壳就得在自己的灵床上休息。
哈夫丹之子准时进入大厅，
国王要亲自参加这次宴会。
我从未听说哪个部落有如此多的
臣民聚集在财富的赐予者周围。
勇敢的武士们个个兴奋地坐在长凳子上，
等待着宴会，大厅里赫罗斯加国王
和赫罗索夫①也情不自禁地频频举杯畅饮。
鹿厅里挤满了四方客人，
希尔德子孙根本没有料到叛徒的阴谋②。
作为胜利的嘉奖，哈夫丹之子
赠给贝奥武夫一面镀金的战旗，
一个头盔和一副护胸甲。
许多人还看到一把珍贵的宝剑被送到英雄手里。

---

① 赫罗斯加的侄子。
② 赫罗索夫在赫罗斯加死后，曾发动叛变，篡夺王位。

贝奥武夫当众喝下一杯酒。
他当着那些勇士的面接受这份厚礼是理所当然的。
我很少听说有谁会在宴会上
友好地赠送珍贵的带金的四件礼物。
那头盔顶端有一个钢丝扎成的冠顶，
用来保护头部。
戴上这样的头盔，勇猛的武士
在战场上与仇敌厮杀，
锋利的刀刃就伤不了他。
百姓的庇护者又传来命令，
将八匹装备齐全的骏马牵进宴乐大厅，
其中一匹马的马鞍上装饰着闪闪发光的珠宝，
原来，这匹马是国王的坐骑。
哈夫丹之子曾经骑着它在战场厮杀。
即便尸横遍野，他也不放松警惕。
国王把象征正义和力量的骏马和武器
送给了贝奥武夫，
并叮嘱他要好好享用这两件宝物。
伟大的国王用良马和财宝
酬谢英雄所立下的奇功，
谁不说这是应该的呢？

十六

国王又向那些与贝奥武夫
一同渡海而来的武士赠送
传世之宝和珍贵的礼物。
他还下令给予一笔黄金，
作为对先前被格兰道尔残害的勇士的补偿——

如果没有智慧的上帝的庇护，
没有贝奥武夫的勇敢，
更多的生命将会毁于恶魔格兰道尔手中。
创世主一如既往地掌握着人类的命运，
所以他总是小心谨慎，深谋远虑。
他也会面对喜怒哀乐，
只要活在世上，就不可避免会有冲突。
此时，歌乐声响起，吟游诗人当着哈夫丹之子
赫罗斯加的面弹唱起竖琴，这增添了
宴乐厅的欢乐气氛。他也讲述了
芬恩①部属的事迹，当灾难来临时，
哈夫丹的英雄赫纳夫②命中注定
在弗罗西亚的战场丧命。
希德贝尔③没有必要称赞弗里斯兰人的信义：
两者都是无辜的，但战争使她失去了
她最亲爱的人——儿子和兄弟，
他们命中注定死于刀剑。多么不幸的女子！
没有人怀疑霍克的女儿会哀叹残酷的命运，
因为第二天一早，她就看见自己的主人
被杀害。她先前享受着人间最美好的幸福。
可是一场血战让芬恩的部属损失过半，
幸存者寥寥无几。他没有足够的力量与
亨格斯特④继续较量，也没有能力赶走国王的部将，
他只能保存幸存者的性命。
于是他们讲和了：给丹麦人腾出一座配有

---
① 朱特部落酋长。
② 丹麦部落酋长。
③ 丹麦王霍克之女，赫纳夫的姐姐，芬恩之妻。
④ 赫纳夫手下的将领。

厅堂和宝座的大厦，他们可以与朱特人的子孙
各占宫廷的一半。福克华尔德之子①还必须
每天犒赏丹麦人，向亨格斯特的大臣赠送财宝，
就像他以前在雄伟的大厅犒赏他的弗罗西亚同胞一样。
他们都在各自利益的基础上签订了和约。
芬恩向亨格斯特发誓，表示他会遵照和约，
在智者的帮助下，尊重和爱护那些幸存者，
决不让任何人用语言和行为来破坏和约，
也不许阴谋挑衅或诋毁，虽然丹麦人失去了国王，
追随了杀死他们主公的凶犯，
但他们是出于无奈不得不这样做的。
如果有人不怀好意，唤起血腥的仇恨，
那他的嘴将由刀剑来封住。
葬礼准备完毕，金色的黄金从宝库中搬出，
丹麦最杰出的武士被抬上了柴堆。
柴火堆上堆放着许多盔甲，每一件都血迹斑斑，
头盔上的野猪徽章闪闪发光，
很多人被刀剑锁上，然后死亡。
希德贝尔命令属下把她儿子的尸体
抬上柴堆，与他的舅父赫纳夫并排，
一起火化。王后悲痛地哭泣。
武士的尸体被放在中间最高的柴火上，
熊熊火焰在山丘上咆哮，火焰烧开尸体，
血花四下飞溅。焚化尸体的火焰吞噬了
贪婪的精灵，那些没有向战争屈服的灵魂，
此时他们的意志和荣誉，
都将随着焚烧尸体的火焰化为乌有。

---

① 即芬恩。福克华尔德是芬恩之父。

十七

失去伙伴的武士们迅速返回故里，
去守护自己的家园和城堡。
亨格斯特与芬恩在一起度过了一个
可怜的冬天，死亡的场景总在他
脑海浮现。遵照和约，虽然他怀念家乡，
但他不能驾驶嵌金的帆船漂洋过海。
现在海上狂风暴雨，严寒已将海水封冻，
直到新的一年来到人间，
阳光明媚的季节即将来临。冬天已经过去，
春天已经来临，流浪者非常高兴他可以
返回故乡。虽然他更想报仇而不是
航海，他想如何能迅速地与弗罗西亚人的子孙
决一死战。他要逃避的不是一般的命运。
当亨拉夫之子[①]将那把闪光的宝剑——
朱特人熟悉的刀刃放到他的膝盖上[②]，
他心中满是怒火。
就这样，残忍的屠杀又降临到
芬恩身上——他的家乡成了战场。
古德拉夫和奥斯拉夫[③]
漂洋过海来斥责那无情的屠杀和伤害。
芬恩的情绪已摇摆不定。

[①] 亨拉夫的儿子（1143）：一说亨拉夫是古德拉夫和奥斯拉夫的兄弟，在芬恩堡阵亡。古冰岛语《希尔德王朝沙迦》片段第4章里，三兄弟同为丹麦第一国王所生。
[②] 亨拉夫死于朱特人之手，其子把死者的宝剑放在亨格斯特的膝盖上，请求他为他父亲报仇。
[③] 亨拉夫的兄弟。

宫廷被鲜血染红,芬恩及其部下被杀,
王后被俘。丹麦人的武士把国王的财富,
包括项链和各种珠宝,凡是在芬恩家找到的,
全部装船运走。
他们把王后押运上船回到丹麦——她自己的领土。
游吟诗人的故事已经讲完,欢宴再次开始,
场面非常热闹。侍者们从精制的酒缸中倒出
美酒。王后维瑟欧挂着金项链,优雅地来到
叔侄两人面前,他们俩当时还很亲密,
能以诚相待。能言善辩的安佛斯也坐在国王身边,
大家相信他非凡的勇气,虽然在战斗中他有愧于
自己的同胞。王后说话了:
"请喝下这杯酒,我的皇上陛下,
财富的赐予者,祝你心情愉快!
把最美好的祝愿献给高特人,与他们友好相处,
你有许多礼品,请你多留意。
有人告诉我,你想收养那位英雄为儿子。
现在鹿厅已打扫干净,金碧辉煌。请大方地
赏赐各种奖品吧,在你去天堂报到之前。
我肯定仁慈的赫罗索夫将会忠心辅佐你的勇士[①],
如果你——丹麦人的王子先一步离开这个世界,
我想他会很好地报答我们的孩子,他会记得在
他无助时,我们如何帮助他使他获得幸福和荣誉。"
然后她转身走向她的两个儿子——赫里斯雷克
和赫罗斯蒙德,以及年轻的武士们,勇猛的
高特武士贝奥武夫就坐在两兄弟中间。

---

① 指他们的儿子。

十八

王后把酒杯端到他面前，友好地向他表示敬意，
她向他赠送手镯、盔甲、戒指和世上绝无仅有的
大项圈。我还从未听说过天底下有比布罗辛的
项圈①更珍贵的宝贝。它是哈马②连同宝盒一起带来的。
他逃脱了艾曼里克③的阴谋，
得到了永久的特权。高特国王海格拉克——
斯华丁的孙子在最后一次历险中将它戴在身上④，
在战旗下保卫战利品。然而，
当他向弗罗西亚人挑衅战争时，
命运之神夺走了他的性命。
他携带这些珠宝漂洋过海，
却死于自己的盾牌下。
他的尸体落在法兰克人手里，
包括盔甲和华丽的项圈。
贫庸的武士获得了奖品，
战场被洗劫后，到处是高特人的尸体。
宴乐厅里再次响起一片欢呼声。
维瑟欧站在武士中间说道：

---

① 布罗辛的项圈据说为女神弗蕾娅的宝物。
② 哈马是沙迦中的人物，因触怒艾曼里克流浪了整整二十年，到处掠夺暴君的财富，最后入修道院悔罪出家，交出全部珍宝，但传说中并无他盗项圈一事。
③ 东哥特王艾曼里克（卒于约375年）。他一度称霸，几乎可以和古代亚历山大皇帝媲美。后来他将一反叛部落首领的妻子苏尼尔达五马分尸，被她兄弟行刺，成了残废。匈奴人压境时，他自度无力率兵抵抗，就自杀了。艾曼里克在传说中成了贪婪、凶残、反复无常的暴君。例如在《西德列克沙迦》中，他因强奸亲信谋臣美貌的妻子而受到算计报复，竟马踩亲生儿子，绞死一对外甥。
④ 贝奥武夫回国后，把项圈献给了国王海格拉克，这里所叙述的故事发生在海格拉克得到项圈以后。

"收下这个项圈,亲爱的贝奥武夫,
年轻人,请享用这套盔甲,它是皇家的财富,
祝你兴旺发达!发扬你的勇力,请费心教导
这两个孩子,我会奖赏你!
你将因你的功绩而英名远扬,
就像海风一样飘扬。
高贵的王子,虽然你的生活已经十分富有了,
我还是要祝你拥有更多的财富。
请你厚待我的儿子,让他们快乐!
这里的每个人都很真诚、善良,
都忠于自己的国王。
大臣们都很友好,服从命令。"
王后回到自己的位置。宴席真够丰盛,
大臣们开怀畅饮。他们不知道夜幕降临,
赫罗斯加回宫安息后,残酷的命运又将
降临到他们头上。大厅如以前那样由一班
勇士守卫。他们把凳子搬到一边,
在地上铺席而眠。其中一武士躺下就面临大难。
他们金光闪闪的盾牌放在枕头边,高大的头盔、
带环的胸甲以及坚固的长矛放在长凳上。
他们已经养成随时准备作战的习惯,
无论是在家里还是野外,
他们都听从国王的命令,
丹麦不愧为一个伟大的民族!

十九

他们进入了梦乡。其中一个却度过了悲哀的最后一夜。
就像从前格兰道尔袭击宴乐厅一样,他遭到了残杀。

很快真相大白，人们也是后来才知道，在经历了那场
血战后，还有一位复仇者活在世上。
格兰道尔的母亲，那个女妖、恶魔
念念不忘她的悲伤。她命中注定生活
在那阴冷的水府，寒冷的水乡。自从该隐用
锋利的刀剑杀害了自己的兄弟——父亲的儿子，
他虽然逃脱了法律的制裁，但是由于那桩罪恶，
他不得不流浪于荒郊野岭，从而失去了人间快乐。
他生下十恶不赦的恶魔一族，
格兰道尔即是这样一位可恶的恶魔，
可恨的顽敌，最后他落到了鹿厅一位守夜者的手中。
恶魔突然扑过来，用魔爪紧紧地抓住他，
然而，他牢记自己的神力，
万能仁慈的主赐予他的天赋和恩泽
令他征服了仇敌，恶魔落荒逃走，
绝望地去寻找他的葬身之地。
而他的母亲，凶狠贪婪的女妖，
铤而走险，为她的儿子复仇。
她来到鹿厅，丹麦人仍在睡梦中。
格兰道尔的母亲破门而入时，
不幸又降临到武士们身上。
不过，女妖的袭击不太可怕，
因为女人的力量不如全副武装的男子，
他们在战场上挥刀弄剑，凶猛地
劈砍对方头盔上的野猪图案。
那种场面真让人害怕，
大厅里，武士即刻从长凳上拿起刀剑，
手握圆盾，由于心慌而忘了
戴上头盔，穿上戎装。

女妖也很慌张，准备着一旦被发现
就忙于脱身保全性命。然而她迅速
地抓起一名武士就匆忙返回
她的沼泽地。被抓走的武士，
是一名光荣的战士，也是天底下
所有武士中最受赫罗斯加宠爱的一个。
贝奥武夫当时不在场，受奖后
他被安排在另外一间屋子里休息。
鹿厅里传出震天的哀号，曾经在大厅展示的
血迹斑斑的魔爪也被女妖带走。
这是一个可怕的交易，因为双方
都失去了自己最亲爱的人。
当白发苍苍的国王得知那位
高贵的大臣，他最宠信的扈从已没命时，
他非常痛心。
于是，战无不胜的勇士，
贝奥武夫一大早就被请到鹿厅，
国王在那里等着他，想知道这位
全能的武士能否改变这种局面。
战争中出名的武士与他的随从
大踏步进入大厅。
他向英明的国王表达问候：
昨晚是否平安度过？

二十

丹麦人的护卫者赫罗斯加说：
"别问我是否平安！悲伤又笼罩着
丹麦国王。叶曼拉夫的长兄，

我贤明的谋士,昔日战场上
我们并肩作战,头戴盔甲与敌人拼搏。
值得每个士兵尊重的英雄士兵!
可今天在这大厅,凶残的精灵把他杀害,
我不知道这恶魔将他带到哪里享用。
今天她是复仇而来——昨晚你用铁掌
将格兰道尔处死,因为他在很长的一段时间里,
一直残杀我的百姓。在战斗中他丢了命。
现在又来了另一位敏锐残酷的急切想
报仇的恶魔,又是一场血战。
所以我们每个武士都在内心哀悼,
我们又失去了一位财富的分享者。
那双支持过你,如此有力的双手,
如今已无力地垂下了。
我听这里的居民、我的大臣们说过,
他们曾在荒郊野岭看到过两个
身材魁梧的异族精灵出没在沼泽地。
他们还看清楚其中一个是女性,
另一个是男子,相貌非常丑陋,
比人类的身躯高大得多。
当地人长久以来都叫他格兰道尔,
但不知道他父亲是谁,更不知道他以前
有过什么罪孽。他们居住在人迹罕至的地方,
他们出没于狼群聚集的山坡、迎风的山崖、险恶的沼泽地。
那里山洪直泻,形成地下洪流。
离这儿几公里远的地方,
有一个深潭,四周是被冰霜冻结的树林,
水面上倒映着枝条。
每天晚上都可以看见水面冒鬼火的可怕景象。

人类子孙，无论多么智慧，也不能测量
这潭有多深。任何野外的流浪者，
包括长颈鹿，如果被猎狗追进树林，
他们宁愿丧命在岸边也不会
跳进潭中寻求保护。那里的确不是好地方！
当狂风暴雨来临时，潭中浊浪翻腾，
黑雾缭绕，空气混浊，大地恸哭！
现在你是唯一的救助者。你现在还不知道
罪犯的藏身之地，
如果你有胆量，就去寻找吧。
只要你活着回来，我会像上次那样，
用奇珍异宝和黄金项链重赏你。"

二十一

艾克塞奥之子贝奥武夫说：
"请不要悲伤，睿智的国王！
现在我们要做的事情是为他报仇
而不是哀悼朋友。
人生在世，难免一死，
就让他死得壮烈些吧！
壮士捐躯，对一位武士来说，是最大的荣耀。
动身吧，王国的保护者，让我们
马上出发去追踪格兰道尔的母亲的足迹，
我向你保证：不管她藏到哪里，
无论是钻进地下，还是躲进深山，
或者是潜入海底，我们都要把她
揪出来。请你今天耐心等待，
我不会让你失望的。"

老国王站起来，因勇士的一番言辞
而感谢上帝——万能的主。
很快，国王的坐骑装备就绪。
英明的领袖扬鞭出发，一对持盾的武士
紧跟其后。妖魔的足迹留在她走过的
林荫小道上，清晰可辨，直通沼泽地：
她拖走了那位曾与赫罗斯加
一起并肩作战的名将的尸体。
赫罗斯加行走在峭壁的山崖上，
这里的路崎岖狭窄，只能容纳一人。
除了水中妖魔在此扎营居住外，
还没有其他人来此攀登过。
国王率领几位智慧的士兵在前面
侦察地形。突然，他发现了一片丛林
低悬在灰白的岩石上，丛林下面是
一口深潭，水面血迹横流。
号角吹响，全体士兵就地而坐。
他们看见水面有许多形如蛇状的东西，
堤岸上躺着各种水怪，它们常常
在早上与海蛇和海兽一起来作怪。
听到那响亮的战斗的号角，
它们匆忙跳入水中。其中一个海怪
被一位高特武士的剑射中心脏
而一命呜呼，死前它还挣扎着，
大家齐心协力将它拖上岸，
它是一头奇怪的海兽，
武士们争先恐后来围观。
贝奥武夫披上盔甲，已将生死置之度外。
这一次身披护甲，为的是潜入水中探险。

他那宽大、色彩明亮的精致的护身甲，
懂得如何好好地掩护主人的躯体，
使他免遭敌人的打击和摧残。
那顶用来保护头部的白色头盔可以
抵御潭中巨浪的撞击。头盔上镶满了金子，
古代的铁匠知道如何铸造
坚硬并饰有野猪图案的头盔，
任何宝剑和刀刃都无法砍破它。
赫罗斯加的传令官
给了贝奥武夫一把宝剑。
这把剑的名字叫"赫伦丁"，
这是一把举世无双的古剑，纯钢刀刃、
剧毒环纹，鲜红的热血把它淬硬。
战场上它不会辜负它的主人，
只要把它握在手里，就不怕走在危险的
路上与敌人对阵。
它已经不是首次完成伟大的使命。
这位强壮的艾格拉夫之子已不记得
当初酒醉后所说的话，他把这件兵器
交给一位发胖的武士，但他没有胆量
潜入潭中，所以名声落地。另外一位
则不同，他已披挂完毕，准备上战场。

二十二

艾克塞奥之子贝奥武夫说：
　"光荣的哈夫丹之子，智慧的国王，
人民的朋友，我马上要投入战斗，
请记住你先前的话：如果我一去不回，

战斗让我丢了性命，你将一如既往承担
父亲的职责，担当我族人的保护者，
做我部属的朋友。你给我的财宝，
亲爱的赫罗斯加，请你如数转交给
海格拉克。高特人的国王
雷塞尔看到这些金银财宝，
他就知道我因好名声遇到了好朋友，
并与赐予我黄金的人友好相处。
让安佛斯——你的名将继承我那把著名的宝剑，
我将用赫伦丁建立功勋，否则就让死神降临！"
说完这些，高特王子没等回话就下了水，
汹涌的波涛已经将他吞没。
他在水中游了很长时间才看到潭底。
那贪得无厌、既凶狠又残忍的女妖
占领这片水域近百年。她马上发现有人
从水面上闯进了她的水域。
她伸出穷凶极恶的爪子抓住了他，
但她无法伤到他的躯体，因为他
全身披甲，她那锋利的爪子
无论如何也打不开那护身的铠甲。
女妖带着他来到了潭底——她的狼窝。
无论他怎样挥舞他的武器都无用，
因为许多海怪用尖利的牙齿攻击他，
咬住他的盔甲。英雄发现自己身处
一座充满敌意的大厅，那里没有水，
因为顶部已经与潭水隔开，这里的水
不会妨碍他。他看见一处火光
照亮了大厅，
然后他看到了那强悍的女妖，

于是他举剑刺杀,用尽了所有力气,
只听钢刃在她头上发出叮当的响声。
很快地他发现这根本无法伤到她。
那刀刃辜负了王子的期望。
虽然它久经沙场,常砍穿敌人的盔甲,
夺取敌人的性命,可今天这件珍贵的宝器
却让自己名声扫地!
海格拉克的外甥牢记自己的荣誉,
意志坚定,丝毫没有丧失勇气。
他生气地将宝剑搁置一边,
他相信自己的力气和那强劲的双手。
他就是那些想名垂千秋的男人的榜样。
他此时毫不畏惧,高特人的首领
没有惧怕,他抓住格兰道尔的母亲的肩膀,
怀着满腔仇恨用力一推,她随即倒身于地。
她用力还击,贝奥武夫紧紧抓住她的利爪,
因用力过猛,他也倒在了地上。
她骑在来访者身上,抽出她的短剑为儿子复仇。
他那盔甲救了他,无论女妖怎样砍杀,
她都伤不到他的身体。
如果没有这副坚硬的盔甲,
艾克塞奥之子,高特人的英雄
将葬身于这水域,但神圣的上帝
把握着胜负,英明的上天统帅
主持着正义,决定让贝奥武夫从地上起来。

二十三

这时他发现挂着的甲胄中有一把

巨人铸造的神剑，那是兵器中的极品，
比其他兵器大很多。
贝奥武夫提剑在手，越来越勇猛。
他满腔怒火，不顾一切挥舞着神剑，
一剑击中了女妖的脖颈，砍断了肩骨。
锋利的刺刀穿过她的躯体，她猛然倒下。
宝剑鲜血淋淋，武士心中大喜！
突然火光冲天，魔窟更加明亮，
恰似一只天烛在天空中照耀。
贝奥武夫环顾四周，手握宝剑，
沿着洞壁搜索。
他怒气未消，随时准备着战斗。
宝剑锋利的刀刃此时对武士非常有用，
他急切地想和格兰道尔算账，因为他多次
袭击丹麦人。每次都有十五位武士
在睡梦中被他杀害，他们都是赫罗斯加的心腹。
每次他都掠走大量战士们艰辛获取的战利品，
他看见格兰道尔四仰八叉地躺在那里，
已经咽气，
因为鹿厅的那一仗给了他致命的打击，
但他的尸体还要再接受一次惩罚：
贝奥武夫砍下了他的头。
智者们和国王赫罗斯加守候在岸边，
注视着潭水。混浊的水波涌起，
潭水已被鲜血染红。
白发的老将们开始议论，
他们断言他们的英雄不可能凯旋，
不能再见他们伟大的国王。在很多人看来，
海浪已经残害了他的性命。

到了第9个时辰，高贵的丹麦人离开海岬，
勇猛的武士们也往家走，但高特的武士们
仍坐在岸边，心情沮丧地盯着水波。
他们希望能再见到他们敬爱的伯爵，
虽然明知这希望渺茫。
现在，那把沾满鲜血的宝剑开始熔化，
兵器变成了冰块。这真是神奇的事情。
宝剑变成冰柱，就是天上掌管时令的
主在操纵，他就是真正的上帝！
虽然贝奥武夫发现洞里有无数珍宝，
但他视而不见，只拿走了恶魔的头颅
和那把嵌金的刀柄。
因为那妖精满身是毒，血太烫，刀刃已经熔化。
仇敌已死，而他还活着，
他在水中快速潜游。
可恶的妖精失去了生命，离开了这个世界，
那汹涌的波涛，宽广的水域也平静了。
意志坚强的水手终于回到了岸上，
充满喜悦地携带着从海底获得的战利品。
部下们看到他安然无恙地上岸，
非常激动地上前问候，
并向上帝表达感激之情。
他们熟练地为他脱下头盔和胸甲。
潭水已经平静，只见鲜血染红了水面。
他们高高兴兴地踏上他们熟悉的小道，
受到鼓舞的勇士们在潭边的山崖上抬起那怪物的头颅，
对他们来说这可是件艰巨的任务。
格兰道尔的头颅被绑在长矛杆上，
由四个壮汉费力地抬着，

返回金碧辉煌的大厅。
他们无畏地抬着敌人，
十四人一行回到了鹿厅。
他们的领袖心情无比自豪地走在中间。
这位在战斗中无所畏惧的武士首领
踏着大步来参见赫罗斯加。
格兰道尔的头被人抓住头发拖进了
正在狂欢的大厅，这也真够吓人的，
大厅中的男女无不惊诧万分。

二十四

艾克塞奥之子贝奥武夫说道，
"哈夫丹之子，希尔德人的国王，
我们很高兴给你带来这些战利品，
它是光荣的见证，你也看到了。
我能活着回来真不是件容易的事，
水下的这场战役非常危险，
如果不是上帝的保佑，
我的力气将耗尽，就连赫伦丁
在斗争中都起不了作用，虽然
它是一把名剑。幸亏人类的统治者
常常为孤独的人指点迷津——让我
看到了墙上一把古代的装饰华丽的巨剑。
我就用它在战斗中冲杀，正好命运之神
也垂青于我。当滚烫的鲜血喷沾在刀刃上时，
宝剑即刻熔化。我从敌人那里只带回
一截剑柄。我痛恨他们魔鬼式的行为，
我要为死去的丹麦人报仇雪恨，

这是理所当然的。
我向你保证,从现在起,鹿厅是安全的,
你可以和你的武士安心地睡在宴乐厅,
丹麦人的国王,你不必为老幼担心,
灾难不会像从前那样降临到你的百姓身上。"
接着,那把珍贵的宝剑——古代匠人的杰作被
呈献给头发花白的首领,一位老英雄的手中。
恶魔死后,丹麦王就拥有并享受着这
杰出的铁匠的神器。这个世界终于摆脱了
冷酷无情的恶魔,上帝的仇敌——
他终于与他的母亲一起气绝人寰。
现在宝物传到了赫罗斯加手里,
他是四海之内最好的国王,
给予斯堪的纳维亚半岛的人民很多恩惠。
赫罗斯加仔细端详这宝剑,
古老的传家宝,上面雕刻着早期的战争:
当洪水泛滥,翻滚的浪涛卷走了巨人部落,
他们是永恒的上帝的异端,这是万能的
统治者用滔滔洪水对他们的末日的判决。
在宝剑闪闪发光的护手上,
还有一行北欧文字,记载着这把宝剑早期
为谁铸造,剑柄上还有蛇形图案。
智慧的哈夫丹之子说话了,大厅中一片安静:
"一个为百姓捍卫真理和正义的人,
一个年老的百姓护卫者,
以前的事,我记得清楚。
像你这样的英雄应该四海扬名!
我的朋友贝奥武夫,你的英明将被四海颂扬,
老幼皆知;你的智慧也将为你增添神力。

我保证永远地爱你，像我以前许诺的，
你将永远与人民在一起，也是英雄的助手。
相反，海勒摩德却成了艾克瓦拉①的子孙，
光荣的丹麦人的仇敌。
虽然他建立功业，高高在上，
可是，对他的人民和朋友
却残忍地屠杀，
于是，他最后就成了孤家寡人，
全能的上帝曾使他权力显赫，
高高凌驾于万人之上，然而他满脑子的仇杀，
一心只想着财富，从未赐予丹麦人财富。
他因长期的战争和仇恨而不开心，还
与民为敌。这就是教训！你应以此为戒。
给你说这些，因为我的经历相对多一些。
万能的上帝胸怀博大，给予人类
智慧、领地和荣誉，这真是奇迹，
他主管着一切。
主常让出身高贵的人享受人间的
荣华富贵，让他治理国家，四方部落
都在他的统治之下，大小王国
在他面前俯首称臣，于是他忘乎所以，
忘了自己也会有寿终正寝的一天。
于是他敛积财富，不受疾病与衰老的困扰，
忧愁也不笼罩他的心头，更没有敌人挑衅他，
整个世界都按他的意志运转，他也不想
糟糕的事，直到他越来越骄傲，灵魂的
卫士呼呼入睡，睡得太快以致没有了戒备，

---

① 艾克瓦拉：事迹不可考，从上下文推测，应该是古代丹麦部族首领。

直到刽子手降临，在暗中狠狠地给了他致命的毒箭。"

二十五

"锋利的毒箭带着地狱恶魔的命令
直插他的心脏，他无法保护自己。
长期以来所占有的一切都无法满足他，
他贪婪而凶残，不再为誓约分赐镀金的项圈，
他已经忘了的一切来自上帝的恩赐，
否定命运之神给予他的名和利。
最后，他那躯壳逐渐衰弱，走向死亡。
然后另一个人来分割他的珠宝，
分享他的皇家财富，而不会记得他的原来的主人。
最亲爱的贝奥武夫，最优秀的英雄，
你要杜绝这些恶习，做好榜样，千古流芳，
戒骄戒躁，做一名伟大的武士！
武力的荣耀如过眼云烟，
疾病和争战会消耗你的力量，
被摧残的人生还有烈火的毒牙，
洪水的波涛，刀剑的撞击，长矛的挥舞，
可怕的衰老；战争的英雄啊，
明亮的双眸总有一天会变得模糊，甚至失明，
死神就快来到你的身边了。
我在天底下统治富裕的丹麦人
五十年了，我用长矛和宝剑
英勇地保护着我的百姓，
不让他们遭受周边部落的侵犯，
让他们认为在这广袤的天地间
不会再有敌人出现，但形势突变，

当那令人毛骨悚然的格兰道尔
袭击我的家园时，安稳的位置也就不安全了，
不幸就降临到我身上，我因他的骚扰
而惶恐不安。感谢造物主，永恒的上帝，
使我能在有生之年看到那场战争结束，
看到那恶魔的头血淋淋地掉下来。
请坐吧，请开怀畅饮，
我们杰出的武士！明天黎明我将
奖赏你数不清的金银财宝。"

高特人的领袖非常高兴，
就按国王的吩咐去找自己的位置。
为了庆祝战争的胜利，
为了感谢武士们英勇杀敌，
丰盛的宴席再一次开始。
末了，夜色衬托出好汉们的背影，
他们全体起立，目送白发苍苍的国王
回宫就寝。勇猛的高特人也渴望
能够好好休息。于是，一位大厅侍者
为疲惫的客人引路，他遵照当地的礼数
为勇士们效劳，就像以前对待远航的
水手们一样，让他们得到最满意的享受。
这灵魂高尚的客人在装饰辉煌的大厅入睡，
直到渡鸦鸣叫宣告黎明已到。
明亮的晨光驱赶了阴影。
勇士们匆匆起床，追切踏上归程。
来宾们打算乘船返回自己的家园。
伟大的勇士让人拿来赫伦丁宝剑，
他要把他交还给艾格拉夫之子。

他向他表示感谢,并称这剑为可靠的战友,
锋利无比。他们的言语中毫无贬低之意。
他是个洒脱的人。此时,战士们都披挂妥当,
急切想上路。深受丹麦人喜欢的英雄来到
赫罗斯加王子的宝座前向他道别。

二十六

艾克塞奥之子贝奥武夫说:
"我们这帮来自远方的水手
再次说出我们的心里话:我们
现在要返回海格拉克身边。
我们在此受到款待,
感受到你们的热情。
尊敬的国王陛下,如果在这世上
还有让我展示的机会,就像我先前
建立战功那样,我会随时听从你的召唤。
假如我在大洋彼岸听到有邻国的
敌人骚扰或威胁你,就像以前那样侵犯你,
我会带着千名强将来帮助你。我了解
海格拉克,高特人的国王,虽然年纪轻轻,
但定会以实际行动来支持我,
如果你缺少人手,需要帮助,
我就可以为你搬来救兵,
用长矛为你取得胜利。
如果赫里斯雷克[①]王子乐意光临
高特人的宫廷,他一定会发现很多朋友。

---

① 赫罗斯加的儿子。

远方的客人永远受欢迎。"

赫罗斯加国王这样回答他：
"全能的主给你这般好口才，
我还没见过像你这么年纪轻轻
说话如此得体的人。你勇力过人，
智慧超群，而且善于辞令。
我敢断定如果雷塞尔之子——
你们的国王如果在战场上遇到不幸，
或者被疾病或刀刃夺走性命，
而你足够成为国民的领袖，生命的守护者，
高特人中没有比你更适合继任王位的了。
如果你乐意治理国家！
亲爱的贝奥武夫，你敏锐的思维
让我很喜欢，而且越来越喜欢你。
你给两国人民——高特人和丹麦人
带来了和平，两国都远离了残酷的战争。
例如以前的仇恨现在得到了遏制。
只要我还治理着这个国家，
就让大家来分享我们的财富，
让英雄们带着黄金相互赠送，
让漂洋过海的船只满载礼物和友谊。
我相信，两国人民一定会团结起来，同仇敌忾。"

之后，哈夫丹之子又奖赏了
贝奥武夫十二件宝贝，并嘱咐他
平安返回家乡，把这些礼物送给他
最亲爱的家人，然后尽快再访丹麦。
高贵的国王，丹麦人的首领，

亲吻了杰出的战士,然后又是拥抱。
白发苍苍的国王早已热泪盈眶。
已是寒冬,他有两种选择,
但他愿意选择这一次①——
他们应该再一次会见对方,
在大厅里说说话。
他太爱这位英雄,
禁不住心潮澎湃,
但他把这份爱藏在心里,
他对他的爱在血液里燃烧。
贝奥武夫告辞了,
快乐无忧的战士带着
金银财宝踏上绿草地。
船只已抛锚,等待着他的主人的到来。
返乡的路上,他们赞美着赫罗斯加的礼物。
他确实是一个无可厚非、
无可比拟的国王,只可惜无情的岁月耗尽了
他生命的能量。

二十七

这些勇敢而年轻的战士来到岸边,
他们披甲戴盔,全副武装。
守卫海岸的哨兵认出了凯旋的
英雄们。这次没有敌对的语言,
而是策马下山迎接问候,并表示

---

① 这里指赫罗斯加已经年迈,也许再也见不到他年轻的朋友贝奥武夫,所以他选择这次在大厅赞美他的勇猛。

欢迎他们归来。停靠在沙滩上的巨大的
木舟已装载着盔甲、战马和财宝，
高耸的桅杆下堆放着
赫罗斯加赠送的礼物。
贝奥武夫送给船只护卫者一把
镀金的宝剑，有了这把祖传宝剑，
他就可以在宴乐厅得到尊重。
船只终于出发，进入深水，
离开了丹麦人的领土。
他们用绳子将一面巨帆紧紧拴在桅杆上，
桅杆发出嘎吱的声响，海风无法阻止
船只在波涛中前行。船只加速，船首
激起层层浪花，行进在汹涌的波涛上，
直到看到高特的悬崖，那是家乡的海岬。
借助风力，木舟快速进港，停靠在岸。
海港卫士早已站在岸边，眺望大海，等候着
尊敬的战友返回故里。贝奥武夫用缆绳把船
紧紧拴在岸边，生怕汹涌的潮水把这漂亮的
木舟冲走。然后他吩咐战士们把船上的
金银财宝全部搬上岸。
远处就是项圈的赐予者——国王海格拉克，
雷塞尔的儿子，因为他与他的
部属就住在离海不远的宫廷。
王宫金碧辉煌，英勇的国王傲慢威武，
年轻的王后智慧机警，
虽然这位海勒斯的女儿在王宫住了几个春秋。
她不仅为人谦虚和善，
对高特人也不吝啬她的珍贵的财富。
而莫德莱斯王后就不是这样的，

她经常欺骗百姓。除了她父王,
没有哪位臣民敢在大白天抬眼看她一眼,
除非他想尝试被人捆绑的滋味,
一旦被发现,锃亮的刀刃将架在他的脖子上,
死亡的运命也就降临到他头上。
国王家的女子这样行事实在不妥,
虽然在各方面无人能与她相比。
编制和平的她[①]不应该因愤怒
而结束亲爱的武士的性命。
海敏的后代[②]阻止过这样的事情。
酒席上还有人说她听从了父亲的教诲,
披金戴银地嫁给了年轻的王子,
成了受人尊重的贵夫人。
来到宫廷后,她就不再伤害无辜。
坐在王后的宝座上,她有了大量的财富,
也就对部属慷慨大方了。
她深爱着武士们的首领,就我所知,
在所有的英雄中,她的夫君是
普天之下,四海之内最优秀的人。
由于法奥文武双全,受到远近人的尊重,
他用智慧治理着这个国家。儿子奥玛尔,
海敏的后代,加蒙德的孙子,也是个英雄。

---

① 为了缓和部落间的矛盾,一国的公主常常嫁致敌国,故有"编织和平的女子"之说。
② 指下文传说中的麦西亚国王奥玛尔,此人可能是同名的麦西亚国王奥玛尔二世(757—796)的祖先。

二十八

强壮的贝奥武夫带着他的战士们
沿着沙滩行走在岸边。
天烛高悬,从南方照射过来,
他们迈着脚步走向城堡,他们
听说那位好战的国王,奥根索的夺命者[①]
正在那里欣赏金银财宝。
有人很快向海格拉克汇报了贝奥武夫的归来。
他得知武士的保护人,他的战友经过血战
安全地返回故里,
于是下令即刻在大厅为壮士摆好位置。
贝奥武夫用男子气概的言辞礼貌地向
他的主公问候,然后这位恶战的幸存者
坐在君主旁边,他们舅甥俩肩并肩坐着。
海勒斯的女儿端着酒杯穿过大厅热情地招待
众多宾客,她把盛满酒的酒杯端到勇士面前。
海格拉克在这高级的大厅满怀好奇地想知道
他们此行的冒险经历。"我的外甥贝奥武夫,
你当初贸然决定渡过咸水海洋,前往鹿厅
帮忙,结果如何?你是否为赫罗斯加,那位
备受尊重的国王消除了世人皆知的祸患?
你一直让我牵肠挂肚,我担心你的安危,
我早就请求你不要去惹那吃人的妖魔,
让南丹麦人自己跟格兰道尔周旋。
现在看到你安然无恙地回来,

---

① 奥根索是瑞典人的国王,死于海格拉克讨伐瑞典的战争中,但并非为高特国王亲手所杀。

我要衷心地感谢上帝！"
艾克塞奥的儿子贝奥武夫说，
"海格拉克国王，很多人都知道那场大战，
交战双方就是我和格兰道尔，交战地点
就在他给丹麦人带来痛苦和悲伤的地方。
我已为他们报仇雪恨，留在世上的
格兰道尔的同类，不管他能活多久，
多么仇恨我，但都不敢再吹嘘那晚的骚乱。
当时，我先到大厅拜见了赫罗斯加，
具有威望的哈夫丹之子知道我的来意后，
就腾出位置让我和他的儿子亲人坐在一起。
大臣们个个精力充沛。
我还从未见过如此欢乐的场面。
出身高贵的王后，和平的传播者，
穿过大厅向年轻的武士敬酒。
入座前她还多次向来宾赠送项圈。
赫罗斯加的公主也多次给英雄们献酒。
我听大厅里的人叫她弗莱瓦鲁。
她浑身珠光宝气，已经许配给英格德，
弗罗达①的儿子。这婚姻对丹麦的朋友
是明智的。王国的保护人相信通过这位
公主，他们的不和就可以结束②。
但只要国王倒下，那致人死亡的长矛
就不会停下，尽管那新娘美丽善良。
也许将来某天，当一个丹麦伯爵带着
一个女子进入宴乐厅，他佩戴着传家宝，

---

① 希索巴人的国王。
② 指丹麦人与希索巴人之间的血仇和争端。

064

希索巴国王和他的武士们都会不高兴,
他们会挥舞手中的武器,导致一场厮杀,
使他们自己死于非命。"

二十九

"宴席上,一位老将盯着那个传家宝,
这唤起了他对血腥屠杀的回忆。
他的心情很沉重。他试图去挑起
一位年轻战士的仇杀之心,他说:
'我的朋友,你的父亲曾用这把宝剑
参加最后一次战斗,但丹麦人,凶狠
的希尔德子孙杀害了他,
占领了争夺的地方,战士们都倒下了,
威塞哥尔德也在剑下身亡。
今天,那丹麦凶手的儿子
趾高气扬地在大厅里走来走去,
为他的财富而骄傲,佩带着本应该属于你的宝剑。'
他不时地用挑逗的话提醒年轻人,
直到公主的一名随从因父亲欠下的债务而倒在了血泊中,
在利刃下断送了性命。那位凶手迅速逃回自己的国度。
就这样,双方的誓约被打破,英格德也变得
充满仇恨,这使他对妻子的爱也逐渐减少。
所以我不相信希巴索人的诚意,
怀疑他们维持长久的友谊与和平①。
再说格兰道尔,我的恩主,我将详细
讲述那场搏斗以及结果如何。

---

① 贝奥武夫所叙述的这段史实,当时尚未发生。

夜幕降临时，那凶残的精灵偷偷前来袭击，
我们这帮未曾受过伤害的人守卫着大厅，
武士汉德修却因命运不济而第一个丢掉
性命。他被格兰道尔吞进了贪婪的大嘴，
他还想全部吞噬我们这些勇敢的将士、
强大的臣子，但他什么也没获取，
这个满嘴污血的杀人犯
两手空空离开了装饰辉煌的宴乐厅。
力大无穷的他来考验我，
他用贪婪的手抓住我，
他那双用龙皮缝制的
宽大的手套悬挂着，非常奇妙。
穷凶极恶的魔怪想把无知的我
装进他的手套①，但他没有得逞，
因为我很生气地僵直地站在那里。"

三十

"至于我如何向他讨回血债，
如果全部叙述，所花时间较长。
但我尊敬的陛下，
他最后脱身而逃，但活不了多久。
他沮丧地逃回了深深的潭底，
却将一双大手留在了鹿厅。
第二天早上，为了庆祝这场战争的胜利，
我们都在鹿厅欢庆，希尔德的朋友
赏赐了我一盘盘黄金和大量财宝。

---

① 手套，神话传说中巨人擒敌的法宝。

大厅莺歌燕舞,一片欢腾。
一位经历丰富的老者讲起从前的故事,
他时而拨动欢乐的竖琴,
时而唱起真实而悲伤的歌,
逻辑严密地述说着一个神奇的传奇
和心胸豁达的国王的故事。
还怀念他年轻时在战场上的神勇。
面对失去的岁月,年迈的智者
心潮澎湃!他恸哭时光的飞逝。
我们就这样在大厅享宴快乐了一天。
直到又一个黑夜的降临。
另一个充分准备好的复仇计划开始了,
格兰道尔的母亲踏上了不幸的旅途。
女妖为替儿子报仇,
杀害了年长而睿智的议事大臣伊斯切尔。
第二天早上,丹麦人无法将这位长者
在柴火堆里火化,因为女妖用她那残忍的
双手把他带回深山,潜入潭中老巢。
赫罗斯加经历过很多次失去爱臣的痛苦,
但这次是最痛心的。极度悲伤的国王
恳请我看在你的面子上进入激流漩涡,
冒着生命危险去建功立业,争得荣誉。
他答应重赏我。于是我潜入深潭,
这事人人都知道。
我们在水底空手搏斗了很久,
鲜血染红了潭水,搏斗中我得到一把宝剑,
用它砍下了格兰道尔母亲的头。
我能活着回来绝非易事。是我命不该绝。
百姓的守护者,哈夫丹之子奖赏我很多

黄金宝贝。"

三十一

"丹麦国王从此可以高枕无忧,
我得到应有的奖赏。
哈夫丹之子慷慨大方,
任我挑选他的全部收藏。
我的君王,现在我把这些全部呈现给您,
以表我的心意。您可以任意处置。
您的仁慈给了我很大的帮助,海格拉克,
除了您,我也没有别的亲人。"
他让人抬进一面饰有野猪头的战旗,
一顶高冠的头盔,一副灰色的护胸甲,
一把辉煌的宝剑,接着说:
"英明的老国王赫罗斯加奖赏我这副盔甲,
并要我向您转达这件宝物的来历:
它一直为希罗加国王,丹麦人的统帅所有,
但他没有将它传给自己的儿子希罗窝德,
虽然他的儿子很忠诚,而且也很勇敢。
所以,请您一定要加倍珍惜。"
我还听说与这些财宝一起的还有四匹
一模一样的纯种马。他把财宝和良驹
献给国王。亲人之间就该这样,
而不是编织仇恨的罗网,明争暗斗,
置对方于死地。
海格拉克的外甥对他忠心,
舅甥俩一直互相照应。我还听说他把
国王的女儿维瑟欧赠送的铸造精美的

项圈连同三匹装备完美的骏马转赠给了
希格德王后。那金光闪闪的珠宝马上就被
她戴在了脖子上,挂在胸前。
艾克塞奥之子就这样声名远扬,
他的言行举止被人夸奖;他不会酒后
杀害亲人、同志。虽然战场上他英勇无比,
上帝给了他极好的礼物,但他心地善良。
只可惜他长期被埋没,高特人也没把他当勇士。
在酒宴上,高特国王也没有
表扬过他。他们一直认为他懒散,没有追求。
但现在机会来了,往日的闲言一去不复返了。
王公的保护者吩咐拿来他父亲雷塞尔传下来
的宝物——一把古剑,没有哪位高特人见过。
他把宝剑放在贝奥武夫的膝盖上,
他还奖赏了他七千亩土地,包括大厅和宝座。
他们俩都继承了祖辈的产业,但位高的一位
继承的是一个疆域辽阔的王国。
没过几年,海格拉克国王去世,
赫德莱德①也战死疆场,胜利者乘胜追击,
赫莱里克的外甥也被杀害。
从此,只有贝奥武夫来管辖高特王国了。
他明智地治理着这个国家十五个春秋,
直到一条毒龙趁着黑夜出来作怪。
它盘踞在山上的一个石洞中,
守护着一笔宝藏。
那里只有一条无人知晓的小路。
然而,有人碰巧来到这异族的宝库,

---

① 希罗加后将王位传给弟弟赫罗斯加。

趁护卫者在睡觉时偷偷摸摸地拿走了
一只高脚酒杯而没有归还。
它非常生气，决定要让周围的人付出代价。

三十二

那人并非自愿冒险潜入龙窟盗宝，
他也是无奈，因为他是奴隶。
他为了逃避鞭打而误入龙窟避难。
有罪的人走进洞里，他因恐惧而蹒跚着，
然而这可怜的避难者尽量保持镇定，
从那宝库中取走了一只金杯。
这样的古宝不计其数。
古时候某个不知名的贵族
把家族中所有的宝贝都藏在了这个地洞中，
他的亲人全部离世，
部落中只余他一人来悼念朋友，
并守护着这些财宝，
但他的时日也不多了。
这藏宝之洞就在波涛翻滚的岸边，
依傍着岩岬，掩藏隐秘。
财宝的主人把这些财宝都搬进洞里藏匿，
包括沉重的黄金，然后说道：
"大地呀，你来保管吧，没有英雄
能接管王公的财产！这些本来就是从你
那里获取的。战争杀害了我的同胞，
夺走了他们的性命，使他们不能享受
人间的欢乐，从此也没有人来挥舞
这些宝剑，或者擦亮这些

镀金嵌银的酒盅。
我的英雄们都已离去，
坚固的头盔，尽管都嵌有黄金，
也会失去光泽；原先擦亮它的主人已长眠地底。
战场上经历刀枪摩擦的胸甲也随主人的
离开而生锈溃烂。盔甲上的金环也不能
伴随出征的英雄而周游世界。
再也听不到竖琴的欢唱和乐器的鸣奏，
也没有了温驯的猎鹰穿梭在大厅，
日行万里的骏马在庭院溜达。
战争夺走了我的所有。"
他这样独自哀诉自己的痛苦，
孤独地过着每一日每一夜，直到有一天，
洪流淹没他的新房，死亡降临在他身上。
一位偷袭者在黑夜发现了这些宝藏。
可怕的毒龙夜间喷吐着火焰，
寻找它的洞穴，当地人都非常害怕它。
这时它找到了这个宝库，
一年又一年地看管着异教的财宝。
这只让人害怕的怪物守候了三百个春秋，
直到有人激怒了它。
盗宝者把那只金杯献给了他的主人，
以求他的宽恕。古墓就这样被掠夺，
宝藏被瓜分。那可怜的人得到恩准，
他的主人也是第一次见到这么远古的珍宝。
毒龙一觉醒来，新的仇杀又开始了。
它爬出石洞，勘察敌人的足迹，
当初盗贼能从毒龙的头顶经过溜走。
这位命不该绝的人能容易地逃离险恶，

显然有主的庇护。
宝库的守卫者迫不及待地想发现
那个趁它睡觉时的偷盗者。它暴跳如雷,
在洞穴中走来走去,但它没有任何有利的发现。
然而它渴望战争,于是它再一次回到洞中,
寻找那只金杯。很快它发现有人搜寻过它的宝库,
盗走了稀世之宝。
宝藏守卫者怒火燃烧,
恨不得夜幕即刻降临,
它要以复仇的火焰讨回珍贵的金杯。
夜幕终于如毒龙所愿来临,
它不愿再等待在悬崖上,
吐着熊熊的火焰出发了。
当地人可怕的命运开始了,
他们的主也会遇到命运的考验。

三十三

恶魔吐着火焰,烧着了房屋,
火焰冲天,村民惊恐万分。
可怕的毒龙存心要让一切生灵毁灭。
它的暴行有目共睹,
它将仇恨到处宣泄,高特人对这个
残酷的破坏者怒不可遏。
当天空放明,它又匆匆返回它的
洞穴躲藏起来,并用它那熊熊燃烧的
火舌包围当地居民。它自信它的洞穴
壁垒森严,但它的这种自信是枉费的。
贝奥武夫很快见识了毒龙的恐怖,

他自己的家园，雄伟的建筑，
高特人的厅堂，已被大火吞没。
仁慈的国王痛心疾首，他比谁都悲伤。
智慧的武士认为他冒犯了上帝，
违背了永恒的法典而使上帝生气。
他心中涌起阴郁的思绪，
这还是他平生第一次。
毒龙摧毁了高特人的城堡，
大本营也受到海潮的冲袭。
好战的国王，百姓的庇护者，
正策划着复仇。作为领袖，
他命令用最好的钢材为他铸造
一面牢固的盾牌。他知道林中的木材
是经不起烈火燃烧的，菩提树也是这样。
勇敢的国王也注定要完成他在人间的使命，
守护财宝的毒龙也
一样摆脱不了死亡的命运！
项圈的赐予者谋划着怎样和毒龙作战，
他并不害怕和毒龙作战，也没有把它的
蛮力和凶残放在眼里。他有多次这样
不顾一切的冒险经历。自从他为赫罗斯加
扫清了大厅的祸患，杀死了格兰道尔
可恶的一族，胜利的武士就更加自负。
当年海格拉克，高特人的国王，
百姓高贵的恩主，雷塞尔的儿子在
弗罗西亚的一次冲突中死于刀刃的砍杀。
贝奥武夫以他的神力和水性独自生还，
当他跳下大海时，肩膀上还扛了三十副
缴获的铠甲！

他一直没有忘记为国王报仇，后来他
与绝望的伊吉尔斯成了朋友。
他派出自己的武士带上武器去援助
欧赛尔之子，他们越过大洋，
经历悲壮的远征，伊吉尔斯报了仇，奥尼拉丢了性命。
当希特威尔人持盾与他厮杀时，
他们没有理由吹嘘自己，因为
从他手里逃走而重返家园的人所剩无几。

三十四

艾克塞奥之子独自悲伤地在海中漂游，
寻找自己的陆地。回来后，希格德王后
把宝库和王国、项圈以及王室宝座都交到
他手里。她认为自己的儿子无能接管国家，
在海格拉克死后无法抵挡敌国。贝奥武夫
无论如何也不肯接受丧亲者的请求，
他不愿意取代赫德莱德登上王座，统治
整个国家。相反的，他极力扶持王子，
尽力辅佐他，直到成年有能力治理这个国家。
后来，欧赛尔的儿子背叛瑞典的统治
而被流放，他们渡海来到高特。
海格拉克之子收留了他们，
不料此事却导致了他的死亡。
由于殷勤好客，海格拉克之子被利剑刺中，
就这样献身了。当赫德莱德死后，
奥根索的儿子[①]返回了自己的家园，

---

① 指奥尼拉。

于是贝奥武夫登上了宝座，
开始治理高特王国。
他不愧为一个英明的国王！
艾克塞奥之子经历了一场场战斗，
一次次冒险和一回回壮举，
直到这天他要和毒龙交战。
愤怒的国王带着十一个勇士去找毒龙，
这时他知道了仇恨的根源和起因。
那只金杯已经从盗宝者
手中转到了他那里。队伍里盗宝者是
第十三个人，他是这次冲突的肇事者，
可怜的奴隶忧心忡忡，虽然不愿意，
但他必须作为向导去找到那龙窟。
那座与汹涌的海浪相邻的洞穴里
藏着无数珍宝。凶恶的护卫者正潜伏在洞穴中，
它不愧是一位忠实的财宝护卫者。
对任何地球人来说，进入这个洞穴
都不是件容易的事。
英勇善战的国王在石崖上坐下来，
亲切地向他的高特朋友致敬。
他心情十分沮丧，死亡就要来问候这位
头发灰白的老人，要夺走他的灵魂，
要将他的生命与躯壳分开。他的灵魂
与肉体在一起的时间也不多了。
艾克塞奥之子贝奥武夫说道：
"我年轻时经历过无数战争，激烈的冲突，
我仍记忆犹新。当我七岁时，
财富的主人，百姓的朋友把我从父亲那儿接走，
收养我，抚育我，给我美食和财富，

把我视作亲人。在那里，他对我一视同仁，
就像他的儿子赫巴德、赫斯辛和海格拉克。
他们中年长的，由于一次不恰当的时机，
死在了自己亲人的不当行为中。
当时赫斯辛拉开弓箭，没有击中目标
反而射中了自己的同胞兄弟。
一个兄弟射中了另一个弟兄，
剑杆上鲜血淋淋。赫斯辛害怕极了，
这可怕的犯罪，简直令人难以接受，
但又无法报仇雪恨！
年长的国王忍受着悲伤，他的儿子
要接受绞刑。他只能对高高挂起的
儿子的尸体悲叹。他无法营救可怜的人儿！
每天早上醒来，他总要怀念死去的儿子。
他已无心等待另一个继承人长大，
长子已经得到死神的召唤。
他忧伤地看着儿子住过的大厅
一片凄凉。骑士睡着了，战士已入
黄土。竖琴的音乐声没有了。"

三十五

"他回到自己的房间，
为死去的人唱着哀歌。
在他眼里，田野和居室都很空旷。
就这样，高特国王因赫巴德的死
而无限悲哀，然而他又不能向
凶手复仇，也不能对他有什么
不良行为，虽然他一向不太喜欢赫斯辛。

因此，他的心灵忍受着悲痛的煎熬，
他放弃了人间的欢乐，选择了
上帝的光明。当他离开大地时，
他把土地和城堡留给了子孙。
雷塞尔死后，瑞典和高特之间
在宽广的海上发生了战争和冲突。
奥根索的子孙勇敢好斗，
不愿看到两岸和平。他们经常在
希罗斯纳堡一带制造麻烦，
使他的主人处于仇恨中。我的亲人也
参与过复仇，这事大家都已知道。
不幸的是，其中一位主公为此付出了惨重的代价。
赫斯辛，高特人的国王也在那场战斗中丧命。
我听说次日凌晨，当奥根索与奥弗尔交战时，
一位伯爵用剑讨回了血债：
头盔被砍破，年迈的奥根索终于死了，
他罪有应得，因为他的双手沾满了血腥。
我在战场上用锃亮的宝剑报答了
他给我的一切——我使用这样的权利——
众多的财富，他委托给我的领地、田地
和房屋。他不用花费财宝去瑞典、
丹麦或者基夫塞人中去寻求帮助，
有些武士不值那个钱财。战场上
我总是冲锋在前，做他的先锋。
我一生中都将拼杀在战场，
只要这把跟随我多年的宝剑
能经受住战争的考验。
想当年因我的勇敢，达莱芬，法国武士
死于我的手掌。他不能将带有装饰的盔甲

带给弗罗西亚国王,这位旗手,
勇敢的武士死于沙场。当时我并未用宝剑,
而是用强有力的手掌折断了他的背脊骨,
心脏就停止跳动了,但为了夺取宝藏,
我今天把宝剑和手掌都用上。"
贝奥武夫发出了最后的豪言壮语:
"我年轻时经历过很多战争,
今天虽然年岁已高,但作为百姓的庇护神,
只要那在黑夜才出来伤害百姓的作恶者
敢从洞里爬出来,我就要向它挑战,
让我的英名流传千古。"
然后他又叮嘱那些戴着头盔的英雄们,
也算是给他亲爱的部下、战友最后的问候:
"我不会带武器,用刀枪对付这条长虫,
如果还有其他办法,我发誓我会赢,就像
当年与格兰道尔打斗一样。
但这一次我防范的是那熊熊大火,沸腾的毒气。
因此,我戴着护胸甲和盾牌。
我不会对古墓的守护者退让半步,
一场在绝壁上的战斗将决定命运。
我足够自信,是祖先们把那飞行物吹得太神奇了。
你们现在披盔戴甲地等候在古墓边吧,
看看最后我和它谁保住了性命。
这次战斗不属于你们,除了我任何人不得去
争夺英雄的名声。我有胆量去获取那些财宝,
否则就让这场可怕的血战使你们失去国王。"
然后,他就站起来,手持盾牌,头戴钢盔,
身穿铠甲,威武地来到悬崖下:
"这不是懦夫的路!

在无数次战斗中获胜的武士抬头观看，
只见悬崖中一个洞穴流出股股流水，
溪流中弥漫着烈焰，他不可能接近宝库
而不受伤，也不可能下到底部，
因为巨龙的火焰
能在倾刻间烧毁周遭的一切。
高特首领义愤填膺，从胸中发出怒吼，
吼声震动山谷，并在灰色的岩壁上回荡不止。
宝库的守护者听到人声，气得怒火冲天。
已经没有和平的协议了！"
邪恶的毒龙从石窟中喷出一股浓烟，
开始了一场充满热气的战斗，岩石震动。
墓冢下，高特国王舞动坚盾奋力抵抗。
身躯蜷缩的毒龙鼓着勇气来寻找目标，
勇敢的国王拔出武器，那祖传的宝贝
锋利无比。他们俩都害怕对方，
也相互憎恨。善战的国王高高举起他的盾牌，
依然屹立着，随时准备进攻。
而毒龙却蜷缩成一盘。带火的毒龙
快速滑行。坚固的盾保住了国王，
但它的作用远不够理想。
他再一次挥舞着这把宝剑，
但命运之神否定了他胜利的荣誉。
高特人高高举起并砍下，但冷酷的敌人
重重地回击了国王的传家宝。
他的刀刃已成了棕色，
没有国王想象的那样有杀伤力。
宝库的守护者被这一剑激怒，
立刻喷射出致命的火焰，毒龙的火焰

到处弥漫。高特国王不再夸口胜利,
他的宝剑已派不上用场了,古代的利器不应该
这样啊!大名鼎鼎的艾克塞奥之子
不愿就这样离开敌人的领地,
他心有不甘:在失去生命之前,
他必须要为国家做点贡献。
然后,他们再一次交锋,宝藏的守护者
振作精神,抬起胸部喷吐火焰。
国王被大火重重包围,非常危险!
然而他的随从,贵族的子孙,
没有人与他并肩作战。
他们为了各自的性命逃进树林。
只有一个人对此非常悲愤,
他高尚的灵魂没有忘记自己与国王的亲情!

三十六

他叫威格拉夫,威斯丹之子,
艾尔弗的族人,是一位出生在瑞典的武士。
他看到自己的国王头戴钢盔,
被烈火围困,他没有忘记国王
给他的奖赏,威格蒙丁部落拥有的财富,
以及他父亲享有的权利。
这时,他毫不犹豫,一只手紧握椴木圆盾,
一只手拔出古剑——伊恩蒙德的传家宝,
地球人都知道他,欧赛尔之子留下的利器,
从前威斯尔在争斗中用它杀死了孤独的流浪汉,
为他的族人赢得了鲜棕色的头盔、带环的胸甲和这把古剑。
奥尼拉用他侄儿的这套批挂,

以及锋利的宝剑，作为他的奖赏。
奥尼拉后来对那次的争斗闭口不谈，
尽管死者是他兄弟的儿子。
多年来，威斯丹一直佩带着这把宝剑和盔甲，
直到儿子长大，和他一样建立功勋。
在他去世前，当着高特人的面，
他把这套战争用品交给了儿子。
此时，这位年轻的武士还是第一次
跟随主公出现在战场，
但他的勇气没有减退，
一经交锋，毒龙就发现它对付不了这传家宝。
威格拉夫义正词严地指责他的同伴，
内心无限伤悲：
"我记得我们在宴乐厅喝酒时，
曾经向给我们头盔和宝剑、
戒指和项圈的人许下过诺言。
一旦他遇到什么危难，我们一定
为他赴汤蹈火。他从他的部队中
挑选了我们来帮助他，想要我们
获得这份荣耀，他还给了一些财富。
因为他当我们是真正的战士。
作为百姓的庇护者，
他想单独完成英雄的壮举。
他先前就因勇敢的行为
拥有比任何人都更高的荣耀。
现在正是我们的主公需要
有人为他出力的时候，
让我们前去帮助
被熊熊烈火包围着的英雄吧。

上帝是我的证人,
我宁可让烈火吞噬我的躯体,
也要和主公同在。
如果不能打败敌人,
保护好高特国王的性命,
我们真是无颜穿着戎装再见父老乡亲。
他过去建立过功勋,今天更不能让他
当着高特人的面独自忍受痛苦,葬身火海。
我要与他并肩作战!"
他头戴钢盔扑进浓烟援助国王,
他说:"亲爱的贝奥武夫,尽力吧,
你年轻时曾说过,只要生命犹存,
就要有所作为。坚强的王子,
请务必奋力保全你自己,
我也将助你一臂之力!"
听到这话,凶残的毒龙再次发起进攻,
它怒火中烧,身子在火焰中滚动。
大火弥漫整个洞穴,胸甲也不能保护
手持盾牌的年轻人。
当他的坚盾化为灰烬后,
他赶紧躲到亲人的铁盾下。
这时,勇敢的国王再次想到他的荣誉,
用力地将宝剑砍向毒龙的头部,
但"尼格林"断了。这把贝奥武夫的
古老的灰色名剑破碎了。
关键时候利剑帮不上忙,
这也是命中注定。他的手太重,
我曾听说过,无论他们的钢刀多坚硬,
这些武器在他手里都会断,都无用。

百姓的屠夫，可怕恶毒的毒龙
不忘自己的仇恨，看好时机
向勇士发起了第三次进攻。
它吐着火，用牙齿咬住了国王的脖子，
鲜血直流，染遍了全身。
在这紧要关头，在国王需要的时候，
这位年轻人显示出了他的勇敢、智慧
和力量，虽然他也受伤。
虽然他的手被烧伤，
但他奋不顾身地帮助国王，
用宝剑刺向可憎的野兽。
宝剑金光闪闪，深深地刺入毒龙的腰部，
顿时，火焰开始变小直至消失。
最后，国王运用他的智慧，
从盔甲中抽出一把战刀，
将毒龙一刀砍断。
两位高贵的武士联手消灭了敌人。
在危难时刻，每个人都应该如此！
这位征服者的英勇的行为，
也是国王在这世界上的最后壮举。
刚才毒龙造成的伤口开始肿胀，
剧烈疼痛，很快他发现
胸口因毒性发作而疼痛。
善于思考的国王走到悬崖边坐下，
观看着巨人创下的奇迹：
坚固的石柱牢牢地支撑着圆形的屋顶。
仁义的武士帮国王清洗了手上的血迹。
征服者已经厌倦了战争，
武士帮他脱下了头盔。

贝奥武夫忍着致命的伤痛开口说话。
他知道自己已经享受了人间的欢乐,
在世的时光已经不多了,死亡已经逼近:
"如果我有延续我生命的继承人。
我将乐意把这身盔甲传给我的儿子,
我治理这个国家五十年,
在这期间,没有哪个邻国敢侵犯我,
或是用武力威胁我的子民。
在国土上,我等待着命运的安排,
坚守自己的家园,不搞阴谋争端,
不立虚假的誓言。尽管伤势致命,
想到这些,我已心满意足!
当生命逃离我的躯干时,
万能的主不会生气地指责我,
说我残害自己的亲人。
亲爱的威格拉夫,毒龙已经倒下,
你赶紧去看看灰岩下的宝藏。
赶快,我想亲眼看看那些华丽的传家宝,
以及那些金银财宝,这些珍珠宝石,
也算是我留给国家的财富,
我也就能轻松地倒下了。"

三十七

我听说威斯丹之子没有怠慢,
即刻服从了国王的命令,
遵照主公的吩咐,身穿带环的盔甲
进入古墓。年轻的武士迈着胜利的步伐
越过毒龙的宝座,看见无数的财宝

在古墓中金光闪闪。其中各种金杯，
包括死者的炊具因无人擦洗，装饰已经脱落，
还有许多锈迹斑斑的头盔，精美绝伦的臂环。
这些古墓里的金银财宝，
早已经把人类抛在脑后，
不管当初埋藏它的是士绅还是王侯！
武士还看见宝藏的上方
有一面金丝编织的旗帜，
工艺精美，不愧为人间最美的编织品，
它发出明亮的光芒，以致武士能清楚看见地上的财宝。
这时，他已看不到毒龙身上有什么特别，
宝剑已取走了它的性命。
我听说巨人独自进入龙窟，
夺取了那个宝藏。
他如愿地把那些烧杯和盘子抱在怀里，
还取下了指向标上最鲜亮的徽章，
以及老国王的那把锋利的宝剑，
它曾重创过那条毒龙。
守护宝库多年的卫士曾趁黑打劫，
喷吐愤怒之火把宝库搅得热浪滚滚，
直到它自己一命呜呼。
威格拉夫取了财宝急忙转身返回，
他心中焦虑，不知躺在空地上力竭了的主公，
能不能坚持到看到赢来的宝藏。
终于，他带着宝藏赶到了垂死的国王面前。
他发现高特国王依然流血不止，
生命已奄奄一息。
他赶紧用水洒他，直到他开口说话。
圣明的贝奥武夫心情沉重，看着珠宝说：

"为了这些珠宝,我要感谢万能的上帝,
是万能的上帝让我拥有这些,使我在临终前
为我的人民获得了这些财富!
我用自己的余生换来了这些财富,
你必须拿它好好供养百姓。
我的生命已经有限,
请你把我火化后安葬在海岸边,
以便我的人民前往悼念。
这墓要建得高于赫罗斯尼斯
远航归来的航海者可以
来贝奥武夫的墓前致敬。"
坚强的国王从身上取下金项圈,
金光闪闪的头盔、胸甲和戒指,
将它们全都交给了这位年轻的武士,
并要他珍惜他的馈赠。
"你是我们威格蒙丁族最后一位武士,
命运之神卷走了他们,我的亲族,
他们是在辉煌的时候离开的,
我现在要尾随他们而去。"
这就是智慧的老国王最后的肺腑之言,
不久葬礼的火焰就淹没了他,
他的灵魂脱离肉体去寻找圣人的礼物。

三十八

年轻的英雄悲痛万分,
他看到他在这个世界上最敬爱的人
结束了生命躺在地上。
那个凶手,可怕的毒龙,

没有了呼吸，那是罪有应得。
它曾为拥有财富而高兴，现在这妖怪
从此不能再支配这些财宝了。
因为锋利的刀刃、坚硬的铁锤
惩治了它，使这飞行的怪物受到重创，
僵硬的躯体安静地倒在了财宝旁边。
从此它再也不能在夜间飞行，
炫耀它的宝藏，显露它的真面目。
是英勇的国王让它沉陷。
就我所知，世上再也找不到这样勇敢的人。
只要古墓的守护者还守在那里，
就没有人敢冒着呼吸有毒的气体的危险，
冲进宝库夺取珍宝。
贝奥武夫赢得了宝藏，却付出了生命，
但他也让毒龙走到了生命的尽头。

不久，那帮临战逃脱的武士走出丛林，
这十名懦夫在他们的主公危难的时刻，
不敢拿起长矛挺身而出，
现在他们满脸羞愧地披挂着作战的武器
来到老国王躺下的地方。
他们看着威格拉夫。
疲惫的勇士坐在君主的一旁，向他的身上洒水，
尽管他诚心诚意，但他还是挽回不了
国王的性命。
万能的主的旨意是无法改变的。
上帝的旨意能决定每一个人的命运。
年轻的武士指责那些
因害怕而逃离的士兵。

威斯丹之子心里非常凄凉,
他盯着这些可恨的懦夫:
"诚实的人都会说,我们的主公经常
赏赐你们珠宝金环和你们手上的这些作战武器。
他还常在宴乐厅向赴宴者馈赠头盔和铠甲,
那可是他能找到的天底下最好的奖品。
然而,当危难降临到他身上时
却没有谁为他挺身而出,
这一切算是白给啊!
高特国王没有必要吹嘘他赠送的盔甲,
是上帝在他紧张和需要的时候援助了他,
使他能单枪匹马地用剑复了仇。
在激战中,我不能保住他的生命,
但我已经尽力帮助我的亲人了。
当我的武器击中那仇敌后,
它的力量开始微弱,头上喷出的火焰
也不那么强大。可惜在关键时刻
国王身边没有一个救兵!
现在,再也没有人会赠予你们
珠宝和武器,安居乐业的日子也没有了。
当出身名门的贵族知道你们
临阵逃脱的羞耻行为,
你们的家族将会失去一切。
死了反而比惭愧地活着更好些!"

三十九

他发布命令,通知城堡,
所有的武士在悬崖上坐了一上午,

心情非常沉重，担心他们
最亲爱的人是大限已至
还是能平安无事返回宫廷？
虽然没有什么新的好消息，
但信使骑马穿过海岬
把一切都告诉了他们：
"高特人主公、欢乐的赐予者
已经躺在床上驾崩，
他被毒龙所伤，倒在刺杀者的床上，
他的旁边也躺着他的死敌，
那可恶的怪物伤痕累累，
再也不需要英雄挥舞刀剑拼命砍杀。
威斯丹之子威格拉夫坐在贝奥武夫旁边，
活着的英雄面对死去的英雄，
心情憔悴，苦苦守着朋友和敌人的尸体。
一旦国王去世的消息传到
法兰克人和弗罗西亚人那里，
那么，我们的民族将面临一场战争。
当年海格拉克率军来到
弗罗西亚领地时，
就曾发生过激烈的争战。
敌不住海特威尔人[①]突然扑上优势兵力，
他不得不屈服，倒在士兵丛中。
于是高特人没能领取护主的奖赏，
反而因此断送了
法兰克墨洛温王的友谊。
现在，我不敢相信瑞典人的和平诚意。"

---

① 法兰克部落之一。

众所周知，奥根索是如何在莱芬窝德附近掠夺赫斯辛的。
当骄傲的高特人向善战的瑞典人宣战时，
欧赛尔的父亲①老奸巨猾，率军反击，
结果杀死了海上之王②，
救回了他的妻子，那位财产被夺的王后，
奥尼拉和欧赛尔的母亲。
他穷追不舍，一直将丧失了首领的敌人赶到莱芬窝德。
他指挥着自己的将士，将失去宝剑的残兵败将团团围住，
并威胁说要在第二天早上用宝剑砍下他们的脑袋，
挂在绞刑架上，任凭鸟儿取食。
他们经历了整整一夜的煎熬与恐惧，
但是，当他们听到海格拉克的号角时，
这些绝望的人又有了希望，
英勇的国王亲自率领着一支援军出现在大道上。"

四十

"于是，瑞典人和高特人进行了一场殊死的搏斗，
直杀得血流成河，这一仗加深了
两个民族的仇恨。
奥根索撤回到自己的城堡，
他曾领教过海格拉克的勇气以及斗志，
因此不敢继续抵抗高特人的反攻，只希望保住自己的财产和妻儿。
于是他再次屈服，回到他那老土墙后。
然而，瑞典人溃不成军，
海格拉克的军队席卷了要塞，

---

① 指奥根索。
② 指赫斯辛。

雷塞尔的战士迅速地攻入阵地。
白发苍苍的奥根索被利剑逼上了绝路，
这位部落的首领被迫承受奥弗尔的怒火。
华莱德之子奥尔夫盛怒中用剑刺中了他，
鲜血从他的发际处喷涌出来。
勇敢的瑞典老国王毫不畏惧，
马上转过身凶狠地还击敌人。
奥尔夫虽然凶狠，但还是来不及报这一剑之仇，
奥根索砍破了他的头盔，
他血流满面，扑倒在地。
然而他的伤势虽然严重，却没有要他的命。
海格拉克的一名勇士看到他的兄弟倒下，
即刻抽出宽大的宝剑对付巨人的刀剑，
他打碎了巨人的剑柄，击穿了盾牌，
老国王倒下了，瑞典人的庇护者阵亡于战场。
许多人为奥弗尔的兄弟包扎伤口，
把他扶起来。
他们很快就控制了整个战场。
奥弗尔从奥根索身上掠夺了胸甲、
宝剑和头盔，然后把这些战利品
交给海格拉克。
海格拉克接着了这些战利品，并承诺要给他重赏，
他履行了诺言。
回国后，高特国王，雷塞尔的后代
确实因那场残酷的战争重赏了两兄弟，
他赐予他们大面积的土地和数不清的项链，
没有人对雷塞尔的赏赐表示不满，
因为勇士们凭的是战斗时的勇气。
他还把他的独生女许配给奥弗尔，

为他们家的荣耀锦上添花。

这就是两国间的争斗与宿仇,
我敢断定,一旦瑞典人知道
我们的国王贝奥武夫去世的消息,
一定不会放过我们。
过去是他一直守护着我们的家园和财产。
他完成了一名英雄的使命,
保护了百姓的利益。
让我们马上出发去看看我们的高特国王,
把慷慨赏赐我们项圈的恩主
抬上火葬用的柴堆。
不能用一些碎片来燃烧我们的国王。
珠宝、黄金和那些在战争中
用他的生命所获得的财富,
都应该随火一起烧掉,
任何人不得留下作纪念,
任何未婚的少女不得把项链戴在脖子上。
她也不能因不戴项链而不高兴。
现在我们的国王已经抛下了欢笑,
他的子民别想再活得快活与幸福。
哪怕在寒冷的早上,他们也得
把长矛紧握在手,
唤醒武士们的不再是竖琴的弹唱声,
而是乌鸦病态的叫声。
它在气数已尽的人的身边得意,
向老鹰诉说它多么勇敢地
与狼争食尸体。"
就这样,勇敢的使者如实地报告完噩耗,

他的预言将会应验。
武士们站起身，一个个泪流满面，
他们走向鹰崖，观看这奇异的景象。
沙地上躺着他们已没有了生命的国王，
他曾经慷慨地赏赐他们项链。
仁慈而勇敢的国王走完了人生最后的旅程。
他死得壮烈！
他们还看见那头令人恶心的怪物，
正躺在他们的国王的对面，
毒龙的躯体被火烧焦，十分可怕。
它身长五十英尺[①]。
不久前还在夜间自由飞行，
不时地钻进自己的窝。
现在死亡结束了它在陆地上的欢乐。
它身边堆放着酒壶、广口瓶以及餐具，
珍贵的宝剑已经生锈，
这一切已经等了上千个春秋。
这笔巨大的遗产，古人留下的黄金
已经被一道符咒封印。
任何人都不得靠近大厅，
除非上帝，胜利的真理之王，
人类的保护者允许他的子民打开这个宝库。
不管是谁，都必须先求得他的同意。

四十一

我们看到了，那个私自窝藏宝藏的怪物，

---

① 1英尺=0.3048米。

不但没有捞到半点好处,而且还害死了
一位优秀的人物,这场厮杀,
谁也没有逃脱死亡的结局。
不可思议的是,一向以勇力著称的勇士就这样结束了
自己的生命,而不能继续与朋友居住在宴乐大厅内。
当贝奥武夫与毒龙战斗时,
他并不知道自己将要离开这个世界。
古代的王公在存放财宝时就已植下末日的咒符:
谁要是抢夺了
这些财宝,他将是有罪的,必将被囚禁在地狱,
受到瘟疫的折磨,但主会恩赐那些不贪图
黄金的国王。
威斯丹之子威格拉夫说:"一个人的意志,
常常会让众多的战士蒙受苦难,
如今我们就处于这种情形。
我们亲爱的庇护者不听我们的忠告!
放过那条可恶的毒龙,黄金的卫士
让它一如既往地待在它的地下大厅直到世界末日,
但是他坚持履行上帝的旨意,
打开了宝库,现在宝藏属于我们了,
但代价实在太大了。
我们的国王被命运驱使到这里。
道路被扫清,我目睹了一屋子的金银财宝,
这次的墓冢之行,对我来说危险重重,
我双手捧着金银财宝急急忙忙地
回到这里献给我的主公。他当时还活着,
神志还清醒。他伤心地说了很多话,
并嘱咐我们在为他举行火葬的地方
修建一座很高的坟墓来纪念他的丰功伟业。

因为在他享受着荣华富贵的日子里,
他无疑是人世间最伟大的武士。
现在,让我们马上去搜寻这个宝库,
看看悬崖下面藏着的宝藏,
我在前为你们带路,
你们好将那些无价之宝尽收眼底。
我们要尽快准备柴堆火葬,
等我们一从毒龙的宝窟回来,
就立刻将我们亲爱的主公抬到能让他
喜欢的地方,让他可以永远在那里
受到万能的主的保护。"
于是威斯丹之子,战场上的英雄,
发布命令,要求拥有田园的
英雄们到处收集柴火,为备受
拥戴的国王准备葬礼。
"滚滚浓烟和苍白的火苗吞噬着
无畏的武士,他曾冒着枪林弹雨,
冲锋陷阵,无所畏惧。"
现在明智的威斯丹之子从国王的
亲信中挑选了七个优秀的武士,
加上他自己,一共八人。
他们一道走进地宫,
站在那罪恶的屋檐下。
其中一人手举着火把走在前面,
他们无须抽签决定由谁来掠夺财宝,
因为洞穴已开,并且无人看守,
当他们迅速地搬出那些财宝时,
没有人为之扼腕叹息。
他们把毒龙的尸体扔下悬崖,

使它被汹涌的海浪吞没。
然后，他们把不计其数的黄金
和国王的尸体装上马车，
一起运到赫罗斯尼斯附近。

四十二

遵照国王的遗愿，高特人在地上
架起了一座巨大的柴堆，层层叠叠，
上面还挂满了他的头盔、圆盾和闪亮的胸甲。
他们悲痛地把他们伟大的国王，
敬重的英雄放在柴火中间。
武士们点燃葬礼的火把，
柴火上升起乌黑的浓烟，
熊熊的大火怒吼着，
与悲切的哭声混合在一起，
风势逐渐减弱，
直到大火分解了尸骨，
柴堆中心一片火红。
人们悲痛地为国王的离世而哀悼。
一位束发的妇人一遍遍地唱着凄凉的哀歌，
哭诉她的担忧，她害怕敌人的侵犯，
血腥的杀戮，残酷的战争，
灾难的日子即将来临！
此时天空中的浓烟消散。
高特人民在海岬上动工修建了
一座高大的陵墓。
航海者老远就能看见。
它是英雄纪念碑，

整个工程在十天之内完工。
围墙就建在火葬柴堆的周围。
墙内安放着英雄的骨灰。
只有最杰出的工匠才能见证
这一陵墓的修建。
他们还把很多以前获得的战利品、
项圈和珠宝首饰放进墓室。
勇敢的英雄们从洞穴所获取的财宝
也成了国王的陪葬品。
他们让这些古人的财宝
重新回到大地的怀抱，
这些财宝至今还在，
一如当年，于人无用。
十二位勇士，贵族的子弟，
骑马绕着坟墓走了几圈，
以表达他们对国王的哀悼，
他们唱着挽歌，
赞美国王的丰功伟绩、
他的勇气和神力。
这位我们挚爱的国王，
最值得我们赞美，
一旦他没有了生命，离开人世。
高特的臣民，从百姓到国王的亲信，
都会这样悼念自己的主公，
都说世上所有的国王，所有的人中
就数他最仁慈、最温和、最善良，
最渴望为自己挣得荣誉，
所以也是最受敬仰的。

罗兰之歌
The Song Of Roland

主编序言

778年，法兰克人最伟大的国王查理大帝结束军事远征返回西班牙，无论当时的统治者撒拉森人怎样挑起事端与他不和，他还是回来了。8月15日，他的部队经过比利牛斯山脉时，后卫军在龙塞斯瓦村庄遭到巴斯克人的袭击和歼灭，然后出现了很多关于此故事的流行歌曲，所歌颂的主要英雄叫霍兰德罗兰，他是前往布列塔尼的伯爵。也有种说法说这些颂歌起源于霍兰德罗兰或罗兰的布列塔尼人追随者。很快这些歌就流传到缅因州、昂儒、诺曼底等一些地方，直到这首歌在全国流行。我们现存所有的《罗兰之歌》形成于11世纪末，这一故事的历史本源在传奇色彩的遮掩下已无迹可寻。查理大帝，在龙塞斯瓦事件时才36岁，但在诗歌中却是一位胡须花白的老者，有着无数次战争经历；巴斯克人没有了，取而代之的是撒拉森人；他唯一的一次失败也是因为杜撰的加尼龙的背叛；777年到778年的远征成了一个七年的战役；罗兰成了查理大帝的侄儿，十二个同龄人的领导，他有一个忠实的朋友奥利弗和一位反对者阿尔达。

这首诗最初是关于伟大的法兰克英雄的诗集，被命名为"武功歌"，每一节长度不同，但以元音押韵。在英语中能有效押韵实在不易，但当代的译者采纳了接近的原则——柯勒律治和斯科特的浪漫的押韵方法。

《罗兰之歌》这本诗集体裁简单，语言直白，但题材不失庄严，可算是最早的具有爱国热情的民族诗歌。

查尔斯·艾略特

1

我们的国王查理①

驻扎在西班牙整整七年②。

从高地到海边所向披靡,

没有一座城堡能够阻挡,

没有一座城镇不思投降,

只有那山头上的萨拉戈萨③

还在做垂死的挣扎。

马西勒国王坚持在那里,

他不信什么上帝,

也没有慈悲之心,

只祷告阿卜林④,

---

① 龙塞斯瓦战役发生于778年,查理在800年受教皇利奥三世加冕为西方皇帝,后世称查理曼。"曼"(magnes)在拉丁语中为"伟大"之意。在本诗篇中,查理、查理曼、查理国王等都是指他一人。
② 实际上查理在西班牙仅驻守几个月时间。这是叙事诗的夸大写法,"七"在古代西方人看来有"长久"、"完成"之意。
③ 萨拉戈萨不在山头上,而是平原上的一座城市。这是纪功歌给战场添上一层雄奇的色彩。
④ 《罗兰之歌》中三位撒拉逊神中的一位,据夏尔·佩拉(Charles Pellat)的考证,为"恶魔之父"或"恶魔之子"之意。这自然是中古基督教徒的说法。

即便如此,他也无法为自己求得永久的太平。

2

马西勒国王守着萨拉戈萨,
他在果园的树荫下
搭建了议事台。
斜靠蔚蓝色的玉石台阶,
面向他的两万多国民,
忧心忡忡地向诸侯百官说:
"各位大臣,如今大祸临头!
强大的法兰克国王查理,
意图带兵来摧毁我们的国家,
霸占我们的家园。
我们没有足够的军人走上前线,
也没有足够的力量击败他们。
今天想听听智者们的高见,
以挽救我们亡国的危险和耻辱。"
但没有一个异教徒发言,
除了瓦尔封特城堡的勃朗冈特兰。

3

勃朗冈特兰是异教徒中的贤能之人,
他英勇善战,足智多谋,
是国王身边不可多得的参谋。
他对国王说:"陛下不必恐慌!
查理一向傲慢自大,
可用情谊和忠诚满足他的虚荣心。

我们只需要准备足够的黑熊、狮子、
敏捷的猎犬、七百匹骆驼、一千只苍鹰、
满载金银财宝的五十辆礼车。
把这些排成行向他朝贡。
查理就可以用这些礼品犒赏大军。
他在这块土地上征战多年，
必然想回他的家乡法国埃克斯①
去炫耀一下自己的成就。
陛下您只需跟随他上圣米歇尔，
接受基督教的信仰，
假意当一个心悦诚服的附庸。
他可能会提出要一二十名人质的要求，
这样，我们就把我们的亲生儿子送去，
我的儿子是首选，即使有性命之忧。
我宁愿他们在那里掉脑袋，
也胜过我们失去荣誉和财富，
成为沦落街头的乞儿或亡国奴。"

4

勃朗冈特兰说："我高举右手，
以随风飘扬的胡须发誓，
法国军队不久就会撤离。
他们会回到自己的法兰克领土上。
当各人重返自己富裕的封地，
当查理走进他的埃克斯皇家教堂，
他会在圣米歇尔庆贺自己英明。

---

① 当时法国的版图不是今日法国的版图。埃克斯可以看作查理曼时代法国的首都。

你的担心会结束的,
他再也听不到我们的任何消息。
查理国王的性格急躁,
他一定会下令把我们送去的
人质斩首以示自己的威猛。
当然我们可以让几位同胞为
我们美丽的西班牙领地献身。
宁可他们掉脑袋,
也胜过我们失去美丽富饶的西班牙,
也胜过我们所有的同胞受苦受难。"
异教徒纷纷说:"这话说得有道理。"

5

马西勒国王的议事会结束了,
于是他召集了巴拉格尔的克拉兰、
埃斯特拉马林和他的同伴欧特罗平、
伯里亚蒙和大胡子加朗、
马希内和他的叔叔马蒂欧、
乔内和乌特梅的赶马人,
以及勃朗冈特兰,他当场宣布了自己的决定,
并对这十大奸臣说:
"各位大臣,查理正在围攻科尔特城。
你们手捧橄榄枝去见查理,
它是和平与服从的象征,
两国的和平就全靠你们了。
成功后,金银财宝,土地庄园,
由你们挑选。"
这些异教徒答道:

"非常感谢。"

6

马西勒国王主持朝政时说：
"各位武士，你们手捧橄榄枝，
向查理国王转达我的旨意，
希望他看在上帝的分儿上，
停止战争，与我们和平相处，
我可以向他承诺，
他在一个月内就可以看到，
我将率领我的一千名信徒朝见他；
我将接受基督的信仰，忠心于他。
如果他要人质，我也可以遵命照办。"
勃朗冈特兰说："达成和议没问题。"

7

马西勒下令牵来十头白骡，
那是西西里王送他的礼物，
和金制的马嚼子，嵌银的马鞍。
信使们都手捧橄榄枝跨上了坐骑，
准备去朝见法兰克君主查理，
希望他逃不过他们所设下的圈套。

8

查理国王此时很是兴奋：
他摧毁了城墙，攻下了科尔特，

城楼被石炮轰炸得纷纷倒塌，
他们缴获的财宝不计其数，
均由他的骑士掠走。
城里再也没有一位异教徒，
他们要么死亡，要么成了基督徒。
皇帝坐在一个大果园里，
罗兰和奥利维尔站在他身边守卫着，
当场还有萨松公爵和骄傲的安塞依，
还有手背上刻着"忠于国王"的
来自昂儒的弗杰里，
还有基兰和吉瑞尔以及很多其他勇士，
以及一万五千多法兰克绅士。
骑士们坐在白色的披风上，
在桌边玩游戏作为消遣，
文静的人和年长的人在下棋，
年轻人在比武弄剑。
法兰克国王坐在松树下的金交椅上，
身旁是一株大蔷薇花。
国王满头白发，但精神抖擞，
仪表得体，相貌堂堂。
一看就知道他是谁了。
信使们即刻下马毕恭毕敬地向他行礼。

9

勃朗冈特兰首先向国王问候：
"上帝保佑，光荣的上帝会保佑你的！
马西勒王要我转达他的问候：
他对和平思考了很多，

他要向大王献上他的财宝,
黑熊、狮子和训练有素的狗,
七百匹骆驼,一千只苍鹰,
四百头骡子,
以及五十辆排列有序的满载金银财宝的礼车,
车上有数不清的金币,
这些足以犒劳你的部队。
你们驻扎在西班牙多年,
一定想念家乡埃克斯,
我们的国王保证与您一同前往,
听从您的命令和指使。"
查理向上天举起双臂,低头深思。

10

查理国王低头沉思,
不急于开口,
他说话一向从容不迫。
当他抬起头,神情显得很威严,
他对信使说:
"你说得很好!
你的这些话听起来也很在理,
但是马西勒王一向与我不共戴天,
我如何能相信你?"
异教徒说:"十名、二十名
或更多人质为陛下担保。
这其中也包括我的儿子,
他的生死就在你手里,
其余的也是些显赫的子弟。

如果大王回您的宫殿圣米歇尔庆贺,
我们的大王也将前往同贺,
并在上帝的圣水缸里
接受洗礼皈依基督。"
查理回答:"看来他还有救。"

11

夕阳西下,夜幕降临,
十头白骡被牵进棚厩,
草地上有一座装饰精美的凉亭,
十位信使在此宿夜,
并有十二名仆人伺候他们。
客人一觉睡到天亮。
皇帝起了个大早,
做完弥撒和晨祷后
来到一棵松树下,
召集文武大臣们商议
如何看待信使们的话。

12

查理国王走到松树下,
他的文武大臣也迅速到场参议。
奥吉公爵和杜平大主教、
理查老臣和他的侄子亨利、
英勇的加斯科涅伯爵阿斯林、
兰斯的蒂波和他的表弟米龙,
以及基兰、吉瑞尔、罗兰伯爵和

勇武高贵的奥利维尔都参加了。
到场的还有一千多法兰克人，
加纳隆也来了，他想叛离。
御前会议竟酿成了一场悲剧。

13

国王说："各位大臣，
马西勒国王派来使者，
他献上了大量贡品：
黑熊、狮子和训练有素的猎犬，
七百匹健壮的骆驼
和一千只已换毛的老鹰，
四百头骡子满，
此外还有满载着阿拉伯黄金的五十辆大车，
但是他希望我班师回国，
同时他还会跟我去埃克斯的家。
他要皈依救世主的信仰，
做个基督徒，把土地归并于我，
但我不知道他心中在盘算什么。"
谋臣们纷纷说："我们应该小心为是。"

14

皇帝话音刚落，
罗兰伯爵就起身表示异议。
他对他的叔叔说道："不要相信这个马西勒！
我们在西班牙整整七年了。
我们征服了诺伯勒斯和科米伯勒斯，

攻占了瓦尔泰纳、比内地区、
巴拉格尔、图德拉和塞维利亚。
马西勒王做事背信弃义,
那次他派来十五名异教徒求和,
也是每人手拿一根橄榄枝,
嘴里说着同样的话。
您跟您的法兰克人商量,
但他们的看法很不慎重。
你派了巴尚和巴吉尔去见他,
结果在阿蒂尔山下被他们杀害。
我坚持开战,并且要血战到底,
带兵直捣萨拉戈萨,
哪怕围攻一辈子,
也要为被叛徒害死的人报仇。"

15

皇帝低头沉思,抚须搔脑,
对外甥的话不做任何表示。
除了加纳隆,他们都不作声。
加纳隆起身,走到查理面前,
大胆地陈述了他的观点。
他说:"我们不要被他的花言巧语所迷惑,
既然马西勒国王声称拢着双手[①]归顺,
从今以后臣服于你,
献出整个西班牙,
皈依我们的宗教,

[①] 封建时代,藩臣向国王表示服从的姿势,拢着双手放入国王的双手里。

若有谁主张置之不理，
就是把我们的生命视同草芥。
这种狂言不应该占先，
国王陛下，要疏远愚人而接近良贤。"

16

接下来又是奈姆公爵上前启奏，
他有着花白的头发和灰白的胡须，
是宫中最忠厚的大臣。
他说："大王听了加纳隆的谏言，
它不失为真知灼见。
您已经攻下了他绝大多数城堡，
围墙已经倒塌，
乡镇被焚，士兵投降。
希望大王答应他的请求，
再不依不饶就是罪过了。
他愿意用人质担保表示他的忠诚，
就不宜兴师动众了。"
法兰克人也表示公爵说得有理。

17

"各位大臣，我们派谁去萨拉戈萨
完成我们的使命？"
奈姆公爵说："让我去吧，
现在就给我手套①和权杖。"

---

① 封建时期，手套和权杖都有象征意义，是外交官的标志和信物。手套可以表示承诺、赠予和敬礼。

国王对他说:"你是贤臣,
我发誓今年不会让你离开我出远门。
请回到你的座位听候我的召唤。"

18

"各位大臣,我们派谁
去萨拉戈萨见那里的撒拉森人?"
罗兰说:"我可以无忧无虑地去。"
"不行,"奥利维尔伯爵说,
"你性情急躁狂暴,容易跟他们动武。
如果国王同意,我可以去。"
国王说:"两人都别说了,
你们都不要参与这桩事,
你们看我已经老了,
谁再说派十二太保,谁就受罚!"
法兰克人听了都不敢再说话。

19

兰斯的杜平从队伍中出来,
说道:"尊敬的国王陛下,
不必劳驾您的法兰克人!
你们在这个国家过了七年,
经历了艰难困苦。
把手套和权杖给我吧,
我到西班牙撒拉森人那里去,
我能看出他们的本性。"
皇帝很生气地说道:

"回到你的白毯子上去！
没有我的准许，不许说话！"

20

查理再次开口说道：
"尊贵的骑士们，
推荐一位我的领地上的大臣，
去向马西勒转告我的旨意吧。"
罗兰说："那派我的继父加纳隆。
他是最佳人选。"
法兰克人说："他的确能胜任。
他比较圆滑，能见机行事。"
加纳隆伯爵心烦意乱，
把貂皮领子往背后一撩，
只穿一身丝织短装。
他目光炯炯，神情严峻，
身材挺拔，胸膛宽阔。
所有人看着他都会目不转睛。
他对罗兰怒吼道："你这个疯子，
这样心怀恶意对我是什么意思？
谁都知道我是你的继父，
你提出让我去见马西勒！
上帝若让我完成使命安全回来，
我将使你受苦，一辈子没有好日子过。"
罗兰说："多么傲慢而愚蠢！
谁都知道我不怕被威胁。
这是最智慧的人才能做的工作。
如果国王同意，我乐意代你效劳。"

21

加纳隆说:"取代我?不要,
你不是我的人,我不是你的主子。
如果查理王命令我去,
我就骑马前往萨拉戈萨。
但我要发泄心中不满,
不这么发作一回,
心中的怒火就难以烟消云散。"
罗兰听后大声笑起来。

22

见到罗兰笑他,
加纳隆更是气恼。
他愤怒地对罗兰说:"我们之间已恩尽义绝。
你让我得到不公平的委派。
公正的皇帝,臣在此领旨,
愿意完成使命。"

23

加纳隆说:"我去萨拉戈萨义不容辞,
但只怕这是有去无回。
我的妻子就是你的妹妹,
我们的儿子长得一表人才,
他叫博杜恩,今后肯定是个勇敢骑士。
我把荣誉和封邑留给他,
还望大王善待,他再也见不着我了。"

查理说:"你太儿女情长,
既然我下令了,你就去吧。"

24

国王说:"加纳隆,这是我给马西勒的诏令:
他必须向基督忏悔,
我赐给他西班牙半壁国土作为封邑,
另一半疆土要归罗兰伯爵所有,
如果他不接受这份协议,
我将进军萨拉戈萨,
让他戴上脚镣手铐,
把他押到法国埃克斯皇家教堂,
审判后再押上刑场斩首。
让他受尽屈辱和痛苦。
我已封好了诏令,
你把它交到异教徒手中。"

25

国王说:"加纳隆,过来接受权杖和手套。
你听到的,是法兰克人推举你去的。"
"陛下,这全是罗兰的安排。
我这辈子不会再爱他,
还有奥利维尔,他是罗兰的伙伴。
那十二太保都爱戴他,
我还敢在陛下面前向他们挑战?"
国王对他说:"您太记仇了,
这是我的命令,你去吧。"

"我走了,但是性命难保,
犹如巴吉尔和他的兄弟巴尚。"

26

皇帝给了他右手套,
但是加纳隆伯爵真希望此时不在朝堂上,
他向前接受时,手套掉到了地上。
"天哪!这怎么啦?"法兰克人说,
"恐怕这次出征会凶多吉少。"
加纳隆说:"各位王爷,等待消息吧。"

27

加纳隆说:"陛下,我告辞了。
既然我应该去,那就不要迟疑了。"
国王说:"以救世主和我的名义去吧!"
他伸出右手在胸前画了一个十字,
然后将权杖和诏书交给他。

28

加纳隆伯爵回到府上,
穿上行装,带上行囊,
把自己装扮得很气派。
他脚套金马刺,腰系劈石剑,
骑着赤花马,叔叔纪姆梅尔帮他提马镫。
许多骑士围着他掉眼泪,
大家都说:"你长期在大王麾下效忠,

对大王忠心不二。
谁决定你去完成这一使命,
查理曼也没办法否定。
罗兰伯爵不该出这个主意,
因为你是名门的后裔。"
他们又说:"王爷,让我们陪你去吧!"
加纳隆回答:"不,这有悖天意!
宁可一人死也不连累众多勇敢的年轻人。
各位大臣,回到美丽的法兰克,
代我向我亲爱的妻子问候,
还有我的战友比那贝尔,
我的儿子博杜恩,你们都认识他,
教诲和辅佐他做你们的大臣。"
他上路了,他们目送他直到看不见。

29

加纳隆在橄榄林中策马奔驰,
他赶上了撒拉森人的信使,
勃朗冈特兰与他并行,
两人巧妙地交谈着。
勃朗冈特兰说:"查理真是雄才大略!
阿普利亚和卡拉布里亚都被他征服,
他还不怕艰苦跨洋过海来到英格兰,
还为圣彼得赢得了贡金[①],

[①] 《罗兰之歌》中的许多地名,尤其是异教徒国土上的地名,经常是杜撰的。有些内容也不符历史事实。如征服阿普利亚和卡拉布里亚的是诺曼人罗伯特·吉斯卡尔。到达英格兰和为圣彼得赢得贡金的是征服者威廉一世。

但他要在我们的领土上获取什么呢?"
加纳隆说:"他的心很大,没有人能填满的。
没有人可以跟他匹敌。"

30

勃朗冈特兰说:"你们法兰克人很有名望的,
但是这些王侯给你们的陛下出的主意,
会使你们身败名裂,
不仅他受苦,还会毁了大家!"
加纳隆说:"我知道除了罗兰,
无人愿意这样,他会遭到报应的。
昨天早晨,皇帝坐在树荫下,
他的外甥穿着盔甲过来。
他不久前夺得了卡尔卡松的城郊。
他手中拿了一只朱红色的苹果[①],
'陛下,'他说,'我把万国之王的皇冠献给你。'
他刚愎自用,必然会遇到凶险,
惹来杀身之祸。
只有将他铲除了,天下才会太平。"

31

勃朗冈特兰说:"罗兰是个无情的人,
他欺负弱小的民族,兼吞天下的土地。
他想带领哪些人去创造这些功绩?"
"法兰克人!带领法兰克人!"加纳隆说,

---
① 在中古西方人眼中,苹果象征着诱惑。

"他们爱他，一切言听计从。
他经常赏给他们金银财宝、
骡子、马匹、丝绸、装备。
皇帝自己也想要什么有什么，
所以他还想让他征服东方。"

32

加纳隆和勃朗冈特兰骑在马上，
相互保证忠于对方，
并密谋杀死罗兰。
他们骑马通过大路小道，
到了萨拉戈萨，在一棵紫杉树前停住。
松树荫下放着一把御座，
上面铺着一块亚历山大丝绸。
西班牙国王坐在上面，
四周有两万撒拉森人。
大家都在静候着消息，
这时来了加纳隆和勃朗冈特兰。

33

勃朗冈特兰走到马西勒大王面前，
他牵着加纳隆伯爵的手，
对国王说："以阿卜林的名义，
我们遵循他们的圣训！
大王的旨意已传达给查理王，
他没有说什么，只是举起双手
感谢上天给了他一个空间。

他派了一名贤臣——来自法兰克的骑士，
带着他们最权威的消息，
从他那里，你可以得到和平的消息。"
"让他说吧，"马西勒说，"我们恭听。"

34

加纳隆伯爵深思后，
开始慷慨陈词，完全是一个外交老手。
他说："愿上帝保佑你，
我们都祈求他的恩惠！
以下是高贵的查理国王的谕旨：
大王皈依基督的神圣信仰，
他将一半西班牙国土给你，
另一半将由罗兰享有，
你将与这个狂妄的对手并肩为王。
如果你不愿意接受这份协议，
他将率军攻占萨拉戈萨，
你将被活捉，被迫戴上镣铐，
被押送到埃克斯都城，
在那里通过审判来定你的末日，
你将含辱地死去。"
说完，他将诏书交到了马西勒国王手上。

35

马西勒气得脸色发白。
他打开诏书，读懂了大意，
气得将诏书扔在了地上。

"巴尚和他的兄弟巴吉尔
被我在阿蒂尔山砍了头。
查理王要我明白
他为此多么痛苦与愤怒,
所以我要想保全性命,
就必须交出我的叔叔哈里发,
否则他就对我不客气。"
接着马西勒的儿子说:
"加纳隆说话像个疯子,
应该将他处死,
今天就由我来处决。"
加纳隆听后拔出宝剑,
背靠在一棵松树上。
他对剑说:"你明亮锋利,
多少年我佩在腰间出入宫殿,
法兰克皇帝以后绝不会说
是我一人死在异乡客地,
这里的精英们也赔了性命。"
异教徒说:"大家不要动武!"

36

撒拉森的精英们都围过来,
苦苦哀求马西勒回到御座。
哈里发说:"如果将那个法兰克人刺伤,
会招惹不少麻烦。
倒不如我们先听一听他本人怎么说。"
加纳隆说:"大王,这些话我不得不说。
强大的查理王

与大王你不共戴天,
他要我来传达他的诏令。
上帝创造的黄金,
贵国拥有的财宝
都不能诱使我不说。"
他穿着一件紫貂皮大披风,
外罩亚历山大城的丝披。
他脱下大斗篷,扔向勃朗冈特兰,
但他仍紧握那把宝剑,金柄在手。
异教徒说:"多么高贵威风的骑士。"

37

马西勒国王往果园里走去,
他的皇族跟随其后,
还有他的儿子和继承人朱法莱,
白发苍苍的勃朗冈特兰也来了,
还有他忠心耿耿的叔叔哈里发。
勃朗冈特兰说:"请传唤那个基督教徒过来,
他发誓愿为我们效劳。"
国王说:"好吧,带他来这儿。"
勃朗冈特兰与加纳隆手挽手,
来到国王面前站着。
于是他们策划罪恶的叛逃。

38

国王说:"亲爱的加纳隆王爷,
我刚才动作粗野,

对你大大失礼了。
我将慷慨地报答你，
这几张貂皮价值五百多斤黄金，
我将它赠予你。"
加纳隆说："我愧领了，上帝会报答您的。"

39

"加纳隆，请相信我。
我愿意听你谈查理曼，
我想他很老了，非常老，
该有两百多岁了吧。
他经历了很多艰辛，
身体应该很疲惫了，
他经历了很多战争，
折断了多少支长矛，
让多少骄傲的国王倒下！
他什么时候才会厌倦戎马生活？"
"查理不是这样的人，"
加纳隆回答，"谁见过他，都会理解他。
他是位英明的皇帝，
我无法用语言描述
他拥有怎样的男子气概和勇气。
他的荣誉、慷慨和礼节
都是上帝给予他的，
他宁死也不肯辜负他的臣民。"

40

异教徒说:"查理曼的年龄让我肃然起敬。
我想他该有两百多岁了吧。
他折断了多少支长枪长矛,
占领了多少城池,
让多少位强大的国王被消灭,
他什么时候才会厌倦戎马生活?"
加纳隆说:"他的外甥活着就不会停止战争。
他有勇有谋,他的战友奥利维尔也是一员勇将。
十二太保都是查理的宠将,
率领两万骑士组成前卫部队。
他不怕面对任何人。"

41

马西勒说:"我很好奇,
有人说查理王至今也有两百多岁了,
他已经老得头发全都白了,
自他来到这世上,
他已向多个国家发动战争,
创下了丰功伟绩,
所有战败的君王都被杀害,
他什么时候才能停止干戈?"
加纳隆说:"直到罗兰死了才能停止,
从这里到东海岸,没有人能和他匹敌。
还有他的战友奥利维尔,
和查理王引以为豪的十二太保,
另外还有两万多法兰克人,

都是他的先锋和追随者。
查理王随时可以嘲笑他人的无能。"

42

马西勒国王说：
"我告诉你，加纳隆王爷，
我的军队也可称雄一时，
我拥有四十万名骑士。
能跟查理的法兰克人决一胜负。"
"现在不是时候！"加纳隆回答，
"否则异教徒的军队会损失惨重。
要审时度势，千万不可轻举妄动，
向帝王进贡丰盛的礼品，
让法兰克人皆大欢喜。
送去二十名人质，
国王就会班师回朝。
他的后卫部队就会留下殿后，
我肯定那多半会是他的外甥罗兰伯爵，
还有勇猛的大将奥利维尔。
按照我的计划，这两位伯爵必死无疑，
查理失去骁将，也就无心恋战。"

43

"亲爱的加纳隆王爷，
请问如何置罗兰于死地？"
加纳隆说："我可以告诉您，
查理国王将通过西兹山大峡谷。

当然也会有后卫军一同前行，
外甥罗兰和奥利维尔肯定会去，
还有两万法兰克人随同，
你派上十万异教大军，
在那里与他们首次交锋。
直到法国军队兵败将损，
当然你的士兵也不会生还。
这时你再派来十万大军，
罗兰最后肯定被击倒。
那时你大功告成，
这一生再也不会有战争。"

44

"只要能使罗兰在这一战役中阵亡，
那就等于砍掉了查理的右臂，
风光的帝王也将一蹶不振，
他就不会再召集军队发动战争，
天下就会太平了！"
马西勒听了这话，吻了他的脖子，
并赏赐加纳隆一些皇家财宝。

45

马西勒说："你不必多说了，
若要我完全信任你，
你必须向我起誓对付罗兰。"
加纳隆回答："一切听凭大王吩咐！"
他以装饰刀柄的圣物起誓，

干下那大逆不道的事。

46

马西勒坐在一把象牙御座上。
他叫人捧来一部书,
上面记载着泰瓦干的戒律。
撒拉森人起誓道:
"如果发现罗兰在后卫部队中,
全部军队必须冲上去与他作战,
一直到他倒下为止。"
加纳隆说:"必须这样。"

47

马西勒的养父瓦尔达本走上前来。
笑着对加纳隆说:
"这把剑天下无双,
单是这剑柄就价值连城,
亲爱的王爷,我现在将它赠予你,
它会在战场上助你一臂之力。
祝你在后军中发现勇武的罗兰!"
加纳隆回答:"我会让你获得荣誉。"
然后他们互相亲吻了脸蛋儿。

48

然后又来了另一位异教徒克兰勃兰,
他笑着对加纳隆说:

"请收下我这副天下无双的盔甲,
它在战斗中肯定对你有用,
务必要让罗兰侯爵①身败名裂。"
加纳隆回答:"一定照办。"
然后他们互相亲吻嘴巴和脸颊。

49

这时王后勃拉米蒙达也来了,
她对伯爵说:
"我代表国王陛下和他的大臣
向您表达我们对您的敬意,
这两条橘红色的黄金项链
和紫水晶项链,
罗马的珍宝都不及它们名贵,
连你们的法兰克皇帝
也没有这样珍贵的宝贝,
我要将这些送给你的妻子。"
他将这些宝贝放进了他的靴筒。

50

国王召来了看管宝库的大臣,
"给查理的礼物全都准备好了吗?"
"是的,陛下,七百匹骆驼满载金银,
还有二十名贵族去当人质。"

---

① 原注:罗兰也是侯爵,是布列塔尼边区的总督。

51

马西勒搂住加纳隆的肩膀,
对他说:"阁下既聪明又勇敢,
你以基督救世的信仰起誓,
绝不与我们的目的相违背。
我给你十头骡子,
驮着阿拉伯最好的黄金,
从此以后每年都会送来,
让你跟国王一样富有。
请收下这座京城的钥匙,
里面的财富都属查理,
但必须设法让罗兰留在后军。
若能在峡谷隘道把他困住,
要想办法在那里将他歼灭。"
加纳隆说:"请原谅我不能在此久留。"
他跳上马背直奔大路而去。

52

皇帝正在归国的途中。
他来到了加尔纳城
(罗兰伯爵已将它夷为平地,
从今百年内难有生机)。
国王在此等待加纳隆的消息
和西班牙国王献给他的贡品。
加纳隆一大早就来到了兵营。

53

天刚亮,皇帝就起床了。
做完弥撒和晨祷后,
他来到了营帐前的草坪上。
罗兰、勇武的奥利维尔、
奈姆公爵和其他许多人都在。
加纳隆也来了,
这个奸诈的内奸开始编造故事:
"愿上帝保佑您!
我给您带来了萨拉戈萨的钥匙,
还有一笔丰厚的贡品
和二十名人质,请大王收下。
英勇的马西勒国王要我告诉你
不能因哈里发而责怪他。
我亲眼看到四十万大军
身披铠甲,头戴面盔,
腰佩金柄宝剑,簇拥他直到海边。
他们离马西勒而去,
这都因为他们不愿接受和信奉基督教教义。
船只航行不到四海里,
就遭到了暴风雨的袭击。
他们全都葬身海底。
如果哈里发还活着,
那站在你面前的人将会是他。
至于异教国王,陛下完全放心,
他会很快来到法兰克,
皈依你信奉的宗教,
双手合拢甘当臣下,

向西班牙领主表示敬意,
整个西班牙就在你的控制之下。"
国王说:"感谢上帝!你立下了大功,
我会重赏你。"
军营中响起千支军号声,
法兰克人撤营备马,
向富饶的法兰克开拔。

54

伟大的查理使西班牙满目疮痍,
城市被洗劫,城堡被攻破。
如今他宣布战争已经结束。
"我们骑马回富饶的法兰克吧。"
罗兰伯爵紧紧抓住军旗
在高台上挥舞庆贺。
法兰克人在附近安营扎寨。
异教徒正驱马通过峡谷,
沿着基督教徒的足迹。
他们全副武装,泰然自若,
头戴的钢盔装饰着花边,
腰间的宝剑闪闪发光,
颈前挂着盾牌,手执长矛。
他们穿梭在峭壁上,
在山顶的一座森林里停下来。
四十万士兵在等待黎明。
上帝!法国人竟然没有察觉到一点风声!

55

白天过后,黑夜来临。
强大的查理国王安睡着。
他梦见自己走进西兹大峡谷,
手里拿了一把柳叶刀,
结果被加纳隆伯爵一把抢了过去,
在空中挥舞,
但因挥舞过度,柳叶刀成了碎片。
查理依然沉睡不醒,继续做梦。

56

他做了一个又一个梦,
梦见他在埃克斯皇家教堂。
一头熊猛烈地攻击他的右臂,
撕咬到骨头都露了出来,
而阿登山那边的一头美洲豹,
猛力冲撞他的身子。
从客厅角落突然蹿出一条猎犬来救他。
首先咬掉了熊的右耳,
又跟美洲豹展开殊死搏杀。
法国人感叹:"这是一场恶战,
但不知谁胜谁负。"
查理依然沉睡不醒。

57

黑夜终于结束，曙光来临，
查理骑在马上，
神情严峻地视察他的军队。
"各位大臣，看看这片土地，
这里已是峡谷隘道，
谁最适合做将军殿后？"
加纳隆说："我的继子罗兰，
你身边没有谁比他更适合的了。"
国王听到此话，眉头紧锁：
"你真是个恶魔，心怀不轨。
那谁率领前军最合适？"
加纳隆说："丹麦的奥吉，
朝中没有比他更勇敢的了。"

58

罗兰听到被提名，
深知朝中法规，很有骑士风度地说：
"继父王爷，我非常感谢
你推荐我做殿后将军。
我会努力，查理必定继续他的位置，
他也绝不会失去他应有的
骏马、千里驹、大骡和毛驴。
谁要夺走他的坐骑和驭兽，
必先跟我的宝剑较量。"
加纳隆回答："是的，这我很清楚。"

59

罗兰再一次转过身来
继续讽刺他:
"啊!多么卑鄙、恶毒的小人,
你相信我的手套会从我手中跌落,
像你在查理面前失落权杖?①"

60

罗兰说:"公正的皇帝,
请把手中的弓交给我吧②。
将来不会有人说弓从我的手中跌落,
像加纳隆右手接受权杖时那样。"
皇帝悲伤地低头,
抚着白色长须,流下了眼泪。

61

奈姆伯爵很快站在他身边,
队伍里没有比他更忠良的藩臣。
他对国王说:"陛下已经看到、听到,
罗兰伯爵义愤填膺。
后军的重任既然由他担当,
哪里还有别的大臣与他匹敌?

---

① 前文中加纳隆跌落的也是手套,不是权杖,但两者俱是权力的象征。
② 根据原注,封建时代人们认为弓是种暗器,不是光明磊落的骑士应用的武器。在此似乎应看作其为跟宝剑一样的军权象征。

请把你手中的弓给他吧。
让几位大将辅助他吧。"
国王把弓交给罗兰,
罗兰收下了。

62

查理说:"我的爱侄,坦率地告诉你,
我的一半军队归你指挥,
生死存亡就靠他们了。"
罗兰回答:"上帝就是裁判,
我若愧对先人,上帝会惩罚我!
我只需两万名英勇的武士
就可以安全通过峡谷,
只要我一息尚存,
大王无须害怕任何人。"

63

罗兰伯爵跨上他的战马,
披上鲜亮的盔甲,
戴上男爵专用的头盔,
腰上别着一把金柄尖刀,
脖子上挂着护身符。
他高举战旗,
白底的旗帜镶着金边。
法兰克人说:"我们将追随你。"

64

罗兰伯爵跨上他的战马。
奥利维尔先生跟在他身边,
基兰和吉瑞尔也全副武装,
奥索和拜伦格尔、
阿斯托和年迈的安塞依、
猛将鲁西荣的基拉尔、
强大的盖菲埃公爵也紧跟其后。
杜平说:"我也要去出生入死一番!"
戈蒂埃伯爵说:"我也同去,
我是罗兰的人,我要为他效劳。"
他们一起挑选了两万名骑士。

65

罗兰对沃尔特说:
"你率领一千名法兰克人,
扫荡隘口和高地,
不能让皇帝丢失一兵一卒。"
沃尔特回答:"遵命。"
一千名法兰克人跟着他勇猛向前,
他们翻越了高山,越过了隘口,
任凭地动山摇也不擅离,
直到七百支宝剑出鞘。
贝尔费纳国的奥马里王,
当天就跟他血战一场。

66

军队在龙塞斯峡谷中行进，
奥吉尔打头阵，
他们勇敢又自信，
因为罗兰率领着后备军，
两万名骑士列队整齐，
战役中上帝和他们同在。
加纳隆这个阴险小人知道一切，
他几乎都没有勇气再继续扮演下去。

67

山岭高耸，峡谷幽深，
岩石峥嵘，隘道阴森。
法国人艰难地通过了峡谷。
十五里外也能听到脚步的回音。
一踏进伟大祖国的领土，
便看到国王的领土加斯科涅。
他们开始思念他们的封邑和庄园，
他们的妻子和儿女。
他们禁不住伤感地哭了起来。
查理的那份情感比其他人更浓。
他妹妹的儿子还留在西班牙，
他不禁心酸而老泪横流。

68

十二太保滞留在西班牙，

两万法兰克人跟随左右。
他们不在乎生死,
但查理回到了法国,
用盔甲遮掩着眼泪。
奈姆公爵骑马走在旁边,
对国王说:"你心里承受着什么悲伤?"
查理回答:"这事让我很伤心!
我悲愤得只能对天抽泣。
法兰克要毁在加纳隆的手里。
昨夜我梦到一位天使
折断了我掌中的长矛。
是他安排我的外甥殿后。
我让他留在异地他乡。
上帝!我要失去我的侄儿,
我再也找不到这样的大将。"

69

查理禁不住潸然泪下。
法兰克人见了为之动容,
他们更担心罗兰会险遭不测。
加纳隆,这个叛徒
接受了异教国王的重礼:
金银财宝,绫罗绸缎,
骏马大骡,雄狮骆驼。
马西勒召集西班牙的
文武大臣、伯爵、子爵、公爵
和阿马苏、总督和将军,
三天内动员了四十万大军。

萨拉戈萨城内鼓声大震。
高塔上悬挂着神像，
异教徒个个顶礼膜拜，
然后骑上马匆匆而去，
穿过安宁地带，翻山越岭。
法兰克人的旗帜远远在望，
十二太保的后卫军浩浩荡荡，
免不了有一场大战。

70

马西勒的侄子骑了一头骡子，
来到国王身边，
手里拿着根木棍。
他笑声爽朗地说：
"陛下，我一直为您效劳，
我的艰辛和冒险经历可以证明。
请求让我与罗兰打头阵！
神会保佑我，
让罗兰在我的利剑下丧命。
我要光复西班牙大地，
从峡谷到杜雷斯坦，
直到查理厌战，
陛下从此太平无事。"
马西勒国王把手套授与他。

71

马西勒的侄子紧紧地拿着手套，

向他的叔叔放出豪言壮语：
"国王陛下赐给我的是一份重礼，
我再请求您赐给我十一位大臣
帮助我一起将十二太保打败。"
法尔萨龙首先回应这一请求，
他是马西勒国王的弟弟：
"我亲爱的侄子，我和你一起，
今天一起去面对战争，
让那查理的后卫大军，
死在我们的刀剑下。"

72

科尔萨勃里国王在另一边，
他是柏柏尔的首领，
说话像个自信大胆的诸侯，
为了上帝的金山他不会回避。
勃里冈的马尔普里米跳了出来，
他跑得比马还快。
在马西勒面前高声叫嚷：
"我要去龙塞斯瓦，
遇到罗兰我会杀死他。"

73

有一位巴拉格尔的酋长也来到现场，
他身材魁梧，面目俊秀。
他骑着战马，披坚执锐，
很是神气。

他也是个出名的好藩臣,
若是基督徒必然会权重一时。
他在马西勒面前大声道:
"让我去龙塞斯瓦拼个死活。
若遇到罗兰、奥利维尔和那十二太保,
那就是他们的死期。
法兰克人将死于痛苦与耻辱。
伟大的查理年岁已大,
他将无力再御驾亲征。
西班牙领土从此保持完整。"
马西勒国王对他表示感谢。

74

有一个毛里塔尼亚人阿马苏,
他是西班牙境内的阴险小人。
阿马苏走到马西勒面前大言不惭:
"让我率领两万大军,
带着盾牌长矛到龙塞斯瓦。
让我在战场上与罗兰相遇,
我敢保证,他必死无疑。
让查理一辈子为他以泪洗面。"

75

多特洛斯的托基也来了,
他是伯爵,曾拥有许多城池,
为此,他期盼基督徒没有好下场,
于是也不甘落在人后,

他对马西勒国王说:"大王不必恐惧!
让我直接去龙塞斯瓦,
决不会让他逃过这一劫。
我的宝剑又长又锋利,
与朵兰剑一比,胜负立见分晓。
老查理会感到痛苦和耻辱,
皇冠再也戴不到他的头上。"

76

瓦尔泰纳的埃斯克勒米也来了,
他是撒拉森人,占有这片土地。
他在人群中向马西勒高喊:
"我要骑马去龙塞斯瓦,
挫一挫罗兰的傲气,
遇到我,他将一败涂地,
人头不保,
领队的奥利维尔和十二太保也难逃一死。
法国人死了,从此法国荒芜一片,
查理将缺乏勇猛的武士。"

77

埃斯杜尔冈走到国王身边,
跟随他的还有战友埃斯特拉马林。
他们都是被收买的叛徒和罪犯。
马西勒说:"我的两位大臣,
你们俩去龙塞斯瓦的隘道口,
为我的军队带路。"

两人回答:"听候大王派遣!
我们要让奥利维尔和罗兰倒下,
十二太保也不能生还。
我们的剑又亮又锋利,
我们要让敌人的鲜血染红它。
法国人死了,查理伤心地唱着挽歌。
我们要将法兰克领土作为礼品送给大王。
下令吧,大王,
你会看到查理大帝俯首在你的脚下。"

78

塞维利亚的马加里疾步走过来,
他是西比利领地的伯爵。
他总是面带微笑,
长相英俊,深受女人喜爱,
他是异教徒中最好的骑士。
他在人群中向国王大声说:
"大王不要灰心,我将在
龙塞斯瓦杀了罗兰,
就算奥利维尔也救不了他的命。
十二太保也会跟着一起送死。
看我的金柄宝剑,
这是普里姆酋长送我的礼物。
它会被鲜血染红。
法国人死了,法兰克蒙受耻辱!
白发苍苍的老查理,
将日夜悲痛欲绝。
不到一年法兰克就会被我们征服,

到时候，我们将进驻圣德尼城堡。"
异教王深深鞠了一躬。

79

莫尼格的切尔奴伯也来了，
他的长发及地；
四头骡子驮起来吃力的重物，
他挑起来轻而易举。
据说在他的出生地，
太阳不发光，麦子不成长，
雨水不下落，露水不结珠，
石头块块发黑。
有人说那里是恶魔的家。
他说："挂在我腰间的青锋，
将会在龙塞斯瓦被鲜血染红。
只要让我遇见罗兰，
他就一定会死在我的剑下。
我的剑将压倒朵兰剑，
法国人死了，法国将衰落。"
表过忠心后，十二员大将聚在一起，
率领十万异教徒大军，
急忙奔赴战场，
他们来到松林下提枪披挂。

80

异教徒穿上撒拉森铠甲，
多数是里三层又外三层，

戴上萨拉戈萨生产的头盔，
佩带维也纳钢制的宝剑，
手执美丽的盾牌、瓦朗斯长矛，
还有白色、蓝色和朱红色的军旗，
他们把骡子和仪仗马放置一边，
骑上战马神驹，密集的队伍匆忙前进。
阳光明媚，天空晴朗，
一副副盔甲像一团团火焰，
军号齐鸣，法国人也听到了。
奥利维尔说："阁下，我相信
马上就会有一场与撒拉森人的大战。"
罗兰回答："让上帝成全我们吧！
我们在这里为国王坚守领地，
作为他的臣民，我们不怕烈日严寒，
不怕忍受饥饿。冒着生命危险也要奋勇作战。
让我们奋起反击，
别让敌人对着我们唱哀歌！
异教徒走的是邪道，基督徒为的是正义。
我发誓以身作则。"

81

奥利维尔登上一座山头。
他凝视向右延伸的山谷，
看到异教徒军队过来，
于是再次向罗兰说道：
"西班牙那边人声喧哗，
数不尽的闪亮铠甲和头盔，
我们法国人会遭他们的毒手！

加纳隆这个叛徒早就知道内情,
是他推荐我们做后卫军。"
罗兰伯爵说:"奥利维尔,闭嘴,
不许对我的继父妄加评论。"

82

奥利维尔登上山头。
观察西班牙境内撒拉森人的动静,
他看见他们镶金的石盔闪闪发光,
他们高举着长矛,挥舞着旗帜。
浩浩荡荡的人群,
多得超乎他的想象。
他心慌意乱地奔下山,
把一切如实报告给法兰克人。

83

奥利维尔说:
"还从未见过这么多异教徒,
大约有十万人,他们手执盾牌,
头戴铁盔,背穿铠甲,
高举长矛。
我们将有一场空前的血战。
大臣们,上帝与我们同在!
坚守阵地,绝不退缩!"
法兰克人说:"逃兵必定受到诅咒!
即使死也不能临阵脱逃。"

84

奥利维尔说:"异教徒人多势众,
而我们法兰克人会寡不敌众,
罗兰,我的战友,吹响你的号角,
查理听到,军队会折返回来。"
罗兰回答:"我疯了才那样做,
那会让我在法兰克无脸立足。
我发誓:我的朵兰剑会横扫一切,
让剑刃上沾满鲜血。
异教徒窜入峡谷将发现他们,
其实只是在自寻死路。"

85

"罗兰,吹响你的象牙号角,
查理听到,他知道这是不得已,
他将率军折回支援我们。"
罗兰回答:"祈告上帝,
这样太丢脸,那样我的亲族将蒙羞,
法兰克也会蒙受污辱!
佩在腰间的朵兰剑,
我会用它来挥舞砍杀。
它将沾满血污。
异教徒这一次的行为大错特错,
他们的进犯实质是来送死的。"

86

"罗兰,罗兰,吹响一次吧!
查理正通过峡谷,他会听到的,
法兰克人会快速返回来的。"
罗兰回答:"我不会吹响号角的,
不能让天下人笑我,
为了异教徒吹起号角,
我也不能让别人嘲笑我的家族。
我会在千军万马中拼杀,
让朵兰剑沾满鲜血。
法兰克人是勇士,
西班牙人是在自挖坟墓。"

87

奥利维尔说:"对此我没有异议,
但我看到了西班牙的撒拉森人
越过平原、山谷,翻山越岭。
异族大军兵多将广,
而我们只是一支小部队。"
罗兰回答:"这使我更有信心。
愿上帝和天使保佑,
法兰克绝不会失去荣誉!
我宁死也不愿受辱。
我们是皇帝器重的勇将。"

88

罗兰勇武而奥利维尔善谋。
两人都是杰出的藩臣。
他们一旦跳上马背拿了枪,
宁死也不会退出战场。
不忠的异教徒骑马奔来。
奥利维尔说:"罗兰,你看,
这些可恶的撒拉森人,
他们已经接近了,
而查理却离我们很远!
你不愿意吹响号角,
国王不在,我们单独对付敌人恐怕有难度。
你看看西班牙峡谷那边,
我们后卫军处境危急啊。
也许今天将是最后的晚宴,
不会再有其他较量了!"
罗兰回答:"闭嘴!
谁胆怯谁将受到诅咒!
我们严守阵地,
亮出我们的宝剑。"

89

罗兰预感到有一场血战,
比狮子、豹子还要厉害的战斗。
他召集法兰克人,对奥利维尔说:

"我的朋友,我的战友,我的奥利维尔,
皇帝把他最勇敢的两万人留了下来,
全都经过他的挑选,没有一个懦夫。
作为他的臣民,我们必须经受
烈日严寒的考验,
即使流血牺牲也无所畏惧。
你用长矛捅,我用宝剑砍。
我的宝剑是国王所赐,
我死后,得到这把剑的人可以说,
它以前属于一位勇猛的藩臣。"

90

杜平大主教在那边。
他策马跑上山冈。
对法国人布道:
"各位大人,为了查理我们留守这里,
虽然生死未卜,但我们必须坚持,
为基督教的胜利而奋战,
一场恶战在所难免,
既然撒拉森人已在眼前,
你们应低头请求上帝宽恕!
我为你们赎罪拯救灵魂。
战死者将成为圣洁的烈士,
天堂中会有他的位子。"
法兰克人下马跪倒在地,
大主教以上帝的名义赐福,
下令通过战斗来赎罪。

91

法兰克人笔直地站立着,
一切罪孽都已洗刷干净,
大主教虔诚地为他们祈祷,
在每人身上画一个十字。
战士们随即跨上骏马,
像真正的骑士般奔赴战场。
罗兰对奥利维尔说:
"我的战友,现在真相大白,
加纳隆背叛了我们,
他被西班牙人重金收买,
查理会为我们报仇雪恨。
马西勒国王想对我们下毒手,
他得到的将是我们锋利的刀和剑。"

92

罗兰骑着他的骏马,
进入西班牙峡谷。
他熟练地挥舞着他的长枪,
枪尖朝向天空,枪头是一面白旗,
枪的流苏在他的手间舞动。
他身材匀称,面容温和。
身后是他的战友,
大家都喜欢称他为保护者。
罗兰对撒拉森人目光严厉,
对法兰克人温良谦逊。
他语气温和地说道:

"各位大人，放慢行军速度！
这些异教徒是在自寻死路。
今天我们将获得丰富的战利品，
法兰克国王从未得到过这样的礼品。"
听了这话，全军信心倍增，斗志昂扬。

93

奥利维尔说："我再说就是废话，
你不愿意吹响你的号角，
查理就无法前来增援。
我们的处境他无从知晓，
大王和他的大臣也就无可指责。
大人们，立刻做好准备！
策马加鞭，首先占领高地，
思考怎样给敌人痛头一击，
不要忘记查理的战斗口号。"
听到这话法国人齐声高吼：
"我有神助！"
谁听了都会想起骑士精神。
然后他们策马疾驰，
上帝，他们是多么勇猛。
他们无畏地与敌拼杀，
他们的异教敌人也不畏惧。
这时，法国人和异教徒短兵相接！

94

马西勒的侄子艾尔洛特，

骑着马冲锋在前。
他对着法国人斥责道：
"法国奸贼，敢来与我们交手，
你们选出的卫士出卖了你们。
昏君又让你们在峡谷受困。
富饶的法兰克今天将一败涂地，
查理就要失去他的助手。"
罗兰听了，心中又恨又痛！
他一蹬马刺，冲上前去，
举枪用劲刺向那个人，
他刺穿他的盾牌，击碎他的铠甲，
捅破他的胸脯，打断他的骨头，
长矛让他的灵魂出了窍。
他在马背上晃动了几下，
滚落在地。
最后，罗兰在他的颈部一割，他身首异处，
罗兰对着尸体还不忘记说：
"罪大恶极的浑蛋，查理不是昏君，
他从来不能容忍变节。
他是个英主才命令我们守在峡谷，
今天富饶的法兰克不会丢人现眼。
杀啊，我的同胞，不能心太软，
我们是在行使正义，而奸贼违反了天意！"

95

一位叫法尔萨龙的公爵，
他是马西勒国王的兄弟，
天底下再也找不出比他更恶毒的人。

他有着巨大的额头，
两眼之间瞳距有半尺宽。
他看到侄子阵亡悲痛不已。
他冲出人群，发出异教徒的喊杀声：
"今天，富裕的法兰克的末日到了。"
奥利维尔听到后怒火冲天。
他用金马刺踢自己的坐骑，
勇冲向前，刺穿了对方的盾牌和铠甲，
直接刺中了敌人的心脏，
他瞧着异教徒的尸身僵直躺着，
就对他嘲笑道："胆小鬼，你的威胁是无用的，
法兰克人，我们面前的敌人倒下了，
我们会大获全胜！"
"我有神助。"这是查理的战斗口号。

96

一位来自远地的柏柏尔人，
他叫科尔萨勃里。
他对撒拉森人说：
"我们必须坚持战斗到底，
现在法国人势单力薄，
我们不用将他们放在眼里。
他们会全军覆没的，
就算查理也无法挽回局面。
今天就是他们的末日。"
杜平大主教听得很清楚，
他从未如此大怒过，
他用金马刺一蹬，

朝着他猛冲过去。
异教的盾牌和铠甲都被击穿,
长矛捅破他的身体,
他摔下马背,没有了呼吸。
大主教看到敌人僵直地躺在地上,
不放过机会,对他说:
"卑贱的异教徒,你大错特错,
查理王会永远保护我们,
他是我们的骄傲,
法兰克人绝不是逃兵,
我们要让你们的人躺在这里,
你且听着:你们会死得很惨!
杀啊!法国人,拿出你们的骑士精神!
感谢上帝,让我们一战成名!"
他大喊"我有神助"来鼓舞士气。

97

基兰袭击勃里冈的马尔普里米,
对方的盾牌根本无用,
水晶球饰一击就破,
掉落在地上。
基兰用长矛攻打他的铠甲,
一直插进他的身体。
异教徒僵直地倒在地上,
灵魂也跟随撒旦而去。

98

此时,基兰的战友吉瑞尔正与埃米尔对战。
对方的盾牌被他刺穿,铠甲也被击碎,
他的长矛插入对方的心脏,
长矛捅穿了对方的身体,
异教徒摔下马来,一命呜呼了。
奥利维尔说:"我们打得太漂亮了!"

99

萨松公爵对战阿马苏,
长枪刺穿了阿马苏的铠甲,
捅烂了他的五脏六腑,
他就这么倒下去死了。
大主教说:"这就是大将的枪法!"

100

安塞依放开缰绳,
袭击多特洛斯的托基。
他用矛刺破了他的金饰盾牌,
劈开了他的双料锁子甲,
身体也被捅了个大洞,
他从马背上掉下就一命归天。
罗兰说:"这就是武士的枪法!"

101

阿斯林是波尔多的加斯科涅人,
他骑在马背上进攻
瓦尔泰纳的埃斯克勒米。
他用力攻打并刺穿他挂在脖子前的盾牌,
击碎了他的铠甲,
最后再给他当胸一击,
把他打下马背,让他命归黄泉,
然后对他说:"你将永世不得翻身。"

102

异教徒埃斯杜尔冈是奥索的目标。
奥索直接刺向他的盾牌,
打掉了上面的红白涂漆,
撕破了他的铠甲的下摆,
锋利的长矛插进了他的体内。
奥索说:"你就这样命归黄泉吧。"

103

拜伦格尔的目标则是埃斯特拉马林,
他刺破了他的盾牌,击碎了他的铠甲,
把长矛插进了他的心脏。
让他死在成千上万的撒拉森人面前,
异教徒损兵折将,
十二员大将只剩两人,
即切尔奴伯和马加里伯爵。

104

马加里是个非常英勇的骑士,
他身体强壮,动作敏捷。
他纵马进攻奥利维尔,
马加里刺破奥利维尔的盾牌,
长矛从他的腰间滑过。
由于神的恩典,奥利维尔没有受伤。
马加里的长矛折断了,
他这一击扑了个空。
于是他吹响号角召集他的同伴。

105

战斗如火如荼,漫天都是喊杀声,
罗兰伯爵临危不惧,奋勇杀敌。
十五个回合后,他的矛杆被折成两截。
于是,他迅速地抽出他的朵兰剑,
朝着切尔奴伯的头盔砍下去,
砸破了他的红宝石头盔,
削下了他的头皮和头发。
朵兰剑顺着他的面孔直下,
穿越胸部、脊柱至裤裆中央,
宝剑还割破包金马鞍,
一直刺入马身,
切去马背上的一块肉但没有伤及骨骼。
这样他就死无完尸地摊在草地上。
"贱人,你今天来得不是时候!
神不会保佑你这样的恶棍,

你来帮助我们打赢了这一仗！"

106

罗兰伯爵驰骋沙场，
手中的朵兰剑削铁如泥；
他拼命杀敌，
撒拉森人一个接着一个倒下，
战场上横尸遍野，鲜血横流；
罗兰的铠甲和手臂被鲜血染红，
战马的脖子和背脊上也血迹斑斑。
奥利维尔也不示弱，
十二太保无懈可击，每个人都英勇奋战，
杜平大主教大声道："我们的将士无敌！"
他们又一次高呼："我有神助！"

107

奥利维尔在乱军中杀开一条血路，
他手中的长矛已被折断，只剩下矛杆，
他刺破了马尔萨龙的盾牌，
粉碎了盾牌上的黄金装饰品，
将马尔萨龙的眼睛挑了出来，
马尔萨龙的脑浆流了一地，
他倒在了七百具异教徒的尸体旁！
接着，他又杀死了托基和埃斯杜尔冈，
长矛折断只剩下了把手。
罗兰问道："朋友，你在干什么？
现在是用棍子打的时候吗？

这种情形必须把钢和铁派上用场。
你的哈特科利尔剑在哪儿？
用金子做的柄，水晶做的球饰。"
奥利维尔回答：
"我忙于杀敌，竟然没有工夫拔剑。"

108

在罗兰的再三要求下，
奥利维尔拔出了他的宝剑，
像真正的骑士舞动着宝剑，
直击异教徒瓦尔凡莱的朱斯丹，
一剑将他的脑袋劈成了两半。
这一剑也劈断了他的身体和战马的脊背，
人和马一起倒在了草地上。
罗兰说："谢谢你，我的兄弟。
国王一直都喜欢我们这样勇敢地搏斗！"
他们周围的人又喊起了："我有神助！"

109

基兰和吉瑞尔都分别蹬上各自的骏马，
气势汹汹地向异教徒蒂莫赞尔进攻。
他们一剑击中他的铠甲，
又一剑击中他的盾牌，
两支长矛断在了他的体内，
就这样他也命殒于沙场。
我没有听说，我也不敢猜测，
他们二人谁出手更快。

随后，布台尔的儿子——
埃斯普利埃也被杀死了，
他是被安杰里埃杀死的。
大主教杜平杀了西格洛莱，
他是个男巫，
曾被朱庇特施展魔法去过地狱。
"我们好好地收拾了他。"大主教说道。
"恶贼活该，"罗兰回答说，
"奥利维尔兄弟，我钦佩你的枪法！"

110

这时战况越来越激烈，
法兰克人和异教徒杀得不可开交，
你一招来，我一招去。
多少枪杆被折断，多少长矛被染红！
多少旗帜被撕成碎片！
许多法兰克勇士在此断送了性命！
他们再也见不到自己的父母妻儿，
也见不到那些在峡谷等待的战友们。
查理王悲痛地大哭一场，
悲泣自己救不了他们。
加纳隆在萨拉戈萨背叛了自己的国王，
他注定要受到惩罚。
在埃克斯的审判中，
加纳隆被处以极刑，
为此，他的三十名亲属也受到了株连，
他们没有想到会祸从天降。

111

阿尔玛瑞斯王带着他的部队
穿越在惊险的峡谷中；
沃尔特伯爵穿过高地，
驻守着西班牙出口。
他说："是加纳隆这个叛徒，
为我们带来了这个灾难。"

112

阿尔玛瑞斯王带领六万异教徒来到山头。
他们极其痛恨法兰克人，
他们猛烈地攻击法兰克人，
追赶、驱散并宰杀他们。
他们激怒了沃尔特伯爵，
他拔出宝剑，冲到队伍前面，
对敌方进行了一阵砍杀式的问候。

113

沃尔特骑着战马正对敌人，
异教徒从四面八方进攻他，
他强大的盾牌破裂了，
他的锁子甲也被击破，
众多的长矛刺得他浑身是伤，
他无法忍受，晕倒四次。
他不得不从疆场后退，
缓慢地退到山下，

并大声向罗兰求救。

114

激烈的战斗仍在进行。
罗兰和奥利维尔奋力猛战，
大主教打了上千个回合，
十二太保也不落后，
法兰克人合力战斗，
杀死了成千上万的异教徒。
没能逃走的异教徒
都在这沙场上终结了自己的生命。
法兰克也失去了最精锐的护国军，
他们再也见不到父老乡亲
和在峡谷等待的查理。

115

一场大风暴降临法兰克，
雷电闪烁，狂风怒号，
暴雨冰雹交织而来，
真是地动山摇。
从贝桑松市到维尚港，
从圣迈克尔山到科隆圣地，
所有的房屋都倒塌了。
正午，天地一片漆黑。
只有闪电时才见一丝光亮。
这让很多人恐慌。
他们说："末日就要来临了。"

唉，他们哪里知道，
这是罗兰大难，天地在为他举哀。

116

风暴愈加猛烈，
这令人们更加恐惧，
从正午到薄暮时分，
没有阳光和月光，
这种黑暗让人感到非常恐怖，
谁都会想到死亡。
如果他们的首领——罗兰倒下，
他们会非常痛苦和悲伤，
他们再也无法与勇猛的战友
一起刺杀异教徒，赢得领地。

117

战斗形势变得异常严峻，
法兰克人用剑顽强拼搏，
所有的剑上都沾满了鲜血，
"我有神助"仍然是他们不变的口号。
他们在战场上疯狂追赶，
异教徒们感觉难以抵抗。

118

异教徒们疯狂地厮杀着，
法兰克人镇定地应对。

看看那刚刚经历过厮杀的平原：
撒拉森人赤裸地躺在绿草地上，
头盔和铠甲反射出耀眼的光芒，
到处是撕裂的旗帜和毁灭的武器。
法兰克人赢得了战争。
一场激烈的战斗降临了，
上帝啊，悲惨的故事还在后面呢。

119

法兰克人气宇昂扬，意气风发。
成千上万名异教徒死去，
十万大军幸存的没有几个。
大主教喊道："坚定和忠贞！
法兰克人应把这写在功名册里，
作为国王的臣子就应这样。"
他们顺着战场寻找自己人，
伤心悲痛，泪如雨下，
深情哀悼各自的乡亲。
马西勒带着他的部队临近了。

120

罗兰心烦意乱，
十二太保也急得发狂，
因为法兰克人努力奋战，
杀死了大部分撒拉森人，
但十万敌人中有一个逃跑，
那就是马格瑞斯王。

他在战场上是羞辱的,
他身负重伤,
逃出战场回到西班牙,
告诉马西勒王所发生的事情。

121

马格瑞斯王带着破碎的长矛和盾牌
独自离开了战场,
长矛仅剩下半尺长的把手,
宝剑上沾满了鲜血,
他的身上有四处被长矛刺伤的伤口。
要是他是位基督教男爵该多好啊!
他迅速跪在马西勒王脚下,
对马西勒王讲述:
"大王,立即到战场上,
您会发现法兰克人正处于不幸的境况,
他们已经牺牲了绝大多数的士兵,
而且剩下的都是些残兵败将,
没有援军前来,
很容易被一举歼灭。"
马西勒王兴奋地听着,
决定前去对付法兰克人了。

122

马西勒王率领着浩荡大军,
全速通过山谷。
他组织了二十支部队,

宝石装饰的铠甲金光闪闪，
盾牌和胸甲也闪闪发亮。
七千支军号齐鸣，
响彻沟壑云霄。
罗兰说："我的兄弟，奥利维尔，
加纳隆奸贼存心要害死我们，
他的叛逆已显而易见。
我们的国王会替我们报仇雪恨。
这一仗一定很艰苦，
谁也不曾有过这样的经历。
我将用我的朵兰剑，
而我的兄弟，你就挥舞你的长白剑。
我们带着它们去了多少国家，
打了多少胜仗！
不能让人给它们唱哀歌。"

123

法兰克人看到异教徒的势力
布满了整个原野。
他们大声呼喊罗兰、
奥利维尔和所有的将领，
大主教开始说话了：
"各位猛将，不要有非分之想！
我以上帝的名义要你们坚守阵地，
战死沙场才光荣，
否则会让人笑话。
也许我们剩下的日子不多了，
但圣神的天堂之门向你们敞开，

你们会与圣婴同住。"
法兰克人听了感到莫大的安慰,
清脆的口号声再次响起:"我有神助!"

124

马西勒王的部队停留在山顶,
格兰窦尼率领着他的大部队。
他用三个金钩固定他的旗帜。
"向前冲啊,勇敢的男爵们。"
然后,冲锋号大声响起。
当听到这声音,法兰克人呼喊道:
"上帝啊,请给我们力量吧!
我们要惩罚加纳隆,
这个卑鄙的小人背叛了我们。"
大主教鼓励说:"你们是上帝的子民,
你们应该得到天堂的奖赏。
你们能躺在那神圣而又美丽的地方,
胆小的人永远去不了那里。"
法兰克人说:"我们每个人都会赢得这个奖赏。"
大主教认真地祈祷!
他们自豪地按他的吩咐上了马,
像被惹怒了的狮子一样冲向异教徒。

125

马西勒分配了他的人马,
他自己身边留有十个营。
法兰克人见到的还有另外十个。

"灾难就要来临了吗？"他们问道，
"现在我们的同胞们将面临怎样的命运？"
大主教杜平答道：
"骑士们，你们是上帝的朋友，
今天，天父会送你们荣耀的王冠，
神圣的天堂大门向你们敞开，
懦夫是得不到那荣耀的王冠的。"
法兰克人答道："我们不是懦夫，
我们也不违抗上帝的旨意，
我们坚决反对敌人——
可能我们的人数比较少，
但是我们每个人都坚强勇敢。"
他们勇猛地进攻敌人，
法兰克人和异教徒们再次交锋。

126

一位萨拉戈萨的异教徒来了，
他占有半座城池。
他就是克里莫瑞，为人虚假，
他背信弃义与加纳隆勾结，
与他相互亲吻结盟，
并互送头盔和紫水晶作礼物。
他们还说要让祖辈的土地受辱，
要从国王那里夺取王冠。
他对他的骏马非常满意，
因为它跑得比鹰和燕子还快。
他放开缰绳，马刺一蹬，
直冲加斯科涅的阿斯林。

阿斯林手中的盾牌和铠甲
都形同虚设,
长矛的铁尖刺在他身上,
稍加用力全身就被捅破。
阿斯林倒在了战场上。
克里莫瑞说:"让他倒下太容易了,
继续吧,同胞们,以牙还牙。"
因为战友离去,法兰克人痛苦哭泣。

127

罗兰伯爵对奥利维尔说:
 "兄弟啊,阿斯林已经阵亡,
我们失去了最勇敢的骑士。"
他回答道:"上帝保佑,让我为他报仇吧。"
他骑上战马,
抓起沾满鲜血的长白剑。
用尽全身力气砍向异教徒,
这位异教徒被杀死。
恶魔带走了他的灵魂。
随后他转身杀死了阿尔法依安公爵,
砍掉了埃斯加巴比的头颅,
把七个阿拉伯人打下马鞍。
罗兰说:"我的战友大发威风,
他曾跟随我赢得了很多荣誉,
查理非常欣赏我们的勇气。"
他高喊:"骑士们,杀啊!"

128

异教徒瓦尔达本来了,
他是马西勒王的教父。
他拥有四百艘海上战舰,
统领着所有水手。
他曾攻占耶路撒冷,
亵渎所罗门圣殿,
屠杀那里的犹太人。
是他授予加纳隆
价值一千枚硬币的宝剑。
他的坐骑名叫"草迷侬",
它比飞翔的猎鹰跑得快。
他猛蹬马刺,
进攻无畏的萨松公爵。
他刺穿了萨松的盾牌,
击碎了他的胸甲,
连旗帜的流苏也塞进了他的身体,
萨松就这样死于他的长矛下。
"杀啊,该死的异教徒,
你们的末日就要来了。"
法兰克人为他们的骑士痛哭。

129

当罗兰看到萨松阵亡,
你可以想象他多么悲伤。
他猛蹬战马,全速向前冲,
高举比金子还珍贵的朵兰剑,

他不顾一切地击打，
宝剑落在异教徒镶嵌宝石的头盔上，
宝剑穿过头盔，刺破胸甲，殃及身体，
就连嵌金的马鞍也遭殃，
战马的侧面也有深深的伤口，
不管是骂还是赞扬，
最后人马都被他宰杀了。
"这下可惨了！"一群异教徒说道。
罗兰喊道："我不会留情的，
因为你们狂妄而邪恶。"

130

马尔库特国王的儿子马尔克扬来了，
他是从阿非利加来的非洲人。
他身上的装备都是金质的，
在露天下比任何人的都亮。
他的战马取名"登云快"，
它比任何骏马都跑得快。
他猛击安塞依的盾牌，
刮去了上面的红蓝色彩绘，
盾牌被砍断成两块，
长矛合着手柄部分都插入了他的体内，
安塞依的岁月就这样结束了。
法兰克人哀叹他们失去的伙伴。

131

杜平刺马冲奔过来，

在所有诵经的教士中,
他的战斗军功最为辉煌。
他说:"上帝会诅咒你们的!
你竟敢杀了我心爱的人。"
他再次鞭策他的战马,
猛击托莱多的盾牌,
异教徒倒在草地里死了。

132

撒拉森人格兰窦尼,
骑着他的战马莫瑞走来,
他是卡帕多西亚国王的儿子,
他的战马跑得比飞翔的鸟还快。
他放开了缰绳,
策马进攻基兰伯爵,
他刺穿了基兰的红色盾牌,
又撕裂了他的铠甲,
连旌旗都塞进了身体,
他的进攻非常有力,
让基兰死在了一块大石头上。
然后他又杀死了基兰的战友吉瑞尔、
圣安东和拜伦格尔。
阿斯特公爵也倒下了,
他是统领罗纳河边的瓦朗斯的领主。
他的这一举动给异教徒极大的鼓舞,
法兰克人感叹道:"我们很快就会灭亡了。"

133

罗兰伯爵手握鲜血淋淋的宝剑,
听到法兰克人的哀叹,
他感到心如刀绞。
"上帝会诅咒你们!
你们会付出惨重的代价。"
他迫不及待地策马前冲,
两人开始了格斗,
看谁是最后的赢家。

134

格兰窦尼是一位英勇的将领,
他在战争和骑士中都是显赫的。
他在阵前遇上了罗兰,
在这之前他们两人从未见过面,
但从相貌身姿,目光神态中,
他一眼就认出罗兰。
他不由大惊失色,想要逃脱,
但是,罗兰一击便击中了他的要害,
他头盔破裂,直到护鼻,
朵兰剑削去了他的鼻子、嘴唇和牙齿。
他的身体、镀金的铠甲和马鞍都不完整了。
剑刃还深深插入马背,
就这样他人和坐骑都一命呜呼。
西班牙人痛哭起来,
法兰克人却为此欣喜若狂。

135

战争是非常残酷的，
法兰克人化悲痛为力量，
重整旗鼓。
绿色的草地上血流成河，
"强大的国家，神保护你！
因为你的圣子们是强而有力的人。"
西班牙人对着马西勒请求：
"国王啊，赶快来援助我们吧。"

136

这场战争真是让人不可思议。
法兰克人用褐色的长矛刺杀敌人，
屠杀的场景惨不忍睹，
被杀的、受伤的、流血的比比皆是，
尸体横七竖八，
有的面部朝天，有的面部朝地。
异教徒抵挡不住，
不顾一切弃阵而逃。
法兰克人奋勇追杀。

137

因为罗兰勇敢的行为，
没有一个法兰克人停下来，
他们紧追在异教徒们后面，
或小跑或飞驰，全速前进。

他们的身体被鲜血染红,
他们的兵器被拉断或变形,
于是他们换用手中的武器,
拿出喇叭和号角,
有力而团结地冲向敌人。
撒拉森人哭喊道:
"我们就快完了!"

138

马西勒王看到部下遭到屠杀,
于是下令吹响号角,
亲自驱马跑在大军中央,
阿比姆骑马在前,
他是军队最残暴不仁的人,
尽干些伤天害理的事,
他不相信圣母马利亚的儿子。
他皮肤黑得像煮煳的树胶。
他有过许多邪恶的行为,
喜欢玩弄权术阴谋,
胜过喜欢加利西亚黄金。
没有人见他笑过,
他也不跟人游戏,
他是军中最勇敢的人。
因此,阴险的国王最喜欢他。
他举起龙旗召集部队。
大主教极其憎恨他,
见到他就想干掉他,
他低声自语道:

"这个异教徒很可恶，
让我去杀了他，否则会有人死，
因为我不喜欢懦夫、胆小鬼。"

139

大主教再次投入战斗。
他骑着当年刺杀丹麦王
格罗萨时赢得的骏马。
那匹骏马跑得很快，
我们可以清楚地看到：
马蹄中凹，小腿细长，
大腿粗壮，臀部浑圆，
白尾巴，黄鬃毛，
身腰长，脊梁高，
小小耳朵耸立在生机勃勃的头顶。
地球上没有可与它匹配的马匹了。
大主教鞭策它迅速进攻阿比姆。
他冲向对方的盾牌。
盾牌上缀满了紫水晶、黄玉、红宝石、
玛瑙和金刚钻，光芒四射。
这本是加纳菲尔的宝剑，
是梅达峡谷的一个坏人委托给阿比姆的。
杜平却手下无情，
他把它砍得七零八乱，
也就分文不值。
那撒拉森人也死在空旷的荒野里。
法兰克人说："这样的行为是勇敢的。
有了大主教，军威不会受损。"

140

罗兰伯爵对奥利维尔说:
"兄弟,听我说,
我们的大主教武艺高强,
天底下没有比他更英勇的骑士。
长矛铁枪他都运用娴熟。"
奥利维尔说:"是啊,让我们援助他吧!"
法兰克人又一次投入战斗,
厮杀声让人恐怖。
唉,对基督徒们来说,
这是一个悲哀的故事!

141

法兰克人失去了一些武器,
只剩下三百把刀、剑,
但他们仍用这些武器
攻击闪亮的头盔,
砍裂了很多人的脑袋,
很多双手和脚也被弄残,容貌被毁。
"我们太丢脸了,"异教徒号叫道,
"我们除了死亡别无他选。"
他们只有向马西勒求救。
"国王啊,您的子民需要您的帮助!"
马西勒王听到了呼喊说:
你的种族来这里侵略我们,
侵占了我的领地城池,
白发查理还侵占了罗马和阿普利亚、

君士坦丁堡和萨克森。
哦,撒拉森人!我们中是没有懦夫的。
只要罗兰活着,
我们就要和他拼个你死我活。"

142

接下来,异教徒用长矛攻击
闪亮的盾牌和耀眼的头盔。
兵器碰撞发出铿锵的声音,
火焰和火花冲向天堂。
头颅和鲜血流淌在原野上。
看着他的士兵倒下死去,
罗兰的心情非常沉重。
他牢记他的国家法兰克,
他的叔叔——伟大的查理王。
他的心灵备受煎熬。

143

罗兰伯爵进攻了,
他勇猛拼杀没有停息,
他举起他的朵兰剑,
刺穿他们的铠甲和头盔,
砍断他们的脑袋和四肢。
撒拉森人死了百来位,
异教徒的军队大受挫折。

144

勇敢的奥利维尔伯爵，
在别处炫耀着他的长白剑，
除了朵兰剑，他的剑就是最好的。
他勇猛地与敌人厮杀，
武器上沾满了敌人的鲜血。
"天啊，多么勇敢的骑士！"
罗兰伯爵说，
"如此忠诚正直的战士，
愿历史牢记今天！
如果国王看到我们已亡，
那么我们就这样永远分离了。
法兰克人会经历最悲伤的一天，
所有的人都会屏住呼吸为我们祈祷，
修道院的祈祷室也供我们祷告。
我们的灵魂也将在天堂安息。"
奥利维尔在人群中听到了他的声音，
策马向他那边奔去。
他们相互说着："靠近我，
如果上帝愿意，我们会死在一起。"

145

我们可以看到罗兰和奥利维尔的剑，
它们所到之处血肉横飞！
大主教也用长矛用力拼杀，
被杀之人的数量让我们欣慰，
根据文献记载——超过四千人。

在前四次战斗中法兰克人占了上风,
但第五次他们就惨了,
法兰克大多骑士被杀,
只有六十人幸存。
上帝保佑了他们,
他们将做殊死斗争。

146

罗兰看了看那些惨遭杀害的将士,
他再次对奥利维尔说道:
"亲爱的朋友,愿上帝保佑你!
坚持住,我们最勇敢的战友死在战场!
我们为美丽富饶的法兰克悲伤!
我们的国王,一直和我们在一起!
说吧,兄弟,说出你的想法吧,
我们怎样向查理王告急?"
奥利维尔回答说:"我不知道啊,
我宁愿牺牲也不做懦夫。"

147

罗兰说:"让我吹起号角,
查理正行经峡谷,他能听到的,
我肯定法国人会赶来的。"
奥利维尔说:"不,这将是一个奇耻大辱,
它会殃及我们的亲人,
让他们终身蒙受这样的恶名。
我曾经叫你这样做,你不同意,

可是今天你要做，我可不许可。
现在吹响号角就不是骑士行为了。
你的双臂血迹斑斑！"
罗兰说："这是我杀敌累累的结果！"

148

罗兰说："我想我们的战斗会更艰难，
我要吹响号角告诉查理王，
他会听到的。"
奥利维尔说："那不是绅士行为。
我曾经希望这样做时，
你曾鄙视我，
要是国王及时到来，
我们就不会有何损失。
这里的人也无可指责。"
奥利维尔又说："我以我的胡须起誓，
我若看到好妹妹阿尔达，
你再也得不到她的拥抱。"

149

罗兰说："啊，你为什么对我生气？"
奥利维尔回答："罗兰兄弟，你是活该，
勇而有谋才能成事，
慎重小心胜过轻举妄动，
法兰克人将死于你的鲁莽。
我们再也不能为查理王效力了。
如果你早听我的话，

大王早来了，这场战争也就胜利了，
我相信马西勒不是被俘虏就是死亡。
罗兰，你的大胆造成了我们的灾难。
我们不能再为查理王效劳了，
受审的人也不会有第二个的①。
你一死，法兰克也会蒙受恶名。
我们的友谊将在今天结束，
黄昏前你我将悲伤地告别。"

150

大主教杜平已经听到了他们的对话，
他挥着金色的长矛策马而来，
在他们面前劝导：
 "罗兰伯爵，奥利维尔伯爵，
我以上帝的名义请求你们不要争吵！
现在吹响号角虽救不了我们，
但还不失为一条良计，
查理王可以来为我们复仇，
不能让敌人得意地回去。
法兰克人如果在这里下马，
发现我们殉职此地，
会把我们的尸体装入棺材放上兽背，
痛苦而怜悯地进行哀悼，
在神圣的墓地将我们入殓安葬，
不让狼和野狗把我们吃掉。"
 罗兰答道："这是一个好的建议。"

---

① 原注："受审的人"指谁，在诗中意义不明。

151

罗兰拿出号角放进嘴里,
使劲地把它吹响。
山岚叠嶂,笛声悠长,
声声传到三十里外。
查理王听到了,所有的士兵都听到了。
"我们的将士正在战斗。"他说道。
加纳隆听了不以为然:
"如果是他人这么说,
我认为是在谎报军情。"

152

罗兰忍受着剧痛吹响了号角。
他嘴里流着鲜血,
太阳穴胀痛欲裂。
他尽量让号角悠悠远扬,
以便查理能听见。
查理王经过峡谷时听到了,
奈姆也听到了,
法兰克人都听到了。
"那是罗兰的号角,"国王说,
"那是求助号角,否则他不会吹的。"
"这儿没有战斗。"加纳隆说。
"陛下年迈高龄,
说话应有分寸。
罗兰一向飞扬跋扈,你是知道的,
我惊奇上帝能这么久地容忍他。

没有您的命令他擅自攻打诺普布，
逼迫城里的异教徒作战。
他用兵器把他们全都杀害了，
然后用大水冲洗了整个草地，
那样就没有鲜血存在的痕迹。
他见了一头野兔也会终日吹号。
此时他正和将士们嬉戏。
谁胆敢与他顶撞呢?
骑马赶路吧！没必要停下。
祖辈的领土离我们还遥远啊。"

153

罗兰的嘴角淌着鲜血，
太阳穴胀痛欲裂。
他忍痛吹响了他的号角。
查理王和法兰克人都听到了。
查理王说："那号角声响得好长啊！"
奈姆公爵答道："是罗兰在吹，
我敢肯定王爷正竭尽全力，
艰苦奋战。
现在那个出卖他的人，
还在欺骗陛下。
拿起武器吧，高呼战斗的口号，
去援救高贵的亲人。
你们已经听到罗兰
正处在危险的境地。"

154

国王下令发出警报。
法兰克人吹响小号,
装备好头盔、铠甲,
手拿盾牌和长矛,
并升起红色、白色和蓝色的战旗,
战士们又一次骑上战马,
策马径直前进。
没有哪个将士不是这样说:
"我们要赶在罗兰出事之前到达,
跟他一起杀个痛快。"
唉,这有什么用呢,
这一切都晚了!

155

黑夜过去,黎明来临。
阳光下军容威壮,
头盔和铠甲都闪烁着耀眼的光芒,
盾牌上有着花纹,
长矛上的旌旗金光闪闪。
皇帝生气地骑在马上,
法兰克人忧郁而悲伤。
所有人都在痛苦流泪,
为罗兰深感不安。
国王下令拿下加纳隆,
命令厨师看管好他,
并对厨师长勃贡说:

"用锁链把这个奸贼锁起来。"
勃贡将他交给膳房的小子们。
一百人前来围着他,
有的善良,有的心狠,
他们拔他的长须短发,
每个人揍了他四个拳头,
用木棒对他一阵乱打,
最后在脖子上给他套上枷锁,
让他像狗熊一样被套上链条,
然后把他放在兽背上进行羞辱。
在将他交给查理王之前,
他们就这样羞辱他。

156

崇山峻岭,林木幽深,
深谷湍流,水声涛涛。
军号声在山谷回荡,
与罗兰的号角呼应。
国王在马背上怒气冲冲,
法兰克人撕心裂肺。
他们无不伤心哭泣,
祈祷上帝保佑罗兰安康,
等到他们前来援助,
一起打个漂亮仗,
但没有时间了,
一切都是徒劳。
他们来晚了。

157

查理悲愤地前进着；
白色长须在胸甲前飘扬。
法国男爵们策马紧随其后，
无人不痛苦地哀叹，
当他与撒拉森人交战时，
他们竟没有与他一道作战拼杀。
他们都在战斗中受了伤，
还有谁能活下来！
他身边奋战的六十名勇士，
六十名勇士啊！
哪位国王和统帅有过比他们更好的军人！

158

罗兰看了看山野平川，
映入眼帘的是死去的勇士们！
这位高贵的骑士怎能不哭：
"各位大人，上帝保佑！
他会让你们的灵魂进入天堂，
安息在神圣的花坛上！
地球上没有比你们更勇敢的战士。
我带领你们这么多年，
为查理王赢得了如此多的领土，
却换来这样的结局！
法兰克的土地是多么美丽富饶，
今天你们躺在这儿并不孤寂。
我无力保护或援助你们，

上帝会帮助你们，不会令人失望的！
奥利维尔兄弟，我不会辜负你。
就算我幸免被杀，也会死于痛苦。
兄弟，我们继续战斗吧！"

159

罗兰又回到战场。
他手执朵兰剑用力拼杀。
把布依的法尔东劈成了两半，
还弄死了他的二十四名大将，
还没有比他更报仇心切的。
异教徒们见到罗兰撒腿就跑，
就像麋鹿见了猎狗一样。
杜平说："你的剑法出神入化。
骑士就应该有这样的英勇举动：
手拿武器，骑着骏马，
在战斗中勇猛顽强，
否则就是庸人。
他还不如当僧侣，
为我们的罪孽祷告。"
罗兰喊道："杀死他们，绝不饶恕。"
法兰克人又投入战斗，
基督徒遭到极大损失。

160

在这类厮杀中是不会有生还者的，
知情人都会血战到底。

法兰克人像愤怒的狮子一样发出猛攻，
马西勒王也雄赳赳地过来了，
他坐在他的战马盖龙身上，
他刺马扑向勃丰——
博纳和第戎的领主。
他刺穿他的盾牌和胸甲，
勃丰就这样倒地死亡了。
马西勒又杀死了伊弗瓦和伊丰，
还有鲁西荣的基拉尔。
不远处的罗兰大声喊道：
"你永远是上帝的耻辱，
你在我面前杀死我的战友，
在我们决裂之前，你应吃我一剑，
今天你就知道这把剑的名号。"
说完，他抽出锋利的宝剑进攻，
正好砍断了马西勒的右拳，
又把马西勒的儿子
朱尔法欧的金发脑袋割了下来。
"神啊，救救我们吧！"异教徒叫喊道，
"你是我们的神，
请帮我们向查理报复吧！
他率领一群大胆的奸贼
闯进我们的领土，
宁可战死也不撤离战场。"
大家相互传话："我们逃命吧！"
成千上万名异教徒惊慌而逃，
没有人能被召回。

161

有什么用呢？马西勒逃走了，
但是他的叔叔哈里发仍在。
他就是卡塞根纳国王，
拥有阿尔费纳海岸和加尔马里，
并占领了埃塞俄比亚这一大片土地。
他率领着一支黑人部队，
他们大鼻子、长耳朵，
共计五万人。
他们骑着战马杀气腾腾，
高声呐喊着异教徒的战斗口号。
罗兰说："最后的时刻到了。
我们将在这里殉难，
拿起你们闪亮的宝剑刺杀吧——
谁不拼死杀敌，谁就会受到诅咒！
生死就在此一举，
不能让法兰克受辱。
当国王走到这里时，
他会看到撒拉森人的尸首，
用他们十五个人的死亡，
来换取我们一个人的命，
他将为我们的灵魂祝福。"

162

罗兰看到那个可恨的种族，
浑身上下比黑墨水还黑，
只有牙齿露出一点白。

"现在我可以肯定，"他说道，
"我们死亡的时刻就在眼前。
杀吧，士兵们，这是我最后的命令。"
奥利维尔说："落在最后的人是可耻的！"
话毕，法兰克人一起扑向敌人。

163

异教徒看到法兰克人很少了，
他们开始得意忘形，
他们说："国王失算了。"
哈里发坐在一匹栗色战马上，
他用金马刺一蹬，
刺中了奥利维尔的后背，
打断了他身上的白铠甲，
长矛直穿他的胸脯。
"这下你就完蛋啦！"哈里发得意地说道，
"你们是查理恶意送来的。
他压迫我们，不应该得意，
杀你一人也就为我的将士报仇了。"

164

奥利维尔受到了致命的一击，
他抓住他的长白剑，
还击在哈里发的金盔上，
金盔上的宝石和花饰落了一地，
脑袋和牙齿被一并切下了，
致命的一击结束了他的生命。

"恶魔,浑蛋,你的灵魂已经远去了!"
我们的国王固然有损失,
但你休想在你的国家
向妻子和任何女子吹嘘,
否认查理王取得的胜利,
或者使我和其他人受辱。"
随后,他向罗兰求救。

165

奥利维尔知道自己已被刺中要害,
他开始加快了更多的报复行动。
他英勇地向敌人进攻,
他紧握长矛和盾牌,
他劈断了敌人的腿、脚和手臂,
谁看见他把撒拉森人杀得四肢不全,
尸体成山,都会铭记他是一位勇将。
他没有忘记查理王的战斗口号——
"我有神助!"响亮清澈,
然后他呼唤罗兰,他的朋友和兄弟:
"战友,靠近我!
我们就要痛苦地分开了。"

166

罗兰看着奥利维尔的脸,
苍白发青,没有血色,
遍体鲜血直往下流。
天空下起了倾盆大雨。

"天啊！"罗兰说，"我可爱的朋友，
你的英勇就这么被埋葬了？
我现在哪里还能承受，
在地球上再也没有你这样的兄弟。
可爱的法兰克啊，
一天之内你损失了多少良将！
国王为此元气大伤！"
说着他晕倒在了自己的坐骑上。

167

罗兰晕倒在战马上，
奥利维尔又受了致命伤。
他的眼睛因失血过多而模糊，
不论远近都看不清楚
眼前站的是谁。
当罗兰靠近他时，
他却猛击他的宝石头盔，
砸碎了头盔和护鼻，
还好没有伤到头颅。
罗兰对这个重击感到十分惊讶；
他温柔且低声地说：
"我的兄弟，你存心这么做的吗？
我是罗兰，我那么爱你，
你不会向我挑衅的？"
奥利维尔回答道："我听到你说话了，
但是我看不到你。上帝看到你了！
我伤到你了吗？请原谅我！"
"奥利维尔兄弟，我没有受伤；

上帝在这儿看着,我原谅了你。"
然后他们把头相互靠在一起,
用这种友爱的方式进行生离死别。

168

奥利维尔的痛苦开始了,
他感觉天旋地转,
好像视觉和听觉都消失了。
他下马伏在地上,
双手合一举向天空,
高声忏悔他的罪行,
向上帝祈祷准许他去天堂,
也保佑查理王和法国人民,
他的罗兰兄弟以及所有人类。
然后,他的心脏停止了跳动,
他的脑袋掉下去了,
他伸展身体平躺在草地上。
奥利维尔就这么归天了。
只剩下罗兰一个人独自哀悼,
再没有像他这么悲伤的人了。

169

罗兰看到朋友没有了生命,
面向地面直挺挺地趴着。
他开始柔情地哭泣:
"朋友啊,你的英勇给你带来了灾难!
我们多年来共患难,

彼此真诚相待,
从来没有伤害过对方。
你的离去使我悲伤。"
说完他再次昏厥,
伏在一匹叫威昂的马背上,
金马镫托着他没让他跌下来。

170

罗兰晕死过去,
当他恢复知觉时,
他发现又一祸事已发生,
法兰克人都已经丧生,
只剩下大主教杜平
和从山上下来的匈奴人沃尔特。
他与西班牙人激烈交锋,
他的人都被异教徒杀害,
幸好他从峡谷逃了出来。
他向罗兰求救:
"伯爵啊,勇敢的骑士,勇敢的兄弟,
你在哪儿?有你在我才不会害怕。
我是沃尔特,那个曾击败马埃尔古的人,
白发老人德隆的侄子。
因为英勇,我成了你的朋友。
我与撒拉森人抗争到了最后。
我的长矛断了柄,盾牌也裂了,
铠甲也成了碎片,
我全身上下挨了几刀。
我快死了,但这是值得的。"

当他说这话的时候，罗兰伯爵听到了，
他策马朝他奔去。

171

"沃尔特，"罗兰喊道，
"你今天和撒拉森人打得漂亮。
你曾经是一位勇敢的骑士，
我给了你一千骑兵，
叫他们回来，因为我现在真的需要他们。"
"唉，你再也看不到他们了！
他们直直地躺在僵硬的地面上，
我们与撒拉森人对抗。
我们还遇到亚美尼亚人、土耳其人，
还有一大群以毅力著称的巴丽萨人，
他们骑在阿拉伯骏马上逃走了。
喜欢自吹自擂的异教徒也死去不少，
我们利用手中的兵器
让整整六万大军倒下了，
但我们法兰克人也遭到敌人打击。
我的锁子甲也被撕裂了，
我忍受着伤痛，
鲜血从伤口流出来，
我的身体开始变得虚弱，
我很清楚，我就要死了。
我是你的臣子，需要你的照顾。
如果我不得已离开，请你原谅，
你还要奋战，可我要离开了。"
罗兰既愤怒又痛苦，他大汗淋漓，

把他的衣服撕成了两块，
为沃尔特止血。

172

悲伤的罗兰愤怒了，
他又冲进异教徒中厮杀。
他打死了十二个西班牙人，
沃尔特杀死了六人，
大主教杀死了五人。
异教徒叫道："多么凶猛的三个人啊！
大家注意啦，不能让他们逃走了。
谁不敢打就是懦夫，
谁让他们离开就是胆小鬼！"
他们呼喊着，
从各个方向包抄法兰克人。

173

罗兰伯爵是一位贵族绅士，
沃尔特是一位勇敢的骑士，
大主教又久经沙场。
他们无论如何也要生死与共，
一起向敌人进攻，
一千名撒拉森人下马作战，
还有四万人在马上。
我敢相信他们不敢靠近，
只向他们投掷长矛、标枪、
弓箭和飞镖等。

沃尔特死于他们的枪林弹雨。
大主教的盾牌被戳破成了碎片，
他的头盔被击落，头颅被砍伤，
铠甲也被打得散落，
身上中了四支长矛，
他的坐骑也倒下了。
大主教倒下时悲痛万分！

174

杜平中了四支长矛，
跌倒在地上，
无畏的他迅速站立起来，
望着罗兰，并跑到他身旁，
说道："我没有屈服，
只要活着就不会认输。"
他拔出赤色的阿鲁梅斯杀剑，
在乱军中猛力挥舞。
查理后来说他一个也没有放过。
他发现他被四百人围绕，
他把一些人刺伤，把一些人劈成了两半，
还有无数的人被他割下脑袋。
在圣人贾尔斯看来，
那是神创造的奇迹。
他在拉昂修道院记载下了这一事实[①]。
不知此事的人自然不会明白。

[①] 原注：根据传说，贾尔斯生活在龙塞斯瓦一事前200年，但一位天使背他到龙塞斯瓦去做这场战役的见证人。

175

罗兰伯爵英勇作战,
但他浑身高烧流汗,
头部剧烈疼痛,
这是他吹号时吹裂了太阳穴。
他期盼着查理王能快点到,
他再次吹响了他的号角,
但是,他吹得多么有气无力啊!
国王停下来侧耳细听。
"各位大臣,"他说,
"我们大难临头了。
这是我侄子罗兰的最后一天,
他的号吹得像垂死的人一样。
上帝!快去援助他,他必须活着。
把我们的军号吹响。"
六万支号角高声齐鸣,
响彻千山万壑。
这对异教徒军队来说不是玩笑。
"查理!"他们喊道,"查理就要来了!"

176

异教徒说:"皇帝回来了,
我们听到了法兰克的军号。
查理一回来,我们就会损兵折将。
如果罗兰活着,又将有一场战争,
而且我们将失去西班牙的国土。"

四百名异教徒积极备战，
个个自信说是锐不可当的精兵。
他们向罗兰发起进攻。
伯爵现在可是难于应付了。

177

罗兰看到迎面而来的敌人时，
顿时变得兴奋、勇猛，
他只要一息尚存就绝不会屈服。
他骑上威昂马，
用金马刺猛踢，
攻击每一个敌人，
大主教杜平在他的旁边同战。
"我们逃走吧，"异教徒呼喊道，
"我们听到了法兰克的号角声，
是查理，强大的国王来了。"

178

罗兰伯爵从来不喜欢胆小鬼、
骄傲的人和讨厌的无赖
以及不忠的臣子。
他对杜平说：
"你在马下，我在马上。
为了你的爱，我不会停止的，
我们俩共生死，
我永远不会离开你。
我们要让异教徒付出代价，

朵兰剑一舞八面威风。"
杜平说:"谁不猛攻谁受诅咒!
查理会为我们报仇的。"

179

异教徒说:"我们天生就不幸!
今天就是我们的灾难日了。
我们在战斗中失去了良将。
查理带着大军回来了。
我们听到了法兰克响起的号角,
他们喊着'我有神助!',
罗兰勇猛,不会受制于任何人。
我们不如对他一阵扫射,
然后一走了事。"
于是他们付诸行动,
用尽全力投掷标枪,
长矛在空中横飞。
罗兰的盾牌坏了,
他的胸甲也破裂了,
但皮肉没有受伤。
威昂马三十处受伤,
驮着伯爵死在沙场。
异教徒们留下他落荒而逃,
只留下罗兰独自一人在原地。

180

异教徒正处在愤怒和恐惧中,

他们向西班牙方向落荒而逃。
罗兰伯爵追赶不上,
因为他的骏马被杀死了,
他只能步行。
他匆忙过去帮助杜平,
帮他卸下头上的金色头盔,
他脱下胸甲,
将他丝质条纹背心撕成条块
止血包扎伤口,
然后把他紧紧抱在胸前,
轻轻放在绿草地上。
带着亲切的问候,罗兰请求:
"啊,王爷,请让我离开一会儿,
我与亲爱的战友们情同手足,
我将去把他们的尸体找来,
依次排列在你面前。"
"去吧,"杜平说,"快去找回!
感谢上帝,战场上只剩下你和我了。"

181

罗兰独自在场上寻找,
他搜遍了山间溪谷,
找到了基兰和吉瑞尔,
然后把他们放在地上。
他还发现了拜伦格尔和奥索,
以及鲁西荣地区的基拉尔。
他把他们一一抱来,
放在了大主教杜平的面前。

大主教看到他们排成一排，
眼泪止不住地往下掉。
他缓缓地抬起他的双手，
"唉！各位同人，
你们遭到了不幸！
上帝会怜悯你们并接受你们的灵魂，
让你们在天堂的花坛上安息！
我自己的死期也要到了，
痛苦的是我再也看不到国王了。"

182

罗兰再次走向了战场，
他找到朋友奥利维尔。
他紧紧把他抱在胸前，
用力把他抱回主教身边，
放在盾牌上，其他人旁边。
大主教画着十字架为他们祈福，
这时的他倍感痛苦。
罗兰说："亲爱的奥利维尔，
你是贵族公爵勒尼埃的儿子，
他是里维尔溪谷一带的领主。
说到冲锋陷阵，勇挫敌人，
说到击败和震慑狂徒，
支持和劝导好人，
擒拿和吓退奸细小人，
世上没有比你更卓越的了。"

183

罗兰看到十二太保
和他亲爱的奥利维尔都丧生,
他心酸地哭了。
他脸色苍白,
痛苦得站立不稳,
晕倒在地。
"唉,"杜平说,"多么的不幸啊!"

184

看着罗兰昏死过去,
大主教有着从未有过的痛苦。
他伸手拿出号角。
龙塞斯瓦有条小河,
他要去给罗兰取水。
他步伐虚弱且踉跄着,
因失血过多更加虚弱,
没几步就衰弱地倒在地上,
在忧伤中咽了气。

185

罗兰再次苏醒过来。
他忍着剧烈的疼痛站立起来。
他望望山上,又看看山下,
离其他战友不远的地方,

男爵躺在草地上,
那是上帝亲自派遣的大主教。
杜平伸手对着天堂祷告,
一直忏悔着"我的过失",
恳求获得去天堂的机会。
杜平,查理的战士,他死了。
他在对异教徒的征战中度过了一生,
他说教生动,作战勇敢,
是异教徒憎恨的人。
上帝会保佑他的!

186

罗兰看到大主教躺在地上,
他的五脏六腑暴露在外,
额头上流着脑浆,
他那洁白美丽的双手,
交叉紧握置于胸前。
罗兰按照老家的仪式哀悼:
"啊,高尚的绅士,
我把你交给尊贵的上帝,
你对宗教的忠心无人可比,
守卫信仰,教化百姓,
从信徒时代起,
没有人比你对宗教的贡献更大。
天堂的大门为你敞开,
你的灵魂将在天堂得到满足!"

187

罗兰感到死亡就要来临,
他的耳朵里流出了脑浆。
他为他的同伴祈祷——
愿上帝关爱他们,
然后又向加百利天使祈祷。
为了没有遗憾,
他紧紧抓住他的号角,
另一只手紧握朵兰剑。
他朝西班牙方向走去。
他走了一支箭的距离,
在两棵大树之间的土堆上,
有四块闪光的大理石碑[①]。
他倒在了草地上,
他晕倒了,死亡正在走向他。

188

山岭上的树显得更高,
大理石闪烁着白光。
罗兰晕倒在草地上。
一位撒拉森人发现他躺在那里。
他的脸和身体都沾满了血。
撒拉森人英俊、魁梧、大胆,
但是因自命不凡而酿了大错。
他去抓罗兰的身体和武器,

---

① 原注:表示基督教和异教世界的分界线。

大声说："查理王的侄子被打倒了！
我要把这把剑带到阿拉伯去。"
他屈身去拔剑时，
罗兰恢复了知觉。

189

感觉到撒拉森人拔他的剑，
罗兰睁开眼睛说了一句：
"我看你不像是自己人。"
他举起紧握的号角，
打在他的金盔甲上，
他的盔甲、头骨和颅骨都被打破，
两只眼睛也被打出了黑黑的眼眶，
那人就这样死在了他面前。
"你这个异教徒，
敢来碰我，也太不知天高地厚了！
任何人听了都会认为你是疯子。
因为砸你，我的象牙号角也坏了，
水晶和金子都掉了下来。"

190

罗兰觉得两眼发黑，
他挣扎着站起来，
脸色苍白，
但是他紧握朵兰剑。

他面前是一块暗褐色的岩石，
他满腔悲愤地在上面猛击了十下。
宝剑发出火花，
然而它没有断裂，边缘也没有一点凹痕①。
"圣母马利亚，帮帮我吧！
啊，我的朵兰剑，你何其不幸②！
我可能不再是你的守护者了！
我用你打了那么多胜仗！
征服了多少辽阔的土地，
现都在查理的统治下！
不会知道谁会拥有你，
你不能落入一个懦夫的手里！
你长期跟随勇敢的武士，
这使你在神圣的法兰克无与伦比。"

191

罗兰再次用剑击打那块大理石。
剑"嘣嘣"作响，但无伤无损。
当罗兰发现无法把剑击断，
便开始替朵兰剑哀惋：
"朵兰剑啊，你是多么的明亮灿烂！
你比光亮还耀眼！
当查理驻军在莫列纳山谷时，
上帝从天堂派他的天使来说——
'这把剑的主人必须要勇敢'，

---

① 原注：基督徒的宝剑在完成任务前不可折断。
② 原注：朵兰剑归罗兰后屡建奇勋。

于是高贵的国王把它赐给我。
我带你征服了安茹和布列塔尼①,
征服了普瓦图和曼恩,
我征服了自由的诺曼底,
普罗旺斯和阿基坦,
伦巴第和罗马尼亚全境,
巴伐利亚和全部的佛兰德,
还有勃艮第和广阔的波兰。
因为你,君士坦丁堡向查理王进贡,
撒克森也向他称臣,
苏格兰和爱尔兰以及
英格兰也成为他的领地。
我带你征服了多少国家,
然后交由查理管理。
而今他已须眉交白!
如果你落入异教徒的手里,
那将让我非常心痛。
上帝啊,不要让法兰克受辱!"

192

他再次用剑砍向大理石,
很难说清砍了多少下。
仍然没有击断它,
它也没有出现缺口,
反而弹到空中。
他最终没能把剑砍碎,

---

① 原注:征服安茹、布列塔尼、英格兰、苏格兰等地的,其实是征服者威廉一世。

他又开始替它哀惋了。
"你是如此的美丽而神圣,
我无与伦比的宝剑啊,
你那金球柄里都是圣物!
有圣彼得的牙齿,圣巴齐尔的血,
圣德尼的头发和圣马利亚的衣服。
如果异教徒们得到你,
那将是多么大的耻辱!
只有基督徒才配得上拥有你,
因为他们不会在战争中胆怯。
往昔我和你一起赢得的领土,
现在是白发查理大帝的了,
所以他也因此而变得富有、强大。"

193

罗兰感觉到死亡就要来临,
他感到头重胸闷,
来到一棵松树下面,
俯身倒向草地。
他把号角和剑放在身子下,
转过脸面朝异教徒国家。
他这样做是因为他要让人明白,
他要向查理和他的将领表示,
高贵的伯爵在战争中献出生命。
他低头表示忏悔,
他拿出他的手套,

向上帝忏悔他所有的罪过①。

194

罗兰感觉他的生命就要结束了。
他躺在小丘上面向西班牙。
用一只手拍打他的胸膛:
"上帝啊,您看吧,
我在真心地忏悔。
从我出生之日起到现在归西时,
我犯下的罪孽不论大小,
请求主给予宽恕!"
他向上帝交出手套,
天使从天而降到他的身旁。

195

罗兰伯爵躺在松树下,
他把脸转向西班牙。
他回想起一件件往事,
回想起他所征服的地方,
回想起法兰克和他的族人,
回想起养育他的恩主查理王。
他忍不住潸然泪下,轻轻哀叹。
他不愿忘记这些往事。
他忏悔罪恶,请求上帝宽恕:
"天父啊,您从来不说假话,

---

① 原注:封建时代表示藩臣向国王交回权柄的一种仪式。这里借用于宗教中。

您曾让圣拉撒路死而复生,
您曾从狮子坑救出但以理①,
救救我吧,
不要因我一生所犯的罪
而让我的灵魂永世不劫!"
他伸出右手,把手套献给上帝,
圣加伯利接了过去。
罗兰用手臂支起垂下的头颅,
双手合一,走向他的黄泉。
上帝给他派去了二品天使切鲁宾,
和天使米迦勒②。
圣加伯利与他们一同来临,
他们带着伯爵的灵魂上了天堂。

196

罗兰死了,他的灵魂与上帝同在。
查理大帝赶到龙塞斯瓦,
这里已经见不到明显的道路和空地,
遍地躺着的不是死去的法兰克人就是异教徒。
"你在哪里,罗兰?"他痛哭道,
"大主教、奥利维尔在哪里?
基兰、吉瑞尔在哪里?
奥索、拜伦格尔在哪里?
我亲爱的伊丰和伊弗瓦在哪里?
加斯科涅人安杰里埃、

---

① 人们在临危时的祈祷词。事见《圣经》。
② Saint Michel在《圣经》中称"圣米迦勒",在世俗中常用"圣米歇尔"。

萨松公爵和英勇的安塞依在哪里？
鲁西荣的基拉尔老爷和
我的十二太保又在哪里？"
他的询问只是徒劳，
没有得到任何回应。
"噢，上帝，"他哭道，
"我是多么的不幸啊，
我没能站在战争的前线！"
他愤怒地撕扯自己的胡须，
他的骑士和贵族都痛哭流涕，
整整五万多人晕倒，
奈姆伯爵也非常同情。

197

没有哪位骑士和男爵
不是痛苦万状，泪流满面的。
他们哭悼自己的儿子、兄弟、
亲人和朋友。
许多人晕倒在地，
但奈姆表现得很镇定。
他第一个开口对国王说：
"陛下，看前面，两里路之外，
大道上尘土飞扬，
异教徒肯定还在那儿。
上马吧，冲过去报仇泄恨！"
"噢！上帝，"查理说，"他们走远了，

但是为了利益和荣誉,我们必须去!
我们法兰克的精英遭到他们杀害!"
于是国王下令吉波恩和奥顿、
兰斯的蒂波和米龙伯爵:
"守护这个战场、峡谷和山峰,
不要搬动死去的将士们,
看守好,别让狮子[①]野兽伤害他们,
也要防止那些恶棍、副官走近他们。
谁都不准碰他们,这是我的命令,
直到我们带着上帝给予的荣誉回来。"
他们低沉敬畏地回答:
"伟大的主,我们会按您的吩咐做。"
一千多将士留下了。

198

国王下令军号齐鸣,
尊贵的国王率领他的大军疾驰。
他们发现了异教徒的踪迹,
全军奋力追赶。
国王看到夜色降临,
就在一块草地上下马,
跪在地上向上帝祈祷,
请他让太阳停止不转,
推迟黑夜的到来,延长白天。
然后经常跟他说话的天使
立刻向他传达命令:

---

① 原注:中世纪宗教的仪式中人们常把龙与狮子看作魔鬼与地狱的象征。

"前进！光明不会离你远去，
上帝知道法兰克失去了精英，
你可以对那些奸佞进行报复。"
国王重新上马前进。

199

上帝为查理创造了神迹：
查理所到之处，太阳一直不落。
异教徒在逃，法兰克人紧追不舍，
最终在雾谷赶上了他们。
他们追赶着逃向萨拉戈萨的敌人，
要对他们斩尽杀绝。
大路小径全部被封死，
前面只有埃布罗河。
河水汹涌湍急，深不可测，
河边既无小舟也没大船和木筏。
异教徒们哀求他们的泰瓦干大神，
然后跳入水中，但谁也没有得到保护。
沉重的盔甲加速了他们的下沉，
大多数直接就沉入了水底，
剩下的人顺水漂流，不知去向，
幸运儿也会呛满水，
在极度痛苦中溺水而死。
法兰克人喊道："罗兰，你可以安息了。"

200

查理看到异教徒军队的覆灭，

有的被杀死，大多数溺水而亡，
他们也获得大量战利品。
国王下马，
跪拜在地感谢上帝。
当他起身时，太阳突然消失。
"是休息的时候了，"国王叫道，
"回龙塞斯瓦太晚了，大家就在此扎营吧。
我们的马也疲劳不堪。
卸下马鞍和马嚼，
让他们吃草休息。"
"陛下，"法兰克人说，
"这样再好不过了。"

201

国王搭建好帐篷。
法兰克人也下马在旷原上驻扎，
他们卸下马鞍，拿出金马嚼，
让它们在绿草地上自由奔跑，
除此之外也没其他照料。
精疲力竭的将士们卧地而睡，
也不需要守夜人。

202

国王躺在草坪上。
锋利的矛放在头旁边。
这一夜他没有宽衣解带，
身着银饰的铠甲，

头戴饰金的头盔,
佩带着盖世无双的神助剑。
一日间色彩变幻三十次。
我们知道基督在十字架上,
被长矛扎伤。
上帝把这支长矛恩赐给查理,
为了这份荣誉和恩赐,
他就给这把剑命名为"神助"。
法兰克人将永远记住它,
因为他们的战争口号就是"我有神助",
以此证明他们能够所向无敌。

203

夜晚皓月当空,
但查理王心情沉重,
想起罗兰和奥利维尔、
他的十二太保以及
在龙塞斯瓦血战而死的同胞,
心里难以平静。
他禁不住哭泣和哀号,
恳求上帝拯救他们的灵魂。
国王伤心过度,难以入睡。
法兰克士兵睡得满地都是,
马儿也疲倦得无法站立,
即使饥饿使得它们趴着吃草。
受过大难的人会更懂事。

204

国王也在睡梦中饱受折磨。
上帝派他的天使加百利
守护在查理身边。
天使整夜看护着,
他托梦给查理,
一场恶战即将来临。
那是可怕的征兆。
国王看着天空,
只见闪电、冰雹和狂风暴雨,
真是雷鸣闪电交加。
木杆长矛、雕金盾牌
也触电燃烧起来。
长矛圆盾也被烧化,
铠甲钢盔被烧得咯咯作响。
他的士兵们失魂落魄。
还有其他灾难威胁着他们,
熊和狮子要吃掉他们,
双脚飞龙、蟒蛇和烈火,
还有一千只可怕的怪兽
也扑向他们。
"救我们啊,国王陛下!"
法兰克人哭喊道。
痛苦和同情困扰着国王。
他要去救,但不能如愿:
森林里窜出一头狮子,
狰狞可怕,气势吓人,
它直接猛扑向查理。

人狮抱在一起进行肉搏战。
但谁胜谁负,国王并不知道。
国王还没有从睡梦中醒来。

205

他又做了另一个梦:
在他的法兰克埃克斯宫殿的台阶上,
用两条铁链牵着一只熊。
三十多头熊从阿登方向跑来,
每头熊都像人一样说话:
"放开他,陛下!"它们大声叫嚷,
"我们的同胞不能被囚禁,
我们会不惜一切代价救他。"
然后一条猎犬从皇宫跃了出去,
它避开草地上的其他熊,
只攻击最大的那头熊。
国王看着这场激烈的打斗,
却不知道谁将成为胜利者。

206

天刚破晓,晨光来临。
皇帝从睡梦中醒来。
他神圣的守护者加百利
举手在他身上做了个手势。
国王整理好他的装甲,
士兵们也不无如此。
然后他们上马疾驰,

通过漫长而宽阔的大路，
直到让人伤心的龙塞斯瓦，
战斗发生的地方。

207

查理飞驰到龙塞斯瓦。
看到尸体，眼泪滚滚下落。
"各位，放慢你们的步伐，
我必须走在前面
去找我外甥的遗体。
记得在埃克斯的一次盛会上，
英勇骑士们吹嘘自己
是如何浴血奋战。
我听到我的罗兰说，
在异国，他永远都不会倒下，
他必须冲在战斗的前线。
如果倒下，面孔也必须朝向敌国，
来证明自己是一个征服者。"
查理走在前面，首先登上了一座山岗。

208

国王在认真寻找罗兰，
只见草丛中的花草
全部被战士们的鲜血染红！
他的眼泪像决堤的洪水。
他向上攀登，来到两棵树下。
他看到了石头上的凹痕，

他见到了罗兰的尸体。
他直直地躺在草地上,
国王出奇地悲伤。
他匆匆跳下马来,
双手抱着罗兰,
竟伤心得昏倒在尸身上。

209

皇帝慢慢苏醒过来,
奈姆公爵、阿斯林伯爵、
安茹的高贵的杰弗里以及
他的兄弟亨利都走近了。
他们扶起国王站在一棵松树下。
他看着外甥躺的地方,
深情地念起了悼词:
我的罗兰,上帝会守护你的灵魂!
你是世上最佳的骑士,
你身经百战,且百战百胜。
我的骄傲和荣誉随你而去!
查理情不自禁又晕倒了。

210

国王查理从昏迷中醒来,
四位男爵扶着他。
他望着躺在地上的侄子,
他体型硬朗,却没有了生气,
眼睛上翻,目光昏暗无神。

查理满含爱意地说：
"亲爱的罗兰，上帝会把你的灵魂
带往天堂乐园跟天使为伍！
你在西班牙遭受了苦难，
我的痛苦也就来了，
没有你这样的栋梁，
天下也找不到你这样的知心人，
我的精力和胆识也就受损。
虽然我还有亲属，
但他们都不如你有才智。"
他用双手抓扯自己的头发。
十万法兰克大军悲痛万分，
所有人都失声痛哭。

211

"亲爱的罗兰，我要回法兰克，
回到拉昂宫殿，我的领地。
在那儿会有各国大臣朝见，
会问到罗兰的情况，
我只能将这个伤心的结果告诉他们，
'他已在西班牙捐躯了'。
今后我人在治国，心在悲伤，
没有哪天不会以泪洗面。"

212

"亲爱的罗兰，英俊又勇敢，
当我回到埃克斯的教堂，

藩王们回来打听消息，
我将讲诉怎样一个故事啊！
说我辉煌的外甥已经不在人世了。
现在撒克逊的敌军将起义，
保加利亚和匈鲁人也将全副武装，
阿普利亚人、罗马人、巴勒莫人、
一些非洲部落
和一些遥远的野蛮部落都会来造反。
灾难会接踵而来。
我强大的先锋已经归西，
谁还能带兵指挥这些战役？
啊，法兰克开始衰败了，
让我死前承受这些痛苦吧！"
他再一次用双手撕扯
花白的胡子和白发，
十万大军也昏倒在地。

213

"好罗兰，难道你命就如此？
愿你的灵魂能进入天堂！
谁杀了你，谁就等于毁了法兰克。
为国而牺牲的藩臣
让我痛不欲生啊！
愿圣母马利亚的儿子恩赐，
我在到达西兹大峡谷前，
让我的灵魂与肉体分开，
我的灵魂与他们的灵魂相聚，
也让我的肉体与他们的肉体同葬。"

他哽咽着撕扯着自己灰白的胡子,
奈姆说:"唉,我们的国王太伤心了!"

214

"陛下,"安茹的杰弗里说,
"不要过度悲伤,节哀吧!
让我们在各个角落寻找
那些和西班牙作战而死的将士们。
把他们埋入同一个坑吧。"
"好,"国王说,"吹号吧。"

215

杰弗里伯爵吹响军号,
法兰克人都纷纷下马,
他们将死去的朋友的尸体
放进同一个坑中。
现场没有主教和院士,
也没有削发的僧侣和教士,
他们以上帝的名义赐福。
他们还燃起没药和乳香。
除了虔诚地为死者祈祷、
隆重地将其入殓下葬外,
他们还能做什么呢?

216

国王一直看着罗兰、

杜平和奥利维尔的棺木,
他下令剖开他们的身体,
掏出他们三个人的心脏,
用丝绸蜡布包裹起来,
一齐放入一块白玉匣子里。
法兰克人用香料和酒
把三位王爷的尸体搽洗干净,
然后将其用鹿皮包裹着。
国王命令米龙、蒂波、
奥顿和吉波恩:
把他们装入三口棺材,
身上必须裹上丝质布匹。

217

马西勒逃到了萨拉戈萨,
在一棵橄榄树下下了马,
他痛苦地卸下头盔、铁甲,
然后猛地躺在草地上。
王后勃拉米蒙达来了,
他的右手已被砍掉,
因疼痛和失血过多而昏了。
王后勃拉米蒙达来到他面前,
号啕大哭,悲哀不已。
和她同来的还有两万人。
他们诅咒查理王和法兰克,
他们对神灵发火,
跑到阿卜林神像前大骂:
"恶神啊,你怎么让

我们的国王受如此奇耻大辱？
你要为你的恶行付出代价。"
于是他们夺走神像的冠冕和权杖，
他们把它绑在柱子上，
然后又一脚将它踢翻在地，
用短棒打得它四分五裂。
他们剥落泰瓦干的宝石，
任凭狗和野猪撕咬、践踏它。

218

马西勒从昏迷中醒来，
要人把他抬到拱形大厅。
墙上有彩色的绘画和石雕。
王后一边撕扯着自己的散发，
一边大声哭诉：
"萨拉戈萨啊，今天你失去了
一直为你做主的高贵国王！
我们的神祇罪孽深重，
在战争中坐视不救。
埃米尔来了，他可是个胆小鬼。
那些人奋不顾身，非常勇敢。
他们的国王，胡子灰白，
以英勇号称，
在战斗中绝不后退，
竟没人能杀他，我好生气！"[1]

---

[1] 原注：这里指查理王和巴比伦的巴利冈和埃米尔的战斗，他们是马西勒的诸侯，带着大部队来援救。这一情节被怀疑是添加的。它发生在战争的结尾处，由查理王亲手杀死了埃米尔，法兰克人来到萨拉戈萨追逐撒拉森人。

219

天气炎热，尘土飞扬。
法兰克人追杀着阿拉伯人。
他们很快来到萨拉戈萨。
王后登上炮塔，
神职人员和教士伺候着她。
他们憎恨上帝虚假的说教，
他们没有祭礼和削发。
看到阿拉伯军队一片混乱，
她大声哭喊道：
"救救我们吧！
我的王！我们一败涂地了，
埃米尔被杀让我们蒙羞了。"
马西勒听到后转向城墙，
哭泣着，他脸色暗沉。
他经不住厄运的打击而悲痛地死去。
他可怜的灵魂被恶魔带走。

220

异教徒死的死，跑的跑，
查理在战争中胜利了，
他攻破萨拉戈萨的土城墙，
他知道没有人可以抵御他，
当这座城池被征服时，
年老的国王自豪地站立着，
胜利的士兵们也原地休息，

王后也交出宝塔——
一座大楼和五十座小楼。
上帝的援助必使他成功。

221

白天过去，夜晚来临，
月亮和星星交相辉映。
查理占据了萨拉戈萨，
一千名法兰克将士在城市中搜寻，
他们进了犹太教堂。
拿着斧头和木棒，
把神位偶像统统砸掉，
他们劈倒神龛。
查理王信奉上帝，
要举行宗教仪式，
主教们给净水祈福，
带异教徒进了圣洗堂。
拒绝接受洗礼的，
就会被绞死或者被烧死，
因此十万人转为基督教徒，
但是唯有勃拉米蒙达王后
会被押送到法兰克做俘虏，
并改变她的信仰。

222

黑夜过去，白天到来了，
查理留下了一千名英勇的骑士，

去守卫萨拉戈萨的塔楼，
维护帝王的权力。
国王则率领骑士上马，
押着勃拉米蒙达，
去接受洗礼。
他们骄傲地离开了，
雄赳赳地通过了纳博讷，
到达了达波尔多。
查理把罗兰的号角放在
高贵的圣索兰祭坛上，
里面装满了金币，
由朝圣者日夜看护，
然后他又通过船只越过加仑河，
带着他的侄子、
英勇的战友奥利维尔、
圣人杜平和精干的十二太保的
遗像去布莱依。
在那里他为他们修建了大理石墓地。
在罗马这是高贵的爵士才享有的，
这也是上帝和圣徒们的要求。
然后查理在山间河谷奔走，
直到他到达艾克斯。
他一走进自家的皇宫，
派传令官召集
弗利西亚、萨克森、洛兰、
勃艮第、普瓦图等
法兰克境内能叫到的法官，
还有法国最贤良的人。
加纳隆的审判就开始了。

223

国王从西班牙回来,
回到他在艾克斯的宝座。
她是一个漂亮温柔的女子,
从对面走到他的大厅的,
她叫奥德。
"陛下,我的罗兰在哪里?"
她哭了,"他发誓要娶我为妻的。"
查理痛苦不堪,泪流满面。
他拔着白胡子说:
"亲爱的孩子。
你说的那个人已不在人间,
我承诺将你嫁给我的儿子,
路易将继承我的王位。"
"这对我来说是不可能的。"她回答道,
"没有了罗兰,圣人和天使不会让我继续活下去的。"
她脸色苍白,即刻倒在查理脚下。
她也死了,愿上帝怜悯她的灵魂!
法兰克众人为她哭泣,替她惋惜。

224

漂亮的奥德死了。
国王以为她只是昏了过去。
为她流下了他爱怜的热泪,
他握住她的手,把她扶了起来,
她的头垂靠在他的肩膀上,
查理才看清她已经死去。

看到又一个生命结束，
他召集四个贵妇，
把她送到修道院里，
她们一直守护她到早晨，
将她的尸体埋在祭坛下，
查理为她举行了隆重的葬礼。

225

国王再次回到艾克斯，
叛徒加纳隆戴着枷锁，
在宫墙旁边，
他被绑在柱子上。
他们用皮带绑住他的双手，
用木杖和绳索抽打他，
他没有得到任何好处，
他要在苦刑中等待审判。

226

史册记载着，
查理召集了许多藩王。
他们聚首在艾克斯的皇家教堂。
这天是一个有着重大意义的日子，
有人说是神圣的西尔威斯特节[①]。
这时开始宣布审判：
加纳隆，这个叛徒，

---

① 原注：314—335年的罗马主教，被认为是基督教第一任教皇。

皇帝下令把他带到这里。

227

"各位领主王爷，"查理王说，
"请依法惩处加纳隆！
他遵从我的命令去了西班牙，
但他让我一万法兰克人失去了性命，
他还杀害了我姐姐的儿子罗兰，
你们再也见不到他了，
还有勇敢机智的奥利维尔，
他还出卖了我的十二太保。
他为了黄金而背叛我们。"
"这是污蔑，"加纳隆说，
"我什么都没要，
是他用财富和土地引诱我，
我毁了他的计划把他带向死亡，
我决不承认我叛国。"
法兰克人说："我们可以辩论。"

228

加纳隆被带到国王面前，
他精力充沛，神采飞扬，
他若忠诚，完全是一名勇将。
他看了看法兰克人、法官，
和他的三十位亲属，
大声叫道：
"看在上帝的份儿上，

大家听我说,
我遵从命令征战南北,
忠心地为他服务,
但是他的侄子罗兰恨我。
罗兰注定了我的厄运和悲剧,
他不顾我的危险而极力
推荐我去给马西勒送信。
我极力反抗罗兰
和奥利维尔乃至他们所有人。
正如查理和他的男爵所知道的一样,
我是为了报仇而不是叛国。"
"如果那样,"他们回答,"我们会考虑。"

229

当加纳隆看到审判即将开始,
他召集他三十名亲属,
其中有一名说话比较有威望,
他就是索伦斯的比那贝尔。
由于他的口才很好,
"我求你,"加纳隆说,
"相信你会把我从死亡
和耻辱中解救出来。"
比那贝尔说:"我会救你的。
没有任何法兰克人可以治你死罪,
只要能见到国王,
我将亲自去问候,
用我的俐齿打动他。"
加纳隆双腿跪地感谢。

230

巴伐利亚人、撒克逊人、
普瓦蒂埃人、诺曼人、法兰克人
和所有拥有日耳曼血统的贵族们
都参加了审议。
奥弗涅人的态度比较中立，
他们倾向于比那贝尔的意见。
于是大家互传：
"请求大王答应我们的恳求，
放过加纳隆这一次，
今后他会赤胆忠心地辅佐皇上的，
罗兰伯爵已经死了，
天下所有的黄金也救不了他，
为此再剑拔弩张就不明智了。"

231

男爵们来到国王面前。
"公正的陛下，
我们一起恳求您的恩典，
请赦免加纳隆，
从此他将忠心于您。
噢，别杀他——他是一个贵族。
您见不到您的罗兰了，
金银财宝也换不回他的性命。"
查理对他们说道："你们也胸怀二心。"

232

查理亲眼目睹了这一切,
他情绪异常低落,垂着头。
蒂埃里迅速走了出来,
他是杰弗里的兄弟,高贵的骑士。
他有着瘦弱的身体、清澈的目光、
乌黑亮丽的头发、一般高的个子。
他有礼貌地对查理说:
"英明的陛下,不要灰心。
我为你效力多年。
我以我家族的名义向你保证
我支持这场审判。
罗兰没有做过对不起他的事情,
你应保护罗兰。
加纳隆敢说罗兰是胆小鬼,
敢在你面前作伪证。
为此我认为可以判处他绞刑,
把他的尸体丢给猎狗,
这就是叛国罪的下场。
我也将拔出我的佩剑,
用以维护我的辩词。"
"讲得好。"法兰克人大声说道。

233

爵士比那贝尔站在查理前面,
他身材魁梧,身手矫健。

谁受他一击必死无疑。
"陛下，只有你才有决定权。
岂能容忍七嘴八舌。
蒂埃里竟敢擅作主张，
我要让他改口，与他斗一斗。"
然后他脱下了右手套。
但皇帝说：
"他的三十个亲属向我保证，
他们会好好守卫我的政权，
我承诺让他留在我身边。"
蒂埃里看到一场争斗将要发生，
他把右手套递给查理。
皇帝做到了他的承诺。
在广场摆了四条长凳，
让决斗的人坐下。
所有的事情都有序地进行着，
丹麦人奥吉尔加速准备着，
他们都要求武器和马匹。

234

然而，在他们兵戎相见之前，
他们忏悔，希望得到祝福。
他们做了弥撒，领了圣体，
向教堂献上大量祭奠品。
他们回到皇帝面前，
脚上系上了马刺，
穿上盔甲，显得威武不凡。
他们把明亮的头盔系在头上，

把金柄宝剑佩在腰间，
把方块盾牌挂在胸前，
手里提着锐利的长矛，
然后骑上各自的骏马。
这时十万骑兵哭了，
他们爱罗兰也怜悯蒂埃里，
只有上帝才知道这次争斗的结果。

235

埃克斯城墙下草地开阔，
两位大臣在草地上投入战斗。
他们都是勇猛的骑士，
他们的战马奔腾跳跃。
马刺紧踢，缰绳放松，
他们想尽可能控制住对方。
他们的盾牌已经破碎，
盔甲已经散乱，腰带松弛，
由于马鞍扭转，
他们纷纷落到地上。
许多人注视着他们掉泪。

236

两位骑士迅速站起来。
比那贝尔强壮，动作敏捷。
他们彼此在地面互相攻击，
他们手握着闪闪发亮的剑，
击打对方的头盔。

他们的每一次攻打都是猛烈的。
法兰克人惊奇地看着这场灾难。
"上帝啊，"查理说，"快评个理吧！"

237

"你屈服吧，蒂埃里，"比那贝尔说，
"我是真心为你好，
我将给你我所有的财富，
来赢得王对加纳隆的宽恕。"
"我不需要，"蒂埃里轻蔑地说道，
"我从未如此想过！
上帝会在你我之间做出决定的。"

238

"啊，比那贝尔！"蒂埃里说，
"你是一个典型的骑士，
大家都知道你是骑士，
来吧，让我们停止这场争斗。
你跟查理的意见保持一致，
对加纳隆进行审判，
不要让他再说什么。"
"不，"比那贝尔说，
"上帝保佑我！
我要为我的族人捍卫到最后，
我也不会因为世俗而退缩，
死亡都比这样的耻辱好。"
他们又重新拿起宝剑，

猛砍镶嵌黄金的头盔，
炽热的火花在空中飞溅，
他们不愿意退出，
直到一方被杀才结束这场战争。

239

比那贝尔，索瑞斯的主人，
狠击在蒂埃里的头盔上，
火花飞溅，
整个草地都陷入一片硝烟中，
剑刃砍在他的额头上，
直劈他的面部，
他的脸中央被划了一道伤口，
他的盔甲被劈成了两半。
上帝保佑，蒂埃里没有死。

240

蒂埃里发现自己受了伤，
鲜血流向草地。
他向比那贝尔棕色的头盔打去，
砍断了他的鼻梁，
比那贝尔的脑部受到重创，脑浆外溢。
这有力的一击置他于死地。
这一击让蒂埃里赢得了这场战斗。
"上帝，"法兰克人说，"这真是个奇迹。"

241

蒂埃里成为了胜利者,
他来到了查理大帝面前。
五十个男爵加入他的队列,
还有奈姆公爵、丹麦的奥吉尔、
安茹的杰弗里和布拉伊的威廉。
查理用手臂紧紧地抱住了他,
用紫貂皮给他擦脸,
擦完后扔掉又换新的。
查理命令他换上新装。
骑士们轻轻脱掉他的盔甲,
让他骑上阿拉伯骡子,
他载着喜悦和自豪回去了,
来到了开阔的埃克斯广场。
在这里加纳隆的族人等待着朝廷对他们的判决。

242

查理召集诸位王爷:
"你们说,现在这些人怎么处置?
有谁要帮助加纳隆的?
谁又为比那贝尔作担保?"
法兰克人回答道:
"一个不留全部处死。"
国王对他的监狱看守说:
"去,把他们全部挂在绞刑架上。
我以自己花白的胡子起誓,
如果有谁逃跑,那么他必死无疑。"

"遵命。"他回答说。
一百名士兵把人质押走，
三十人全体被吊死。
叛徒害了自己也害了他人。

243

巴伐利亚人和日尔曼人、
诺曼人和布列塔尼人都回来了。
他们和法兰克人都大声叫喊：
"叛贼加纳隆应被处死。"
他们还要求牵来四匹战马，
把加纳隆的手和脚绑在马上。
每匹野马都很敏捷狂躁，
四个马夫拼命驱使马匹，
这是加纳隆的可怕结局。
他的每一根神经都被拉伸，
他的身体也四分五裂，
鲜血从每根血管中迸发出来，
染红了绿色的草地。
他死了，一个重罪犯和叛徒，
一个吹嘘永远不会背叛自己国家的人。

244

现在国王的仇报了，
不久他召见了法兰克、
巴伐利亚和布列塔尼的主教。
"一个高贵的俘虏在我的手里。

她也听从说教和训斥,
她愿意成为一个真正的基督徒,
给她洗礼,让她的灵魂干净。"
他们说,"让高贵的女士们参加,
在她的洗礼仪式上,
成为她的誓言的见证人。"
因此,这里聚集了大量的人群。
这是艾克斯的洗礼中奇妙的场景,
他们洗礼的是西班牙王后,
他们已经给她取名为朱利安。
她成了忠实的基督徒。

245

当国王的裁定得到认可时,
他强烈的愤怒很快就消退了。
女王勃拉米蒙达成了基督徒。
白天过去,黑夜来临,
当国王躺在他的拱形室内睡觉时,
天使加百利说:
"查理,动员你帝国的军队
赶快前往比尔地区,
去缓解伊盟伐的危机,
救助维维安国王。
异教徒试图围攻这座城市,
疲惫的基督徒需要你的援助。"
查理多么不愿意再惹上这些麻烦啊!
"天哪!我的生活是多么的辛苦啊!"
他呜咽着,拧着自己灰白的胡子。

鞑德嘎旅店的毁灭
The Destruction Of DA Derga's Hostel

主编序言

　　直到60年前，爱尔兰大量有趣的文学史诗才得以与英国读者见面。1853年，尼古拉斯·科尔尼出版了《加布拉战役》的爱尔兰读本和英语译本。从此，它的印刷本和英译本的发行量持续增长。直到现在，依然有大量虚构的中世纪爱尔兰生活的故事可供大众阅读。

　　在这些爱尔兰史诗中，《鞑德嘎旅店的毁灭》是卓越、优美的读本之一。事实上，故事情节随着各种灾难的发生而展开。灾难是因为犯忌或犯禁，人们通常会遭到神奇的惩罚。故事中的武士们大多身材高大、面相奇特。故事叙述者试图合理化地解释隐含的信念或与此相关的种种奇迹。由此体现了故事的本质特征。故事主人公们荒诞神奇的能力以及卓尔不凡的成就难以描述，自然与超自然的魔力不断交相融合。然而，叙述者对此却没有表现出任何惊异之情。同样，与表达野蛮的艺术叙事方法一致，其叙事技巧几乎机械，这实在令人费解。故事完全没有任何企图来合理化地解释隐含的信念或与此相关的种种奇迹，而这一切恰恰体现了故事的本质特征。

　　以下的译本是惠特莉斯·托克斯博士在八个手稿的基础上稍加改动

编写而成的，最早的译本可追溯到公元1100年，而故事本身还要早几个世纪，它是现存的最古老的爱尔兰传奇故事。

查尔斯·艾略特

爱尔兰有一位名望很高的国王叫奥凯德·费德里奇。很久以前他来到布里雷斯的法尔格林，看见水井边有一位头戴纯金发髻的漂亮姑娘，正在用一个银盆在梳洗。那盆子里面绘着四只金色的鸟儿，盆子的边缘用发光的紫色红宝石作装饰。那姑娘戴着一个紫色的、边沿上卷的帽子，帽子上有银色的条纹图案和一颗枚金色的胸针。她身着一条绿丝长裙。长裙上镶嵌着精美的金、银扣子。太阳照在她的身上，阳光反射在绿丝长裙上，刺激着男人的眼球。她梳着两只金黄色的长辫子，辫子由四绺头发编织而成，在每一绺头发的打结处都有一颗珠子。她那色泽清亮的头发既像夏季里的蝴蝶花，也像打磨清澈的纯黄金。

她挽起衣袖解开辫子洗头。她的双手就像黑夜中的白雪一样光滑细嫩；脸颊红润而美丽；眉毛浓黑而弯曲，犹如鹿角虫的背脊；牙齿洁白得像一串珍珠；紫蓝色的眼睛炯炯有神；唇红如花楸浆果；肩膀光滑白皙；手指嫩白修长，从侧面看，她的身材细长娇柔；大腿白皙、圆润、性感；膝盖白皙、圆润、小巧；小腿白皙、笔直；脚后跟平直、漂亮。如果将一把尺子放在她的脚后跟，你会发现它们完全重合紧贴，没有多余的肉超出尺子。众人的目光都盯着她那漂亮的脸蛋儿，对所有的求爱者，她都表现得不屑一顾。她的脸颊上有着甜美的小酒窝，还有一些漂亮的斑点。雪白光泽的脸上有些紫红色的血丝。她声音端庄温柔，步伐轻盈有节奏，有着女王般的步态。她是所有见过她的男人眼中最亲爱的人、最漂亮的人以及最高贵的人。

奥凯德王和他的子民都认为她来自伊尔菲蒙德。大家一致认为她是身材完美的埃泰恩，让人疼爱的埃泰恩。

国王心中充满了对她的渴望，于是派了一名臣子去请她过来。国王详细询问了她的一些情况，并且表达了自己的真实想法："我可以和你闲聊一个小时吗？"

她说："我们来到这里是为了寻求保护的。"

奥凯德王好奇地问："那么你住在哪里呢？又从哪里来呢？"

"简单地说，"她说道，"我的名字叫埃泰恩，来自伊尔菲蒙德，是伊塔尔国王的女儿。尽管我出生在伊尔菲蒙德，但是我已经在这里生活了二十年。伊尔菲蒙德的所有男人，包括国王和贵族都向我求过爱，但是都被我拒绝了。我可以很诚实地告诉你，从我懂事起，我就爱上了你。由于你显赫的功绩和感人的事迹，我把我最童真的爱都给了你。即使我从来没有见过你，除了偶然的一次机会，我从一幅图上看到了你，我认出那就是你，于是我用手摸了那幅图。"

"你不远万里来寻找一位陌生的朋友，那么那位朋友应该属于你。"奥凯德王说，"你会受到欢迎，我会为了你放弃所有的女人。我只会和你永远幸福地生活下去。"

"给我应有的聘礼！"她说，"还要满足我的愿望。"

"你两者都会拥有。"奥凯德王说。

国王给了她七头奶牛。

后来，奥凯德·费德里奇国王去世，他的女儿嫁给了阿尔艾德的国王科马克。她有一个和她的母亲一样的名字——埃泰恩。

在阿尔艾德国王科马克统治的后期，这个拥有诸多天赋的男人抛弃了奥凯德的女儿。因为她在喝了来自伊尔菲蒙德的母亲给她的肉汤后，只与科马克生了一个女儿，之后就没有生育了。她对她母亲说："你给我的汤是有问题的，我喝了之后就只能生育一个女儿。"

"那样不好，"她妈妈说，"国王的注意力就只在她一个人身上。"

科马克后来和他的妻子——埃泰恩复合，但他认为女人被抛弃，女儿就要被处死（比如他的女儿），所以科马克不愿把自己的女儿单独留给她的母亲照顾，而是让两个奴隶带着小女孩来到一个深坑，当他们要把她放进去的时候，小女孩突然对着他们灿烂地笑了，于是他们善良的本性油然而生。他们将她培育成了一名优秀的绣花女，在爱尔兰没有哪一位国王的女儿比她更优秀。她的名字叫布阿琦拉·梅斯。

奴隶们为她建造了一栋用篱笆围住的柳条制的房子，没有门，只有一个窗户和一个天窗。伊特尔斯尔国王的子民看见了那间房子，以为是牧牛者的食物存放处。其中一个人走过去，从天窗往里面看，看见房子里有一个可爱、漂亮的女子。这件事被告知国王，国王直接派人拆毁了房子，并且把她带走了。因为国王没有子女，曾经有个男巫预言：将有一个身份不明的女人会为他生下一个儿子。

于是国王说道："这就是曾经预言中的那个属于我的女人。"

第二天早上，一只鸟从天窗飞过来，它脱下身上的羽毛，走向她，并且占有了她，并对她说："国王派他们毁掉你的房子并把你带到他那儿去。我却要让你怀孕，并生下一儿子，这个孩子将不会屠杀鸟类（这是指爱尔兰人崇拜的图腾，他们的信仰要求不得杀害图腾所代表的物种），并被取名康奈尔。"

随后她被带到国王那里，随行的有养育她的人。她和国王订婚了，国王给了她21头奶牛，另外，也给了养育她的人21头奶牛。后来他们都被封为部落首领，也就成为合法的公民。后来她为国王生下一个儿子，那就是布阿琦拉·梅斯的儿子康奈尔。他们向国王请求由曾经照顾她的人来照顾他们的儿子。

他就这样被这些爱尔兰人照顾着，他们见证了他的出生，所以非常了解他。另外，还有三个孩子与他一起成长，费尔·雷、费尔·干和费尔·罗根，他们是来自马克雷斯军队的战士——唐德萨的曾孙。

康奈尔拥有三种天赋，那就是敏锐的听力、神奇的洞察力和准确的判断力。他也分别教会他的几个寄养兄弟每人一种他所拥有的能力。无论他有什么好吃的，他们四个都一起吃，甚至他的一日三餐，他都会和他们一起分享。他们四人有一样的服装、盔甲，还有一样颜色的马。

国王伊特尔斯尔去世后，爱尔兰人举办了一场牛肉宴会，由此选定谁来继承国王的宝座。盛会上，他们宰杀了一头牛，然后让其中一人吃掉它的内脏，喝完牛肉汤，便让他睡觉，并在他的床前吟诵咒语让他做梦，他在梦里看见谁，谁就是国王。如果睡觉的人说了谎话，他就会死。

而此时康奈尔和他的三个兄弟乘坐着马车在利菲河平原上嬉戏。他的保姆来通知他应该去参加牛肉宴会。他却说："我明早再跟你去吧。"

牛肉宴会的当晚，欢宴者梦里出现了一个完全赤裸的人，手里拿着一个装有石头的投石器沿着塔拉的大道走着。

康奈尔离开了他的三个兄弟，让车夫驾着马车和他一起来到都柏林。在这里他看到了很多漂亮的、花色各异的、异常巨大的鸟儿。他追赶着它们，直到他的马筋疲力尽。这些鸟儿如果中了他的投石器就无法再往前飞。他从马车上下来，拿出他的投石器向鸟儿投掷。他一直追逐这些小鸟到海边。他慢慢靠近并想制服它们。那些鸟儿脱去羽毛，拿着刀和剑以观其变。其中一只鸟儿对他说道："我是你父亲的鸟王——勒姆格兰，你是不被允许捕杀鸟儿的。由于你的母亲和父亲，你应尊重这里的每一只鸟儿。"

康奈尔说："直到今天我都不知道这件事。"

"今天晚上去塔拉，"勒姆格兰说，"那才是最适合你的地方。那里有一个牛肉晚会，通过那个晚会，你将会成为国王。如果一个完全赤裸的男人，带着一颗石头和一个投石器，在夜晚沿着塔拉的大道往前走，那么，他就会成为国王。"

就这样，康奈尔出发了，在去塔拉的四条道上有三个掌权者在等着他。他们已经为他准备好了服装，因为他们已经提前预知了他来的时候是裸体的。他的侍从们也在路上等候他，他们给他穿上国王的衣服，让他坐在战车上，然后让他宣读了他的誓言。

塔拉的人们对他说："如果我们在这里见到的仅仅是一个年轻的没长胡须的小伙子，那我们的牛肉盛会和我们对忠诚的坚守就是失败的。"

"现在还没有到时候，"他说，"对于一个像我这样年轻而又大方的国王来说，在王位上并不丢脸，就凭我的父亲和祖父，塔拉的所有权力都是我的。"

"很好，很好。"塔拉人说道。他们把爱尔兰君主的身份授予了他。他说："我会向聪明的人请教学习，这样我也会变得更加有智谋。"

当海边的一位智者指导他时，他把一切都告诉了那位智者。智者也告诉他："你的统治将会受到很多限制，然而鸟类王国的随意性是很大的，这些限制也是你的禁忌。

"你不能去塔拉的东面和布里加的西面。你一定不能打瑟纳的野兽。每逢带数字'九'的夜晚，你一定不要走出塔拉。日落之后，你不应该在看得见外面灯光的房子里面睡觉，因为外面的光亮可以照亮屋子。还有三个雷德人不能在你去雷德的房间之前离开。不能有强取豪夺之事发生在你的统治时期。日落之后，男人或者女人不能进入你的房间。你也不能介入你的奴隶之间的争吵。"

如今，在他的统治下，国家繁荣昌盛。那就是说，在每年的六月都有七只船到达博因河捕捞大量的鱼虾，每年秋天橡树果实也会堆得膝盖高。因为物质富裕，当时的爱尔兰可谓风平浪静。每一个爱尔兰人都友好互爱，说话的声音就像琴弦的声音一样悦耳。从春分到中秋，一直没有大风大浪，他的统治期真是太平无事。

现在他的寄养兄弟开始抱怨他夺取了他们的父亲和祖先留下的财产，他们开始偷、抢、杀、夺。他们一次可以从同一个人那里偷三件物品：一头猪、一头公牛和一头母牛。每一年他们都因偷窃受到国王的处罚，但他们也看到偷窃给国王带来的麻烦。

每年都有百姓来向国王抱怨，然后国王会对他说："你去找唐德萨的三个曾孙，是他们偷走了你的牲畜。"凡是去找唐德萨曾孙的人都遭到了唐德萨曾孙的杀害以致他们再也回不到康奈尔那里并得到他的保护。

从那时候起，他们变得骄傲狂妄，还召集了一些爱尔兰贵族的子孙开始抢劫。他们在康诺特组织了一个一百五十人的抢夺团队，这个团队残忍贪婪。曼恩的养猪的人梅尔斯柯其看见了他们就立刻逃走了，因为他以前从来没有看见过那样一群人，但他们还是发现了他并立刻追赶他。那个养猪人叫喊着求救，曼恩人听到后都来帮他。那一群人被抓住了，连同随身的东西一起被带到了塔拉。他们向国王请示如何处理这件事情。国王说："让他们各自的父亲来处死自己的儿子，但是我的寄养兄弟要被宽恕。"

"不可以，不可以！"所有人都大声地说，"这应该由你来执行。"

"绝对不行，"他说，"我不会处死他们，他们也不会被绞死，我要让这些老兵和他们一起去对阿尔巴人进行掠夺。"

他们确实这样做了。他们出海航行，并且遇到了不列颠国王的儿子因格斯尔，他只有一只眼睛，他是科马克的外孙。他与那一百五十人以及老兵在海上相遇。于是他们组成了一个联盟，和因格斯尔一起去抢夺。

这就是冲动带给因格斯尔的毁灭。一个晚上，他的父亲、母亲还有他的七个兄弟一起被带到皇宫，但因格斯尔就在那晚把他们给杀害了。于是爱尔兰的海盗从海上到陆地到处制造毁灭，对因格斯尔进行惩罚。

在康奈尔的统治期间，爱尔兰一直处于和平状态，但他的两个寄养兄弟在托蒙德发生了一场战争。是康奈尔的劝解和努力才使得他们俩和解。在他们两人重归旧好之前去规劝他们是一个禁忌。尽管如此，康奈尔还是去了。他使他们和好如初，并与他们两人分别度过了五个夜晚，那也是他的禁忌。

在解决这两个人的争吵之后，他来到了塔拉。他的寄养兄弟也穿过米斯郡的尤斯里其来到了塔拉。他目睹了从东到西，从南到北的抢劫，他看到了蛮族兵和当地人，也看到了袒胸露臂的男人，还有奥尼尔南方升起的一团火焰似乎将他包围了。

"那边怎么啦？"康奈尔问道。"简单地说，"他的子民回答道，"这是国家的法律失去效力了，人民开始造反了。"

"那现在我们应该去哪里？"康奈尔说。

"去东北。"他的子民说。

于是他们右转离开了布里加的西面，走向塔拉的东面。一路上他捕猎着怪兽。直到旅程结束他才认识到捕杀怪兽的后果。

世界充满了精灵制造的迷雾，他们这样做是因为康奈尔违背了禁忌。

康奈尔内心非常恐惧，除了去米卢其尔和库阿卢的两条路外他们别无选择。

于是他们沿着爱尔兰南部海岸走着。

后来康奈尔在去往库阿卢的路上问道："今晚我们要去哪里？"

"我可以很明确地告诉你！康奈尔，"斯纳德特奇德的儿子马克斯奇对康奈尔说道，"爱尔兰人都在寻思着为你找一个安全舒适的旅馆休息。"

"说的正是时候，"康奈尔说，"在这个国家我有一个朋友，要是我知道去他家的路就好了！"

"他叫什么名字？"马克斯奇问道。

"伦斯特的鞑德嘎，"康奈尔回答道，"他曾经来找我要过一份礼物，我同意了。我给了他一百头拉车的黄牛、一百头肥猪、一百件披风、一百件战争用的兵器、十个镀金的红色胸针、十个质量好的褐色大桶、十个奴隶、十个手推石磨、二十七条戴着银枷锁的白色猎犬、一百匹生活在鹿群里面的竞赛马。如果他再次来访，他所获得的东西绝对不会减少，所以他应该做出回报。我好奇的是，今晚见面时他是否记得我。"

"我知道他的房子。"马克斯奇说，"他的房子就在路边，一条大路直通他的房子。房子有七道门，两道正门，两边有七间卧室，正门只有一个门阀，那个门阀可以在吹风的时候自由扭转。"

"所有的人都跟你去，"康奈尔说，"进入房间后你就站在房屋中间。"

"是的，"马克斯奇说，"你也要去，我可以提前为你点燃灯火，欢迎你的到来。"

就这样康奈尔沿着库阿卢这条道路向前继续着他的旅程，他发现有三个人骑着马也朝那个房子走去。他们有着三件红色罩袍，三件红色斗篷，三个红色小圆盾，手里拿着三根红色的长矛。他们骑着三匹红色战马，也是最好的马匹，他们满头红发，并且全身都是红色的，无论是战马还是人，不管是身体、头发还是衣服。

"在我们前面的是谁？"康奈尔问，"三个红衣人在我前面走向房子是我的一个禁忌。谁能前去告诉他们让他们跟在我后面？"

"就让我前往吧。"康奈尔的儿子雷弗瑞弗雷斯说。

雷弗瑞弗雷斯鞭策着他的马，跟着他们，但是并没有超过他们。他们之间总保持着一段距离，相互没有逼近对方。

他告诉他们不要走在国王前面，但是他没能说服他们。相反的，其中一个人向他朗诵了一首短诗：

"哦，我的孩子，重大的好消息，来自旅馆的消息……哦，我的孩子！"

然后他们离开了，他没能够阻止他们前进。

儿子等着父亲的到来，并把这一情况告诉了父亲。康奈尔不高兴，说道："你跟着他们，给他们三头公牛和三头做熏肉的猪，条件是他们听从我的指挥，不能与我有冲突。"

于是小伙子又去追赶他们，向他们提供了这些东西，但还是没有说服他们。其中的一个人对他朗诵了一首短诗：

"哦，我的孩子，多么令人激动的消息！慷慨的国王的热情将刺激你，使你发狂而失去理智。古老的魔术会使你见到九个人。瞧，我的孩子！"

男孩回来之后，将这故事复述给康奈尔听。

"追上他们，"康奈尔说，"给他们六头公牛，六头做熏肉的猪作为礼物，条件是他们听从我的指挥，不能与我有冲突。"

小伙子再次追赶着他们，还是没能说服他们，但是其中一个人说道：

"哦，我的孩子，不错的消息！我们从伊尔菲蒙德来，现在我们的战马已经十分疲劳。虽然此时我们还活着，但死亡即将来临。有明显的迹象表明生命即将被摧毁，乌鸦的嚎叫意味着有杀戮，剑刃即将被鲜血弄湿，盾牌也发挥不了保护的作用。这些将在天黑前的几小时内发生。哦，我的孩子！"然后他们走了。

"我知道你没能够留住他们。"康奈尔说。

"我确实没有能够留住他们。"雷弗瑞弗雷斯说。

他把他们说的话复述了出来。康奈尔和随从听了都很不愉快，不久，邪恶、恐怖的预言中的事情降临在他们身上了。

"今天晚上，我的所有禁忌都会惩罚我，"康奈尔说，"那三个红衣人就是被放逐的三个人。"（他们是从伊尔菲蒙德被放逐的，对他们来说，超过康奈尔就是对他的挑战。）

三个红衣人来到了房子前，并在那里找到了相应的位置坐下，他们把红色的马也拴在了房子的门上。

那就是三个红衣人在鞑德嘎的前期表现。

这也是康奈尔的队伍去都柏林要走的路。

一个平头黑发的人用他的一只手、一只脚和一只眼就把这三个红衣人收拾了。虽然他的平头修剪得不整齐，但如果将一大袋野生的苹果放在他的头上，没有一个苹果会掉下来，并且每一个都黏在他的头发上。他的鼻子又大又长就像树枝，他的两根胫骨就像牛轭又细又长，他的臀部就像柳条上的干奶酪，手里拿着一根黑色的、尖细的叉形铁棒。他背后跟着一头黑毛直立的猪，那头猪一直叫着。他后面还跟着一个大嘴巴、黑色皮肤并且有点恐怖的女人。她的鼻子长得又长又肥大，但还不太难看，她的下嘴唇很厚，下巴可以够得到膝盖。

当康奈尔到达时这个平头黑发的人热情地上前迎接："欢迎你的到来，康奈尔大人，你远道而来，辛苦了。"

"谁让你来迎接我们的？"康奈尔问。

"费尔凯尔，他用他的黑猪来为你接风，你今晚不可以禁食，因为你是世界上最伟大的国王！"

"你的妻子叫什么名字？"康奈尔问。

"斯琪尔。"他回答说。

康奈尔说："其他任何一个晚上我都可以满足你的要求，我会去找你，但今天晚上我们有事要处理。"

"不可以。"那个乡下人说，"今晚我们会到你住的地方来找你，我帅气的康奈尔大人。"

于是他走向了房子，背后跟着那头黑毛直立、一直欢叫的猪和他那大嘴巴妻子。那是康奈尔的禁忌之一。这头猪应该是他统治爱尔兰时抢过来的战利品。

这战利品是唐德萨的儿子抢来的。除了他们的亲信，他们的抢夺队伍里还有五百个人。这也是康奈尔的一个禁忌。队伍里有一个来自北方的优秀的勇士，"枯树枝上的大货车"是他的名字。他之所以被这样称呼是因为他常常战胜他的敌人，就像大货车碾过枯树枝那样。这个战利品就是他夺取的，除了亲信，他们的抢夺队伍还有五百个人。

在那之后还有一支神奇的勇士队伍，那就是艾利尔和梅德波的七个儿子。他们的姓氏是"梅恩"。每一个人都有一个绰号,那就是父爱梅恩、母爱梅恩、文雅梅恩、神速梅恩、神勇梅恩、甜言梅恩和饶舌梅恩。他们已经开始抢劫。母爱梅恩和神速梅恩的身上有十四道疤痕,父爱梅恩有三百五十道,甜言梅恩有五百道,神勇梅恩有七百道,话唠饶舌梅恩有七百道,队伍里其他每个人身上都有五百道。

在伦斯特的库阿卢有一支英勇的三人组,也就是库阿卢的红三猎人,分别叫作瑟斯其、克洛斯奇和康尔。他们也在抢劫。他们队伍中的每个成员身上有十二道疤痕。他们是一支狂人队伍。在康奈尔的统治下,爱尔兰有三分之一的人都是掠夺者,但他有足够的力量把他们赶出爱尔兰的土地,流放到另一边(大不列颠),但是被驱逐之后,他们又回到了自己的祖国。

当他们到达海角时,在汹涌的海边,他们遇到了只有一只眼睛的科马克的三个儿子因格斯尔、艾思尔和图齐恩。因格斯尔强壮、粗鲁、野蛮,他的头上只有一只眼睛,眼皮像牛皮一样厚,眼球像火炉一样黑,里面有三个瞳孔。他的队伍有一千三百个人。爱尔兰的掠夺者比他们还多。

他们在海边邂逅。"你们不应该这样做,"因格斯尔说,"不要破坏忠诚的人们对我们的信任,因为你们人数比我多。"

"除了战争,不会有别的事情降临在你的身上。"爱尔兰的掠夺者说。

"我们比你们优秀,"因格斯尔说,"既然你们被赶出了爱尔兰的土地,我们也被赶出了阿尔巴和不列颠的土地,那就让我们和平相处吧,让我们达成和平的协议吧。不然,你们来到我的国家进行掠夺,那我们也去你们的国家掠夺。"

他们遵从了这个协议,因此他们彼此给予对方一些特权。爱尔兰人为因格斯尔指定了费尔雷、费尔干和费尔罗根做担保人,确保因格斯尔在爱尔兰的毁灭以及唐德萨的儿子们在阿尔巴和大不列颠的毁灭活动。

他们算计着应该先跟谁走。结果是他们先跟因格斯尔去他的国家。于是他们出发去了大不列颠。我们前面已经提到了,在那里他的父亲、母亲还有他的七个兄弟被杀害。然后他们去了阿尔巴。在那里,他们干了一些坏事后又回到了爱尔兰。

现在，伊特尔斯尔的儿子康奈尔去了库阿卢沿途的旅店。

抢劫的人来了，他们到达霍斯对面的布里加海域。

劫匪说："扬起船帆，组成一支海上队伍，你们不会被发现的。让你们其中有特长的人去海岸了解一下我们是否能和因格斯尔一起挽救我们的荣誉，能否用一个毁灭回报另一个毁灭。"

"谁愿意去海边探听消息就让他去？"因格斯尔说，"谁拥有这三项能力：千里眼、顺风耳和敏锐的判断力？"

"我，"甜言梅恩说，"我有顺风耳。"

"还有我，甜言，"神速梅恩说，"千里眼和敏锐的判断力。"

"那就让你们去，"掠夺者说，"非常明智。"

然后九个人出发了，他们来到霍斯山山顶去获取他们可能看到和听到的消息。

"等一下！"甜言梅恩说。

"那里是什么？"神速梅恩说。

"我听到了一个国王的骑兵队的声音。"

"我也看到了。"他的伙伴说。

"那里你看到了什么呢？"

"我看到了整齐庞大的骑兵队，他们武器装备齐全，队伍庞大，踏着整齐有力的步伐，掀起了地面的一层灰尘。他们经过了许多高地和险要的海域和河口。"

"他们经历了哪些险峰、水域和河口？"

"简单地说就是音德欧音、卡特、库尔特、马福阿特、阿玛特、艾阿玛特、费恩、歌欧斯特、圭斯提恩。战车上摆放着灰色的枪支，他们腿上别着有乳白色把柄的剑，肘部上是银盾，一半红一半白，他们穿着五颜六色的衣服。

"我还看到他们前面有特别敏捷的家畜，也就是一百五十匹深灰色的战马。它们头部小巧，红鼻子尖挺而肥大，红胸脯肥厚，蹄子宽大，它们敏捷且很听主人的话。它们身上套着红瓷釉色的马鞍。"

"我以我的部落的名义保证，"千里眼说，"这些是某位伟大的国王的战马,在我看来,那是伊特尔斯尔的儿子康奈尔,爱尔兰的众多子民跟随着他。"

他们回去之后将这些汇报给掠夺者。"这些,"他们说,"就是我们所看到和听到的。"

这是一只庞大的队伍,有一百五十艘船只,五千士兵。船员们扬起船帆,驶向海岸时,停靠在福尔布斯海滩。

当船停靠在岸时,马克斯奇在鲧德嘎旅店点燃了火把。从火花燃放的声音看,这一百五十只船已经靠岸,且被浪花冲击。

"安静一会儿!"因格斯尔说,"你怎么看,费尔罗根?"

"我不知道,"费尔罗根说,"除非这是艾梅马洽的讽刺家鲁克多恩,在他的食物被拿走后所作的行为,或者是鲁克多恩在特梅尔卢其的尖叫,或者是马克斯奇在国王面前点燃的火花,每一个火花掉落在地上都会烤熟一百只小牛仔和两头小猪。"

"但愿上帝今晚不会把那个人带到这里来(康奈尔)!"唐德萨的儿子们说,"敌人的伤害使他非常伤心!"

因格斯尔说:"在我看来它不如我给你的毁灭痛苦。康奈尔能去那儿,那简直就是我的荣耀。"

康奈尔的一百五十艘船只靠岸时的阵势让鲧德嘎旅店晃动,放在架子上的矛或盾也晃荡着叮叮当当地掉到了地上。

"在你看来,康奈尔,"有人说,"那是什么声音?"

"我不知道那是什么声音,或者是地球破裂,或者是遍及全球的海怪利维坦准备用它的尾巴颠覆地球,或者是唐德萨的儿子们的船队到达了海岸。哎,这不是他们应该来的地方。他们是我们亲爱的寄养兄弟,亲爱的盟主。我们今晚不应该害怕他们。"

然后康奈尔来了,来到了旅店的草地上。

当马克斯奇听到骚乱的噪音时,他以为是部队攻击了他的臣民,于是他穿上盔甲去拯救他们。他召集了三百人并让他们全副武装,但这没有什么用处。

唐德萨的儿子站在船头上,他们都是勇士,装备精良,像狮子一样凶猛可怕。科马克的外孙因格斯尔只有一只眼睛，他的眼睛像牛眼一样从他的前额突出来，有七个像火炉一样黑的瞳孔。他的膝盖像冒气的大锅一样突出，他的两个拳头像篮子一样大，臀部像柳条上的干酪一样大，他的小腿像牛轭一样长。

一百五十只船和那五千人抵达了福尔布斯海滩。

康奈尔和他的臣子进入了旅店。每个人都在座位上坐了下来，有些位置有禁忌而有些没有禁忌。三个红衣人坐在他们的座位上，费尔凯尔和他的猪坐在一起，然后鞑德嘎带着一百五十人前来问候。他们每个人的头发都很长，戴着斗篷，穿着有绿色花纹的裤子，手里拿着带刺的铁链。

"欢迎你，我的主人康奈尔！"他说，"既然大部分爱尔兰子民和你一起来到，那么他们每个人都是受欢迎的。"

日落之后，他们看见一个孤独的女人向旅店的门口走来，并请求他们让她进去。她的小腿像织布的机轴一样长，皮肤像甲壳虫的背一样黑。她穿着浅灰色的、毛茸茸的披风。她的头发长得可以到达她的膝盖。她的嘴唇歪向一边。

她走进来把肩膀靠在房门上，用邪恶的眼神看着国王和他周围的年轻人。他在室内跟她打招呼。

"啊，女人，"康奈尔说，"如果你是巫师，你能为我们预见什么吗？"

"我真的能为你预见，"她回答说，"你在这里不会死亡也不会受伤，但条件是要让鸟儿自由地飞翔。"

"这不是一个邪恶的预兆，女人，"他说，"你是不能为我们预测到什么的。你叫什么名字，女人！"

"凯布。"她回答说。

"这是一个不多见的名字。"康奈尔说。

"不，除此之外，我还有很多名字。"

"它们是什么？"康奈尔问。

"直接地说，"她说，"沙门、香农河、森斯克兰德、索德卜、凯尔、科尔、迪克欧姆、笛齐耳、迪斯姆、笛葵穆恩、迪奇瑞的恩、戴尔恩、达瑞恩、的汝耳伊恩、伊格门、奥格门、伊斯诶门、格林姆、克鲁伊奇、克萨尔达姆、尼斯、倪美恩、罗欧美恩、巴德布、布罗斯科、鲍尔、海恩、阿菲拉司璐思、马奇伊、梅德义、莫德。"她踮着一只脚,并举着一只手,站在门口一口气向他们说出了她的全部名字。

康奈尔说:"我以我崇拜的神发誓,不管我在这里住多久,我都不会用其中任何一个名字来称呼你。"

康奈尔问:"你有什么希望?"

"那也是你最希望的。"她回答说。

康奈尔说,"日落之后得到一个女性伴侣是我的一个禁忌。"

她回答说:"对你来说这虽然是一个禁忌,但在我受到款待之前我是不会离开的。"

康奈尔说:"如果你能住在另一个地方,我会送你一头公牛和一只烤乳猪。"

她说:"这还差不多,不为孤独的女人留下食物和床铺的皇帝是即要垮台的。如果旅店的这个王子的热情没有了,他的慷慨也没有了,那么他的子民是不会拥护他的。"

"无礼的回答!"康奈尔说,"尽管这是我的一个禁忌,你进来吧。"

从与女人的谈话来看,他们有种不好的强烈预感,但是他们不知道原因。

劫匪登陆了,他们来到了勒卡思恩斯勒波。旅店还开着。

很棒的是每晚的火堆都是由康奈尔点燃的,也就是说火堆就是"树林中的野猪"。火堆有七个火苗。每当劈开一根木块加入火苗中时,火苗会发出更猛的火焰,就像有大风扇动。房子的每一道门口都有康奈尔的十七个战车,站在战车上可以看到明亮的光线。

"费尔罗根,你觉得远方的强光像什么?"

费尔·罗根回答说:"我不能把它与任何东西进行比较。那是国王点的火。愿今天晚上上帝不会把他带走,毁了他真是可惜!"

因格斯尔说:"你认为他在爱尔兰的国土上的统治怎么样?"

"他统治得很好,"费尔罗根回答说,"自从他就任国王,没有云挡住太阳,从春分到中秋,田野里谷物生长良好,风调雨顺,没有任何天灾人祸。在他的统治下,一年又一年,没有狼会进攻牛棚里吃牛犊。为了维持这个规则,在他的住处有七匹狼被拴在墙边。为了进一步的安全,甚至马克斯奇也恳求待在康奈尔的房子里。在康奈尔的统治期间,爱尔兰有三种东西特别多,那就是玉米、鲜花和橡树。在他的统治下,因为合理的法律,和平、良好的信誉盛行于爱尔兰,每个人对其他人都非常温柔、善良。愿上帝今晚不要把他带到这里!毁了真是可惜,现在正是他生命的壮年期,不能让他短命。"

"这就是命运。"因格斯尔说,"他不应该在这儿,这儿应该是另外一个人的毁灭。相对于我之前成为劫匪而放弃我的父母、七个兄弟和我的君王,这不会更痛苦。"

"说得对,就是这样。"跟随着盗贼的为恶者说道。

掠夺者开始从福尔布斯海滩上带来一些石头,为每一个人造一个石冢,因为这是费恩最初在"毁灭"和"击溃"之间制造的区别。如果是击溃,他们常常立一块石柱,但如果是毁灭,他们就建一个石冢。这次,因为这是一个毁灭,所以他们造了这个石冢。这个石冢离那个房子很远,所以他们不会被看见和听见。

他们修建石冢有两个原因。第一,这是抢劫中的一个习俗;第二,他们可能会发现他们在旅店的损失。每一个安全到达的人会从石冢上捡走他的石头,而被杀死的人就把石头留在石冢里了,这样他们就能计算他们的损失。这也是人们在叙述故事时擅长的东西,所以在卡恩勒卡的每一块石头都是在旅店被杀死的掠夺者留下的。因此,辉柯兰格的勒卡石冢就是被这样命名的。

"野猪火"被唐德萨的儿子点燃,以此作为对康奈尔的警告。所以,这是在爱尔兰发生的第一次警告信号。这一天从它开始,每发出一个警告都会有火被点燃。

这是他人讲述的:旅店的毁灭发生在萨温(祭祀秋收的日子)前夕。这个火苗来自远处的灯塔。点火后,有人往火堆中放了一些石头。

于是掠夺者在修建石冢的地方进行商议。

"好，"因格斯尔对指路的人说，"离我们最近的是什么？"

"简单点说，华尔德嘎旅店，爱尔兰的医院牧师。"

"很不错的人，"因格斯尔说，"今晚有可能在旅店找到他们的随从。"

然后，正在商讨的掠夺者派他们其中一个人去看那里的事情进展如何。

"谁愿意去那里的房间探视？"有人问。

"谁愿意去？"因格斯尔说，"我有权利去。"

因格斯尔带着他那长在额头上且有七个瞳孔的一只眼去勘察旅店。他要让他的眼睛去毁灭国王和围着他的年轻人。因格斯尔透过战车车轮偷窥他们，然后因格斯尔被房子里面的人发现了，他就立刻离开了。

他一直走，来到了那些抢劫者们集中的地方。他们围成很多小圈，一起听消息。掠夺者的首领站在人群的最中央。他们是费尔吉尔、费尔吉勒、费尔若格、费尔罗根、丑角罗马和一只眼的因格斯尔。他们六个人站在所有圆圈的中心。费尔罗根走过来询问因格斯尔。

"情况怎样，我的因格斯尔？"费尔罗根问。

"不管怎么样，"因格斯尔说，"忠诚就是服从习俗，骚乱就是反抗。这些骚乱是冲着王者去的。不管国王在不在那儿，我都有权利得到那所房子，所以我开始抢劫。"

"我们把它交到你手中，我的因格斯尔，"康奈尔的寄养兄弟说，"但是在我们不知道谁在里面之前，我们不应该制造破坏。"

"问题是，你很好地看过那个房子吗，我的因格斯尔？"费尔罗根问。

"我迅速地看了一下周围，我会接受它作为我的所有物，正如它的存在。"

"你可以接受它，我的因格斯尔，"费尔罗根说，"我们的养父——爱尔兰曾经的国王——伊特尔斯尔的儿子康奈尔在这里。"

因格斯尔说："我看见那人有一张显得荣华富贵的脸，大而明亮的眼睛；一口整齐的牙齿；脸型上宽下窄；他有着金色的美丽秀发，别着一个漂亮的发夹和一根漂亮的发带；他的斗篷上有枚银色的别针；手里握着一把镀金的剑，盾上有五个金环。他的另外一只手里拿着有五个倒钩的金枪。他的脸蛋儿白里透红，没有胡须。他是一个思想高尚的人。"

"在那之后，你见过谁吗？"

"我看到科马克的右边有三个人，左边有三个人，前面还有三个人。我敢打赌他们九个人是同一个妈妈和爸爸生的。他们都是一样的年龄，一样的善良，一样的美丽，所有的都一样。在他们的斗篷上有细长的金棒。他们背着弯曲的铜制盾牌，标枪高高耸立。每个人手里都拿着有乳白色柄把的剑。他们有着独特的壮举，也就是说他们中的每一个人都将剑夹在两根手指之间，并能将剑围绕着两根手指转动。就像你，费尔罗根。" 因格斯尔说。

"这很简单，"费尔罗根说，"那是康其巴尔的儿子科马克·康德隆嘎，隐藏在宝剑后面的爱尔兰英雄，那个男孩思想高尚！他以勇猛而出名，他也很有家庭责任感。那九个围绕着他的人是三个顿格斯、三个都欧格斯和三个丹格斯。

"这九个人是康其巴尔的儿子科马克·康德隆嘎的同伴。他们从没有因为自己的痛苦而杀人，也不吝啬他们的财产。他们都是英雄，科马克·康德隆嘎也是这样的。我以我部落的名义发誓，科马克在第一次攻击时就会失败，包括他的所有将士和武器都会落入对方手中。科马克会在旅店与他的每一位同胞分享他的英勇。他会自夸如何战胜一个国王或者一个王储，或掠夺者的酋长。尽管他所有的人都受伤了，他也会找机会离开。"

"悲哀的是他制造的这次毁灭！"隆纳鲁斯说，"这也是因为康其巴尔的儿子科马克·康德隆嘎。""我以我的部落的名义发誓，"唐德萨的儿子隆纳鲁斯说，"如果那位英雄善良些，如果我的提议被尊重，毁灭就不会发生。"

"这是不容易被阻止的，" 因格斯尔说，"你又懦弱了，费尔罗根是不允许这样的。""你的呼声呢，隆纳鲁斯，"因格斯尔又说，"他会给你带来不幸，你是一个没用的战士，我了解你，你又懦弱了……在我报仇前，老人或者历史学家都不会说我放弃了毁灭。"

"责备并不是光荣的，因格斯尔，" 吉尔、噶布尔和费尔罗根说，"除非地球毁灭，除非我们都被杀死，毁灭才会发生。"

"真的吗？你可有理由，哦，因格斯尔。"唐德萨的儿子隆纳鲁斯说。

"你的损失不是由毁灭引起的，你必须夺取一个异国国王的人头，屠杀另一个人，你和你的兄弟才能逃脱灾难。"

"但是对于我来说这有点难。"隆纳鲁斯说，"我不管在人前还是人后都是悲哀的，今晚一小时后，我的人头将是第一个被乱扔在战车轴里的，邪恶的敌人会将我的头三次扔进扔出。多么悲哀的人啊！就让他去吧！"

"我身上不会发生什么。"因格斯尔说，"你和我一起替我的母亲、父亲和七个兄弟毁灭统治我们的国王，从今以后没有什么是我不可忍受的。"

"尽管……应该通过他们。"吉尔、噶布尔和费尔罗根说，"今晚的破坏将由你来发起。"

"让我把他们交到敌人手中是令人悲痛的。"隆纳鲁斯说，"后来你看见了谁？"

皮克特人的房间

因格斯尔说："我看到了另外一个房间，有三个高大的人在里面。三个棕色的高大男人，他们有三个大圆头，头发长达颈背，挡住了额头。他们披着三顶长达肘部的黑色斗篷，斗篷上覆盖着头巾。他们手握三把黑色的大剑，身上佩戴着黑色盾牌，插着三支深绿色的标枪。就像你，费尔罗根！"

费尔罗根说："这样比喻很简单的。我不知道那三个人在爱尔兰，他们是皮克特人。他们从自己的国家流亡，现在在康奈尔家里。他们是塔尔布特的儿子都部朗格、海雅朗斯的儿子塔尔海雅、华费奇的儿子库尔纳克。他们是皮克特人中最擅长使用武器的。与他们第一次相遇后，九十个人连同武器会落入他们手中。在旅店里，他们会和每一个人比试他们的英勇战术，他们会夸耀如何战胜一个国王或者掠夺者的首领，然后他们会在受伤后逃脱。"

隆纳鲁斯说："我以我部落的名义向上帝发誓，如果我的提议被采纳了，毁灭是不会发生的。"

"你不能，"因格斯尔说，"你又要经历一个痛苦的考验。"

"你后来在那里看见了谁呢？"

风笛手的房间

因格斯尔说："我看见一个房间里有九个人，他们有着金黄亮丽的头发，人也长得漂亮。他们穿着五颜六色的披风，他们有九个风笛，四个协音。房间里的光亮让人可以看到四个调协管道上的装饰。就像你，费尔罗根。"

"这种比拟是容易的。"费尔罗根说，"他们是来自布瑞吉尔的伊尔菲蒙德的九个风笛手，他们因康奈尔的好名声前来投靠他。他们分别名为布宾、罗宾、瑞尔宾、塞布、迪布、德齐瑞宾、乌梅尔、库梅尔、凯尔格兰宾。他们是世界上最好的风笛手。他们这九人会互相帮助、会勇猛地保护手中的武器。他们都会吹嘘如何战胜一个国王和掠夺者的首领。他们会逃离灾难。他们在战斗中非常机智。他们会杀人，但是他们不会被杀，因为他们来自伊尔菲蒙德。尽管仅仅因为这九个人而制造一个毁灭是悲哀的！"

"……"

"你不能，"因格斯尔说。

"你也感觉到了无助……"

隆纳鲁斯说："在那之后，你看见了谁？"

康奈尔管家的房间

因格斯尔说："我看到了有一个人在房间里，那人有一头玉米棒子般粗的卷发，哪怕一大袋苹果扔在他的头上，也没有一个掉下来，而且每一个苹果都黏在他的头发上。羊毛状的斗篷披在他的身上。每一场因座位和床的争吵都由他解决。即使他在说话，但一根针掉在地上，他也能听见。在他头上有一棵大黑树，像一根箭杆，有着树浆、花冠和刺。他就像你，费尔罗根。"

费尔罗根说："这些都是我熟悉的事情。他是来自阿尔艾德的图轶德，康奈尔家的管家。大家都要听那个人的决定。他掌管每一个人的座位、床和食物。他掌管着家里的一切。他会和你打架的。我以我部落的名义发誓，在毁灭中他杀死的人会比活下来的人多。他能征服三倍于他的人，但他自己也会在这里倒下。制造毁灭是悲哀的！"

"你不能。"因格斯尔说。

"无助也会发生在你身上，在那之后，你又看到了什么？"

康奈尔的战友马克斯奇的房间

因格斯尔说："我看到了另外一个房间里面有三个人，他们是三个比较愤怒的贵族，身材最大的那个人在中间，声音很大，他是一个打过九百场战争的人，身体结实。他很生气，拳头紧握。他背着一个黑色的由钢材包裹着的木制盾牌，其边沿非常坚硬，他完全可以对付十人组成的部队。盾牌像一口可烹饪四头牛的深深的大锅，他胸中的怒火就像空腹看到沸腾的蒸锅。

"他有一把手工组装的红蓝相间的长矛，剑柄结实厚重，一端放在地面，另一端可以顶着屋顶，长矛的顶端是深红色的，有四英尺长。

"他那把锋利的剑从剑尖到铁柄有足足三十英尺长。它擦出的火花可以照亮整个房间。

"看到那可怕的表情，看着这三个人，我差点晕过去。没有比那更奇怪的了。

"长头发的那个人旁边有两座光秃秃的山，山边有两个蓝色的湖，湖边有棵树。附近有两艘船，船上垂吊着白色的荆棘树枝。阳光在水浪上闪耀。枝丫下垂，就像宫殿门前岗哨处的长剑。就像你，我的费尔罗根！"

费尔罗根说："别这样说了！他是马克斯奇，是伊特尔斯尔的儿子，康奈尔的士兵。马克斯奇是一个伟大的英雄！当你看到他时，他在他的房间里仰卧着睡觉。你看见的长头发的人身边的那两座光秃秃的山，其实是他的头旁边的两个膝盖；你看见的山边的两条湖泊，其实是他鼻子旁的两只眼睛；你看见树下的两个像兽皮的东西，那是他的耳朵；你看到的在环形的船上的两个半横放着的船形器皿，是他的两个檀木盾牌；你看到的在阳光下像流水的东西是他的剑发出的闪烁的光芒；你看到的戴在他身后的皮草，是他的剑的套子；你看到的那奢华的柱子，是他的长矛。他娴熟地挥舞着他的长矛，当他高兴的时候，他也会故意投掷一次。马克斯奇是多么精明的英雄啊！

"在第一个回合就有六百多人被他打败了。他的一个兵器就会打到许多人。他会和旅馆的每一个人分享他高超的本领。他会在旅店前吹嘘战胜一个国王或掠夺者的首领。哪怕受伤他也能幸运地跑掉。如果他碰巧在房子外遇到你们，你们被他劈开的脑袋的数量多如雨天的冰雹、草坪上的绿草或者说天空中的繁星。他将用手中的武器砍破你们的头颅，压碎你们的内脏。"

"使他悲哀的是这个毁灭，"隆纳鲁斯说，"你的脑袋将离开你的身体。"

"你不能这样，"因格斯尔说，"你又开始怯懦了。"

隆纳鲁斯说："我的因格斯尔，的确是那样的。你不会在破坏中受到损失，毁灭让我感到很悲伤，再掉的脑袋将是我的了。"

因格斯尔说："这对于我来说很难，我的毁灭将……也许我会成为这里脆弱的尸体。"

"后来你看见了谁在那里呢？"

康奈尔的三个儿子——欧贝尔、欧步林和科尔普瑞的房间

"我看见了一个有三个人的房间。他们是三个稚嫩的年轻人，披着绸质披风。披风上有三枚金色的胸针。他们身上有三缕金黄色的鬓毛。在他们洗过头后，那长长的金黄色鬓毛散落到腰部。当他们上抬眼睛时，头发会跟着上升，以至于头发只长达耳朵下垂。他们的头发像公牛毛一样卷曲。他们的头上有一些装饰。房间里的每一个人互相谦让，他们交谈着，就像你，费尔罗根！"

费尔罗根哭得很伤心，使得他的披肩都湿了。直到第三个晚上快结束时他才开始说话。

费尔罗根说："我有一个充分的理由做这件事。那些年轻人是爱尔兰国王的三个儿子：欧贝尔、欧步林和科尔普瑞。如果这个故事是真的，那

就令我们太伤心了。"

唐德萨的儿子说，"幸好他们三个人在一个房间。他们有成熟少女的礼节，有兄弟的感情，像熊一样勇猛，可以像狮子般暴怒。无论谁在他们的队伍里，或者在他们的房间里，都会因为得不到他们的友谊而一直睡不好，吃不下，并在第九天之后就会离开他们。年轻真好！在他们第一次会面时，他们每个人用自己的武器就可以分别对付三十人。因为这三个人，制造灾难对于他来说是悲哀的！"

"你不能，"因格斯尔说，"你又开始怯懦了。"

"后来你看见了谁呢？"

弗摩里族人的房间

"我看见了有三个人的房间。那三个人是从未听说过的可怕的盟主。就像你，费尔罗根！"

费尔罗根说："我简直无法描述那三个人。他们既不是爱尔兰人也不是我所知道的世界上某个地方的人。他们也许是马克斯奇因战争从弗摩尔领地带出来的。没有弗摩尔人和他战斗过，所以他带走了那三个人。他们在康奈尔统治期间留在康奈尔身边做人质。弗摩尔人在爱尔兰既不毁灭农作物，也不杀死母牛，这让人尊重，然而他们的外表是令人讨厌的！他们有三排整齐的牙齿。他们一次可以吃下一头牛和一只烤猪。他们吃相贪婪。他们三个人的骨头是没有关节连接的。我以我部落的名义发誓，在制造毁灭时，他们杀死的人比他们留下活着的要多。第一次冲突就会有六百个战士死亡。他们会自夸战胜一个国王或一个掠夺者的首领。他们是人质，人们怕他们做错事，所以不允许他们在房间里使用武器，于是他们通过咬、捶或者踢，就可以弄死那么多人。我以我部落的名义发誓，如果他们身上有盔甲，他们会杀死除第三者以外的全部人。毁灭是悲哀的，因为那不是一个反抗偷懒的人的战争。"

"你不可能。"因格斯尔说。

"在那之后，你看见了谁？"

吉尔西恩的儿子姆瑞玛尔、鲁恩的儿子布尔德和特尔斑的儿子马尔的房间

因格斯尔说:"在一个房间里,我看见了三个人,三个棕色高大的男人,棕色短发。他们有粗大的脚踝。他们的四肢像腰一样粗大。他们满头是棕色弯曲的乱发。他们穿着带红色斑点的斗篷,拿着黑色的带有金钩的盾牌以及有五根刺的标枪。每个人手里有带象牙刀柄的剑,他们用剑演练。他们将剑扔向高处,然后又扔出剑套,剑在落地之前进了剑套。后来他们先扔剑套,然后扔剑,在落地之前,剑和剑套又黏合在一起。就像你,我的费尔罗根!"

费尔罗根说:"把我比作他们很容易!特尔斑的儿子马尔、吉尔西恩的儿子姆瑞玛尔和鲁恩的儿子布尔德尔。三个王子,三个有着荣誉的胜利者。三个爱尔兰勇敢的英雄。在第一次战争中,一百个英雄将倒在他们面前。在旅店里,他们会和每一个人分享英勇战术。他们会自夸战胜一个国王或掠夺者的首领,然后他们会逃跑,因为有他们三个人,毁灭是不会发生的。"

"发生毁灭是悲哀的!"隆纳鲁斯说,"成功地拯救他们比杀死他们更好!他能拯救他们是幸福的!杀死他们他会很伤心!!"

"那是不太容易的。"因格斯尔说。

"你后来看见谁了呢?"

科那尔·瑟那其的房间

因格斯尔说:"我看见了爱尔兰最英俊的英雄在一间装饰过的房间里。他穿着紫色植绒斗篷。他的一个脸颊像雪一样白,另一个像毛地黄一样红润。他的一只眼睛很蓝,另一只眼睛很黑。满头浓密的弯曲的金发长达臀部。如果将满袋红色坚果倒在他的头上,没有一个会掉到地上,而会粘在他头发的吊钩和辫子上。他手里有一把有金刀柄的剑。一个血红色的盾上有青铜色的铆钉点缀在金盘之间。一把又长又重的脊状的枪像牛轭一样厚。就像你,我的费尔罗根!"

费尔罗根说:"把他比作我是很容易的,因为爱尔兰人都知道他。他

是阿莫尔根的儿子——科那尔·瑟那其。在这个时候，他有机会和康奈尔相处。康奈尔最喜欢他，不论外表还是善良的性格他们都很相似。那位英雄很好，科那尔·瑟那其！他手中那把青铜点缀的血红的盾，阿尔艾德给了一个极好的名字，那就是科那尔·瑟那其的布瑞克瑞乌。"

隆纳鲁斯说："我以我部落的名誉发誓，今晚旅店门前会有大片的鲜血。他那把脊状的枪今晚会在旅店前制造大量死亡。旅馆有七道门，科那尔·瑟那其将会在七道门前出现，他不会错过任何一道门。在第一次冲突中，有三百个人会倒在他面前，包括想抢夺他的武器和与他打斗的人。他会和旅店里的每一个人分享他的英勇战术。当他从房里出来进攻你们时，他砍下的头颅和劈开的脑袋会多如雨天下落的冰雹、草地上的青草、天空的繁星，你们的骨头也会被他的剑尖劈断。他即使受了伤也会成功地逃走。尽管只有他这个人，发生的灾难也是让人伤心的！"

"你不能，"因格斯尔说，"胆小鬼。"

"后来你看见谁呢？"

康奈尔自己的房间

因格斯尔说："在这里我看见了一间比其他房间的装修更加漂亮的房间。银色的窗帘，房间里有很多装饰物。我也看见了里面的三个人。外面两人的头发和睫毛都很漂亮。他们像雪一样白。每个人的脸颊红得可爱。一个稚嫩的小伙子在他们之间，他有着国王和圣人的热情、精力和智慧。我看见他穿着的披风像五月天的雾，不同的时候有着不同的色彩和样式。一个色彩胜过下一个色彩。在他披风的前面从下巴到肚脐处有一个金色车轮图案。他金色的头发很有光泽，这是我见过的世界上最漂亮的头发。我还看见他腰上别着一把有金柄的阔剑。剑的前端在剑套的外面。"

因格斯尔说："于是乎……

"我看见了一位高大威严的王子。

"我看见了一位著名的国王。

"我看到了他白皙的王冠。

"我看到了他明亮的脸颊。

"我看到了他高挑的身材顶着一头弯曲的黄发。

"我看到了他的五颜六色的披风。

"我看到了一枚大的金胸针。

"我看到了漂亮的亚麻罩袍,从膝盖到脚踝。

"我看到了他那金柄的剑在他的银剑套里。

"我看到了他明亮的盾由黄金装饰着。

"那个年轻人睡着了,他的脚在其中一个人的膝盖上,头在另外一个人的膝盖上。然后他从梦中醒来,站起来吟唱道:

"'欧飒的吼叫(康奈尔的狗)……托尔格斯山顶战士的呼叫,一阵冷风吹过危险的边缘,一个摧毁国王的夜晚就是今晚。'

"他再一次睡着了,然后醒来,吟诵这首华丽的诗:

"'欧飒的吼叫……他宣布了一场战役。一个民族被奴役,那家旅店被洗劫,盟主是悲伤的,大众也受伤了,自然的风也让人恐怖,标枪的投出,战争带来的麻烦,房子的拆毁,塔拉的荒废,一份外来的遗产,康奈尔的恸哭,庄稼的破坏,战后的宴会,大声的尖叫,爱尔兰国王的毁灭,战车的摇晃,塔拉国王的压抑。悲伤胜于快乐:这就是欧飒的嚎叫。'

"他又第三次说道:'我看到了众多困难,众多的精灵,懒散的主人,敌人的跪倒,众人的冲突,塔拉国王的压抑,他在年轻时被毁灭。悲伤胜于快乐:欧飒的吼叫!'"

唐德萨的儿子隆纳鲁斯说:"就像你,我的费尔罗根,他唱了那首短诗。"

"把我比作他很容易,"费尔罗根说,"没有国王就没有冲突。他是这个世界上最杰出、最高尚、最漂亮且最强大的国王。他也是最温和、最绅士且最完美的国王,他就是伊特尔斯尔的儿子康奈尔。他是爱尔兰的王中之王。在他身上找不到瑕疵,无论是体型、身材还是着装,无论是身高、胖瘦或者是部位的比例,也无论是眼睛大小、头发长短还是肤色,也不管是智商、才华还是口才,也不管是武术、着装或外貌,不管是显赫的地位、财富还是个人修养,不管是知识、勇猛还是亲情,他都是众人所羡慕和崇敬的。

"没有机会表现勇猛时,这个单纯的男人是很有风度的,但是如果他的愤怒和勇气被爱尔兰和阿尔巴盟主们唤醒,只要他在场,毁灭就不会发生。康奈尔在获得武器前会有六百个人倒在他面前。在他获得兵器的第一次冲突中,会有七百个人倒在他面前。我以我部落的名义向上帝发誓,如果不让他喝醉,即使房子里一个人也没有,他也会单独坚守住旅店,直到救援到来。有人会从科林达和阿撒罗调遣一些援助。

"房子有九道门,在每一道门前,有一百个战士可以倒在他手下。当房子里的每一个人停止使用武器时,他却使用武器。如果他碰巧从屋子里出来遇见你们,他的剑会让你们众多的脑袋被劈成两半、头颅被劈开,连同骨头也将被刀剑刺穿。

"不过在我看来他是不会有机会从房子里出来的。房子里有两个人跟他很亲近,他们陪着他。那是他的两个养子德瑞斯和里斯。一百五十人会分别倒在旅店前,倒在他们三人面前。他们倒下的地方离我们就只有一步之遥。"

隆纳鲁斯说:"制造毁灭是悲哀的,只因为那两个人和他们的王子,爱尔兰的国王——伊特尔斯尔的儿子康奈尔!王朝的衰败是悲伤的!"

因格斯尔说:"你怎么又开始懦弱了。"

"你有很好的理由,因格斯尔!"唐德萨的儿子隆纳鲁斯说,"毁灭不会引起你的损失,因为你会夺下另外一个国家的国王的人头。你自己也会逃脱,但是对于我来说就有点困难,我可能是第一个在旅店被杀害的人。"

"我真是可悲啊!"因格斯尔说,"我的尸体可能是最脆弱的。"

"你后来看见谁了?"

后卫部门的房间

因格斯尔说:"我看到了国王房间的四周的银色跳栏上有十二个人。他们的头发呈浅黄色,穿着苏格兰式短裙。他们一样的漂亮,一样的强壮,拥有一样俊美的身材。每一个人手里拿着一把象牙柄剑。他们紧握着宝剑,但是他们手里的马棒满房间都是。就像你,我的费尔罗根。"

费尔罗根说："说起来是很容易的。塔拉国王的门卫都在这里。他们是三个利菲河平原的隆德人，都柏林的三个艺术家，布阿里其的三个布登尔人，奎琳的三个卓菲尔人。我以我部落的名义发誓，旅店周围的很多人会被他们杀死，然后他们会从这儿逃脱，尽管他们受了伤。只因为那支队伍而制造毁灭是悲哀的！后来你看见了谁在那里？"

康奈尔的儿子的房间

因格斯尔说："我看见了一个身着紫色披风的脸色红润的男孩。他总是在房间里哭泣。小时候很多人都抱过他。

"他坐在房子中间的一把蓝色的银椅上。他总是在哀叫。他的家人都耐心倾听着，他们也很伤心。那个男孩有三层头发：绿发、紫发、金发。我不知道他的发型是加工的还是与生俱来的，但是我知道他今晚害怕遇到不幸。我看见了他周围的银椅上坐着一百五十个男孩。在那个脸色红润的男孩手中有十五根芦苇，在每一根芦苇的尾部有一根刺。"

"他弄瞎了我脑袋上的七个瞳孔，"因格斯尔说，"你和他一样吗，我的费尔罗根？"

"把我比作他是很容易的！"费尔罗根哭泣，眼泪都流到了脸颊上。"他真是悲哀！"他说，"这个男孩是为了爱尔兰人和阿尔巴人的和平而存在的。他热情、英俊，还擅长马术。对他的屠杀是可悲的！他是爱尔兰最好的王储，康奈尔的儿子，他叫雷弗瑞弗雷斯。他七岁了。我觉得他是悲伤的，因为他那头多种色彩以及多种形状的头发。由于他那特殊的家庭，所以有一百五十个小伙子在他周围。"

"悲哀呀，"隆纳鲁斯说，"因为他而有一场毁灭！"

因格斯尔说："你怎么又开始胆怯了。"

"你后来看见了谁呢？"

斟酒人的房间

"我看见在同一个房间前面有六个人，他们有着黄色鬃毛，披着绿色斗篷。斗篷开口处有锡制胸针。他们是半人马，像科那尔·瑟那其一样。

他们每个人把自己的斗篷扔在另一个人的周围，像磨坊水轮滚动一样。你的眼睛很难跟得上他们。就像你，我的费尔罗根！"

费尔罗根说："这对我来说很容易。那些是塔拉国王的六个斟酒人，即乌恩、卜罗恩、柏腊拉、德尔特、德如奇特、达斯恩。技艺表演使他们出名，也使他们更加聪明。他们是那里的好战士！三倍于他们的人会倒下。他们会和旅店里的任何六个人分享英勇。他们会从敌人的手中逃脱，因为他们不属于伊尔菲蒙德。他们是爱尔兰最好的斟酒人。因这六个人而制造毁灭是悲伤的！"

因格斯尔说："你不能，你又懦弱了。"

"在那之后，你看见谁在那里？"

玩杂耍人土尔奇纳的房间

因格斯尔回答说："在同一间房子的前面，在房间的地上有一个伟大的战士。他有个秃头，他的头发像山上的棉花一样白，耳朵四周有金耳环。他穿着多色的花纹斗篷。他手里握着九把剑，九个银质盾牌和九个金苹果。他把这些东西向上扔，但没有一件物品掉到地上。手里始终只有一件物品。每一件物品上下飞动就像小蜜蜂来回飞舞一样。他的表演动作是很敏捷的。物品掉在地上发出激烈的碰撞声，然后房子里的王子对他说：'当你还是小孩的时候，我们就在一起了。直到今晚，你的戏法都没有失败过。'

"'哎，哎，公平的主人康奈尔，我是没办法啊。一直有一只敏锐、愤怒的眼睛看着我。一个男人用他的第三个瞳孔看着九个乐队的进展。对他来说，敏锐的、愤怒的眼神并不多，但它会引起战争。'他说，"直到世界末日大家才知道旅店前面有邪恶。'

"然后他拿起剑、银盾和金苹果。它们发出碰撞声并掉到了地上。那使他吃惊，他结束了表演并说道：'起来吧，费尔卡尔，不是……它的屠夫，牺牲你的猪！找出谁在旅店前伤害旅店的人们。'

"'这儿，'他说，'是费尔库基恩尔、费尔雷、费尔加、费尔罗格和费尔罗根。他们宣布了一个不软弱的行动。康奈尔被唐德萨的五个儿子

消灭，被深爱的五个寄养兄弟消灭。'

"就像你，费尔罗根！谁朗诵了那首短诗？"

"这种比拟很简单。"费尔罗根说，"土尔奇纳是塔拉国王的主要的变戏法的人。那是康奈尔的魔术师，一个具有强大力量的人。在他们第一次的相遇中，二十七人会倒下。他和旅店的每一个人分享英勇，即使受伤，他也有机会逃跑，然后呢？甚至因为这个人，毁灭不会发生。"

"宽恕他会活得更久！"隆纳鲁斯说。

"你不能。"因格斯尔说，"我看见房子的前面有三个人。他们三个戴着由黑色植被编制的王冠，穿着绿色罩袍，披着黑色斗篷。三个叉子挂在他们旁边的墙上，柱子上面有六个黑油质斑点。那是谁，费尔罗根？"

"简单地说，"费尔罗根回答说，"他们是国王的三个养猪人，都伯、都恩和都尔查。他们是三兄弟，塔拉国的马菲尔的三个儿子。保护他们的人会长命！杀害他们是可耻的。保护他们比杀害他们更让人欢喜欣慰！"

"你不能。"因格斯尔说。

御者的房间

因格斯尔说："我看到了另外三个人在他们前面。他们的前额上粘着金色的小圆盘，身上穿着有灰色亚麻刺绣和金币装饰的短围裙，披着红色披风，手拿青铜刺棒。就像你，我的费尔罗根！"

"我知道他们，"费尔罗根回答说，"库尔、福瑞尔和佛库尔，国王的三个士兵。他们三个有一样的年龄，是保罗和约克的三个儿子。他们的武器会伤人，他们会分享屠杀的喜悦。"

康奇巴尔的儿子库斯阿德的房间

"我看见了另外一个房间。在里面有八个剑客。他们中有一个年轻人，他头上有黑色头发，说话结结巴巴。旅店里的每个人都在听他的建议。他也是他们中最英俊的，他穿着一件衬衫和一件鲜红色的披风，披风上有一枚银色胸针。"

"我知道他。"费尔罗根说,"他是康奇巴尔的儿子库斯阿德。他是国王的人质。守卫他的人就是围绕着他的八个手握宝剑的人,也就是两个福兰人,两个卡门人,两个阿德人,两个科瑞森人。他们会和旅店的每个人分享英勇技术。他们会和他们的养子从中逃脱。"

御者助手的房间

"我看到九个人,他们都在桅杆上。他们披着披风,上面有一个紫色的环。他们每个人头上有一块金牌,手中有一块刺棒,就像你。"

"我知道那些人,"费尔罗根说,"瑞尔多、瑞尔科布尔、瑞尔德、布尔登、布尔查尔、布尔登得、艾尔、伊内尔、奥特姆。他们是国王的三个御者的九个学徒。他们会毁于他们自己人的手下。"

英国人的房间

"在房间的北边,我看见了九个人。他们每人身上有一缕非常黄的鬃毛。他们围着有点短的亚麻罩袍,紫色格子花,没有胸针。他们拿着长枪,背者红色有雕刻的盾。"

"我知道他们,"费尔罗根说,"欧斯瓦德和他的两个寄养兄弟,欧斯布里特兰德和他的两个寄养兄弟,琳达斯和他的两个寄养兄弟。三个和国王在一起的英国王储。他们会分享他们成功的技术。"

掌马官的房间

"我看见了另外三个人在里面。他们顶着短发。他们穿着罩袍,斗篷包裹着他们,每一个人手里有一根鞭子。"

"我知道这些人。"费尔罗根说,"艾克瑞姆、艾克瑞德、艾克瑞萨尔,他们是国王的三个马夫,也就是他的三个掌马官。他们是三兄弟,阿噶土瑞恩的三个儿子。只因为这三个人制造毁灭是悲哀的。"

法官的房间

"我看见旁边房间里的另外三个人。一个英俊的男人刚刚剪成了秃头。在他旁边有两个长着鬃毛的年轻人。他们三个穿着格子花衣服,每个人的披风上有一根银针。他们旁边的墙上有三件盔甲。就像你,费尔罗根!"

"我知道那些人,"费尔罗根说:"他们是菲尔格斯·菲尔德,菲尔格斯·佛德和多梅恩·莫舒德,他们是国王的三个法官。仅仅只因为这三个人而制造毁灭是悲哀的!他们中的每个人都会杀人。"

弹琴人的房间

"在他们的东边,我看到了另外九个人。他们头上有着弯曲的鬃毛,身披飘动的披风,披风上有着金色的胸针,手臂上有水晶环,拇指上戴着金戒指,耳朵上有耳结,脖子上戴着银项圈,在他们旁边的墙上有九个装满金面具的袋子,他们手里拿着银棒。他们就像你!"

"我知道他们,"费尔罗根说,"他们是国王的九个竖琴表演人。他们那儿有九把竖琴,他们是塞德、戴德、都罗斯、德科瑞恩、科欧姆、柯若思、欧尔、欧莱斯和欧科伊。他们每个人都会杀人。"

巫师的房间

"我看见了三个人在讲台上,他们裹着睡衣,手拿有四个角的盾牌,身上有黄金饰品,手拿嵌着银苹果的长矛。"

"我知道他们,"费尔罗根说,"克勒斯、克里斯姆和克勒蒂姆恩,他们是国王的三个巫师。他们有一样的年龄,他们是三兄弟,是纳福尔罗切勒斯的三个儿子。他们每个人都会杀人。"

三个讽刺家的房间

"我看见了另外三个人在国王房间的隔壁。他们有着蓝色披风,身上裹着红色睡衣,他们的手被绑在墙上。"

"我知道那些人,"费尔罗根说,"德瑞斯、德艾艮和艾特伊特(刺、荆棘和荆豆),他们是国王的三个讽刺家,斯阿斯佛伊特的三个儿子。他们每个人的武器都会伤人。"

巴德布的房间

"我看见房顶上有三个裸体的人。他们身上有鲜血,他们的脖子上系着绳子。"

"这些人我知道,"费尔罗根说,"这是个可怕的兆头,他们随时都可能被杀。"

厨师的房间

"我看到了三个厨师,他们穿着镶边的短围裙,一个皮肤灰白,他的两个伙伴比较年轻。"

"我知道这些人,"费尔罗根说,"他们是国王的主要三个厨师,也就是达歌德和他的两个养子,斯格和斯吉德,即洛菲尔·斯勒皮特的两个儿子。他们每个人都会杀人。"

"我看见了另外三个人,他们头顶金牌,身披红色亚麻花纹的披风,披风上有金质胸针,三个木质飞镖在墙上。"

"我知道这些人,"费尔罗根说,"国王的三个诗人:苏伊、罗德伊和福尔德伊,三个兄弟一个年龄。他们是马菲尔的三个儿子,一个人可以为他们中的任意一个而杀人,而他们中的每两个都可以保证另外一个的胜利。制造毁灭对于他来说是悲哀的。"

侍从的房间

"我看见了国王旁边站着两个士兵。他们俩有着弧形的盾牌和锋利的剑,穿着红色苏格兰式短裙,披风上有白色银针。"

"他们是保罗和鲁特,"费尔罗根说,"是国王的两个守卫,是马夫托罗的两个儿子。"

国王的守卫的房间

"我看见了同一个房间前面的房间里的九个人。他们有着黄色的鬃毛,穿着短裙,披着带花纹的披肩,扛着盾牌,手里握着有象牙柄的剑。

无论谁进入那个房子，他们都会很随意地用剑伤害他，没有人敢在没有他们的允许下进入国王的房间。就像你，费尔罗根！"

费尔罗根说："将他们比作我是很容易的，他们是麦斯的三个蒙特曼特克人、布里加的三个布尔给特克人，斯莱布夫艾布的三个莱斯克人，他们是国王的九个门卫。在第一次冲突时，有九十个人会倒下。因为他们而制造毁灭对于他们来说是悲哀的。"

因格斯尔说："你不能懦弱。"

"然后你在那里看见了谁？"

康奈尔的两个仆人——妮娅和布鲁斯的房间

"我看见了另外一间房间，有两个人在里面。他们像公牛一样结实肥大。他们穿着围裙，皮肤为深棕色，有一头黑色短发，发髻很高。他们像磨坊水轮一样繁忙奔跑着。一个要去国王的房间，另一个要去火房。就像你，费尔罗根！"

费尔罗根说："很简单，他们是妮娅和布鲁斯，是康奈尔的两个仆人。他们是爱尔兰最好的一对仆人。他们之所以皮肤为褐色，发髻很高，那是因为他们长期在火炉周围。世界上没有任何一对比他们的厨艺更好的了。在他们第一次见面时，有二十七人会倒在他们身旁。他们会和每一个人分享他们的勇猛，他们会有机会逃跑。你后来看见了谁呢？"

森其阿、巴布斯克和鲁瑞纳其的儿子勾布尼的房间

"我看见康奈尔隔壁的那个房间里有三个盟主。他们的四肢像腰一样粗，每人手握一把像织布机上的横梁一样长的黑剑，这些剑能将水里的头发挑起。最中间那个人手里有一个相当长的长矛，上面分布着五十个铆钉，它有着巨大的承载力。那人不停地挥舞着长矛，所以上面的它的大头铆钉很难钉在某个部位。他将长矛撞击他的手掌三次。他们前面有一个大锅炉，像煮小牛的锅一样大，里面的液体呈黑色，很可怕。他把长矛伸进那黑色液体中，如果它的淬火被推迟，剑杆会燃烧起来，你可以想象在房子的顶部有一个人会大发雷霆。就像你，费尔罗根！"

费尔罗根说："简单地说，这是爱尔兰最会使用武器的三个人。他们是艾利尔的帅气儿子森其阿，阿尔艾德的巴布斯克，鲁瑞纳其的儿子勾布尼。乌斯德尔的儿子瑟尔查尔的枪在马格图德战役中被发现。它正好在阿尔艾德的杜布斯阿其莎菲尔的手里。它的功绩是平淡的，因为它仅仅放了敌人的血。当要用它来杀人时，需要用一个装满毒气的大蒸锅来烧烫它。至于长矛，如果在它的柄上开始点火，火苗将串烧整个长矛，热烫的长矛就会马上弄死被杀的人。如果只是表演，它在一个接一个小时的表演中不会伤人。如果将它投掷，那么它会一次杀死九个人，九个人中会有一个是国王、王储或掠夺者的首领。

"我以我部落的名义发誓，今晚这里会有很多人，瑟尔查尔的枪会在旅店前处置一些人于死地。我以我部落的名义向上帝发誓，在他们第一次见面时，会有三百个人倒在他们三个面前。他们今晚会和每个人分享英勇。他们会炫耀如何战胜一个国王或掠夺者的首领。这三个人也有机会逃跑。"

"哎，"隆纳鲁斯说，"仅仅因为这三个人而制造毁灭是悲哀的。在那之后，你看见了谁在那里？"

三个马恩岛巨人的房间

"我看见了一个有三个人的房间。他们三个是强大、男人味十足的傲慢的人。没有人像他们那么可怕。看着他们就让人感到恐怖。他们的头发像牛毛覆盖在肩上，后脚跟光着。一卷鬃毛在侧面垂吊着。愤怒的英雄用锋利的剑抵抗着敌人。每一次攻击，他们都用了最锋利的武器。每一个武器结实得像经过十次冶炼的钢锭。这三个身材高大的棕色人有着黑色的披着的鬃发，头发长得达到了脚踝。三分之二的皮带捆在腰上，正方形的扣子把裤子紧紧扣住。他们穿的衣服伴随他们多年。每一个人手里拿着的烙铁像牛轭一样长而粗，手里还有一个又长又粗的铁棒，棒的一端是铁链，铁链的末端是一个又长又粗大的碾槌。在房子里，他们悲痛交加，他们也令人感到恐怖，房子里没有一个不避开他们的。就像你，费尔罗根！"

费尔罗根沉默了一会，说道："这样说有点难。在世界上我不知道有这样的人。除非他们是三个巨人，科乌来恩可以利用他们来帮助福尔噶人。当他们包围那个地区时，他们杀了五十个人，但是科乌来恩没有杀他们，因为他们是奇妙的。这是他们的名字：多布鲁格的儿子斯鲁戴尔、斯普的儿子费尔德、森梅吉的康科恩。康奈尔将他们从科乌来恩那里买了过来，所以他们一直陪伴着他。在他们第一次相遇时，有三百个人会倒下。在旅店里，他们的勇猛超过其他任何三个人。他们会用铁枷毁掉你，让你身体的碎片穿过火炉的筛子。只因为这三个人而制造毁灭是悲哀的！因为和他们作对并不是对游手好闲的人的赞美。"

鞑德嘎的房间

"我看见了有一个人在另外一个房间里。在他前面有两个披着鬃毛的仆人。其中一个皮肤黝黑，另一个皮肤白皙。他有着红头发和红眉毛，两个红润的脸颊，一只眼睛蓝而漂亮；身着一件绿色披风和一件红、白相间的衬衫，手里拿着有象牙柄的剑。他在每个房间里都放了麦芽酒和食物，为房间里的人服务他很快乐。就像你，费尔罗根！"

费尔罗根说道："我知道这些人，其中一个就是鞑德嘎。旅店就是他建造的。自从它被建成，它的门就没有关上过，除了有时风把门吹得关上。自从他开始管理旅店以来，他的大锅就没有离开过火炉。因为它一直为爱尔兰人煮着食物。在他前面的那两个年轻人就是他的两个养子，莱恩斯特国王的两个儿子，也就是莫瑞达奇和科尔普。在他们的房子前面有三十个人会倒下，他们会炫耀如何战胜一个国王或掠夺者的首领。在这之后，他们有机会逃跑。"

"保护他们的人会活得长久！"隆纳鲁斯说，"拯救他们比杀害他们更伟大！因为那个人，他们显得多余，就由着他自己吧。"隆纳鲁斯说。

因格斯尔说："你不能懦弱。"

"在那之后，你在那里看见了谁呢？"

来自伊尔菲蒙德的三个首领的房间

"在这里，我又看见了一个房间里有三个人。他们三人披着红色披风,穿着红色衬衫,他们有满头红发,连牙齿也都是红色的;他们身上带着红色盾牌,手持红枪,三匹红马系着缰绳在旅店前休息。就像你,费尔罗根!"

费尔罗根说:"很简单,他们是三个在伊尔菲蒙德说过假话的首领。这是伊尔菲蒙德国王对他们的惩罚,他们被塔拉国王毁掉了三次。伊特尔斯尔的儿子康奈尔是毁掉他们的最后一个国王。那些人会从你手中逃脱。为了满足他们的自我毁灭欲,他们来了,但是他们不会被杀,也不会杀任何人,你后来看见了谁呢?"

门卫的房间

"我看见在门边的房间中央有三个人。他们手里有空心的锤头,每个人像兔子一样敏捷,相互靠着面朝门口。他们穿着围裙,披着灰色有装饰的披风。就像你,费尔罗根!"

费尔罗根说:"很简单,那些是塔拉国王的三个门卫,也就是依切尔(钥匙)、托切尔和特克邝,依尔萨(门框)和克姆拉(阀门)的三个儿子。将有九个人倒在他们手下。他们将分享他人的成功。尽管受伤了,他们也有机会逃出来!"

"这样发泄愤怒是悲哀的!"隆纳鲁斯说,"在那之后,你看见了谁?"

费尔凯尔的房间

"我看见了火堆前面有一个留平头的人,他只有一只眼睛、一只手和一只脚。火堆上有一只头被烧得光秃秃的猪一直在呻吟、尖叫。有一个大嘴巴女人陪着它。这像你,费尔罗根!"

"很简单,那是费尔凯尔和他的猪,还有他的妻子斯琪尔。他们(妻子和猪)是在晚上毁掉爱尔兰国王康奈尔的恰当的工具。他们的客人是悲哀的。费尔凯尔和他的猪是康奈尔的一个禁忌。"

"制造毁灭对于他来说是悲哀的!"隆纳鲁斯说,"在那之后,你看见了谁呢?"

倍提斯的三个儿子的房间

"我看到了一个房间里有三个九人组。他们身上有黄色鬃毛。他们都一样漂亮,穿着黑色披风,每一件披风上都有一条白色头巾,头巾上有一个红色装饰品;在每一个披风上有一枚铁胸针,披风下有把大的黑剑,这些剑能把头发在水里切断。他们背着呈扇形的锋利的盾牌。就像你,费尔罗根!"

费尔罗根说:"很简单,那是倍提斯的三个儿子的盗窃队。在他们的第一次冲突中有三个九人组会被毁灭,然后他们庆贺他人的成功。在那之后,你看见了谁?"

小丑的房间

"在这里我看见了三个小丑在火旁。他们穿着三件暗色的披风。如果爱尔兰人在一个地方遇到小丑,即使父亲和母亲的尸体在前面,也没有人能克制住不笑。无论国王的位置在屋子的哪里,没有人会去拜见他,因为他们要看这三个小丑。无论什么时候国王的眼睛看着他们,那眼神都带着微笑。就像你,费尔罗根!"

"很简单,他们是米欧、里斯和阿德米斯,是国王在爱尔兰的三个小丑。他们每个人都会杀人,他们会分享他人的成功。"

"制造毁灭对于他来说是悲哀的!"隆纳鲁斯说,"在那之后,你看见了谁呢?"

上酒人的房间

"我看见了一个房间里有三个人,他们穿着飘逸的披风。每个人面前有一杯水,每一个杯子上有一束西洋花,就像你,费尔罗根!"

费尔罗根说:"很简单,他们是布莱恩、达恩和达尔克,是塔拉国王的三个上酒人,也就是白天和黑夜的三个儿子,然后你看见了谁呢?"

左眼斜视的纳尔的房间

"我看见了只有一只眼的人,他因眼睛受伤而斜视。他拿着个猪头在火上烤,猪一直在尖叫。就像你,费尔罗根!"

费尔罗根说:"那样说我很容易理解,他是左眼斜视的纳尔,是伊尔菲蒙德的养猪户。他正在烹调。在每次宴席上,他都会喷洒一些鲜血。"

"起来了,我的战士们!"因格斯尔说,"到房子那边去!"

"安静一会儿!"康奈尔说,"那是什么?"

"房子里的战士。"科那尔·瑟拉其说。

"这是他们的士兵。"康奈尔回答说。

"今晚他们会很有用的。"科那尔·瑟那其补充说。

在掠夺者的主人进入房子之前,隆纳鲁斯来了。门卫砍掉了他的脑袋,他的脑袋可以三进三出旅店,正如他自己预知的一样。

然后康奈尔自己和他的一些子民杀出了旅店。他们和掠夺者展开了战斗。在康奈尔得到他的武器之前,有六百个人倒下,然后旅店被放了三次火,三次被熄灭。旅店没有灾难是不可能的,但是从康奈尔手中夺取兵器也是不可能的。

后来康奈尔去寻找他的兵器。他穿上他的战袍,和他的队伍一起击打掠夺者。在拥有了武器后,六百个人在第一次见面时就倒下了。

在这之后,掠夺者被击败。"我告诉过你,"唐德萨的儿子费尔罗根说,"如果爱尔兰和阿尔巴人民的首领在旅店攻击康奈尔,毁灭就会发生,但如果康奈尔的暴怒和勇猛消退,也不会有灾难。""他的时间很短了。"掠夺者随行的巫师说,"他们带的食物很少,他们会面临供应不足。"

然后康奈尔进入房子,要了一杯水。

"给我一杯水,我的马克斯奇!"康奈尔说。

马克斯奇说:"给你一杯水,我还从未在你那里得到过这样的命令。这里有上酒人和仆人可以拿水给你。我至今从你那里得到的命令是当爱尔兰人和阿尔巴人在旅店周围攻击你时保护你。你会从中得到安全,不会有枪插入你的身体。向你的仆人和上酒人要一杯水吧。"

然后康奈尔向房子里的仆人和上酒人要了一杯水。

"首先这里没有水,"他们说,"房子里的水都拿去扑火了。"

上酒人在多德河里也没有为他找到一滴水,多德河流过房子。

康奈尔再次要一杯水喝:"给我一杯水,我的养父马克斯奇!这等于让我去死,我无论如何都会死!"

然后马克斯奇给了房子里的爱尔兰人民的英雄首领机会,问他们是否在意国王或愿意为国王寻找一杯水。

房子里的科那尔·瑟那其回应了这个要求。他认为这个要求是残酷的,并进行了辩论。"留下国王让我们保护,"科那尔说,"你去寻找水,因为这是命令。"

于是马克斯奇出发去找水。他带着康奈尔的儿子雷弗瑞弗雷斯,也带着康奈尔的金杯,那金杯大得可以用来煮一头牛和一头猪。他带着他的盾、他的两根枪和他的剑,拿着涂了一层铁的大锅。

他对他们进行了攻击,在旅店前,他用这些铁器应付了九次突袭。每一次都有九个掠夺者倒下。他将盾和锋利的剑倾斜地靠在他的头部,对他们进行了狠狠的攻击。在他第一次进攻时,有六百个敌人倒下了。在砍倒几百人后,他冲出了那个队伍。

这就是旅店中的人的行为。

科那尔·瑟那其站起来,拿出他的武器,走出了旅店的门,围绕着房子走,三百个人倒下了。他用在旅店得到的武器对付了抢劫者们,然后自夸如何战胜了一个国王,并带着伤回到了旅店。

科马克·康德隆嘎和他的九个同伴杀了出去。他们向掠夺者发起了进攻。九个九人组被科马克击倒,另外的九个九人组倒在他的战友手下。有人死于兵器,也有人死于赤膊。科马克庆祝掠夺者首领的死亡,即使他们受伤了,他们也能成功地逃脱。

那三个皮克特人从旅店出发,向掠夺者施展他们的武器,然后九个九人小组被他们击败,虽然受伤,他们还是能回来。

九个吹笛手冲出去对掠夺者发起攻击，他们也成功离开现场。

然而，叙述需要一段时间。思想的疲劳、感官的困惑和倾听者的乏味是可能的。对同样的事情重复叙述两次是没有必要的，但是旅店的人民有序地前进并与掠夺者一起战斗，然后倒下了。正如费尔罗根和隆纳鲁斯向因格斯尔说的，也就是每间房里的人会一直杀敌直到他们逃跑，所以康奈尔的队伍里没有人留在旅店，除了科那尔、森查尔和达布斯尔卡。

康奈尔用战斗的激情和对胜利的强烈愿望支撑着，但体内严重缺水折磨着他。因为没有水喝，康奈尔渴得快死了。当国王死的时候，三个人冲出了旅店，给掠夺者一次勇猛的回击，然后离开了旅店，但他们也受伤的受伤，残废的残废。

马克斯奇一直走着找水，直到他到达卡斯尔水井边。那是在克瑞奇库尔兰的附近。在这里他还是没有找到能装满他的杯子的水，也就是他拿在手里的康奈尔的金杯。一大早他就围绕着爱尔兰的主要河流，即布什、伯恩、柏恩、巴鞣、莱姆、卢艾、山欧姆、苏尔、斯里奇、撒姆尔、凡得、鲁尔斯克和斯艾丽，但没有能找到能装满杯子的水。

第二天一大早，他来到了爱尔兰的主要湖泊，也就是郎福德尔歌、洛克鲁明、朗夫福欧、朗夫马斯克、朗夫科瑞布、洛奇雷格、罗科库恩、朗夫雷夫和莫罗科，还是没有找到能填满他的杯子的水。

他继续向前走，直到他到达马夫艾伊上的乌尔鲁恩歌德，它没有向他掩藏什么，所以他在那里装满了他的水杯。

他就从这里返回了，一大早就到达了鞑德嘎旅店。

当马克斯奇穿过房子的第三根脊梁时发现有两个人在重击康奈尔的头，然后马克斯奇击打其中一个正在砍康奈尔的头的那个人的头。另一个人带着国王的头逃跑了。马克斯奇脚下正好有一根石柱，他将石柱扔向抱着康奈尔的头的那个人。石柱正好打在那人的背部，他的脊柱被打断了，那人死在了马克斯奇手里，然后马克斯奇将杯子里的水倒进康奈尔的嘴里。在水流进康奈尔的咽喉后，康奈尔点头说道：

"一个好人马克斯奇，一个伟大的人马克斯奇！

多么好的战士,
他给了水,他救了一个国王,他做到了。
他成功地杀死了我发现的敌人,
他用石头砸死了他,
他砍倒了旅店门边的费尔雷,
用矛刺在他的臀部。
如果我还活着,
我要给马克斯奇一个好的名声,
一个好人啊!"

在这之后,马克斯奇追赶着溃败的敌人。

一些书籍记载了这些事情,但是只有九本书记载了关于康奈尔的事,几乎没有逃亡者告知在房间里的首领们这个消息。

这里曾经有五千个人,但是只有五分之一逃跑了,也就是因格斯尔和他的两个寄养兄弟伊奇尔和图齐恩,"掠夺者的家畜"——科马克的三个孙子,还有两个第一次伤害康奈尔的罗瑞乌的两个雷德人。

后来因格斯尔去了阿尔巴。因为他战胜了另外一个国家的国王后凯旋,所以他继承了他父亲的王权。

其他书籍是这样修订的,它可能更加真实。旅店的四五十个人倒下了,有四分之三的掠夺者和四分之一的旅店的人从毁灭中逃跑了。

马克斯奇受伤后躺在战场上。在第三天晚上,他看见了一个女人经过。

"到这边来,我亲爱的女人。"马克斯奇说。

"我不敢向你走去,"那个女人说,"因为你让我害怕和恐惧。"

"是的,女人。某些时候我是显得让人恐惧和害怕,但是现在你不应该害怕,我以我的名誉和我的性命担保。"

然后那个女人向他走去。

"我不知道,"他说,"这里是否有一只苍蝇、一个小昆虫或者一只蚂蚁在咬我的伤口?"

那是一只毛茸茸的狼,它在舔他的两个肩膀的伤口的鲜血!

那女人抓住它的尾部,让它离开了伤口,它的整个下巴离开了他。

"确实,"女人说,"还有一只大蚂蚁。"

马克斯奇说:"我以我的部落的名义发誓,我认为它不如一只苍蝇或昆虫或蚂蚁大。"

然后马克斯奇抓住狼的喉咙,用力敲打它的前额,一次重击就杀死了它。

康奈尔的儿子雷弗瑞弗雷斯死在了马克斯奇的手中。他的体温和汗液熔化了他。

也传说马克斯奇清洗了屠杀现场,在第三天晚上拖着康奈尔的背部来到塔拉并把他葬在了那里。然后马克斯奇来到了康诺特,他自己的国家,并在那里治疗他的疾病。因此玛格布伦基尔解除了他的痛苦。

现在康尔科马克逃离了旅店。一支手持长矛的一百五十人的大部队袭击了他的小部队。他努力逃跑直到他来到他父亲的屋子。他手里拿着半个盾、他的剑和两根长矛的碎片。他发现他的父亲在塔图的庭院前。

"狼群迅速地扑捉你,我的儿子。"他的父亲说。

"它伤害了我们,你这个大英雄,那是与勇士的一次邪恶的冲突。"康尔科马克说。

"你有鞑德嘎旅店的消息吗?"阿莫瑞恩问,"你的主人还活着吗?"

"他死了!"康尔科马克说。

"我向上帝发誓,那也是伟大的阿尔艾德部落的誓言,将主人留给敌人而自己独自活下来的人是懦弱的。"

"我的伤并不是无意义的,大英雄。"康尔科马克说。

他向父亲展示了他的肩膀,上面有多处伤口,那是战斗留下的痕迹。防御的盾发挥了作用,但是右边肩膀的三分之二没有受到保护,所以手臂被乱砍得白骨裸露,只剩一根筋没有让手臂和身体分开。

"他们今晚还要战斗,我的儿子。"阿莫瑞恩说。

"那是真的,大英雄,"康尔科马克说,"今晚在旅店前会有很多人流血。"

现在从旅店逃出的掠夺者走向他们那晚建立的石冢,并为每个没有严重受伤的人带来了一块石头。这是他们在旅店失去的人。现在留在卡恩勒卡的每一个人都拥有一块石头。

结束了，阿门，它结束了。

沃尔松和尼贝龙根之歌
The Story Of The Volsungs And Niblungs

人物介绍

这个故事中值得注意的人物：

沃尔松家族的人物：

齐格：奥丁之子

利里尔：齐格之子，匈奴国王

沃尔松：利里尔之子

西格蒙德：沃尔松之子

西格妮：沃尔松之女

辛菲特利：西格蒙德和西格妮的儿子

赫格尼：西格蒙德和博格希尔德的儿子

西格德：西格蒙德为约迪斯留下的遗腹子

斯纨希尔德：基乌其的女儿古德龙与西格德的女儿

西格德遇到布琳希尔德之前与沃尔松家族有关的主要人物：

西格尔：哥特国王，西格妮的丈夫

博格希尔德：西格蒙德的第一任妻子

约迪斯：西格蒙德的第二任妻子

埃利米国王：约迪斯的父亲
希亚普雷克：丹麦国王
阿尔夫：希亚普雷克的儿子，约迪斯的第二任丈夫
雷金：国王的铁匠
法夫纳：雷金的兄弟，变成了巨龙
水獭欧特：雷金的弟兄，被洛基杀害
赫瑞德玛：这几兄弟的父亲
安德瓦里：一个侏儒，尼贝龙根家族宝藏的第一拥有者，当洛基夺走宝藏时他施加了诅咒

基乌其家族与尼贝龙根家族的主要人物：
国王基乌其
格莉希尔德：基乌其的妻子
贡纳：基乌其的儿子
胡格尼：基乌其的儿子
古托姆：基乌其的儿子
古德龙：基乌其的女儿，西格德的妻子

布德利家族的主要人物：
国王布德利
阿特利：布德利的儿子，古德龙的第二任丈夫
布琳希尔德：布德利的女儿，最先与西格德订过婚，也是他的最爱，后为基乌其的儿子贡纳的妻子
贝克希尔德：布德利的女儿，黑米尔的妻子

其他一些与西格德和基乌其家族相关的人物：
霍里姆代尔的黑米尔：布琳希尔德的养父
格兰姆尔：贡纳的第二任妻子
喀斯特贝茹：胡格尼的妻子

温吉：阿特利国王的可恶的顾问

尼贝龙根：胡格尼的儿子，帮助古德龙杀死了阿特利

约姆奈尔克：高特国王，斯纨希尔德的丈夫

冉迪尔：约姆奈尔克的儿子

比克：约姆奈尔克的可恶的顾问

约纳克：古德龙的第三任丈夫

苏尔利、哈姆迪尔和尔普：古德龙和约纳克的三个儿子

序 言

听啊,那个说英语的民族,
在那遥远的过去,在一片荒野中
吟唱着北方民族悲伤的传说!
听吧,那些在冰山与阴冷的海洋
之间酝酿而成的故事,
多么的扣人心弦!

或者,你也不必惊讶,
那是一些关于已逝英雄的故事,
上苍已带走了他们的一切。
众神所有的希望,
早已在那爱恨交织的决斗中。
一切归于强大的命运之手。
是的,我们的民族可以见到希望,
悲伤的心理仍然混沌。
太阳似乎升起来了,迷雾散去,

飘向若即若离的天堂,
很远,但又清晰可见。
现在,这一切已经逝去。
清晨短暂,无所收获,
时值午后,但我们可以听到鬼魂的悲鸣。

在喧闹的小镇上,
黄昏伴随着喧闹声悄然而至。
狂风也渐渐减弱,
吹拂着房屋上的风铃。
那清脆的铃声激起了燕子的欢叫。
声音隐隐约约地传过来,
催生悲伤,萦绕不断。

这一切似乎是在向我们说:
"睁大双眼,学会宽恕,
不要轻易诅咒他人,
我们怀念美好的往昔,
或憧憬爱的希望,让世人快乐。
为了爱,你日夜不知疲倦地奔波,
即使徒劳,
你却获得了他心底最深的爱!"

来吧,英国人民,
听一听那最动人的故事!
智慧的西格德①怎样击破一个又一个阴谋,

---

① 西格德:北欧神话中的英雄。

布琳希尔德①高贵的灵魂怎样饱受爱的煎熬，
古德龙②疲惫的寻觅怎样化为徒然。
至爱却被无情伤害，
痛到刻骨，以致完全没有了爱。

---

① 布琳希尔德：北欧神话中的著名女武神。
② 古德龙：北欧神话中的人物。

第一章　关于奥丁①之子齐格

这个故事围绕着一个名叫齐格的人展开，人们都说他是奥丁之子；故事还会讲到另一个人，名叫斯卡迪，他是一个非常了不起而且强壮有力的人。根据当时人们的说法，齐格更为勇猛，出身也更高贵。斯卡迪有一个奴隶，名叫布莱迪。关于此人，本故事也会有所涉及，布莱迪这名字是根据他的差事所起的。的确，就英武与力量而言，与那些被认为更高贵、更杰出的人们相比，他毫不逊色。

据说，曾经有一次，齐格由那个奴隶陪同外出狩猎。他们从白天到晚上一刻不停地打鹿，而当他们在晚上收集猎物时却发现布莱迪打到的猎物远远超过了齐格打到的猎物，对此，他觉得在打鹿这件事情上，居然被一个奴隶超过了，这使他相当愤懑。于是，齐格趁布莱迪不注意时，猛然袭击他，并把他杀了，然后把他的尸体埋在了雪堆里。

之后，齐格就在傍晚时回家了，并说布莱迪离开了他，骑马跑到了野树林里。"不久我就看不到他了，"他说，"我一点也不知道他现在人在哪里。"

斯卡迪不相信齐格讲的话，认为他在撒谎，而实际上他已经杀了布莱迪。于是他派人去找，结果在一个雪堆里找到了布莱迪。从此以后，人们

---

① 北欧神话中阿斯神族的至高之神，被视作诸神之王，也是死者之王、战神、权力之神、魔法之神。

把那个雪堆称作"布莱迪堆",从此也就有了这个惯例,只要是个非常大的雪堆,人们都把它叫作"布莱迪堆"。

事实已经很明显:齐格杀了奴隶,并且谋害了他,所以他被视为圣殿里的狼①,因而他不能和他的父亲再同住在一个领地上。于是,奥丁与他离开了那片土地。他们走了很长很长的路,一刻也没有停下来,直到他们遭遇了一次战争。于是,齐格留下来,加入了战斗,他就这样与他的父亲分开了。凭借着他父亲留给他的力量,齐格在战斗中手到擒来,游刃有余,并且一直占据优势。最后,通过战争,他夺取了一片广袤的领土以及那片领土的统治权。不久,他又娶了一位高贵的妻子,成为了一位伟大而强势的国王,统治着匈奴人的土地,是众多战士中最伟大的勇士。他与妻子育有一子,名叫利里尔,他体格强健、身材魁梧。

第二章 沃尔松的出生——齐格之子利里尔的儿子

现在齐格已年老,越来越多的人背叛他,包括他最信任的下属和他妻子的兄弟。这些叛乱者趁他毫无防备之时发动了政变,当时他身边的人手太少以至于抵挡不住对方的攻击,所以齐格和他的属下都在那里倒下了。他的儿子利里尔并未身陷困境,他借助他众多朋友的力量,聚集了那片土地上杰出的武士,最后获得了他父亲齐格的土地与统治权。现在,他感到他已经稳稳地掌握了这片土地的统治权,在这时候,他正思忖着该怎么对付他的舅舅们了,毕竟他们杀了他的父亲。于是,利里尔国王召集了一支大军,突袭了他的亲戚们,虽然这样是将亲缘关系置于不顾,但毕竟是他们先出手为恶的。于是,他就把他的想法付诸实践了,虽然这件事从各个方面看来都有点不合情理。他不停地奋战,直到那些杀死他父亲的凶手全部死于他的刀刃之下。现在,他得到了土地的统治权和税赋,成了一个比他的父亲还要强势的国王。

利里尔在战争中聚敛了大量的财富,与此同时,他也娶了一位妻子。

---

① "圣殿里的狼"是指因所犯的罪过而应该被关在监狱里的人,亡命之徒。

他认为她与自己非常般配，但是他们在一起生活了很久，膝下却无子继承产业。他们俩对此都非常不高兴，并全身心地向众神虔诚祈祷，希望众神能赐予他们一个孩子。据说，不但奥丁听到了他们的祈祷，连芙蕾雅[①]也听到了他们的祷告，于是，她就叫来帮她保管珠宝盒的侍女，也就是巨人赫里姆尼尔的女儿。芙蕾雅交给侍女一个苹果，并命令她把这苹果送给国王。她接过苹果，换上了乌鸦的外装，飞到了国王那里。而当时国王正坐在小山丘上，于是，她让苹果坠落在国王的膝盖上。国王拿起苹果，似乎领悟了苹果的作用。他随即离开小山坡，回到家里，来到王后身边，并让王后把那个苹果吃了。

接下来故事是这样的，王后不久就知道她怀了孩子，但怀了很久她才生下孩子。按照当时的习俗，在孩子出生前国王必须要出征才能保证他的领地的安宁，而在这次征途中，利里尔像当时的其他很多人一样思家，急切地想回到奥丁为他们安排的家，于是他因思家而病逝了。

这一切恰恰就发生在王后身体抱恙之时，并且她怀有身孕。然而，六年过去了，她的病情依旧很重。最后，她觉得自己时日不多了，就命人切开她的身体，把孩子取出来。仆人按照命令办了，那是一个男孩。从一生下来，他就迅速成长，很快就长成了一个身材魁梧的大男人。据他们说，这个年轻人吻了他的妈妈，然后她就死了，并且他的妈妈给他取名沃尔松。他也成为匈奴国的君主，住在他先父的大殿里。在他少年时期，他的体格就很伟岸，有男子汉的冒险精神，是所有战士中最勇猛的勇士。他戎马一生，好运一直伴随着他。

等沃尔松完全继承了领地及权力之后，巨人赫里姆尼尔就差遣他的女儿莉约德前往他那里。根据传说，就是她把苹果送给沃尔松的父亲利里尔的。于是，沃尔松就同她结婚了，他们既幸福又恩爱地生活在一起。他们膝下有十个儿子，还有一个女儿，长子叫西格蒙德，女儿叫西格妮，他们两个是双胞胎兄妹。从各个方面来看，他们俩在国王沃尔松的众子女中都

[①] 芙蕾雅（Freya），北欧神话中的美与爱之神，是涅尔德的女儿。在日耳曼，她和神后芙莉嘉被混为一谈，但在挪威、瑞典、丹麦和冰岛，她是独立的神。

是最为优秀、出众的，而且，论力量，他们也相当杰出，而这一点，可以说是沃尔松血脉的共同特质。从古代传下来的故事还有很久以前的传说都说沃尔松族人是何等的体格伟岸、心志高傲、名声远大，而且，就智谋和勇猛而言，他们也远远超出常人，而在其他崇高与伟大的品德上，他们也是如此。

故事还讲到国王沃尔松命人建造一座宏伟的大厅，大厅里面有棵大橡树，橡树的枝丫沿着大厅的屋顶向外伸展，而树干则立在大厅里，人们管这个树干叫布兰斯托克。

第三章　沃尔松的儿子，西格蒙德拔出了树干上的剑

哥特兰岛的国王西格尔强大富有，臣民众多，他前来拜访国王沃尔松，向他的女儿西格妮求婚。国王和众王子都赞许这门婚事，只有西格妮本人心有不满。她请父王替她做主，因他凡事都替她做主。国王便答应了这桩亲事，但婚礼和婚宴都要在沃尔松的王宫举行。国王竭尽所能地筹备婚宴，万事俱备，国王邀请的宾客和西格尔都如期而至。与西格尔同来的还有很多身份显赫的人物。

故事里还提到当晚在大厅的那棵大树周围放着火盆。当众人在火盆边坐下时，一位不知姓名的人走进大殿。他身着奇异的衣服，披着斑斑点点的斗篷，赤着双脚，下身裹着紧身的麻布。他头戴宽檐帽，手执一柄剑，径直走向布兰斯托克。那人身形魁梧，年纪老迈，其中一只眼失明。他将手中的剑深深插入树干，没至剑鞘，众人见状都不敢言语。这时老人开口说话了："谁能拔出这把剑，我就把剑送给他。这可是一把绝世好剑。"老人随即离开了大殿，没人知道他的名字，来自何方。宾客们纷纷跃起，争先恐后地去夺这把剑，他们认为先到的人胜算最大。所有尊贵的客人都抢了先，别的人也紧随其后，但不管他们如何用力，没有人能把它拔出来。最后沃尔松的儿子西格蒙德来了，他握住剑鞘，探囊取物般轻松地拔出了剑。没有人见过如此锋利的剑。西格尔愿意用比这把剑重三倍的黄金从西格蒙德手里买下这剑，但西格蒙德说："倘若让你来拔这把剑，你也

能轻而易举地将它拔出，尽管如此，剑已经在我的手上，就算用尽你的黄金也不能换走它。"西格尔国王心生恼怒，他认为西格蒙德怠慢了他。但他生性谨慎，喜怒不形于色，于是装作毫不介意地离去。当天晚上，他就在酝酿他的报复计划，之后我们就会看到。

第四章　国王西格尔与西格妮联姻，并邀请沃尔松和他的儿子到哥特做客

据说婚宴结束后，西格尔就和西格妮一同回房睡觉了。第二天天气晴朗，西格尔急切想回家，不愿等到大风和大浪停止。据说，沃尔松和他的儿子也无意挽留他，因为在婚宴上就发觉他归心似箭，但西格妮却对他的父亲沃尔松说道："我根本就不愿意跟随西格尔去哥特，我发自内心地不愿在他面前强颜欢笑，我预感到如果这场婚礼不尽快结束的话，将会有巨大的灾难降临到我们家族。"

"别这样说，女儿。"他说，"如果悔婚，无论对他还是对我们都是一个巨大的耻辱。倘若悔婚，虽然对他不会造成任何伤害，但是我们与他之间的信任和友情也将荡然无存，如果这些都没有了，他就会尽可能地报复我们，无论如何，信守婚约是天经地义的。"

国王西格尔准备回家，在离开婚宴之前他邀请他的岳父沃尔松和他的舅舅们三个月后一起到哥特去做客。西格尔深信沃尔松会答应他的请求以彰显他的殊荣。这样西格尔就可以报复婚宴给他的屈辱，而且只需要一个晚上就可以解决，但这并非大家所希望的。于是，沃尔松国王便应允了西格尔的请求，打算择日和自己的孩子们一同去哥特看看。随后，西格尔就和他的妻子西格妮动身回国了。

第五章　国王沃尔松被杀

现在故事讲到了国王沃尔松和他的儿子们按照约定开始了前往哥特的旅程。他们乘坐三艘大船，船上人员配备齐全。他们一路顺风，旅途愉

快,在一个傍晚到达了目的地哥特。

当晚,西格妮偷偷地来探望了父亲和兄弟们并告诉他们她认为西格尔已经训练了一支强大的军队,一支没有其他人能够抵挡的军队。她说:"他已下定决心要对你进行复仇,所以我现在极力劝你们尽快回到自己的国土召集最强大的兵力,再回来与他对抗复仇,如果你不听我的,你将掉入他的诡计与陷阱中,自己送死。"

于是沃尔松国王说道:"世界上所有的人和国家,即使是那些还未出生的人都知道我曾经说过的话,我曾经发过誓,无论是刀山还是火海,我都不会胆怯逃跑,起码到目前为止,我做到了我的承诺,难道你现在就因为我已年老,就让我狼狈逃跑吗?我也绝不能让敌人因此嘲笑我的孩子们,认为他们都是一些怕死的无胆鼠辈。如果一个人必须面对死亡的话,我希望他们都能够勇敢坦然地面对,所以我的忠告是我们不应该逃跑,而应该依靠自己的力量、机智勇敢地与敌人斗争,这样来保全自己的性命。迄今为止,我已经或多或少地打了百余场仗了,无论输赢,人们都不会听到我在战争中逃跑或通过祈求来求得和平的事。"

西格妮哭得很伤心,她恳求父亲让她留下来,让她不要再回到西格尔那里去了,可是沃尔松却答道:"你当然应该回到你的丈夫身边并且好好地陪着他,放心吧,无论发生什么,你都与我们同在。"

于是西格妮回家了,他的父亲和兄弟们当晚就在岸边住下。次日清早,沃尔松叫醒部下,命他们上岸迎战。他们全副武装地上岸待命。不久,西格尔就率领全部兵力冲杀过来,与沃尔松的军队展开了一场最为激烈的战斗。西格尔命他的军队全力作战。沃尔松和他的孩子八次冲进西格尔的阵营,奋力拼杀。又一轮进攻开始之前,国王沃尔松倒下了,他的部队也随之覆没,只有他的十个儿子保住了性命。他们兵力太弱,实在抵挡不住。

战争到了尾声,沃尔松的儿子们也被擒住了,西格妮听说父亲被害,兄弟被擒,而且将无一幸免。于是,她就去找西格尔求情:"就当作我求你了,请你千万不要这么草率仓促地杀了我的兄弟们,暂且把他们关押起来吧。因为俗话说:见到家人倍感欣慰。我不敢求你放他们生路,因为这样乞求于我无益。"

西格尔回答道:"好,我答应你,你真是愚蠢又疯狂,祈求不要立刻处死他们。这样他们所受的痛苦会更大,死之前所受的罪也更多,我是很高兴看到他们这样的。"

西格尔最终还是依从了妻子西格妮的请求,命人将一根大树干压在十个兄弟的脚上,将他们整日囚禁在树林之中。在那里,他的兄弟们从早上坐到晚上,但是每到午夜,当他们坐在岩石上时,丛林里就会出现一头母狼。那头母狼虽然有些老了,但是仍然很强壮且凶恶至极。它所做的第一件事情就是直接扑上去将十兄弟中的一个疯狂地啃咬,直至其死亡。之后,它又将他啃噬殆尽后便扬长而去。

第二天早上,西格妮派了一位她最信任的人去丛林里打探她的兄弟们的消息。那人回来说他们中的一个兄弟已经惨死。西格妮听到这个消息之后悲痛欲绝。悲恸之余她想到,如果再任由事态发展,到最后,她将孤苦伶仃,一个兄弟也不剩了。

传说在接下来的九个夜晚,那头母狼都在午夜来到兄弟被囚禁的地方,并且每晚都吃掉他们其中的一个兄弟,直到最后只剩下十兄弟中的西格蒙德一人。后来,在第十个夜晚来临时,西格妮派她的亲信到哥哥西格蒙德那里。西格妮交给了他一些蜂蜜,吩咐他把蜂蜜涂在西格蒙德的脸上,又在他的嘴上涂了一些蜂蜜。于是,那个人按照西格妮的吩咐做好了一切后便回家了。第二天午夜,那头母狼又出现了,它打算像往常一样,吃掉这个兄弟,但是透过微风,它闻到了一股浓郁的蜂蜜味,然后它用舌头舔了舔西格蒙德脸上的蜂蜜,又继续去吃他嘴里的蜂蜜。西格蒙德从来也没有这么害怕过,当母狼把舌头伸进他的嘴里时,西格蒙德用力咬住了母狼的舌头,母狼想挣脱西格蒙德的约束,用力往回一抽,因用力过猛,把抵挡脚部的树干都折成了两段,西格蒙德咬住母狼的舌头,舌头从舌根部断裂,母狼就此一命呜呼。

有人说这头母狼便是西格尔的母亲,是她用巫术将自己变成了母狼的样子。

第六章　西格妮把她与西格尔的孩子送到西格蒙德那里

西格蒙德终于摆脱了枷锁，获得了自由，他在这个树林里居住了下来。后来，西格妮又派人来打探她兄长的消息，想要确定西格蒙德的生死。西格蒙德将事情的整个经过告诉了那些探子，探子回去如实地向西格妮报告了事情经过。可是，西格妮还是放心不下，她亲自到丛林里去找了兄长，商量在丛林里修建一个地下室以供西格蒙德居住，事情就这样过去了一段时间。西格妮把兄长藏在这里，并随时给兄长送去他所需要的东西。但是，对西格尔而言，他一直认为整个沃尔松家族的人都已经死去了。

传说中西格尔和西格妮有两个孩子，当他们的大儿子长到十岁时，西格妮就把他送到了西格蒙德身边，以期儿子可以为自己的父亲沃尔松报仇。那个年轻小子经常在傍晚来到森林，来到西格蒙德的地窖，西格蒙德对他的到来表示非常欢迎。西格蒙德认为这个时候，他应该为他准备食物了，他对他说："我要先去捡些柴火。"

随即他将食品袋递给了年轻人，然后自己便出去捡柴火了，但是当他回来时发现少年并没有将面包做好。于是他问面包是否准备好了，年轻人说道："我不敢将手伸向食品袋，里面有什么东西在不停地蠕动。"

于是西格蒙德断定那个年轻人没有胆量，也没有想要跟随他的意念。当他再次与他的妹妹西格妮见面的时候，他便告诉妹妹说让这个年轻人跟着他没有什么用。

于是西格妮说道："把他带去杀了吧，为什么要让这个无用之人继续活下去呢？"最后，西格蒙德按照他妹妹的意思杀了那个年轻人。

这个冬天就这么过去了，到下一个冬天时，西格妮又将自己的另一个儿子送到了西格蒙德这里。故事在这里无须累述，所有的事情都像往常一样继续着，这个年轻人和他的哥哥一样，毫无优点。最后，西格蒙德也按照西格妮的意愿杀了这个年轻人。

第七章　西格蒙德的儿子辛菲特利诞生

一天晚上西格妮独自坐在凉亭处时，出现了一个看起来极度狡猾的女巫。西格妮同那个女巫交流着说道："我非常乐意与你互换容貌。"

女巫说道："但交换后你的容颜会憔悴的。"

通过花招，西格妮和女巫互换了容貌。现在，女巫按照西格妮的忠告留在她的屋里扮演着西格妮继续生活。晚上，西格尔回来了，但是他并没有察觉躺在自己身边的已经不是自己原本的妻子西格妮了。

故事中讲道，西格妮与女巫交换了容颜后来到森林，并恳求西格蒙德收留她一晚上："在丛林里我迷路了，不知道我该往哪个方向去。"

西格蒙德答应西格妮暂时在他那里住下来，并且表示自己不会拒绝为一个单身女人提供避风港，因为他坚信那位看起来身材样貌姣好的女人是不会说话骗他的。于是，她在西格蒙德那里住下来，他们共进晚餐，席间西格蒙德一直注视着她，他觉得眼前这位女人绝对是一位大美人。餐毕，西格蒙德便提出非常想与她共寝，而她也没有拒绝西格蒙德。就这样，他们在一起生活了三天。

随后，西格妮回到了家中，她找到了那个女巫，并要求她将两人的外貌重新换回来，而那个女巫也就照做了。

数月之后，西格妮生下了一个男孩，孩子被取名为辛菲特利，孩子长得高大强壮，并且长得很像沃尔松家族的人。在他快十岁时，他的母亲西格妮也同样地将他送到了西格蒙德那里去。她在送孩子时有个实验，那就是在送前两个孩子去时，她在他们的双手上缝制手套，针线穿过他们的皮肉时，他们疼得叫苦不迭。但是，当她对辛菲特利做这些的时候，他面不改色，强忍疼痛。她甚至将手套连着皮肤扯下，并说道："相信如果能够忍受这样的疼痛，那么他的意志力一定会支撑他在今后生活中经受磨砺。"

而辛菲特利却说道："这样的小伤小痛，对我来说简直不值一提。"

后来，小伙子辛菲特利被送到了西格蒙德那里生活。西格蒙德在外出拾柴火时，他依然让他准备餐点。西格蒙德将食物袋交给了他，自己便往树林方向走去。当他回来时，辛菲特利已经把面揉和好了。然后西格蒙德就问他发现面粉里有无什么东西。

"我开始揉面的时候发现里面有东西动个不停,但我没有在意,把它和面揉在一起了。"

于是西格蒙德大笑,说道:"你今晚可不能吃这面包,因为我让你揉的面粉里有最毒的虫子(巨蛇)。"

西格蒙德身体强壮,他能够抵抗毒液,但对于辛菲特利来说,毒液涂在体外尚可忍受,但他既不能吃也不能喝如此剧毒的东西。

第八章 西格尔和西格妮的死亡

西格蒙德认为辛菲特利太年轻,还无法在复仇这件事上给他提供帮助,所以他首先要做的就是想尽一切办法将他磨砺成一个顶天立地的男子汉。夏季时分,他们便穿越丛林猎杀他人以获得财富。虽然西格蒙德觉得自己应该对这个有着沃尔松家族血缘并且拥有力量和勇气的年轻人好一些,但是他知道,除此之外,这个年轻人作为西格尔的儿子,同样也有着他父亲恶魔般的蛇蝎心肠。另外,他不得不把想要唆使辛菲特利去杀他的父亲西格尔的事情放在心上。

有一次,他们穿过树林寻找财宝。他们在一间屋子里发现了两个戴着大金戒指正在熟睡的人。他们两个就是传说中的变形人[①]。房间里,在他们的头顶上就挂着狼皮,每隔十天他们会换掉这些狼皮。他们都是国王的儿子。西格蒙德和辛菲特利就将这两件狼皮披在自己身上扮成了狼。他们像狼一样嚎叫,但是只有他们才知道那种叫声所代表的意思。他们同样也居住在丛林里。他们约定各行其是,但如果遇到敌人就给对方发出信号。他们两个人分开时只能够抵挡住七个人的袭击。一次西格蒙德说道:"我们不能没有对方的帮助,你还年轻且行事鲁莽,别人会抓住你这个特点而单独对付你。"

于是他们各行其是。在一次分开时,西格蒙德遭到一些人的袭击,

[①] "变形人"的传说曾流传在冰岛等不少地方,据说男人拥有间隙性地变成狼的能力。

他发出了狼的叫声。当辛菲特利听到叫声的时候，便径直朝那个方向跑过去，帮助西格蒙德将他们全部都杀了。但是，当辛菲特利穿过树林之时，十一个人拦住了他，辛菲特利竭尽全力将他们全部杀光，他非常劳累，便爬到一棵橡树下休息。这时，西格蒙德来到了他的身边，说道："你刚刚为什么不向我求助呢？"

辛菲特利说道："我并不希望自己依靠你的帮助才能杀了这十一个人。"

随即，西格蒙德向辛菲特利猛冲过去把他摔倒了，并咬伤了他的喉咙。那天，他们都脱掉了狼皮，西格蒙德把辛菲特利背回了住处。有一天，西格蒙德看到两只鼬鼠在互相撕咬，其中一只将另外一只的喉咙咬伤了，然后那只鼬鼠迅速地窜入灌树林里取出了一片草叶给那只受伤的鼬鼠敷上，过了一会儿，那只鼬鼠竟然立马恢复过来了。于是，西格蒙德也把那只鼬鼠衔来的草叶给辛菲特利敷上，结果辛菲特利也奇迹般地快速好了起来，就好像他从来没有受过伤一样。此后，他们回到了以前丛林中的住所，并在那里居住了下来，他们脱掉了狼皮并把狼皮焚毁了，并祈祷他们不会再受到伤害。

现在辛菲特利已经成了一个真正的男子汉了，西格蒙德认为他已经被训练得足够好了。他为他父亲报仇的愿望一直强烈，现在就是他报父仇的最佳时刻了。一天，他们俩离开了丛林中的小屋，在深夜时分到达了西格尔的宫殿，宫殿外的走廊上摆满了大桶大桶的啤酒，于是他们就躲藏在了那里。后来，王后发现了他们，并且友好地接待了他们。他们见面后进行了商议，认为当天晚上就是给沃尔松国王报仇的最佳时机。

西格妮和西格尔育有两个年幼的子女。他们在地板上玩着嵌金的玩具，并在大殿互相追逐玩闹。突然，玩具上的一个金指环朝着西格蒙德和辛菲特利藏身的地方滚去，其中较小的孩子跑去找金戒指，却发现两个男人坐在那里，他们看起来强壮凶猛，他们戴着头盔和闪亮的盔甲。于是，小孩跑向父亲所在的屋子并告诉了父亲他所看到的一切，这时西格尔开始对周围的一切起了疑心。西格妮偷听到了他们的谈话，西格妮将两个孩子抱走了，她将孩子们带到西格蒙德身边，并说道："天啊！这两个孩子背叛了你们，现在你们可以把他们两个都杀了，以免再生枝节！"

西格蒙德说道："我绝不会因为这两个小孩泄露了我们的藏身之处就杀了他们的。"

但是辛菲特利却毫不犹豫地拔剑杀了那两个小孩，并把他们一并丢在了西格尔朝政的大厅。随后，国王西格尔暴跳如雷，他命令手下抓获在夜里秘密杀害他的孩子的人。西格蒙德一伙只好四处逃窜，虽然他们都强壮勇猛，却仍然抵挡不住敌人的全面攻击，最终他们被抓住了。他们被戴上镣铐，关了一晚上。

然后，国王西格尔开始思考到底要用什么方式才能让他们死得最痛苦。

黎明时分，他命令手下用石块和泥灰修筑一个大古坟。古坟修好后，他命令在坟墓中间放置一个又大又平的巨石，巨石一边高一边低，以致它可以在墓地滚动而没有人能翻越它。

西格尔命人将西格蒙德和辛菲特利放在墓地里，并且两人分别在大石头的两边。他认为很糟糕的是虽然他们能够听到对方的谈话，但是谁都无法爬到对面。然而，当他们被困在墓地时，西格妮赶来了，她带了些稻草。她将稻草顺势丢给了辛菲特利，并吩咐仆人对西格尔隐瞒这件事情。那些仆人也就按照西格妮的意思做了。墓地也就这样被看管着。

当夜幕降临，辛菲特利对西格蒙德说："或许我们将在一段时间之内不会缺乏肉类食物，因为王后刚刚已经偷偷给了我一些，并用稻草将这些肉类都包装好了放在这里了。"

随后，辛菲特利开始处理那些食物，不经意间他摸到了一个剑柄，他知道那正是西格蒙德的宝剑。他马上反应过来，宝剑藏在大车里不容易被人发现。他将这件事告诉了西格蒙德，这时他们都知道他们有救了。

辛菲特利用力将宝剑插进了巨石中，西格蒙德则在另一端不停地拉剑，这样一来一回，横在他们之间的巨石就被弄得松动了，诗歌是这么记载的："辛菲特利锯石头，西格蒙德也不停地锯石头，一次又一次，巨石就被摧毁了。"

他们不停地拉动巨石和铁链，最终摆脱了束缚。于是他们背着很多柴火来到了国王的宫殿，那里所有的人都熟睡着。他们在大殿里放了火，火势越来越大，大殿里的守卫都被浓烟熏醒了，很多人被烧死。

国王西格尔大声吼道："究竟是谁这么大胆，竟敢在此放火，连我都想烧死？"

这时西格蒙德回应道："是我，西格蒙德。还有辛菲特利，我妹妹西格妮的儿子，另外我想让你知道的是我们沃尔松家族的人并不是全部死光了。"

然后他唤来了自己的妹妹西格妮，为了弥补她这么多年来的悲伤，他将所有的好东西都送给了她。

西格妮答道："现在就把他杀了吧。这么多年来，他杀害我们父亲的事情我一直记在心里，从来没有忘记。我之所以让你杀了我和西格尔的孩子，是因为我觉得为了报仇，我所做的这一切都是值得的。但是现在，我要告诉你的是，我曾经以巫女的样貌到丛林去找过你，所以辛菲特利是你和我的孩子。他之所以如此勇猛刚毅是因为他是沃尔松国王的儿子和沃尔松国王的女儿孕育的孩子。只有这样，我们的大仇才能得报。现在，所有的事情都完结了，西格尔也得到了自己的报应，我也不想再活下去了。虽然与西格尔的婚姻对我毫无喜悦可言，但是时至今日，我是心甘情愿地陪着他去死的。"

于是她吻别了哥哥西格蒙德和辛菲特利，便纵身跳入大火之中，随着西格尔和那些随从一起死去。

后来，他们集结了所有余下的人和船只回到了父亲沃尔松的领土，他们推翻了现有的国王，并在沃尔松国王以前的住所居住了下来。

于是，西格蒙德就成了那片土地的新国王。他强壮有力，聪明有思想，很快就声名远播。后来，他与博格希尔德结婚了，并育有两个孩子，赫格尼和哈蒙德。传说当赫格尼出生的时候，命运之神来到了他的身边，无数光环笼罩着他，命运之神还说赫格尼日后将成为世上最伟大的国王。西格蒙德从战场回国后，就给儿子取名为赫格尼。他赐给了儿子很多东西——珠宝、宝剑等，并祈祷他能健康成长，真正拥有沃尔松家族的特质：勇猛坚强，扬名在外。

如大家期望的那样，在其他所有的勇士中，他志存高远，勇敢聪明，深受大家的爱戴，是所有将士中最出色的。故事里提到，赫格尼在他十五岁的时候已经可以独自在战场上调兵遣将，骁勇杀敌，而辛菲特利却只能够做他的小跟班，时间一长，辛菲特利对赫格尼越来越不满，渐渐地他们之间产生了隔阂。

第九章　西格蒙德之子赫格尼攻占了霍博德国王的领地，并与丝格茹成婚

故事提到赫格尼在战争中与亨丁国王交战，亨丁也是一位非常强大的君主，他的领地和臣民众多。双方激战了很久，最终赫格尼取得了胜利。由此，赫格尼也因为杀死了这么一位强大的君主而更加名声大噪。

亨丁的儿子们随即组织了大批军队作战，以期为他们的父亲报仇。他们之间的战争打得十分激烈，但是赫格尼通过集结民间的力量最终打败了敌人，并杀死了亨丁的那些儿子——阿尔夫、伊耶夫、荷沃德和哈格巴德，取得了战争的胜利。

赫格尼从战场归来。在回来的路上，他遇见了一群衣着光鲜的骑马游玩的美丽女子。在她们之中，有一位女子远远地超过了其他女子。于是，赫格尼就上前打听那名女子的名字，他得知该女子名叫丝格茹，是胡格尼国王的女儿。

然后赫格尼说道："欢迎你到我的国家去，你将会受到最高的礼遇。"

丝格茹回答道："我还有事在身，不能与你一同饮酒作乐。"

赫格尼问道："什么事啊，公主殿下？"

丝格茹回答道："我的父亲胡格尼国王已经将我许配给格兰莫君主的儿子赫德布罗德，但是我曾经立誓如果他只是个平民的儿子而不是国王的儿子的话，我是绝对不会嫁给他的。而现如今，你若真想娶我，就应该为了我去阻止这件事情发生。你应该在战场上打败他，然后娶我回国，因为我相信这个世界上没有任何一个人会比你更勇猛无敌。"

"不要垂头丧气，公主殿下。"赫格尼说，"诚然，为了得到你，他和我之间迟早是要开战的，我以我的生命起誓，我一定会打败他的。"

随即，赫格尼出钱招兵买马，将他的军队集结在红博格准备作战。这段时间，赫格尼就一直居住在那里等待来自稀登塞的部队和诺尔维的队伍和船只抵达。赫格尼任命列夫为船长，并问他是否了解军队的大致情况。

"事情说起来并不那么简单，国王陛下。"船长说道，"从挪威海港过来的一共有一万两千名士兵，来自其他地方的有一半那么多。"

于是赫格尼国王命令他们进入瓦闻港湾，他们服从了。但是，瓦闻港湾连日来风雨交加，巨大的海浪冲击着船只和船桨，让船只受到巨大的损失。

赫格尼命令士兵无所畏惧，要他们继续前进作战。他命船只扬帆起航，可是这对军队的前行并没有起到丝毫作用。这时丝格茹——胡格尼国王的女儿带着一支军队赶到了海滩边，并把他们带到了一处安全的地方——格利帕朗德港湾躲避。但是，当地的执权者斯瓦林卡恩——国王荷德波德的兄弟发现了他们的踪迹，并派人探寻这支军队的领导者是何许人也。这时，辛菲特利站了出来，他头戴闪亮的头盔，手握着金边盾甲站在斯瓦林卡恩面前，他已经想好了该怎样对国王解释这一切。

"当你最后一次给你的猪和狗喂好食物，当你再一次跟你的妻子调情后，你就看到了我们沃尔松家族的人在这里，这里你可以看到赫格尼国王，荷德波德也会乐意看到他，他来此就是要挑起战争并且必须胜利，这与你无关。"

格兰莫答道："你太不会讲话了，讲话要尊重历史事实，不要对酋长和领主们撒谎。你曾经在野外与狼群共同生活了很多年，杀死了你的兄弟，并喝了他们的血。让人吃惊的是你竟然会觉得自己是个诚实善良的好人。"

辛菲特利说道："你别忘了自己的过去。当你在瓦闻斯像个女巫时，你想要有人陪着你，在这个世界上你选择了我；在那之后，当你在阿斯嘎斯成为奥丁需要死亡的人时，为了你，我委身求助他人，召集了身边的全部人马，并当了九个狼崽的父亲来帮助你。"

格兰莫答道："你的谎言技巧真高啊，你真能撒谎，你根本就没有当过父亲。你已被拉斯利斯巨人的女儿剥夺了权利；你是西格尔国王的继子，在野外丛林中与狼共舞；用残酷的手段杀死了你的兄弟们，你也就获得了这个罪名。"

辛菲特利说道："别忘了你的过去,当你是成年公马格拉尼(北欧神话中的良马)的伴侣时,我骑着你在布阿沃尔漫步,后来你成了巨人高尔尼尔的牧马人。"

格兰莫答道："我真想用你的肉去喂养家禽而不跟你辩论。"

随即,赫格尼国王说道："对我而言,多说无益,最好的方式就是来一场男子汉之间的战斗,逞口舌之快对我们来说是种耻辱。虽然格兰莫的儿子们也都勇猛善战,但是我们并不是朋友。"

于是,格兰莫就同桑弗里骑着取名为"斯威帕德"和"斯维加德"的战马一同回去面见赫德布罗德国王了。兄弟两人在城堡入口处相遇,格兰莫向赫德布罗德汇报了战争的消息。赫德布罗德国王戴着头盔,手里拿着盾牌,他问道："正向我们靠近的军队是什么人,为何你们这么愤怒？"

格兰莫答道："来者是沃尔松家族的人,他们已经有一万两千名士兵在海岸登陆了,另外还有七千士兵在苏克岛屿登陆,但据悉格林德是敌方阵营里面最强大勇猛的将士。现在,我们有理由相信赫格尼国王是有备而来的,他已经下定了决心要与我们开战。"

赫德布罗德国王说道："既然这样,那就在全国范围内发布消息,我们将会与敌方交战,我国子民谁都别想先坐在家里,必须全部积极参与战斗。然后向莱恩国王的儿子们、胡格尼国王,还有长者阿尔夫送达这一消息,因为他们都是很强大勇敢的战士。"

于是大军在沃夫斯德展开了激烈的战斗,赫格尼勇猛地穿梭于敌军之中打败了一大群人,后来又出现了一大批带着盾牌的女兵助阵,来者正是丝格茹,国王的女儿。最终,赫格尼打败了赫德布罗德,并在他的旗帜下杀了他,丝格茹大声吼道："我真为你这么有男子气概的行为感到高兴啊！现在我们可以分享这片领地了。今天对我而言是一个非常有意义的日子,而你也会因为今天杀死了这么一位强大的君主而赢得更高的荣誉。"

于是,赫格尼接管了这一片领地并在那里居住了很长一段时间。后来他与丝格茹结婚了,也成为一位更有名望的君主。除此之外,他在这个故事中没有其他的事情了。

第十章　西格蒙德的儿子——辛菲特利的死亡

现在沃尔松人打算带着这些荣誉班师回朝了，但是辛菲特利却又再次投入了战争，因为他已经钟情于一位美丽的女子，但是国王妻子博格希尔德的兄长也看中了那位女子，这件事情在他们之间滋生了很大的矛盾，所以辛菲特利一怒之下杀死了他，之后他也心惊胆战地过着日子。后来，通过战争他也在众人中脱颖而出，名声大噪。到了夏季，他也带着大量的船只和夺得的财富回到了自己的家乡。

辛菲特利把战胜的消息告诉了自己的父亲西格蒙德和王后，王后命令辛菲特利立马离开这个国家，并且说自己再也不想见到他。但是西格蒙德表示他不会把自己的儿子赶走，他给了王后大批的金银珠宝以安慰她失去哥哥的伤痛，尽管他从来也没有因为杀了一个人而给对方作过什么补偿，但是他认为在一个女人面前稍微弱势一点也不是什么大不了的事情。

王后看到自己的想法并没有得到国王的肯定，便说道："我的陛下，你真的打算这么做吗？这太让我伤心了。"

于是，博格希尔德在西格蒙德的帮助下为自己的哥哥举办了最好的葬礼晚宴。

在晚宴上，王后首先端起酒杯给在场的各位敬了杯酒，然后又端着一个很大的酒杯走向辛菲特利，她说道："喝酒吧，我亲爱的继子。"

辛菲特利接过酒杯，往里看了看，说道："这杯酒看起来一定很美味。"

于是西格蒙德说道："既然如此，那就把这杯酒拿给我喝了吧。"他接过酒杯，仰头喝尽杯中的酒。

王后对辛菲特利说道："难道如此英勇的你还需要他人来代你喝酒吗？"于是她第二次端着酒杯来到了辛菲特利身边，说道："那么这杯酒你可以喝了吧？"并且还说了很多刺激他的话。

于是辛菲特利接过酒杯，狐疑地说道："难道这杯酒里有诡计？"

西格蒙德听罢后大声吼道："让我来喝。"

她又第三次来到他面前让他把酒喝下，说如果他有沃尔松家族的血统，他就该喝掉。喝罢，他惊恐痛苦地说道："酒里果真有毒。"

西格蒙德立即吼道："我的儿子，请你闭嘴。"然后，他自己便继续饮酒作乐。

辛菲特利喝下这杯酒便直直地倒地身亡了。

西格蒙德快步奔到儿子的身边，看到儿子死亡，他悲伤欲绝。过了好一会儿，他抱起儿子，径直向丛林走去，直到看到一个小峡湾。在那里，有一个人正无所事事地待在一个小船里。那个男人问他是否需要用船把尸体运走，西格蒙德点头示意。但是，这个船实在是太小了，小得根本就容纳不下他们三个人，所以他们只好先把尸体放置在里面，而西格蒙德则在岸边徘徊了很久，直到他们消失在他的视线范围以外。

处理好儿子的尸体之后，西格蒙德失落地返回家中。他赶走了王后，而王后不久后也去世了。西格蒙德则依旧统治着他的国家，并且成为有史以来最伟大、最英勇的君主。

第十一章　西格蒙德最后的战役——他交出了自己的宝剑

话说一位很英勇有名的国王埃利米，他有一位才华出众的女儿约迪斯。西格蒙德也听说了这件事情，并且下定决心想要娶约迪斯为妻。于是，他拜访了埃利米国王。得知西格蒙德是带着友好的目的而来时埃利米设宴款待了西格蒙德。这个消息立马传开了，大家都知道这次旅程完全是为了和平而来的，毫无战争的预兆，所以大家也放松了戒备。晚宴在极为和谐美好的氛围下完成了。两国国王在一个大厅共进晚餐。来者包括亨丁国王的儿子里格，他同样也是约迪斯的追求者之一。

事到如今，埃利米国王隐约感觉到他们为同样的目的而来，在他们之间将会有什么事情发生，战争或麻烦也许真的会成为将来不可避免的事情，于是他对自己的女儿说道："正如我所说，你是如此聪明，所以我希望这件事情你可以自己做主，按照自己的意愿在这两位国王当中选择你想要的终身伴侣，我将尊重你的选择。"

"这真是一件棘手麻烦的事情啊，"约迪斯说道，"如果我选择最有名望的那一位，那么西格蒙德国王当然是不二人选，尽管他年龄比较大。"

最后，约迪斯仍然选择了与西格蒙德订婚，于是里格国王便启程回国了。西格蒙德如期与约迪斯举行了婚礼。他们在一起的每一天都比以前高兴快乐。西格蒙德后来也决定返回匈奴老家了。他的岳父也与他们同行，回国后西格蒙德致力于国家的朝政。

回国后的里格对此事极不甘心，于是他和自己的兄弟们集合了一支队伍打算与西格蒙德打场硬仗。虽然他们已经习惯在战场上失败了，但是面对强大骄傲的沃尔松族人，他们对这次战争已经做好了最坏的打算。于是他们来到了匈奴，并派人告知西格蒙德说他们不会卑鄙地偷袭他们，他们只希望双方来场光明正大的战争。于是，西格蒙德回应道自己将会如约应战，并开始集结自己的兵力。由于约迪斯自小由仆人陪同在丛林里长大，并且他们随身带着大量财宝，在他们双方打仗的时候，约迪斯就一直生活在丛林里。

战争打响后，很多西格蒙德的部下被打得四处逃窜，无心应战。只剩下西格蒙德和埃利米国王仍然拿着盾牌坚守在阵地上，奋力作战。西格蒙德吹着他父亲曾经用过的号角来鼓励士兵积极应战，可是他的将士却已所剩无几了。

战争愈演愈烈，虽然西格蒙德已经年纪老迈，但是他依然英勇作战，是众士兵中最有震慑力的一位。当日，战势十分紧张，西格蒙德勇猛地穿梭于敌军之中杀敌，没有穿戴什么盾牌之类的物品来保护自己。剑和矛在空中穿梭飞舞，也不知道多少人死于他的手中。他的双臂和肩膀都被鲜血染红。

当战斗持续了一段时间后，一位身着蓝色风衣，头戴宽边软帽的独眼男士出现在了战场上。他是西格蒙德的一个反对者，西格蒙德得知之后变得更加暴躁，他更加什么都不顾地疯狂杀人。杀戮和焦躁已经让西格蒙德失去了理智，很多人都已经开始反他了。这场战争最终以西格蒙德的失败告终，而他的岳父，埃利米国王也在这场战争中死了。

第十二章　约迪斯拜访阿尔夫

打败西格蒙德之后，里格国王在那里生活了一段时间，他有意娶国王的女儿为妻，但是他在那里很失败，因为在那里既没有娶到妻子，也没有发现财富。于是他离开这里让他的人来治理这个国家。他相信自己已经杀死了所有沃尔松族人，再也不用担心有任何余孽日后找他报仇。

当晚，约迪斯回到了战场，经过一番寻找，她终于找到了受伤倒地的西格蒙德。她问他的伤势是否可以治好，而西格蒙德则答道："很多人在希望破灭之后仍然可以好好地活下去，但是我已经没有了再活下去的意志力了，我的伤已经不能治愈了，奥丁也不让我再次舞剑了，因为他给我的剑已经破碎了。我参与战争是他的意愿。"

"我认为这也没什么。"约迪斯说道，"你能痊愈并且为我父亲报仇的话就更好了。"

西格蒙德答道："这是命中注定的，这一切将由另外一个男人来完成。现在，你已经怀了我们的孩子，你一定要好好地教育他，给他最好的生活和教育，我们的孩子将会成为我们家族有史以来最尊贵、最有名望的人。同时，你一定要把我的宝剑碎片保存起来，然后为我们的孩子用这些碎片铸造一把剑，给这把宝剑取名为格莱姆。我们的孩子将用它完成很多胜仗，他也将流芳百世。日后你有了他就足够了，他一定可以完成你的心愿。而现在，我身受重伤，我已经疲乏至极了，我想我将不久于人世了。"

于是，约迪斯就坐在西格蒙德身边陪着他到天明，直到他死去。然后，她看见一些船只正朝岸边靠近，她便对自己的侍女说道："那我们换装吧。就把你叫成我的名字，并且对外宣称你才是国王的女儿。"

于是，他们也就这样做了。北欧海盗发现了那场战役中的大量死伤者，并且看到了两个女人在丛林里来来回回，所以他们相信这里一定发生了一些大事。于是，他们将船靠岸试图去探寻些什么。这群人的首领是阿尔夫，丹麦国王希亚普雷克的儿子，他常年来这里航行以夺取财富。不一会儿，他们找到了那场战争的战地，并且看到了大批死难者。于是，阿尔夫便派人去寻找刚才遇见的那两个女人，他的仆人也照做了。他命令仆人打探那两个女人的来历。这时约迪斯的侍女便向他们讲诉了西格蒙德和埃利米国王，以及另外一些勇士的经历。于是，阿尔夫紧接着便问她是否知道西格蒙德的财宝所在地，那个侍女回答道："这个事情我们当然知道了。"

于是，侍女带着他们来到了西格蒙德的藏宝地。在那里，他们发现他们从来都没有见到过的珠宝。阿尔夫命人将所有的财宝都搬上船去，约迪斯和她的侍女也跟着他们一同启程了。船队打算回国了，一路上，船员们都在谈论他们的国王是一位多么多么英勇的君主。

阿尔夫倚靠在舵柄处，两个女人则坐在甲板处同他聊天。阿尔夫说道他一直以来都很尊重女性，还经常会考虑并且采纳她们的建议。

就这样，阿尔夫带着大量的财宝回到了自己的国家，他看起来高兴极了。但是，当他在家里待了一小段时间后，他的母亲便问到为什么这么漂亮的两个女人却不用金银首饰和美丽的服装来装扮自己？

王后说道："我认为她们两个中那位自称是仆人的女人看起来更加高贵。"

阿尔夫答道："我也觉得很奇怪，她看起来一点也不像个侍女，当我第一眼看见她时，我就觉得她非比寻常，不是一个普通人。那么，既然我们都有相同的疑惑，不如就让我们来验证一下吧。"

于是，阿尔夫专门挑了个时间与那两个女人聊天喝茶，他问道："你们怎么观察时辰的更替，见不到光亮就表示夜晚了吗？"

侍女答道："我是这样判断的，当我年幼时，我习惯了在黎明时分早起喝很多水，虽然现在我已经没有那种习惯了，但是我仍然会在那个时间起床，所以我已经习惯了。"

然后，阿尔夫笑了笑并继续说道："这可真是公主陛下的坏习惯啊！"紧接着他又问了约迪斯同样的问题，但是，她却回答道："我父亲在我小的时候给我了一枚很小的具有自然属性的金戒指，当黎明到来时，那个套在我手指上的戒指就会很凉。所以，每当我感受到这一特征的时候我就知道是黎明了。"

阿尔夫说道："完美的金戒指，一个侍女怎么可能戴金戒指。现在我有充分的理由相信你们有很多事情隐瞒了我，如果你们可以立马向我讲出事情的原委，那么同样作为皇族人员，我将不会过多地追究什么，并且你将成为我的妻子，如果你能够尽快为我孕育一个孩子的话，我将会给你一大笔财产。"

随后，她向阿尔夫坦诚地讲述了事情的原委。于是，按照事先的约定，她与阿尔夫结婚了，并且得到了一大笔财富。

第十三章 西格德的诞生

故事提到约迪斯为阿尔夫诞下一位王子，并且当时希亚普雷克国王也在场。当阿尔夫看到孩子那双充满热情的双眼时不甚欢喜，他说道他从来没有看到任何一个孩子可以长得这么像自己的父亲，他为得到这样的一位王子高兴万分。于是，他给自己的孩子取名西格德，虽然很多人都私底下说这个孩子无论从哪方面看都一点儿也不像他。西格德享尽尊崇，从小就无忧无虑地生活在他的祖父希亚普雷克国王身边。那个时代的伟人和国王都是以古老传说命名的，当然西格德也不例外，因为无论从力量还是能力，或者智商和毅力而言，他都比别的皇族成员有过之而无不及。

通过他，他的母亲约迪斯得到了国王的一大笔财富。因为没有其他孩子，西格德一直生活在希亚普雷克那里并得到宠爱。

后来，西格德的养父雷金——赫瑞德玛之子开始教他各种各样的知识，包括艺术、棋牌、诗歌、语言以及国王儿子应该有的习惯等。但是，有一天，当他们在一起学习之时，雷金就问西格德知不知道他父亲到底拥有多少财富，以及现在这个国家到底是谁掌权之类的问题。西格德便说是当下的国王执政管理整个国家。

雷金又问道："难道你真的完全相信他们吗？"

西格德答道："现在看来我只能依靠他们才能让国家变得更强大，因为迄今为止我还什么都做不了。"

雷金又与西格德说道："你应该像一个真正的男子汉一样去争夺应该属于自己的一切。"

"不,"西格德说道,"我是绝对不会这么做的。对我而言,如果我真的想得到什么东西,那么我希望是别人心甘情愿授予我的,而不是通过武力抢夺而得到的。"

"那么好吧,"雷金说道,"既然你如此认为的话,那就去为自己挑选一匹马吧。"

"好的。"西格德答道。

于是他去面见国王,国王说道:"你有什么需要吗?"

西格德答道:"我想要一匹好马陪我玩耍。"

国王说道:"这太容易了,你自己去挑选一匹你中意的马吧,只要是你想要的,我都会尽力满足你。"

第二天,西格德便动身前往丛林了。在路上,他碰到了一位长胡须老人,老人也问了西格德的去向。

西格德答道:"我打算到丛林里去挑选一匹好马,如果你不介意的话,希望你能跟我一起去,并为我提供一些建议。"

"好吧,"老人说道,"到时候我们应该试试把那些马都赶到一个叫'巴斯泰'的湖中。"

他们把所有的马都赶到河流的最深处,但是所有的马都游了回来,只有一匹马仍旧站在水中。最终,西格德选择了这匹马。它色调偏暗,虽然年纪较轻但却十分健硕,看起来是一匹骏马,但是最关键的是迄今为止还没有任何一个人能够骑上它而不被它甩下来。

老人接着说道:"这匹宝马有着迅风天马家族的优良血统,你必须小心翼翼地饲养它,因为它绝对称得上一匹宝马。"然后老人消失了。

西格德给这匹马命名为格拉尼,意为"世界上最好最优秀的马"。他同样也不知道他在丛林里遇见的那个老人正是奥丁本人。

现在,雷金又一次对西格德说道:"你所拥有的财富还不够,但是更令我伤心的是你竟然像个下人的子女一样到处乱跑。我现在可以告诉你哪里有大量财富,拥有了它,你就有了名誉和地位。"

西格德便问那些财宝藏在哪里,何人看管和把守。

雷金答道:"守卫名叫法夫纳,他最喜欢躺在满是石头的荒地上。当你靠近他时，你可以说你从来没有见过这么多财宝，没有人会想得到这么多财富，他是年迈且最有名望的皇帝。"

"我太年轻了，"西格德说道，"虽然我了解他的一些生活习惯，但是我怎敢去挑战、对抗一位这么强大的国王呢？"

雷金说道："事情并非你想的那样，虽然传说中的法夫纳勇猛无敌，但是你的祖先也不逊于他。虽然你有沃尔松家族的优良血统，但是你完全没有他们所具备的胆识和能力。他们可是最棒的哦。"

西格德说道："是的，也许我真的懦弱胆小，但是难道你认为你自己就很好了吗，你毫无资格给我安上懦夫的骂名，我现在这样与我的童年明显有很大的关系。既然如此，你当初为什么不好好地训练我呢？"

雷金说道："事出有因，看来我必须要把事情的来龙去脉告诉你了。"

"我洗耳恭听。"西格德说道。

第十四章　雷金兄弟们的故事和安德瓦里的黄金宝藏

"故事是这样的，"雷金说，"我的父亲名叫赫瑞德玛，他是一个很富有的勇士。他的大儿子叫法夫纳，二儿子叫欧特，我是他的三儿子。他们都很勇猛，而我能巧用铁、银和金制作一些有点用处的物品。我的兄弟欧特有另外的技能和天性，他是一个非常优秀的捕鱼人，技压群雄。他白天就像一只水獭，住在水里，抓鱼时会把鱼叼在嘴里送上岸，他会把猎物送给父亲，父亲很是高兴。一般情况下，他会把鱼藏在陶罐里，等他回家时独自享受，然后美美地睡上一觉，但在陆地上他无法施展他的才华。而法夫纳是个很冷漠的人，他总是将所有东西占为他自己所有。"

"然后，"雷金说，"还有一个侏儒叫安德瓦里，他曾经住在一个叫安德瓦里的瀑布旁，他经常用一个长矛捕鱼，因为瀑布周围有很多鱼。现在我的哥哥欧特也到瀑布里，他捕鱼到岸并将其挨个摆放在岸上。某天奥丁、洛基和尼尔[1]降临，来到安德瓦里瀑布。欧特刚把抓来的鲑鱼吃完后

---

[1] 奥丁，北欧神话中的神；洛基，北欧神话中的火神；尼尔，北欧神话中的神。

在河岸边打盹儿，洛基捡起一块石头扔向欧特，没想到欧特就这样死了。神很满意他们的猎物，然后剥去了欧特的皮。晚上他们来到赫瑞德玛的家，给他展示捕获的猎物。他见到自己儿子的尸体怒不可遏，施展法术困住他们要求赔偿。他们必须用黄金填满欧特的皮囊并要用红色的金子将之盖住。因此，他们派洛基去收集金子。洛基找到瑞恩[①]要渔网，然后来到瀑布边撒下了网。

"当洛基看见安德瓦里的黄金便强取豪夺，然后一个矮人走进一个岩洞，大声说道：'不论是谁持有宝藏和戒指都会招来无限的灾祸。'"

"神带着宝藏去了赫瑞德玛的家，用黄金填满了欧特的皮囊并把它立了起来，然后还用黄金完全盖住他的皮。当这一切都完成的时候，赫瑞德玛走了进来，他看见一些头发，他命令他们也要将它遮住。然后奥丁从手上取下被诅咒的戒指覆盖在那根毛发上面。洛基接着唱道：'足够的黄金，足够的黄金，我注定有好运，但你和你的儿子也注定要经受苦难。'之后，"雷金说道，"受到巨大财富诱惑的法夫纳杀害了父亲赫瑞德玛，而我什么也没得到。他变得如此邪恶并跑到了其他地方，嫉妒任何跟他分享财富的人，因此他成为最糟糕的毒龙，现在正躺在那堆财宝上。而我去见了国王并成为宫廷铁匠。这就是我的故事，我既没能继承我父亲的遗产也没能拿到给我兄弟的赔偿金。但是正因为如此，从那时起黄金开始被叫作欧特金。"

西格德回答道："你失去了太多，你的兄弟又变成了恶魔。现在你可以用自己的技能铸造一把无人匹敌的剑，我可以用它来行善。如果能为您效劳，我可以用这把剑杀了这条龙。"

"请相信我，我也会用这把剑杀了法夫纳。"雷金说。

第十五章 对格莱姆剑碎片的重造

随后雷金铸造了一把剑并把它放进了西格德的手中。西格德拿着剑，

---

① 瑞恩：北欧神话中的女海神。

说道："看你造的破剑，雷金！" 然后狠狠将剑扔在了铁砧上，剑就断了。他扔掉断剑，让雷金重新打造。

接着雷金重新打造了一把交给西格德查看。

"这次你应该满意了吧，你可真挑剔。"雷金说道。

西格德仔细检查这把剑后又砸碎了它，然后他对雷金说："哈！难道你和你的兄弟一样是背信弃义的人？是骗子？"

之后西格德去了母亲家。母亲接待了他，他们还一起喝酒聊天。

"我听说西格蒙德王把折断的格莱姆剑给了您，是吗？"西格德问道。

母亲回答道："是的。"

"那您能把它们送给我吗？我很需要。"

母亲看儿子想扬名，便把剑给了他。西格德拿着剑接着就去找雷金，让他尽全力打造一把绝世好剑。雷金很是生气，但还是拿着折断的剑进了铸造房，他知道西格德只是在激励他好好打造宝剑。当他铸造完毕，将剑从锻造炉里拿出来时发现剑的边缘燃着熊熊烈火。他让西格德接过剑，说要是这次失败了他真的不知道该如何铸剑了。西格德又狠狠把剑砸在铁砧上，又狠狠劈向石头，这次剑既没有爆裂也没有破碎。他对这把剑大加赞赏，然后带着一簇羊毛去了河边。他将羊毛扔到水里，羊毛遇到剑就分开了。西格德非常高兴地回家了。

雷金说："现在我已经为你铸造了宝剑，你会不会遵守诺言去见法夫纳？""我当然会，"西格德说，"但我必须先为我的父亲报仇。"

西格德渐渐长大，他越来越爱周围的人们，所以每个小孩也很爱他。

第十六章　格瑞佛尔的预言

西格德的舅舅叫格瑞佛尔，能预知人们的过去未来。在宝剑铸造成功后，西格德便去拜访了他，想借机了解自己的未来。西格德诚恳地问他的未来会怎么样，格瑞佛尔一直很沉默，不愿透露。最后西格德的再三请求打动了格瑞佛尔，他才将自己预知到的事情一五一十告诉了西格德。之后西格德回了家，然后去见了雷金。

"去杀了法夫纳，你承诺过的。"雷金说。

西格德回答道："我会的，但是我必须先去做一件事情，为我父亲西格蒙德和我的亲友们报仇。"

第十七章　西格德为父亲西格蒙德复仇

西格德随后便去觐见国王，说道："我尊敬的国王陛下，很高兴见到您，十分感谢您对我的喜爱还有您赐予我的一切荣誉，但现在我不得不离开我热爱的地方，去会一会亨丁的儿子们，让他们知道沃尔松家的人没有死绝。陛下，因为有了你的庇佑，我此去一定不负众望。"国王说会给他任何他需要的东西，然后让军队、船只随时待命支援他，以便让事情进展顺利，但西格德只调遣了一艘最大最豪华的轮船，威威风风地出发了。

他们就这样顺利出行了。几天过后，海上起了风暴，海浪看起来就像人血的泡沫。西格德从来没有出过航，他们随时都可能被风暴掀翻。海浪把他们的船只越抛越高。当他们经过海角石堆时，听到一个男人的叫喊声，他问道："谁是海军的船长啊？"士兵们回答说他们的长官是西格德，西格蒙德的儿子，最优秀的年轻人。

"我只知道国王的儿子们都不如他。如果你们能让我上你们的船，我将会感到非常荣幸。"那个男人说道。

他们又接着询问他的名字，他说道：

"人们叫我尼卡尔，
此刻见沃尔松之子
勇赴战场，万分高兴。
我乃一粗野之人，
可称我为冯，或者弗洛尼尔。"
与你同行我非常高兴。
于是他们一路同行上了岸。
然后西格德说道：

"噢,尼卡尔,命运的预言家,
人类善与恶的先知,
请您告诉我,
此番战场杀敌,
刀光剑影之中,运气何如?"
尼卡尔说道:
"众人都希望吉多。
当利剑挥叱战场,
若能如同张开黑翼的渡鸦,
则无人可挡。
其二,
登陆之后,虽行程漫长,
若见庭前二人,
满脸争名夺利之相,则为良兆。
好运之三,
若于白蜡丛中听闻野狼长嚎,
是为吉鸣。
若见此番景象,
则将战无不胜。
即使暮色降临,
无人逃跑。
天色渐暗,
唯有在战场中央
看清一切,指挥作战的人,
方能赢得此次决战。
然而脚足之伤难以避免。
白日里前行也会绊倒。
此乃身边的监护神在作祟,
她们百般狡黠,唯愿你们受伤流血。

让每位勇士梳洗良好，
饭饱肉足。
因为这样，你们才能最终
凯旋，
让命运俯首称臣。"

没过多久，风暴渐渐平息了，他们直到到达亨丁儿子们的领域时才吃上一口饭，然后弗洛尼尔就消失了。

他们上了岸又杀人又放火，但他们眼睁睁地看着一群人逃走了。那些人找到国王琳格，告诉他有一群极其愤怒的人在国土上挑起战事。虽然亨丁的儿子们没想到西格德会作为首领带领军队前来挑衅，但是他们也从来没有害怕过沃尔松家族的人。

琳格国王立即在全国发布战事通告，不准人们逃跑而且随时让人增援。最后他和他的兄弟们带领最精锐的部队前去应战西格德，一场大战即将开始。空中不断有矛和剑飞过，斧子横飞，盾牌破裂，铠甲破碎，头盔碎片散落一地。很多人倒在冰冷的大地上，脑浆迸裂。

激烈的战斗持续了很久，突然西格德手拿格莱姆剑跑到了旗帜前面，刺倒了面前的士兵和战马，满身鲜血地穿过了对方的重重防线。他所到之处无人能挡，没人看见过这么勇猛的人。战争进行了很久，战场上死了很多人，人们已经杀红了眼，杀到最后无人可杀。直到一支军队突然出现，他们尽力抵挡但还是没用。接着西格德在前锋部队中开始迎战亨丁王的儿子们。他重重击倒了琳格王，击碎了他的头盔和身上的铠甲，接着击倒了他的兄弟赫瓦德，最后他杀光了亨丁王的所有儿子和他的族人们。

战争结束后，西格德带着在旅途中截获的大量财宝荣归故里。当他回国后，人们准备了丰盛的佳肴迎接他。

他回到家不久，雷金就来了。"你现在应该可以去帮我杀了法夫纳了吧，你承诺过的。你也已经为你父亲和家人报了仇。"雷金说。

西格德回答道："我会的，我承诺过的就不会忘记。"

第十八章 杀害法夫纳[1]

西格德和雷金沿着法夫纳经常爬行出来喝水的路径走着。据说龙就躺在三十英寸高的悬崖上,它常到崖下饮水。西格德说:"你真是救苦救难啊,雷金,它是世界上最邪恶的一条龙。能找到它的行踪真是太棒了。"

"你挖一个洞坐在里面,等它来喝水的时候用剑刺向它的心脏杀了它,这样你就可以扬名了。"雷金说道。

西格德道:"但如果我碰到龙血,可能会发生什么事情呢?"

雷金说:"如果你害怕,那你去找预言家有什么用呢?你确信你一点也不像你的家人吗?"

西格德继续前行,但雷金因为害怕便不再同行了。

接着他开始为自己挖坑。正在这时一个独眼老人出现了,他问西格德在干什么,西格德把事情的来龙去脉告诉了他。

"你这样做不是很明智。你可以挖很多沟,然后让血顺着你的沟流走。你就藏在一个坑里设伏,等那毒龙出来时用剑刺它的心。"

接着独眼老人就消失不见了。西格德听从他的建议掘了沟,躲在里头。

终于法夫纳爬下山崖来喝水,大地随着它的前行一直在颤抖。还能听见它巨大的鼻息声,但是西格德一点都没有害怕。因此当它从沟的上方经过时,西格德看准龙的左胸猛刺一剑。剑身完全没入了它的体内,龙一摆动便把西格德拉出了沟,他趁机拔出剑又一阵猛刺。这一阵厮杀让西格德的手臂和肩上都沾满了龙血。

当这恶魔意识到自己就要丢掉性命时,它使劲摆动头和尾巴,结果周围的所有东西全都被敲打成了碎片。

这时法夫纳开口了,它知道自己就要死去,说:"你是谁?你的父亲是谁?你的亲人是谁?你为什么要来杀我?"

西格德回答道:"没人认识我的家人。我没有父亲也没有母亲,这世上只有我孤身一人。"

---

① 法夫纳:北欧英雄传说中一只居住在地下的巨龙,保护着光的财宝。

"你怎么可能没有父亲和母亲？没有他们，怎么会有你。我知道你是在骗我，在我将死之日也不愿告诉我你的名字。"龙说。

"我叫西格德，我的父亲是西格蒙德。"

法夫纳接着说："谁指使你来杀我的？你的动机是什么？你难道不知道所有人都很怕我？擦亮你的眼睛，年轻人！"

"那是因为我有一颗坚强的心，加上强壮的臂膀和锋利的神剑，才能来挑战你。从小就懦弱的人，老了更不会坚强。"西格德回答道。

"我知道你是家里最有本事的，你也能以一敌百，但你这样区区一个奴隶竟然有勇气单枪匹马偷袭我，也算是奇迹了。"法夫纳说。

"你是在讥讽我远离家乡、远离亲人吗？虽然我是奴隶，但我从来没有戴过镣铐。上帝知道我是自由的。"

"你怎么把我的话抢着说了！你知道吗？我的宝藏也将会变成你的祸根。"

"我很乐意保护这份宝藏直到我死的那天。"

"你不听我的话，你就会遭殃。如果你去了海上，你将会被淹死。所以你还是乖乖待在陆地上过你风平浪静的生活吧。"

"说实话，法夫纳，你非常明智，你知道掌管很多母亲的儿子的诺伦[①]吗？"

"阿斯的亲人、艾尔芬的亲人、杜华林[②]的女儿们都相隔很远。"

西格德说："瑟特[③]住的小岛叫什么啊？"

"这个小岛叫益司瓮。"法夫纳说。

"我的兄弟雷金造成了我现在的结局，很高兴他又带来了你。一切事情都会让他称心如意。"

他接着说道："在我抢夺了兄弟的遗产后，我的恶名便传开了。我到处喷毒药，所以没人敢靠近我，没有什么武器能对付得了我，我觉得自己

[①] 诺伦：诺伦三女神（古诺斯语：Norn。英语：The Norns 或是复数形 Nornir）又名诺恩，是北欧神话中的命运女神。
[②] 杜华林都是北欧神话中的神。
[③] 瑟特：巨大的火神，他是世界末日的主宰者。

就是世界上最强大的人了。所有人都怕我。"

西格德回答道："邪不压正！不管再强大的人总有一天都会遇到对手。"

"我给你个建议，你马上骑马远离这里。就算我受了伤快要死去，我也会报复你。"法夫纳说道。

"我是不会听从你的建议的。相反，我会骑着马去你的老巢，把你的财宝都带走。"

"那去吧！"法夫纳说，"你会找到这辈子都用之不尽的财宝，但它们会变成你的祸根。每个拥有它的人都会遭殃。"

西格德从沟里站起来说道："如果放弃财宝就不用死，那我就空手回我的故乡去，但是每个勇士都想拥有这份财宝直到自己活着的最后一天。法夫纳你就这样死去吧。"

随后法夫纳就这样死去了。

第十九章　杀死赫瑞德玛的儿子雷金

雷金这时走近西格德说道："你真厉害！你杀了法夫纳，取得了胜利，曾没有人敢靠近他。这件事情会让你扬名天下了。"

雷金说完盯着地上看了很久，然后语气沉重地说道："我的兄弟被你杀掉了，在这件事情上我表现得相当坚强了。"

西格德拿出格莱姆剑，用土擦干了上面的血迹，并对雷金说："当我拼尽全力拿着剑战斗的时候，你离得远远的。当我在奋力与这条恶龙抗争的时候，你却躲在灌木丛里，并不关心外面的事情。"

"如果我铸造的剑没有那么厉害，那条龙可能还在它的窝里躺着。如果没有这把剑，就没人能与这条龙抗衡。"雷金说。

西格德回答道："人的勇敢坚强比利器更能在战斗中发挥作用。"

"你已经杀了我的兄弟，我还是表现得很勇敢的。"雷金又语气沉重地说道。

然后西格德用宝剑挖出龙的心脏。雷金喝了法夫纳的血，然后说道：

"你再帮我一个小忙吧。把他的心烧好给我吃。"

西格德答应了，并用棍穿着烤了一会儿。当龙心开始冒泡，他便用手去摸，想看看是否已经烤好。不料烧烤灼烫了手，他将自己的手指放进嘴里吸吮，龙血一碰到他的舌头，他突然听到鸟儿的说话了。此时正有一群啄木鸟在他四周啾啾地叫。"你西格德坐在那儿给别人烤龙心吃，其实你应该自己吃掉，吃掉后你将变成世界上最聪明的人。"

另一只鸟说道："雷金躺在那儿不怀好意，他想害你。"

"把他的头砍下来，你应该独自占有那份财宝。"第三只鸟说。

接着第四只鸟开口了："如果他是明智的，他就会采纳我们的好建议，骑马去法夫纳的巢穴带走所有的宝藏，再前往欣德费尔，那里有个沉睡的少女叫布琳希尔德[①]。在那里他将获得智慧。如果他照着你们说的做了，心里想着自己的幸福，他才是明智的。他现在已经在与狼共舞了。"

"是的，是的，如果他放了雷金，他就不那么明智了，因为他的哥哥已经被杀。"第五只鸟说。

最后第六只鸟说："快点杀了他，成为宝藏的主人吧！"

"雷金将来会变成我的心腹大患。还是让他们兄弟俩以后就在一起吧。"西格德说。

随后他拔出格莱姆剑砍下了雷金的脑袋。

之后西格德听见周围的啄木鸟在唱歌：

  西格德，别让闪亮的财宝，
  把你束缚住，
  遇事不要惊慌。
  有一个少女，
  美若天仙，
  周身环绕着金子，
  值得你拥有。

[①] 布琳希尔德：北欧神话中的著名女武神。

穿过绿色丛林，
去基乌其宫殿里。
那里命运将会指点你
如何行动。
她是一位富裕的国王之女，
你将拥有黄金，
并享受与佳人的甜蜜。

那高高的宫殿，
矗立于欣德费尔山巅，
四周除了熊熊燃烧的烈火
就什么也没有。
巧夺天工的匠人，
以黄金璀璨之光，
缔造了奇迹，
让宫殿永远闪耀光芒。

柔弱的少女，沉睡在梦中。
红色烈焰环绕她的周身，
如同保护盾牌，保其安全。
这是天神奥丁的惩罚，
她因不服安排，
而被缚于睡梦之中。
孩子，去看一看吧。
此番前往，或能征服
温斯柯瓦尔战斗之士。
她也不必再承受
梦魇的折磨。
让国王的后代，

打破北方天神可恶的魔咒。

西格德吃了法夫纳的心，留下了一小部分准备以后再吃。他跳上马背，顺着法夫纳来时的踪迹找到了它的藏身之处。到了之后，他发现大门敞开，发现所有的门、门轴还有房梁都是用铁制成的，房子修建在地下。他在室内找到了大量的黄金、金制的宝剑等武器以及其他很多金银珠宝和好东西。这些宝藏太多，他认为两匹或三匹马可能都驮不走。所以他把它们放在两个巨大的箱子里让格拉尼驮着。他拉着缰绳，但马就是不走，打它它也不走。这时他想了想，跳上马背，用鞭狠狠抽打让马快走，这时马才乖乖听话。

第二十章　西格德与布琳希尔德在山上相遇

西格德跋山涉水，终于来到了欣德费尔，他继续向南前进终于到了法兰克斯的领域。首先映入眼帘的是刺眼的明光，犹如一簇熊熊燃烧的火焰，直至天边。当他走近那里，他看到了一个守卫森严的城堡，城堡最高处插着一面国旗。他向城堡深处走去，看到了一个正在熟睡的人躺在那里，周围还有很多人守卫着。他脱下帽子，定睛看了看，才发现躺在那里的不是别的什么人，而是一位风华绝代的少女。于是，他整理了他的着装、佩剑，他整个人都看起来玉树临风、精神抖擞。随后，西格德问那位女子到底在那里躺了多久，但少女却反问道："到底是什么强大的力量让你可以穿过我身边的熊熊烈火，并且把我唤醒的呢？就像歌中所唱那样'是谁熄灭了我身边的火焰，是谁将我唤醒，又是谁将我从无尽的痛苦中解救出来的呢？'"

"啊，正是我，我是西格蒙德的儿子，是刚刚屠杀了恶龙法夫纳的西格德。"

随后西格德又答道："英勇伟大的西格德用他的佩剑，将美丽高贵的公主殿下解救于水深火热中。"

"这个世界上估计只有英勇的沃尔松家族的人才能做到吧！我也听说

了你的故事。你的父亲也是一位伟大的国王,并且传说中你既漂亮又充满爱心,并且现在我深信有关你的传言毫无夸张之处。"

然后,布琳希尔德唱道:"我休眠了很长时间,人生中有很多苦难,我无助地等待着奥丁的力量将我从休眠的梦魇中弄醒,让我向白天致敬,光明终于来了。黑夜,你的女儿终于远离了我!看那开阔的高地,我们坐在这里显得很孤独,但它给了我们渴望的东西。让我们向伊森致敬,向埃斯利尔致敬,感谢大地给了我们很多财物。我们从你那里获得了恭维的话语和智慧的心理。有生命就可以治愈双手。"

布琳希尔德随即又说道:"曾经有两个国家的国王打仗,一个是最伟大的勇士,年迈的贡纳,奥丁曾答应他一定要让他成为胜利者;他的对手是格纳,奥蒂的兄弟,而我在战斗中狠狠地打击了贡纳,为了报复那次行为,天神奥丁就用荆棘来刺我。奥丁把长眠的毒针植入我的体内,并且规定我永远也不能取得胜利且不能拥有美满的婚姻,但是我对此极度不忿。我发过誓,我只会嫁给从不畏惧、从不惧怕的英雄。"

西格德说道:"请告诉我伟大无畏的本质。"

布琳希尔德答道:"就拿你来说,虽然我非常感谢你,你也比我具有更多的才能,但我还是要教你一些一般人做不到的事情,如果我的智慧能让你高兴,我们俩就一起喝一杯吧,让我们俩在一起寻找到快乐,但愿你能从我这里得到帮助和名誉,因此你将永远记住我们在一起的时光。"

于是布琳希尔德盛满一大杯爱的美酒递给西格德,并说道:"我给你的美酒,是战争过后的美酒,它代表着好的名声和令人欢快的喜事。喝了它你会变得更智慧。你如果知道战争的意义,你就是伟大的。把它们刻在坚硬的剑柄上,一些刻在背面,一些刻在华丽的正面,在里面也刻上战神蒂尔的名字。学习如尼文[①]有时是必要的,为了救船而学习,为了水手的健康而学习。将他们雕刻在船尾上、船舵上。将激情放在船桨上,海浪将是多么巨大,海水也将多么蔚蓝,这些都来自你的家乡。如果你能学好这些字符,那将无人能偿还你给予他们的悲伤。这里的风,这里的浪都听你

[①] 如尼文,出自"古日耳曼民族"(当时还是原始社会)使用的古文字——鲁纳斯。

使唤。民间都相信一件事，那就是命运。如果你能摧残他人的妻子而没有暴露你内心的不诚实，你就是智慧的。把这些刻在号角上，刻在每只手的手背上，并在你的指甲上刻上一个"N"。这杯麦芽酒会让你注意到所有的伤害都不再跟随你，你被这液体陶醉。然后我也保证不再让这伤害性的物质来干扰你。如果你想获取一些技能，那你必须收集一些如尼文诗歌。从母亲的怀抱中释放婴孩，让他们的手脚不被捆绑，再为他们寻求一些帮助。如果你喜欢吸血鬼的传说，通过如尼文你会变得更智慧。你将在树干上、在花蕾处寻找到伤口，这些大树枝条都是朝东的。如果你掌握了一些如尼文，你就是最聪明的人，就会被刻在代表上帝的闪亮的盾牌上、在早起者的耳朵上、在万能者的脚上、在奔跑者的车轮上、在茹尼尔（北欧神话中的战神）的二轮战车下、在迅风天马的下牙上、在雪橇的齿轮上、在粗糙的熊掌上、在布拉吉（北欧神话中音乐与诗歌之神）的舌头上、在狼的爪子上、在老鹰的嘴壳上、在血淋淋的翅膀上、在桥的尽头、在疏松的手掌上，以及可怜的小径上、玻璃上、黄金上、漂亮的银器上、麦芽酒里、巫婆的座位上、昆古尼尔（北欧神话中奥丁使用的长枪）的枪尖上、格拉尼（北欧神话中的良马）的心里、诺恩的指甲上、夜莺的眼角膜上。所有这些雕刻都是经过打磨的，都伴有圣洁的蜜蜂酒，飘香久远，有的与侏儒同住，有的与先生同住，还有的与华纳神族同住，或者与人类的子女同住。这些如尼文以书的形式出现，他们对你很有帮助，一旦你拥有，你就会拥有知识，直到上帝结束你的生命。现在你可以选择，也可以选择唱歌或者沉默。你在心里把所有的坏处都猜测到了。"

西格德回答道："我不会逃跑的，虽然你说我注定要死亡，但生来就不是逃跑的人，只要我活着，我就会牢记你的忠告。"

第二十一章　更多出自布琳希尔德的智语

这时西格德说："很显然在这偌大的世界里再也找不出比您更聪明的女人了。是的，这一点是毫无疑问的，那么请把您的智慧更多地传授于我吧！"

她回应道:"念你诚心祈祷又如此聪慧,我便遂了你的心愿,再赠予你几条金玉良言。"于是乎她说道:

"善待你的亲朋好友,不要因为他们的冒犯而起报复之心。隐忍和克制才能让你长久地受到他人的尊重。

"警惕邪恶的事物:少女的爱或有夫之妇的爱恋常常导致罪恶降临!

"不要让市井凡夫俗子的闲言碎语干扰你的心智,因为他们说话通常都不经过大脑。不要理睬那些流言蜚语,如若不然,就真要被冠以懦夫的头衔了。未来某天这些流言将不攻自破,这便是对那些造谣者最有力的还击。

"在你的人生旅途中,时刻提醒自己不要向邪恶势力低头。赶路途中如遇天色已晚,也不要随随便便在路边露营,在路边停留就会有坏人来迷惑你。

"不要受到漂亮女人的魅惑,在酒会上要保持清醒的头脑,抵住男欢女爱中那些诸如亲吻之类的甜蜜诱惑。

"如若听到醉鬼的胡言乱语,千万不要与之计较,神志不清的醉话不足为信。很多悲剧甚至死亡都是由这类事件所导致的。

"若不勇敢地同你的敌人在战场上搏斗,敌人就会找上门来。

"绝不轻易立下誓言,否则违背誓言会给你带来巨大而残酷的惩罚。

"善意地关注那些死去的人,无论是病死的,遭遇海难死的还是死于刀剑下的,都请给予关注并处理好他们的尸体。

"不要因他年少而去帮助他杀害他的父亲、兄弟或其他至亲的人,因为再幼小的狼也会长大。

"提防朋友的欺骗与诡计。我被赋予的这点小法术让我能预见你未来的生活,庆幸的是你妻子所在的大家庭里的人对你都充满好感。"

西格德说:"人类之子中再也找不出比你更有智慧的了,因此我发誓将永远把你供奉在我心中,做我心灵的引导者。"

她回答道:"芸芸众生,你是我最好的候选人。"

于是乎他们立下了誓言。

第二十二章　西格德的外表

　　西格德带着他巨大的财富继续上路。其中有金光闪闪的纯金，有顶部是深棕色、底部是鲜红色的龙像，他的舵柄、马鞍、盔甲上也有着这样的装饰，他自己的穿着也是金光闪闪，所有的武器装备都是黄金做的。看到他武器上的装饰，所有的人都知道他去哪里了。是的，所有的人都听说他戮龙的事迹，人们把那巨龙叫作法夫纳。为了杀这条巨龙，他的武器都是金铸的，且呈棕色。到目前为止他比任何人都有风度、有礼貌，对所有的事都这样。人们谈到最强大的盟主以及最高贵的首领时，他位居首位，且他的名字流传希腊海域北部的民间，也将流传于整个世界。

　　西格德的头发是金红色的，呈大卷下垂，非常时髦，胡须短而浓密，有单一的色彩，高鼻梁，脸盘宽大，浓眉下的双眼敏锐有神，很具穿透力，他的肩膀宽如两个人的肩，他的身材无论是高度还是圆度都恰到好处，非常标准。他的剑的长度也是根据他的身高量做的，当他走在生长成熟的黑麦田里时，露珠只会打湿他的鞋子，手中的剑的下端能碰到地里的谷物。除了高大的身材，他的力气也不逊色，他能舞剑，比划长矛刀枪，玩弄弓箭，也擅长骑术，所有这些都是他在年轻时就精通了的。

　　他能未卜先知，精通鸟语，可以说无所不知。他也善于言辞，无论何时他要讲话，他都会滔滔不绝，而且非常具有逻辑和说服力，他的运动才能和乐观的性格为他赢得了人脉，也证明了他的能力，他从敌人那儿获取财富，同时又将这些财富赠送其他朋友。

第二十三章　西格德来到霍里姆代尔

　　西格德骑马来到了一处豪宅，这里的主人是一个有权势的酋长，名叫黑米尔。他的妻子是布琳希尔德的姐姐，名叫贝克希尔德，因为她是被卖到这里的，所以她只能待在家里学习干家务事，而布琳希尔德敢于战争，所以她成了北欧最著名的女武士。黑米尔和贝克希尔德有一个儿子叫阿尔韦德，他是公认最有风度的男人。

这个时候，很多人正在休息聊天。可是，当他们看到他骑马到达后，他们都停下说笑而关注新来者，因为他们都没有见过他。于是他们上前和他打招呼，给予了热情的问候，阿尔韦德也伸出手来表示友好，西格德愉快地接受了他们的问候。他们给了他应该的问候和接待。四个男人从马上搬下黄金，还有一人拿了一块黄金进行确认，这些东西都引起了众人的关注，有很多罕见的价格昂贵的珠宝。看到这些盔甲武器和珠宝、价值不菲的吊环、精美的金制的酒壶以及各种武器，真让人愉悦。

于是西格德非常高兴地在这里住了很长一段时间，这一消息很快就传遍了各大陆，包括他杀死那条巨龙的消息也很快传开了。他与这里的人相处得非常愉快，而且彼此也很诚恳，他们经常一起摆弄武器、比武练剑和追打猎鹰。

第二十四章　西格德在霍里姆代尔见到布琳希尔德

在那些日子里，布琳希尔德回到养父黑米尔的身边，她与侍女们待在自己的闺房里，她比其他女性更擅长手工，用金线在布匹上面绣出西格德的伟大事迹：杀死巨龙、夺走财富以及弄死雷金。

现在讲述这个故事：有一天，西格德驰马进入森林，带着他的猎鹰、猎犬和一群随从。在他回家的路上，猎鹰飞上一座高塔，停在一个窗口处。西格德紧随猎鹰前行，看到那里坐着一位美丽的女人，知道她就是布琳希尔德，他认为自己看到的一切都价值连城：她的美貌、她制作的精美的物品。他随即进入城堡的大厅，但对男人的游戏不感兴趣。所以阿尔韦德问道："你为什么不喜欢娱乐？您的态度让您的朋友感到难过，您为何不坚持过快乐的生活？唉，您的猎鹰都为此而消瘦，您的骏马格拉尼也沮丧萎靡不已。我们很快将被我们的马儿抛弃。"西格德回答说："我的朋友，听听我的想法，因为我的猎鹰飞进一座城堡，当我赶去带回它时看见那里有一个美丽的女人，她坐在一件刺绣品旁，并在上面描绘着我过去的事迹以及我将来的事迹。"阿尔韦德又说："您看见的是布琳希尔德，布德利的女儿，世界上最伟大的女人。"

"肯定是她了,"西格德说,"但她怎么会来到这里?"阿尔韦德答道:"你们俩人在哪里都不会有遥远的距离。"西格德道:"是啊,几天前我已知她是世界上最好的女人。"阿尔韦德道:"像您这样的男人,请不要过多关注某个女人,为我们得不到的东西而悲伤是不好的表现。""我要去见她,"西格德说,"我要去赢得她的爱,正如我爱她那般,我要给她一个金指环,那象征我对她的爱。"阿尔韦德答道:"没有人知道她愿意让谁靠近她的身边,也不知她愿接近谁,因为她坚持要用决斗赢得美名。"西格德道:"我不确定她是否对我们有回应,亦不知是否会让我们靠近。"次日,西格德来到布琳希尔德的住所,而阿尔韦德候在门外,备好弓箭。西格德说:"这位美丽而英勇的女主人啊,您可好?"她应道:"我过得很好,我的亲人和朋友都健在,但谁又能说人可以一生到老都生活得美好幸福呢?"他坐到她的身旁,四位侍女端着金灿灿的酒杯走了进来,酒杯里盛满上等美酒,她们站到俩人面前。布琳希尔德说道:"这个座位没人敢坐,除了我的父亲。"西格德说:"像我这样的英雄应该可以享用。"他看看四周,闺房里挂满了最漂亮最好的饰品,而地板上铺满了精美的布匹。西格德道:"您以前的承诺应该兑现了。""那你在此当受欢迎啊!"她说,随即起身,与四位侍女一起端着黄金酒杯邀请他饮酒。他伸手接过酒杯,并拉住她的玉手,把她拉到身旁,用坚实的臂膀搂住她的颈项,亲吻她的双唇,说道:"你可真是绝世美丽的尤物啊!"布琳希尔德却说:"唉,智者不迷恋女子的美貌和魅力,因为容颜终会失去。"西格德道:"最幸福的一天终将来临,每个人都将为我们而感到高兴。"布琳希尔德回答道:"命中注定我们不能生活在一起。我是一个武士,戴着头盔,如征战沙场的国王们,我总是帮助他们,战争在我心中从来就不可憎。"西格德应道:"要是我们不能生活在一起,生活还有什么意义?与其这般忍受内心的痛苦,还不如用剑杀了我。"布琳希尔德回答道:"我将关注众多厮杀于沙场的帝王,而你可以迎娶基乌其的女儿——古德龙(北欧神话人物)。"西格德答道:"还有哪个国王的女儿能把我迷倒?我可不是三心二意的人。在此我对上天发誓,今生今世,非你不娶。"尽管布琳希尔德如此坦诚,西格德仍感谢她的告诫之语,并赠予她金指环一只，彼此再次发誓，然后西格德回到朋友那里，此时他内心禁不住感到美滋滋的。

第二十五章　基乌其的女儿古德龙之梦

有一个国王名叫基乌其，他统治着莱茵河以南的一个王国。他有三个儿子，分别是贡纳、胡格尼和古托姆，古德龙是他的女儿，她是这个王国最美丽的女子。基乌其国王的这些子女比所有其他国王的子女们都英勇、漂亮。他的三个儿子都征战过沙场并赢得了很多美名。国王的妻子叫格莉希尔德，她是一个聪明睿智的王后。

有一个比基乌其更强大的国王名叫布德利，他们两人都很强大。阿特利是布琳希尔德的兄弟，阿特利凶狠又无情，看上去身材魁伟、肤色黝黑，且又风度高贵，是最伟大的一个武士。格莉希尔德亦是一个冷酷无情的女人。如今，基乌其王国的优秀儿女正如日中天，这些儿女远远胜过其他国王的儿女们。古德龙对她的侍女说，她并不感到愉快，一个侍女问她为何不会感到愉快，她答道："我梦中总遇伤感袭来，因此心中总有忧伤，你想不想知道缘由？""那就告诉我你的梦吧！"这个侍女说，"因为梦常能预测人将来的境遇。"古德龙答道："这不是关于境遇的，我梦见一只漂亮的猎鹰站在我的手腕上，羽毛闪闪发出金光。"侍女说："很多人都听说了您的美丽、您的智慧、您的谦恭，或许，某个国王的王子正在耐心等候着您呢。"古德龙回答说："我的梦里只有这只猎鹰跟我如此亲近，我抛弃了我所有的财富，唯独留下了这只猎鹰。"侍女说："那么你将得到的这个王子将会是世上最漂亮英俊的男人，您会热烈地爱上他。"古德龙应道："让我难过的是我不知道这个人将会是谁，让我们找布琳希尔德问问，她或许知道这个人是谁。"她穿上盛装，佩戴上很多漂亮的饰物，带着众多侍女来到布琳希尔德的府邸。她那到处装饰着黄金的府邸坐落在一座高山之上。她们人还未到，就有人报告给了布琳希尔德，说有一群坐着金饰马车的女人正在向着她的城堡行进。"那应该是古德龙，基乌其的女儿，"她说，"我昨晚梦见了她。让我们出去迎接她吧！

还没有比她更漂亮的女人来过我的城堡。"因此她出城去迎接她们，向她们致以友好的欢迎，她们一起进入金碧辉煌的城堡大厅。大厅里干净整齐，饰物都是银质的，地上铺着地毯，侍从们热情周到地服侍着她们。她们都有说有笑，而古德龙却闷闷不乐。于是布琳希尔德说："请不要这样，您这样会让欢乐的人们感到局促不安。现在，让我们讲讲伟大的国王和他们的伟大事迹来解解闷儿吧。""好吧。"古德龙说，"您觉得哪些国王算得上是男人之中的英雄呢？"布琳希尔德说："哈基国王的儿子们以及哈格巴德国王的儿子们。他们征战沙场的许多事迹可是赫赫有名。"

古德龙答道："他们确实是英雄，也有高贵的名声！然而，西格尔掳掠了他们的一个姊妹，烧死了另外一个，还焚毁了他们的城堡，而他们对这样的行为却迟迟不能进行报复。您为何不提我的兄弟们？他们可是算得上当今时代男人中的英雄。"

布琳希尔德说："他们的确是可以期待的英雄，但我知道有一个人远远胜过他们，他叫西格德，国王西格蒙德之子，他杀死国王亨丁的几个儿子，为他的父亲、为自己的外公埃利米复仇的时候还只是一个少年。"

古德龙说："您那样说可有什么证据呢？"

布琳希尔德答道："他的母亲来到死人堆间，发现国王西格蒙德受了重伤，将要为他包扎伤口时，他说自己年岁已高，不能再上战场了，请她宽心，说她将养育一个拥有美名的儿子。这个智者的遗言充满着睿智。因为西格蒙德去世之后，她嫁给了国王阿尔夫，在那里西格德得到了良好的教育。后来，西格德干了件大事，英明远扬，成了全世界最知名的英雄。"

古德龙说："您由于爱而获得关于他的这些消息，而我亦因爱情来到这里，给您讲述我的梦，这些梦给我带来了极大的悲伤。"

布琳希尔德说："请不要因这些事情而心情悲伤。和那些希望您快乐的朋友待在一起吧，和所有的朋友！"

"我梦见这件事，"古德龙说，"我们许多人一起从家出发，看见一只特别雄壮的雄赤鹿，超过以前看到过的所有的鹿，它的毛是金黄色的。我们都想得到这只鹿，但最终只有我一人得到它。在我眼中，它胜过所有其他宝物。但是是您，布琳希尔德，是您，就在我的眼前射杀了我的鹿。

这样的悲伤是如此巨大，我真是难以承受。后来，您给了我一只狼崽，它将我兄弟的鲜血溅洒到我的身上。"

布琳希尔德答道："我要重新解读您的梦，事情会发生改变的。西格德会来到您身边，即使我已将他视为我的最爱。而格莉希尔德将给他饮用掺和了毒物的蜂蜜酒，它将让我们投入极惨烈的争斗。您将得到他，但是您也将很快失去他。国王阿特利将娶你为妻，但您会失去您的兄弟们，您最终也会杀死阿特利。"

古德龙答道："知道事情的结局真是让人痛苦至极！"

后来她们回到基乌其国王家中。

第二十六章　西格德来到基乌其王国与古德龙成婚

西格德友好地与朋友们告别，带着他夺取的巨大财宝，骑上骏马格拉尼，带上自己所有的武器以及行李出发了。他骑着马径直来到国王基乌其的城堡。国王的一个部下见到来者马上汇报道："我们这里来了一位天神，因为他的华服精美，他的骏马胜过一切其他马匹，他使用的武器威力巨大无比，更重要的是这个人自己亦远胜过其他英雄们。"因此，国王礼节性地出来迎接这位英雄，并且问道："竟敢擅闯我的城堡，你究竟是谁，从来没人敢未经我儿子们的许可擅自闯入我的城堡。"他应答道："我叫西格德，国王西格蒙德的儿子。"国王基乌其说："那欢迎你来我这里，无论你多狡猾，但还是在我们的掌控之中。"因此他进入国王城堡的大厅，所有人在他面前都显得如此弱小，所有人都来为他服务，他住在那里快乐至极。如今他们常常一起骑马出行，西格德和贡纳，还有胡格尼。而西格德远比他们勇猛英武，虽然他们自己也是勇猛之人。而格莉希尔德发现西格德是那么地深爱着布琳希尔德，因为他总是如此频繁地谈到布琳希尔德。她开始想，要是他住在这里并迎娶国王基乌其的女儿，那将是多么的完美。因为她看到，无人能匹及西格德的俊美标致，他内心又是那么忠诚而乐于助人，并且他比人们提及的任何人都更富有，国王对他亦如对自己的亲儿子，而国王的儿子们也视西格德比他们自己更有价值。于是一天晚上当他们坐在一起欢饮之时,王后起身,走到西格德面前,说道:"你住在这里我们是多么高兴,我们把所有的好东西都放到你面前,你尽可以取你所爱;来,请接受这酒杯,饮完杯中之美酒。"西格德于是接过酒杯一饮而尽,王后又说:"国王基乌其将成为你的父亲,而我将成为你的母亲,贡纳和胡格尼亦将成为你的兄弟,所有这些都将通过彼此宣誓而成真,那么你这样的境遇,必定会空前而绝后。"西格德把她的话信以为真,把她给的酒一干而尽,随之对布琳希尔德的记忆便丧失殆尽,因此便住在那里久不离去。一天格莉希尔德来到国王基乌其面前,伸出双臂拥抱住他的颈项,说道:"你看,现在有一个世间最伟大的人物来到我们之间,他必定是那么忠诚,那么的有用,那就将你的女儿嫁给他,给他充足的财富和他希望的足够的权力,或许他会因此愿意永远在这里住下来。"国王答道:"国王主动将女儿嫁给别人的情况很少发生,但若是将女儿嫁给这人,那将比嫁给那些卑微的求婚者英明得多。"一天晚上古德龙为西格德斟酒,西格德禁不住久久盯着她看,她是那么的美丽无比而又尽显礼仪。西格德在那里住了五个季节,而他们总是相敬如宾,如朋友一般。一次国王们在一起交谈,基乌其说:"西格德,你给了我们伟大的礼物,你用你非凡的力量,让我们的王国变得更加强大。"贡纳说:"我们可以为你做一切可能的事,请您长住在此。领土和我们的妹子,您可以随心所欲地拿取而无须乞讨,而我们的妹子,可是其他男人无论怎么祈求也得不到的。"西格德说:"谢谢你们给我的荣誉,我很高兴。"因此他们歃血为盟,结为兄弟,就像同父同母的兄弟般相处融洽。随即人们举办了盛大的宴会,一直持续了许多天,西格德在自己和古德龙的婚礼上开怀畅饮。人们在婚礼上快乐地玩着各种游戏,而每一天,宴会都非常热闹。现在这些勇士在全世界驰骋,干出了惊天动地的业绩,杀死了许多国王的儿子,从未有人像他们那样有如此高超的本领。当他们再次回到家时,总是带回来丰厚的战利品。一次格莉希尔德到她儿子贡纳那里,对他说:"你的人生和命运如繁花似锦,只是有一件憾事,即你还没有成婚,去向布琳希尔德求婚吧,让西格德和你一起去,这是我的忠告。"贡纳答道:"她确实非常美丽,我也非常乐意去赢得她的爱情。"旋即他告诉了他的父亲、兄弟以及西格德，他们都催促他尽快去向布琳希尔德求婚。

第二十七章 向布琳希尔德求婚

　　他们穿戴华丽，兴高采烈地出发了。他们越过高山，跨过山谷，径直来到了国王布德利的城堡，并向他的女儿求婚。国王明智地听着他们的请求，表示如果女儿同意他也没话说。不过国王说女儿品性高贵，只有真正懂女儿心意的男人才能赢得她的婚姻。

　　于是他们策马奔向霍里姆代尔，在那里受到了黑米尔的热情欢迎；贡纳告知了他的来意，黑米尔说，布琳希尔德只会嫁给她自己自由挑选的夫婿，并告诉他们她的住所离此仅有不远的距离，并且他认为，只有通过包围着她的城堡的熊熊火焰的人才能赢得她的芳心。于是他们又出发，来到了布琳希尔德的城堡和火焰之地。他们看到那座城堡有一个金色的屋脊，周围的火焰熊熊燃烧，火苗蹿得老高。贡纳骑着骏马哥迪，而胡格尼骑着霍尔吉。贡纳击打马儿要它面对火焰，可它却畏缩着退避。于是西格德说：“你为什么往后撤啊，贡纳？”他答道：“我的马儿不愿踩过火焰，请将你的马——格拉尼借给我。”"好啊，祝您好运。"西格德说。于是贡纳骑上格拉尼要冲向大火，但是格拉尼却不愿意移动它的马蹄，贡纳还是不能骑马冲过大火。因此贡纳和西格德互相变为对方的容貌，就像格莉希尔德曾教过他们的那样。于是西格德以贡纳的模样登上自己的马匹往前骑，手握格莱姆宝剑，脚上有金马刺。当西格德一踢马刺，格拉尼纵身跃入火海。大火烧得愈加凶猛，巨大的火焰咆哮着，大地在颤抖，火焰甚至蹿到了天堂，没人敢像西格德那样骑马冲进大火，那就像是穿过无边的黑暗。火焰渐渐变小了，西格德从马上跃下，走进了城堡，正如歌中所唱——火焰在疯狂燃烧，大地在颤抖，火焰蹿得老高，舔吻着天堂的地基。万民的统治者，无人敢骑马通过那熊熊的大火。西格德持剑策马，火焰顿时在国王面前熄灭。火焰在武士面前偃旗息鼓，就像曾经一度辉煌的雷金。西格德穿过火焰后，来到一座华丽的住所，布琳希尔德坐在里面，她问道："你是什么人？"他称自己为贡纳，基乌其之子，并且说道：

"你被奖赏给我做妻子,这是你父亲和养父的好意和命令,而我已通过了按你的命令所设的火墙。"

"我对情况还不是很了解,"她说,"叫我怎么回答你。"西格德昂首直立站在大厅地板上,斜倚着自己的剑柄,对布琳希尔德说道:"为了这份奖赏,我该付给你一套黄金做的嫁妆和最好的东西吗?"她在她的座位上,心情凝重,就像坐在大浪上,漂浮不定,手握长剑,头戴头盔,身穿甲衣。"噢,贡纳,"她说,"不要跟我说这些事。如果你是天下最优秀的勇猛的男人,那你就去杀掉那些所有追求我的人。我曾跟希腊国王决战于沙场,我们的兵器上沾满了敌人鲜红的血,至今我还渴望着这样的战斗。"西格德答道。"是啊,你的确做了很多英雄壮举,但请你记住你的誓言。关于穿越这火墙的事,你曾经宣誓,你将和完成这一壮举的英雄牵手。"她发现西格德说的是实情,她在意西格德的话,因此起身,妥当地接受了西格德的请求。

西格德在那里住了三个晚上,他们躺在一张床上,他带着宝剑格莱姆,把它放在他们两人之间。她问他为何把剑放那里。他回答说那样他才能娶到自己的妻子,否则就会遇到灾难。于是布琳希尔德取下西格德早年赠予她的指环安德瓦利鲁姆,把指环给西格德,而西格德给了她另一只指环,那是西格德从恶龙法夫纳宝窟里得到的。在这之后,西格德骑马冲过同一座火墙回到同伴那里,他和贡纳彼此重新变回自己的容貌,然后策马来到霍里姆代尔,告知黑米尔他们事情的进展。同一天,布琳希尔德回到养父家并对她非常信任的养父说有一位国王来到她那里,她说:"他骑马冲过了我设置的火焰墙,来向我求婚,并自称是贡纳。但我说,如此的英雄壮举,唯有西格德一人才能完成,我和他在山上互相宣誓过。他是我第一个宣誓的人,是我的最爱。"黑米尔说,必须接受现在发生的事情。布琳希尔德说:"阿斯劳格——西格德和我的女儿,将在这里和你生活在一起。"

现在,国王们出行后回到家,而布琳希尔德则去她父亲那里。格莉希尔德设宴欢迎国王们的归来,并感谢西格德的陪同,很多客人都到场,国王布德利带着女儿布琳希尔德及儿子阿特利也来到那里。宴会持续了许多天,在宴会上贡纳和布琳希尔德举行了婚礼,但当宴会和婚礼一结束,西格德再次有了他向布琳希尔德所发誓言的记忆。然而，他让一切都归于平静。在欢乐和嬉戏的人群中布琳希尔德和贡纳坐在那里饮着美酒。

第二十八章　两位女王在河中沐浴时的愤怒谈话

两位王后有一天到河里沐浴，布琳希尔德躺到离岸很远的河中央，古德龙于是问她为什么那样。

布琳希尔德说："咦，我为什么要在这种事上跟你比，难道没有其他更有意义的事情了吗？我更乐意想到我父亲比你父亲更强大，我的至爱干过很多美名远扬的神奇事迹，他曾骑马冲过熊熊火焰，而你的丈夫仅仅是国王希亚普雷克的奴仆。"古德龙满腔怒火，应道："你要是明智就应当保持平和而不是辱骂我的丈夫。说到男人，无论在任何事情上，世上都无人能望其项背。所有的人中，就你尤其不适合嘲笑他，他可是你的第一个爱人。恶龙法夫纳是他所杀，是他骑马冲过你的火墙，而你还认为那是国王贡纳，是他躺在你的身边，从你手中接过安德瓦利鲁姆指环，这里，你可看仔细了！"于是布琳希尔德看见了那枚指环，心里一下明白了过来，顿时脸如死灰，回到家整个晚上一言不发。当西格德回家，上床后古德龙问他，布琳希尔德为何快乐不再。他回答道："我可不知道，但也很怀疑我们是否能弄清其中的秘密。"古德龙说："她有这么多财富和幸福，有所有男人的赞扬，有她愿意嫁的男人，她为何不热爱她的生活？""啊，是呀！"西格德说，"当她说，她认为自己得到了世上最高贵、最心爱之人的时候，她到底是如何想的？"古德龙答道："明早我去找她就此事问个究竟。在所有可选为丈夫的人中，谁是她的最爱。"西格德说："我必须阻止你那样做，你要是那样做了，我肯定你会对自己的行为后悔不已。"次日早上，古德龙和布琳希尔德坐在卧房里，布琳希尔德沉默着一语不发。于是古德龙说道："高兴点儿，布琳希尔德！你是因为我们一起在河里沐浴时说的话伤心，还是有其他事情扼杀了你快乐的心情？"布琳希尔德答道："你说这话完全是不怀好意，因为你怀有一颗残忍的心。""不要说这些，"古德龙说，"告诉我所有的实情吧。"布琳希尔德说："问这些事，知道这些事对你有什么好处，那是些仅迎合老女人口味的事。当一切都如你所愿，你当然喜欢听！"古德龙说："以此为豪对我来说为时尚早，但你的话像是某种预言，你要对我们投来什么样的伤害？我可未做过伤你心的事。"布琳希尔德答道："你将为此付出代价，你把西格德弄到手，但我绝不能让你生活得幸福如意，虽然你拥有他，拥有那些财富和他的勇力。"但是古德龙说："我不知你们说的话和誓言。我父亲很可能期望把我嫁出去而没有先考虑到你。""我们说的话没有什么秘密，"布琳希尔德说，"虽然我们一起立过誓，你完全清楚你想诱骗我，你的确得到了你的奖赏！"古德龙说："你的婚姻之好完全超出了你应有的，但你的自傲和愤怒可能很难平息，因此很多人将为此付出代价。""啊，我会非常满足，"布琳希尔德说，"要是你没找到更高贵的男人！"古德龙回答道："你的丈夫是如此高贵，谁知道有比你丈夫更伟大的国王或比他更富有和强大的贵族？"布琳希尔德说："西格德杀死恶龙法夫纳，仅此一事，就比国王贡纳要勇猛百倍。正如歌中所唱：西格德杀死了恶龙，那个壮举将与世永存，而你的兄弟永远不敢这样挑战，也不敢承受火焰之烧灼而骑马冲过大火。"古德龙答道："格拉尼不愿让国王贡纳承受火焰烧灼，而西格德敢干这样的事，不嘲笑他你可能心里难以忍受。"布琳希尔德答道："我认为格莉希尔德是个坏人，这点我绝不会向你掩饰。"古德龙说："不要这样，不要用恶毒的话攻击她，因为在所有事情上她都视你为她自己的女儿。""唉，"布琳希尔德说，"她是这一切不幸的始作俑者，给人带来了这样的痛苦和悲伤，她给西格德端来邪恶的饮料，使他失去了对我名字的记忆。""你说的一切都是错的，这是一个天大的谎言。"古德龙说。布琳希尔德答道："你用这个巨大的诡计欺骗了我，因此而得到了西格德，获得了你的欢乐！你用不正当的手段对我策划阴谋。愿所有发生在你身上的事都如我所愿！"古德龙说："我将从他身上得到更多欢乐，远比你希望的要多，没有人想过他给我带来的快乐。""你说的话真是恶毒。"布琳希尔德说，"当你的愤怒消去，你要为此后悔不已。而现在，让我们不要再互相攻击对方了！"古德龙说："是你首先用这样的话攻击我，现在你装作似乎要改正错误，而你的伪装后面却有一颗冷酷无情的心。""让我们把蠢话丢到一边,"布琳希尔德说,"尽管我有伤悲的内心,却尽量保持了很长时间的平静。看吧,我只爱着你的兄长,让我们说说其他事儿。"古德龙说:"看得出你的内心想的远不是这个。"因此,自从那次下河沐浴以及了解了那枚指环的真相,如此令人不安的问题就产生了,也因此引出了她们两人的谈话。

第二十九章　布琳希尔德的巨大悲伤

这次谈话之后布琳希尔德整天卧床不起,消息传到国王贡纳那里,说布琳希尔德病了。国王旋即去看望她,问她哪里不舒服,但布琳希尔德回答说无病,但躺在那里就像死了一样。当国王逼她说出实情时,她说:"你把我给你的那枚戒指怎么样了,就是我们上次分别时国王布德利给我的那只。那时你和国王基乌其来到他跟前,威胁说如果不让我嫁给你,你们就要兵戎相见。是啊,那时他把我拉到一边,问我来人中选择谁。我请求他说,我愿驻守领土并当他第三部分臣民的首领,但我只有两个选择,要么嫁给那个他希望我嫁的人,否则我就会失去他给我的所有福利和友谊。他劝我说最好是要友谊而不是他的愤慨之举。于是我考虑我是该屈从于他的意愿,还是让生灵涂炭,同时我认为跟他斗争不会有什么结果。

"因此我答应谁要是带着法夫纳的宝藏,然后骑着格拉尼冲过我的熊熊火墙,并且杀死那些我叫他去杀的人,我就嫁给谁。现在已经清楚,除了西格德,无人敢那样做,因为只有他才有那样的勇气。是啊,他杀死了恶龙、雷金,还有五个国王。而你,贡纳,你什么都不敢,你就像死人一样苍白,被别人操纵,算不上王,亦称不上骑士。我向我父亲立下誓言,我只爱现世最高贵的那个人,而除了西格德,世上再找不到第二人。唉,现在我违背了我的誓言,使它等同于零,因为西格德不是我的人,也由于这个原因,我会让你死亡,这样就可以用极为恶毒的方式来报复格莉希尔德。我知道,世上没有比她更邪恶、心肠更狠的人了。"贡纳的应答没人能听清:"你说了这么多歹毒的话,真是一个心肠邪恶的女人,而且辱骂一个比你良善百倍的女人。她绝不会像你诅咒的那样。她也没折磨人,也没有谋杀过任何人,而是过着被众人赞颂的生活。"

布琳希尔德答道:"我从未私下里心怀恶意,或者干过一些可憎的事迹。然而,我却非常乐意杀掉你。"旋即她就想弑杀国王贡纳,但胡格尼给她上了枷锁。可贡纳却说:"不,我不愿让她戴着枷锁。"于是布琳希尔德说:"你不必理会!因为在你的宫殿里,你将永远见不到我的快乐,永远不会有饮酒作乐,永远没有棋盘对决的快活,再不会有软语温存,我亦不会再在漂亮的布匹上缝银饰金,再不会给你睿智的建议咨询。唉,得不到西格德我是多么伤心!"

于是她坐起来,击打她的缝制品,最后把它撕成了两半。她命令他人打开凉亭的大门,她的痛哭声在很远的地方也能听到,这巨大的悲伤和痛苦让远近的人们都听到了。

古德龙问她的卧房侍女们,她们为何坐在那里垂头丧气,一点也不高兴。"发生了什么事,把你们一个一个变成了蠢女人,还是有什么闻所未闻的奇事在你们身上发生?"

一个迎候的侍女——丝娃弗洛蒂答道:"这是糟糕的一天,我们的宫殿里充满了伤悲。"古德龙对她的一个侍女说道:"起来,我们都睡得太久。去,叫醒布琳希尔德,让我们开始做针线活,找点快乐。"

"不行,不行。"她说,"我决不可叫醒她或者与她说话,她已经许多天既没饮蜜酒又未喝果酒,众神的愤怒定已降临到她的身上。"

古德龙于是对贡纳说:"去看看她,让她知道,因她悲伤,我亦伤悲。"

"不行,"贡纳说,"她不让我去见她,不让我与她同甘共苦。"

不过他还是来到布琳希尔德跟前,用尽各种方式想让她说话,但是他什么答复也没得到,因此他离开去找到胡格尼,请他去看一下布琳希尔德。他说他不愿去,但还是去了,他也没有得到更多的答复。

于是他们去找到西格德,请他去看看布琳希尔德。西格德对此未作答复,因此那晚事情也就不了了之。

但是次日,当西格德狩猎归来,他来到古德龙跟前说:"我有种预感,由于这个麻烦,可能会发生重大的祸事,布琳希尔德必定会遭遇死难。"

古德龙答道:"噢,我的老天,她因伤心已经连续睡了七天七夜,无人敢叫醒她。"

"不,她并未睡着,"西格德说,"她心里正筹划着对我的可怕的诡计。"

古德龙啜泣着说:"唉,这会儿去死也值得!去看看她吧,了解一下她的愤怒是否得到了消减,给她金子,用它抚平她的悲伤和愤怒!"

于是西格德出来,发现布琳希尔德卧房的门敞开着。他以为她睡着了,便把她身上的外衣脱去,说道:"醒醒,布琳希尔德!阳光已经洒满整个屋子,你应该已经睡足;抛掉心里的忧伤,重新打起精神,要快乐高兴!"

布琳希尔德说:"怎么你还敢来看我?由于你的背叛,再没有人比你让我感到可恨。"

西格德说:"你为什么不跟人说话?什么事情让你如此伤心?"

布琳希尔德答道:"我就是要对你倾吐我的愤怒!"

西格德说:"如果你认为我对你残忍,你可以随便诅咒我,但你现在的丈夫是你自己选择的。"

"噢,不是,"她说,"贡纳从未骑马穿过大火来到我身边,他也没有杀死恶龙作为给我的嫁妆。我对来到我宅邸的那个人感到惊奇,我以为我的确认识你的双眼,但我可能没有看清,或者没能将善恶分清,因为我戴的面罩使我命该不幸。"

西格德说:"世上没有比基乌其的儿子更加高贵的人了,他们杀死了丹麦人的国王,还有那个伟大的首领——国王布德利的兄长。"

布琳希尔德答道:"因为这许多恶行,我必让他们遭到报应,别因痛恨他们而伤悲!而你,西格德,杀死那条恶龙,骑马冲过我的火墙。是的,为了讨我的喜欢,而不是为了基乌其国王的任何一个儿子。"

西格德说:"我不是你的丈夫,你也不是我的妻子。是一个名气更甚的国王给了你嫁妆。"布琳希尔德说:"对待贡纳,我再不会像以前那样真心在乎他,我会对他冷酷无情,并且没有人知道我的内心世界。"

"真是离奇,"西格德说,"你居然不爱这样一个国王。是什么让你如此愤怒生气？他爱你胜过爱黄金。"

"这是令我最伤痛的事，"布琳希尔德说，"我那仇恨之剑没有让你的鲜血染红。"

"对此我毫不畏惧！"西格德说，"等不了多久，这把仇恨利剑就将刺进我的胸膛，我无须让你血债血偿，因为我死你也活不长。至此我俩在世时日已无多。"

布琳希尔德答道："你的话足以免除我的痛苦，既然你泄露了我的秘密，让我得到欣喜，对我的生存与死亡，我已不在意。"

西格德答道："唉，你要活下去，要爱国王贡纳也爱我！要是你活下去，我将把我所有的财富都给你。"

布琳希尔德答道："你不了解我，亦不知道我的内心。你是天下男人中的第一英雄，而我将成为你最憎恨的女人。"

西格德说："我爱你胜过爱自己，这是实情，虽然我落入圈套，自此我们的命运已无法逃避，也因此我的内心和灵魂不再助我，我极度痛苦，你不是我的妻子，但是我摆脱不了我的麻烦，因为我住在他人的地盘上。尽管如此，我依然很满足我们能在一起，但愿预言的一切终将成真，我亦不惧预言的实现。"

布琳希尔德答道："你这会儿才告诉我我的痛苦让你心痛，我一点感觉也没有了，并不同情你了。"

西格德说："我只愿你我同睡一张床，这样你就是我的妻子。"

布琳希尔德说："绝不要说这样的话，我亦不会同侍两个国王，我宁可放弃我的生命，也决不愿取悦贡纳这个国王。"

随即布琳希尔德回忆起他们两人如何相遇，在山中，互相对彼此立下爱的誓言。"现在一切都已改变，我也不愿再活下去。"

"我可能没有想起你的名字，"西格德说，"或者在你的婚礼之前再次记得你这个人，最大的悲伤莫过于此。"

布琳希尔德说："我立过誓言，要嫁给冲过我的火焰的男人，我将坚守那个誓言，否则我就去死。"

"请不要去死，我愿与你结婚，让古德龙站到一边去。"西格德说。

他的内心非常矛盾，情绪很激动以致他的指环也破裂成了碎片。

"我不会接受你，"布琳希尔德说，"不会，也不会接受任何人！"

于是西格德便离开了。他边走边唱："西格德离开了伟大国王的至爱，从誓言到悲伤，现已极度疲惫，极度伤心，身上的衣服，手上的指环，现已破碎，曾经战场的英雄啊！"

当西格德走进大厅，贡纳问他是否知晓布琳希尔德心头的巨大伤悲，或者她是否还有说话的力气。西格德说她不缺说话的力气。因此贡纳又来到布琳希尔德的身边，问她是什么造成了她的痛苦，以及是否还能对她的伤痛进行弥补。

"我不活了，"布琳希尔德说，"因为西格德泄露了我的秘密，是的，你也好不到哪里去，虽然你逼他来到我的床前。你听着，我不会一室共侍二夫，要么西格德死，要么你死，要么我去死。现在他已经告诉了古德龙，她甚至现在正在对我进行嘲笑！"

第三十章　西格德被杀

布琳希尔德走出她的卧房坐在凉亭里，说了很多哀伤的话，在她看来所有事情都是如此可憎——甚至土地和贵族的身份，因此她不再要西格德。

贡纳随即再次来到她的身边，布琳希尔德说道："你将失去你的王国和财富，失去你的生命和我自己，因为我要回家，回到亲人那里，靠着悲伤度日，除非你杀死西格德和他的儿子，你绝不能养育一个狼崽。"

贡纳内心变得极其难受，绝不能见到这一切后面的可怕结果。他和西格德通过誓言结成了兄弟，因此他的内心摇摆不定，但最后他想到妻子的离去将给他带来极大的羞耻，他心想："布琳希尔德对我来说胜过其他的一切，这个世上最美貌的女人，为她的爱我愿意放弃我自己的生命。"

他马上叫来他的弟弟，对他说："我的麻烦压得我喘不过气。"他要他必须杀掉西格德，因为他信任西格德而西格德却辜负了他。"这样，我们就可以以既是国王又是黄金宝藏的主人。"

胡格尼回答道："背弃誓言我们必将犯下大错，遭到毁灭。我们从他身上得到这么大的帮助，如果没有匈奴国王的帮助，我们也不可能这么强大。除了他，我们将再也找不到另一个这样的妹夫。请您想想，有这样一个妹夫，以及妹子有那样的几个儿子该是多么好！但我很清楚事情的缘由，这是布琳希尔德在鼓动你去做，她的教唆必定把我们拽进巨大的损害和耻辱。"

贡纳说："但是这件事一定要做。哦，一个忠告：'让我们唆使我们的弟弟古托姆去干这件事，他很年轻，不知世事，并且没有参与我们的所有宣誓。'唉，这么邪恶的策划。"

胡格尼说："虽然这个阴谋确能实现，我们却将因背叛西格德这样的人而得到应有的报应。"

贡纳说："西格德不死，我必死。"

他随即请布琳希尔德起床，要她快乐起来，因此布琳希尔德就起来了，不过要求贡纳在办完这件事前不得再上她的床。

因此两兄弟就开始密谋商量。贡纳说："为了得到布琳希尔德的贞洁，去杀死西格德非常值得。因此，让我们驱使古托姆去干这件事吧。"

他们立即把古托姆叫来，许之以黄金和很多的领土，因为他们完全有能力这样做。他们取来一只虫和一些狼肉，把它们放在一起煮，然后让他们的弟弟把这些东西吃了，正如歌手所唱：如野树林里的鱼，光滑的虫子爬行蠕动，和狼肉混合在一起，他们切碎了端给古托姆，还有那高脚酒杯，他的嘴一接触到里边的果酒，就知道这是他们调制的酒，他们还在干着更多的巫师的事情。

吃了这样的肉，古托姆因此变得狂野和急躁。由于周围环境的诱使，加上布琳希尔德伤心的话语，他答应去干这件事。他们承诺事成之后奖赏给他极大的荣誉。关于这些邪恶的诡计西格德一点也不知道，他可能不会应对他既成的命运，也不会计算还有多少活着的日子，他也不认为他值得他们下手去干这样的事，因此古托姆次日凌晨摸进西格德的卧室时，他还躺在床上。然而古托姆完全不敢对西格德造次，又退缩了回来。然而，他还是再次行动，但西格德的双眼是如此明亮和锐利，无人敢正视他。他又第三次摸了进来，西格德已躺在那里睡着了，于是古托姆拔出利剑，狠狠地将西格德的胸膛刺穿，其用力之猛，以致剑尖都撞击到了西格德身下的床板。西格德受伤醒来，古托姆飞快跑到门口。西格德很快抓起宝剑古拉姆向古托姆猛掷过去，利剑击中古托姆的后背，直接将他拦腰砍成两半，他的腿脚倒在门外一边，而头和手倒在了室内。

古德龙枕着西格德的胸膛在熟睡，她醒来后的痛苦难以言表，全身浸在西格德的血泊之中，她啜泣着说着悔恨的话，不禁失声痛哭，西格德支撑着站了起来说道："请不要哭泣，你高兴你的兄弟才能活下去。我有一个年幼的儿子，他太小还没意识到他的仇敌。这些人发生了邪恶的转变，改变了自己的命运。他们再也找不到一个更勇猛的妹夫跟他们一起征战。不，他们再也不能为他们的妹妹找到一个比这更好的儿子——要是他能长大成人。唉，现在发生的事正是很久以前有人向我预言过的事，但它隐藏在我眼睛看不到的地方，因为无人能抗击自己的命运而获得胜利。看，这是布琳希尔德一手策划的事，即使她爱我胜过所有其他的男人。对于这点我可以发誓，我从未对贡纳使过坏心眼儿，而是一直信守跟他立的誓言，我也不是他妻子的特殊的朋友。要是我预先得到警告，我预先准备好武器，那么，很多人将丢掉他们的性命，所有那些兄弟将会被杀戮，而他们杀我会比杀力大无比的公牛或野林里最强悍的野猪还难。"

随后，国王的生命走到了尽头，只有古德龙在悲泣，发出困乏的呼吸，布琳希尔德听到了这些，听到她的悲泣，她放声大笑。

于是贡纳说："你笑并非发自内心的高兴，否则，为何你的面容变得如此苍白？你真是一个邪恶的生物，很可能你也在接近死亡！看来应该让你的兄长阿特利死在你的眼前，你应当站在他的尸首旁边。现在，我们得站在我们妹夫的尸体旁，看我们的妹夫和兄弟的灾难。"

布琳希尔德答道："无须嘲笑未实现的杀戮，阿特利不会理会你的愤怒和威胁。是的，他将活得比你长久，将成为一个更勇猛的英雄。"

胡格尼说道："现在布琳希尔德说出了实情，罪恶的事将得不到改正。"

古德龙说："我的亲人弑杀了我的丈夫，而你们，当你们下次征战驰入战场，环顾左右，将看不到西格德战斗在你们的身旁，你们会知道，他是你们的好运和力量，要是他还活着并有儿子，他的后代和亲人本可让你们的战力倍增。"

第三十一章　古德龙哀悼西格德之死

昔日的古德龙
在西格德的遗体旁
悲伤哀哭，
几近死亡；
然而她没有叹气，
她亦不像其他女人
以手击掌。
后来几个伯爵来到她身边，
他们充满着智慧，
乐意帮助抚慰
她极度痛苦的内心。
古德龙的哭声
平息下来，
她招呼了他们，
但使她更加痛苦的
是伯爵们聪明
又美丽的新娘坐在那里，
身着华服在古德龙跟前，
每个人讲述着她的灾难。
这是她以前承受的
最令人痛苦的灾难。
于是基雅夫劳格——
基乌其的姊妹，说道：
"看，在这个世上，

我的生活最没有爱，
五个伙伴必会看到故事的结局，
两个女儿，以及三个姐妹，
八个兄弟，
都孤独地生活。"
古德龙没有哭泣
亦没有应答，
她为死去的丈夫
而极度痛苦，
为躺在那里死去的国王
极度悲伤。
于是赫尔伯格——
匈奴国的女王，说道：
"我要讲述的故事
更加残酷，
我的七个儿子
在南方诸地阵亡倒下，
第八个男人，我的夫君，
喝了毒蜂蜜酒而死。
父亲和母亲，
以及四个兄弟，
在无边的海上
抗击风浪，搏击死亡。
巨浪袭来，
击在舷墙板上。
我必须独自一人为他们唱挽歌，
必须独自为他们穿衣着装，
必须独自用我的双手
处理他们的身后事。

而这一切都是

在同一个季节发生的。

一个也没留下

爱和慰藉。

也是在同一个季节,

我被敌人俘虏,成为一名侍女。

我必须每天黎明

为高贵的公爵夫人穿鞋,

我遭到难以忍受的嘲笑。

她残忍的鞭子

打在我的身上,

在这个世上,

我还从未遇到过

比这更可恶的主人。"

古德龙没有恸哭,

也没有说话,

她为丈夫的去世而伤痛,

为躺在那里死去的

国王而极度伤心。

这时古德龙,

基乌其的女儿说道:

"噢,养母,

你可能很睿智,

但你无法减轻

这个年轻妻子的痛苦。"

她要求裸露死去国王的尸体,

于是她揭开盖在国王遗体身上的布,

把脸转向古德龙的膝盖——

"看着你的爱人,

用你的双唇吻他的双唇，
贴紧你的王，
就像他还活着一样！"
古德龙看了一下——
只看了一眼，
看见她丈夫的头发
沾满了鲜血，
这个伟大英雄的双眼
模模糊糊充满仇恨，
他的胸膛
已被剑尖刺穿。
古德龙身子往后一沉，
背靠在枕垫上，
头上的饰物松散脱落，
她的双颊发出红光，
泪如雨下，
直掉到了膝头上。
古德龙——基乌其的女儿
悲伤地哭泣，
泪水浸过了枕头。
这时庭院里的鹅，
侍女喂养的漂亮的家禽，
开始高声尖叫。
于是古德龙，
基乌其的女儿，说——
"我的确不知道
在这永恒的土地上
有谁的爱情
能比得上你的爱情；

我的姐姐啊,
家里家外,你谁都不喜欢,
除了你的西格德。"
古德龙——基乌其的女儿,说:
"这就是我的西格德,
他也是基乌其的儿子,
他是韭葱之王,
鹤立于低矮的青草之上,
或是系在带子上的
明亮的宝石,
或是王子额头上佩戴的
无价的珍珠。
国王的武士们
曾经认为我的高贵
胜过任何一位女人,
如今我如树叶一样轻微,
任凭风吹雨打,
因为他躺在那里死去了。
我怀念我的家,
我怀念我的床,
怀念我爱人的甜言蜜语。
是基乌其的儿子们,
造成了这个极大的悲伤,
是的,给他们的妹妹,
带来了极大的悲痛。
愿你们的双手
变得虚弱无力,
因为你们背弃了
必须遵守的誓言!

贡纳，你永远不会
享受黄金宝藏的欢乐，
高价买来的指环
将把你拖入死亡的深渊，
在那里你再向西格德发誓。
唉，在逝去的日子里，
我们的庭院是多么的欢乐，
那时我的西格德
给格拉尼套好马鞍，
与他们一起出发
去向布琳希尔德求婚！
灾难的一天，
一个恶毒的女人，
厄运由此降临！"
于是布琳希尔德——
布德利的女儿，说：
"愿这个女人
既没有爱也没有后代，
这个人为你带来祝福，
噢！古德龙！
今晨谁跟你说了这么多话！"
古尔隆德——基乌其的女儿，
于是说道：
"打住你的这些话，
你仇恨所有的人！
你真是成了
所有英勇男子的灾星。
所有恶毒的巨浪
冲刷着你的心灵，

你为七位伟大的王
造成了极大的悲伤。
也为妻子和女人们
带来了灾难。"
布琳希尔德——
布德利的女儿说道：
"只有阿特利，才
给我们带来了灾难，
他是我的亲兄弟，
也是布德利所生。
当我们在匈奴人的宫殿里
看见高贵的基乌其王身上
闪闪发光的黄金，
我就经常为那次事件，
为我当时看到的那一幕
付出沉重的代价。"
她站在一根柱子旁边
用力将木柱拉到自己身上。
布德利的女儿布琳希尔德的眼中
闪耀着火焰，她盯着被杀死的
西格德那可怕的伤口，
哼哼地发出怨恨之声。

第三十二章　布琳希尔德的结局

　　如今没有人知道是什么让布琳希尔德哀伤哭泣，因为她曾笑着祈祷，但是她说："贡纳，我曾梦到我在冰冷的床上，而你落到你的敌人的手中。看，现在，病痛折磨着你和你的家人，你这个誓言的违背者。因为你就在那天杀死了他，依稀记得你的血液和西格德的血混在一起，你得到了报应。他把一支在毒液中浸泡过的利剑放在我们中间以证明他是最强大的勇士，他是最坚守誓言的人，但你那么快地开始违背他，也违背了我。那时我和我的父亲住在一起，拥有该有的一切，我没有想过你们任何一个会成为我的故事中的一员，但是你骑马来到我们的庭院，你们三个国王在一起。于是阿特利悄悄把我叫到一边，问我是否愿意拥护那位骑着骏马的从格拉尼来的人，那就是你，但在那些日子我和国王西格蒙德的儿子而不是其他人已有婚约。现在，没有什么比我死了更好的了。"

然后贡纳站起身来，伸出手臂搂着她的脖子恳求她和他一起生活，分享他的财富和所有的一切直到永远，但她推开他，并说这不是她所要的。

然后贡纳叫来胡格尼，请求他去劝说，希望他能软化她的心，消除她那可怕的想法。现在他们需要联合起来消除她的悲伤，时间可能是良药，但胡格尼说："不，不要让任何人阻止她死亡，因为她对我们没有任何价值，自从她来这儿，她就没有什么价值。"

她要求贡纳拿来黄金，让那些跟她来这里的人分得黄金财富，然后她抓起一把刀，插入她的腋窝，然后倒在枕头上，说道："来吧，愿意的都来拿黄金吧！"

所有人都很安静，她说："来吧，拥有黄金就有快乐！"

随后她吩咐贡纳："一会儿我将告诉你会发生什么事。很快地，受聪明的格莉希尔德的劝说，你和古德龙会在一起。古德龙和西格德的女儿被称为斯纨希尔德，她是最美的女人。古德龙虽然很不情愿，她会被赐给阿特利。你将乐意地得到奥德闰，但是阿特利要禁止你。你们可以秘密约会，她很爱你。阿特利会泄露你，把你关在一个秘密的地方。此后阿特利和他的儿子将会被杀，古德龙就是杀手。然后巨大的海浪将古德龙卷到约翰柯国王的所在地，在那里她生了几个很有名的儿子，斯纨希尔德将被送给国王约姆瑞克，她违背了比克的忠告，于是你的亲人全部被消灭了。这也使古德龙更加伤心。

"现在我求你贡纳，给我最后一个恩惠。为我们所有的人在平坦的草地上造一个大的坟墓，为我、为西格德以及那些和他一起被杀了的人。墓地上铺着由高卢人的鲜血染红的布料，把我放在匈奴国王西格德的旁边火化。为了平等，就让我们的头在一方，脚在一方，让两只老鹰为我们悲号。还要在我们之间放一把拔出的剑，就像那天我们俩在一张床上一样，这样我们也许就有夫妻的名义。这样当我走在他后面，门就不会关了。如果我爸爸给我的五个女仆和八个男仆都跟随着他，他的随从队伍也就庞大了，但他们都将与西格德一起被杀害。

"现在虽然我的伤口疼痛，呼吸困难，但我说的都是真实的。"现在西格德的尸体按照古时的方式摆着，一堆柴火也堆放着。当柴火被点燃，西格德的尸体，还有被布琳希尔德杀死的他三岁的儿子以及古托姆都会在柴火中被烧。当火燃烧起来时，布琳希尔德也受着煎熬，她吩咐她的女仆们去分享她给予她们的黄金，然后她也死了。她也在西格德的身旁被火化，这样他们的生命就结束了。

第三十三章　古德龙与阿特利结婚

现在的情形是这样的，所有的消息都是说西格德已经不在世，他的名字已经不在荷兰或者北方陆地上存在，因为他已经没有价值了，而时光仍在飞逝。

故事也谈到，一天古德龙坐在她的凉亭上，她突然说："我和西格德一起的时光是美好的，他优于其他男人，就像黄金胜于钢铁，韭菜胜过菜园里的杂草，雄雌鹿胜过其他野生生物，以至于我的弟兄们都嫉妒我拥有这样一个最好的男人，所以他们在他睡觉时杀死了他。巨大的嘈杂声使格拉尼意识到它的主人受伤了，当我让它前往施救时，它吓倒在地，因为它知道西格德已经被杀死了。"

从此以后，古德龙来到野生丛林，四面八方传来的都是狼的嚎叫，她认为死比活着更好一些。然后她来到阿尔夫国王的大厅，与哈康的女儿托拉一起生活了七个春秋，当然也受到良好的接待。她提出她可以做些针线活，她确实做了很多当时流行的织物。其上有一些图案如宝剑、铠甲以及战车的车轮，还有在西格蒙德王国航行的船只。是的，她们在那里干些针线活，谈论战争，他们还知道辛古尔和西格尔，还有南部的菲安妮。她们现在很愉快，古德龙不再像以前那样悲伤了。

格莉希尔德听说古德龙在阿尔夫国王那里，于是她叫来她的儿子们，问他们是否愿意弥补古德龙的儿子和丈夫，并说他们应该而且有义务那么做。

然后贡纳说他可以用黄金弥补她的悲伤。

所以他们派他们的朋友，安排好他们的马匹、头盔、盾牌以及他们所有的战争装置。他们的旅程规格是最豪华的，没有一位勇猛的男人可能待在家里，他们的马匹也全副武装，每个骑士也都穿金戴银。格莉希尔德也前往作陪，因为她说如果她坐在家里，他们的使命就不可能很好地完成。他们一路有五百个男士，有些高贵的人物，如丹麦国王沃尔德玛、伊蒙德和雅罗斯拉夫。他们来到阿尔夫国王的城堡，这里住着老人、法兰克人和撒克逊人。他们玩弄着战争的武器，穿着红色的毛皮大衣。正如歌谣所唱——打造小巧的铠甲，铸造结实的头盔，打造精良的宝剑和闪闪发光的红头饰。

他们非常乐意地为他们的姊妹选择很好的礼物，并且非常客气地对她说话，但她不相信任何人。然后贡纳端来一杯混有有害物质的饮料，想让她喝下这个饮料，因为喝了这个，她就不再记得他们对她的伤害。在那饮料里混有地球、海洋的威力和她儿子的血液。所以，现在当他们的心灵接近时，他们也更加高兴，然后格莉希尔德来到古德龙身边说道："女儿，向你致敬，我给你黄金和所有好的东西，你可以购买昂贵的项链和匈奴侍女，她们是最有教养、最擅长装饰打扮的女人，这是你的丈夫对你的弥补，这样你就嫁给阿特利，我们最有势力的国王，你就是有权有势的女主人。因为他，你不仅可以让你的朋友在身边，而且还可以根据我们的意愿做事。"

古德龙回答道："我永远也不会嫁给国王阿特利，我们生育后代不太合适。"

格莉希尔德说道："你不要生气，你就当作西格德和西格蒙德还活着，你在为他们生孩子。"

古德龙说："我的心不可能从他身上转移，因为他是最好的男人。"

格莉希尔德说："正因如此，你必须嫁给这个国王而不是其他人。"

古德龙回答道："不要让我嫁给这个男人，因为他，可怕的事情会发生在你的至亲身上，他会对他的儿子进行可怕的报复。"

脸上发白的格莉希尔德听到这些话跌倒在地，说就按她吩咐的去执行，这样古德龙才可以获得荣誉、友谊以及好处。

她的意思就是这样，而且必须执行。

于是古德龙说道："必须这样执行，但那违背了我的心愿，这样不仅没有一点乐趣，而且会带来巨大的悲痛。"

然后男人们都跨上马匹，女人们坐上马车。他们经过了四天的骑马生活、四天的船只水路，然后又是四天的陆地公路，最后来到了一个高大的建筑。很多人出来迎接古德龙，他们举行了一个盛宴，亲人之间互相祝贺。在宴会上，阿特利跟他的新娘古德龙一起喝酒，但她的心不在他身上，他们在一起的生活并不美好。

第三十四章 阿特利召唤基乌其人

故事这样进行着：一天晚上，阿特利国王从睡梦中醒来对古德龙说道："我梦到你用剑刺伤我。"

古德龙为他解梦说民间传说梦到铁就暗示着有火，这说明你太骄傲了，你认为你是最优秀的男人。

阿特利说："我甚至梦到这儿有两棵山梨树慢慢长大，让人欣慰的是那两棵山梨树对我没有造成什么伤害。然后它们被连根拔起做成了椅子，我被要求坐在上面吃饭。我又梦到两只饥饿的老鹰从我头顶飞过，后来落到地上，我将它们的心脏搅拌着蜂蜜给吃了。我还梦到两只可爱的小狗躺在我面前呻吟，虽然我不想，但我还是吃了它们的肉。"

古德龙说道："这些梦一点都不好，它们一定会实现的，你的儿子肯定会死，很多不好的事情会降临到我们头上。"

"而且我还梦到，"他说，"我躺在一个沐浴盆里，有人要求杀死我。"

这些事情随着时间的推移也慢慢被忘记，但他们在一起的日子并不幸福。

阿特利思考着怎样获得西格德所拥有的黄金，而贡纳国王和他的兄弟们现在成为那里的伯爵了。

阿特利是一个伟大强势的国王。他英明，拥有很多部下，他开始向他的手下征求意见。他知道贡纳和他的兄弟们比其他任何人都富裕，于是他派人去考察，并为这些信使们设宴，给他们荣誉，信使的头儿叫温吉。

古德龙王后知道了他们的阴谋，开始担心他对她的兄弟们的伤害。于是她在她的金戒指上编织了一根狼的毛发，并写了一首诗歌，然后把它交给了国王阿特利的一个信差。

这些信差们根据国王的命令上了路。温吉认出了戒指上的如尼文：是古德龙叫她的兄弟们去拜见阿特利。

于是他们来到贡纳的大厅，他热情握手表示欢迎，他为他们升起了火焰，他们非常高兴地喝了最好的酒。

然后温吉说道："阿特利国王派我来这里，非常热情地邀请你到他的宫殿做客，他说他有很多头盔、盾牌、刀剑、锁子钾、黄金、漂亮的衣服、马匹、勇猛的武士、广阔的土地，他说你是他的王国的骄傲，他将封你为伯爵。"

贡纳将头转向一边，对胡格尼说："我们怎样接受这样的盼咐？他要夺取我们的武力和财富，但没有哪位国王知道我们拥有这些财富，我们的这些财宝曾经放在戈里沓赫，我们的住所是宽敞豪华的，里面有很多黄金、杀人的武器以及各种战袍。我知道在所有人中，我的马儿是最棒的，我的刀剑是最锋利的，我的黄金也是最纯的。"

胡格尼回答道："他的命令真让我吃惊，因为他很少做出这样英明的决定，去他那里肯定是错误的选择。瞧，当我看到国王送给我们的这些昂贵的礼物时，我好奇地看到了编织有狼毛的金戒指。或许古德龙认为他对我们来说就是一只狼，对我们是有害无利的。"

同时温吉给了他一首诗歌并说是古德龙写给他的。

现在很多人都睡觉了，但有些人仍在唱歌。喀斯特贝茹，胡格尼的妻子，最美丽的女人来到他们身边，看了看那首诗歌。

贡纳的妻子格兰姆尔是一个非常有心眼的妻子。他们俩一起念这首诗。大臣们已经喝醉，温吉注意到了，说："我认为阿特利国王已经年老，不能再过多地治理他的王国，而他的儿子们还很年轻，也无法继承王位。他现在决定在儿子们还小的时候，将他的王国交给你去治理，如果你愿意，他将非常高兴，其他人也会高兴。"

贡纳此时已经喝醉，他拥有很大的主权，或者他可以违背命运的安排，所以他说他要去，并告诉了他的兄弟胡格尼，但胡格尼说："你的话必须当真，否则我将不会跟随你，我很不喜欢这趟行程。"

第三十五章　基乌其人的妻子们的梦

这些男人们喝饱后就去睡觉了。喀斯特贝茹拿着这首诗，仔细斟酌字句，感觉这诗歌里藏有什么东西。因为她的智慧，她艺术性地阅读着这首诗，然后她睡在丈夫旁边。当他们醒来时，她对胡格尼说道："你已经下决心要离家前往，但那是邪恶的建议，再等等吧！你不是一个敏锐的读者，如果你注意到你妹妹要你去完成这趟行程。瞧，我读这首诗，感觉里面有些困惑。古德龙是多么智慧的女人，她不应该是乱写的，这里面藏有什么东西，要么她没有信纸，要么被其他人做了手脚。

"现在听听我的梦，我梦到在我们面前有一条河流，它可以冲走大厅的柱子。"

他回答说："你脑袋里尽是些邪恶的东西，你就是个女人，对我来说，我不会不明智地去见那些邪恶的人，或许他还要给我们很好的接待呢。"

她说："好，这事由你去证实，但不能在这次赴约后产生任何友谊，我还梦见另一条河流里有巨浪，冲刷着大厅的讲台，冲洗着你的兄弟和你的大腿。"

他说："我们一路上会经过草地，你梦到河流，因为我们要经过草地，很多藤蔓种子会缠在我们腿上。"

"我还梦到，"她说，"你的斗篷着火了，火焰高过了大厅。"

他说："好了，我知道那预示着什么，这是我色泽鲜艳的衣服，它颜色鲜红，所以你梦到了斗篷。"

"我还梦到了一只熊，"她说，"它弄翻了国王的凳子，挥舞着它的爪子，把我们吓坏了，然后把我们都吃了。所以我们都没有用，我们都被吓坏了。"

他说："一场暴风雨即将来临，而你的脑袋里有一只白熊。"

"一只白尾鹫也来了，"她说，"在大厅里扫荡，弄得我们血淋淋的，这是不好的预兆，我认为这就是那个阿特利。"

他说："我们经常屠杀畜生，随心所欲而滥杀生灵，关于白尾鹫的梦与牛有关，阿特利的整个心都是向着我们的。"他们就这样终止了他们的谈话。

第三十六章　基乌其人去阿特利王国的旅途

现在讲述贡纳的故事，他也是同样明智。当他们醒来后，他的妻子格兰姆尔也告诉他很多梦，对她来说，那就是欺骗的征兆，但贡纳以另一种方式来理解了。

"有一个梦是这样的，"她说，"我看到大厅里有一把血淋淋的刀，你被那刀捅了，狗儿对着刀嚎叫。"

国王回答道："杂狗会咬我的，血迹斑斑的武器经常会引起狗叫。"

她说："我还梦到几个女人进来，她们肥胖无力，选你作为她们的助手，也许这就是你宿命的女人呢。"

他说："这些很难说，没有人能不顾命运的安排，但我的命不可能就这么短。"

所以他们一早起来，都在考虑着这次行程，但情况令他们只能如此。

贡纳对一个叫作约尼尔的人吼道："起床了，把大桶里最好的酒拿给我们喝，因为这也许是我们最后的宴会，有可能我们死了，那只老狼就要来拿我们的黄金，那只熊也绝不会不露出它的獠牙。"

然后家里的所有人都出来哭着为他们送行。

胡格尼的儿子说："祝你旅途愉快！"

很多亲属都被留在后面,但随行的有胡格尼的两个儿子松纳和格策瓦以及喀斯特贝茹的兄弟奥克尼。亲人们送他们上船,大家都祝福他们旅途愉快。

可是格兰姆尔说:"哦,温吉,这次行程中很可能有些灾难会发生。"

温吉说道:"请听清楚我的回答,我没有说谎,如果我说一个谎言,我将接受最痛苦的绞刑。"

喀斯特贝茹大声说道:"祝你们天天开心!"

胡格尼回答:"放心吧,我们会开心的。"

于是他们在命运的安排下就这样别离了。他们用力快速地划着船,由于用力过猛导致船身不稳,差一点翻船,随后他们立即用船桨保持平衡,但又因用力过猛差点让船桨断裂。

当他们快接近陆地时,他们划得更快。然后他们骑上象征他们贵族身份的骏马在茂密的丛林中前行。他们注视着国王的军队,突然听到从那里传来打斗的声音,然后,他们看到一大群人,排成很多阵队正在操练。当地人守候在寨口,他们想骑马持刀闯入,但大门被关上了。在胡格尼的带领下,他们撞开了大门,进入了村寨。

温吉说:"你本可以不来的,但现在你们既然来了,你们就在这儿等着吧,我去看看哪里最适合处死你们!我命令你们温顺地待在这里,你们会遭到痛苦的待遇的,很快地你们就要被拴在那棵树上!"

胡格尼回答:"我们不会为那个理由犹豫,也不会因战争而畏缩。虽然你为我们安排了一个倒霉的命运,但我们并不害怕和恐慌。"

然后他们将他打倒在地,然后用斧头捶打他,直到他死亡。

第三十七章　国王阿特利村寨的战争

他们来到国王阿特利的领地,阿特利已经做好了战争准备。他们双方相距很近。"欢迎你们来到这里,"阿特利说,"谢谢你们把我的丰硕的黄金送来,虽然说这些财富曾归西格德所拥有,但现在这是古德龙的财富。"

贡纳回答说："你休想得到这些财富，我们的勇士一定会竭尽全力地阻止你，你在这里遇到的尽是一些猛士，哪怕我们把生命搭在这场战斗上，也不会让你得到这些财富的。你像个伟人举行了这场盛宴，但它没能遮盖你的残暴的本性。"

"很久以前我就有了这个想法，"阿特利说，"我要取走你的性命，夺走你的财富，让你臭名昭著。因为你曾欺骗了你的亲人，现在我帮他对你进行报复。"

胡格尼答道："长时间计较曾经的誓言是无用的。"

于是，双方第一次激烈的战斗开始了，随即拉开了下一场激烈的战斗的序幕。

古德龙被随即接到的消息激怒了，她脱掉披风，大步走上前去迎接那些新来者，她吻了吻她的同胞们，向他们展示了自己对他们的关心和爱，并且一一问候了他们。然后她说："我以为我给了你们建议，你们就不会来了，不会往枪口上撞了。难道你们想这样获得和平？"

他们都坚决和冷酷地否定了她的说法。她觉察到了这次战役对她的族人们而言是不利的，于是她下定决心，身披盔甲，手持宝剑，与自己的族人们一同并肩作战。她在战场上的英勇表现绝对不输给任何一位男士，并且所有的人都对她的奋力战斗感到钦佩不已，为之动容。

倒下的人很多，更多的是她的弟兄们。这场战斗持续了很长时间，直到中午。贡纳和胡格尼穿梭在阿特利的军队中。那时已经尸横遍野，血流成河了。见此状，胡格尼的儿子们也勇敢地投入了战斗。

于是阿特利国王说道："我们拥有一个伟大而公正的主人，并且有一批强大的士兵，但我们中的很多人倒下，令我感到万分遗憾的是我们的十九位勇士被杀，现在就只有六位仍活着。"

经此一役，那场战斗有了暂时的平静。

阿特利国王又说道："我们原本兄弟四人，而现在只剩我一人孤军奋战。我爱我自己，且认为我一生一帆风顺。我这个美丽聪明的妻子，你神机妙算，胸怀广阔，高瞻远瞩，但你的智慧并没有让我开心，我们夫妻关系也并不好。你杀害了我的很多亲人，用诡计占领了我的领域和财富，尤其是我的妹妹也遇害了，这给我带来了极大的悲伤。"

听罢，胡格尼说道："时至今日，你还喋喋不休？是你最先破坏了我们之间的和平。你杀害了我的亲人，让她死于饥饿，最后还残忍地杀害了她，并且夺走了她的财富，这对国王而言是多么不齿的行径啊！对此，我忍不住要嘲笑鄙视你。你编造故事来掩盖你的种种恶行，我还要感谢上帝让你变得如此恶毒。"

第三十八章　基乌其家族被杀

现在国王阿特利煽动他的士兵奋力作战，但是基乌其的军队也毫不示弱，他们奋力反击，将阿特利的部队击退回了大厅。在大厅内，战斗继续着，并且愈演愈烈。

这场战役夺取了很多人的生命，尸横遍野，但是即便面对这样的场面，基乌其国王和阿特利国王仍然不为所动，在他们看来，为了他们各自的利益，即便牺牲再多的人也是不值一提的。

随后，他们将矛头指向了贡纳国王，因为敌人人多势众，他很快就被抓获。随即，他们又攻击胡格尼。他勇猛刚毅，气魄非凡，将阿特利的二十名勇士打倒在地，也将很多人丢进大厅中央的熊熊烈火中，在场的很多战士都被他的英勇给震慑住了。最终，胡格尼还是被俘虏了。

于是，阿特利国王说道："最痛快的事情莫过于看到胡格尼被一群人围攻的窘相！掏出他的心脏，让他惨死。"

胡格尼说道："你们随心所欲吧，只要你们高兴，我也就能忍受。你们会发现我的心脏并不像你们想象的那样脆弱。我以前承受过苦痛，我现在能承受一个男人应该承受的一切。更何况，我现在已经严重受伤，相信你会独自完成我们曾经的交易。"

阿特利国王的一位参赞说道："我认为我们最好把奴隶赫加利的心给掏出来，让胡格尼暂时休息。反正这个奴隶早晚都得死，他活得越久，越没有价值。"赫加利听到后大声喊叫，拼命逃走以期找到一个藏身之处，他悲叹自己悲哀的命运，由于他们争权者的各种利益冲突和野蛮行径而让自己平静安逸的生活一步步走向死亡。但他还是被抓住，一把尖刀即将插入他的胸部。他尖叫呐喊着。

胡格尼说道："作为一名武士，在一位奴隶最需要帮助的时候却无能为力，他对此感到万分羞愧，如果在这个时候他能够做些什么的话，他是绝对义不容辞的，只可惜现在他和贡纳国王都已经沦为了阶下囚。"

随后，阿特利威逼贡纳，如果贡纳想要一条生命，他就必须说出黄金的位置。

贡纳回答道："伙计，如果想要得知宝藏之处，必须先让我看看我的兄弟胡格尼的心脏。"

于是，他们再次抓住了奴隶赫加利并把他的心脏掏了出来献给贡纳，但是贡纳却一眼识破了，他说道："你看到的是赫加利虚弱的心脏，跟英勇的胡格尼的心脏是无法相比的，他甚至比不上胡格尼心脏的一半强劲有力。"

现在阿特利只好命人挖出胡格尼的心脏。胡格尼很有男子气概，他笑着忍受着被挖心脏的痛苦。所有的人都为此震惊并难以忘记。

他们把心脏拿给贡纳，他说道："这样强劲有力的心脏才真的是胡格尼的，它跟之前的赫加利的心脏有着天壤之别。它已经不像在胡格尼体内跳动的那样强劲了！但是此刻，阿特利，因为我们的死，你也会死的。我不会告诉你那些宝藏所在之处，正如我之所以坚持要胡格尼死去一样，我不会给他机会让你从他那里得知秘密。我们活着的时候就处处算计，现在我终于可以按照自己的意志行事了。其实，应该是莱茵河而不是匈奴来掌管这些财宝。"

阿特利国王说道："把这俘虏带走。"于是有人行动了。

但是古德龙叫着她的人，对阿特利说道："如果你不遵守对我的承诺，你一定会有报应的。"

贡纳戴着手镣被关在了一间满是虫子的囚室。进来后很多虫子叮咬他。古德龙给他送去了一把竖琴，虽然他的手被紧紧地捆绑着，但他能非常智慧地用脚趾弹奏。他的音乐造诣很深，即便用脚趾弹奏也比他人用手弹得精彩，很多人都说他们从未听到过如此美妙的弹奏。他那美妙动听的音乐使很多虫子都听得入眠了，但是蝰蛇确是例外的。它天性恶毒，它钻进他的体内，直至攻入心脏。就这样，刚毅勇猛的贡纳国王也结束了自己的生命。

第三十九章　阿特利和他的家族以及民族的结局

现在国王阿特利认为他已经绝对胜利了，他嘲笑古德龙并在她面前显示自己的伟大，说："古德龙，现在你已失去了你的同胞，这都是你一手造成的。"

她回答："为了你的喜好，你当着我的面进行了大量的杀戮，你会后悔的，你会有报应的。在我的记忆中，你就是一个残暴的人。我活着你就一定不会得福。"

他回答道："让我们和平共处吧，我会用金银财宝补偿你的同胞，你想要什么我都答应你。"

她回答："我们很难达成交易，现在我想说，如果胡格尼活着，你可以这样做。但现在因我兄弟的死亡，你无论如何也不能让我开心。然而，我们女人却一定被你们男人的势力所压服，如今我的所有亲人都死去了，只留下你一人控制着我，因此，我想和你商量为我的兄弟以及你的亲人办丧宴举行葬礼。"

她的语气轻柔，言辞和蔼，尽管她心有盘算，因她的声音甜美，他听得开心，也相信她说的话。

于是古德龙为她的兄弟，阿特利为他的亲人举办了十分体面的丧宴。

古德龙没有忘记她的悲痛，她一直在思考如何能让国王蒙受奇耻大辱。待黄昏时分，她领着国王阿特利的儿子玩耍，孩子们觉得她很不高兴，问她原因。

"别问我，"她说，"你们得死，两个都得死！"

然后他们说："你要杀你的孩子，谁也不能阻止，但是这会成为你的耻辱。"

听到这些她割断了他们的喉咙。

之后，国王问他的儿子们在哪里，古德龙回答："让我告诉你，告诉你这些我很开心。看，现在，你终于可以体会我兄弟被杀死时我的悲痛了。现在，洗耳恭听我的解释和我做的事。你的儿子们已经不在了，他们的头成为了这木板上的大杯子，你自己刚刚喝了掺了他们的血的红酒，他们的心被我挖出来穿在扦子上面烤，而你也将它吃掉了。"

国王阿特利回答："你杀了自己的儿子，把肉给我吃，简直太残忍了，你的恶行不可饶恕。"

古德龙说："做这样的事情，我感到耻辱，但像你这样的恶毒国王怎么会有衡量恶行的标准呢？"

国王说："你罪恶至极，你的解释是愚昧的。你一定会被绑起来吊在火上烧，被石头打死，你在走向罪恶的深渊。"

她回答："你自己的死亡由你自己预言，我的命运由我自己支配。"

他们又讲了许多激怒对方的恶言恶语。

此时，胡格尼还有一个儿子活着，名为尼贝龙根，他对阿特利国王怒不可遏，他告知古德龙他要为父报仇雪恨，古德龙十分赞同，于是二人开始共同商讨。她祈祷能事成。

于是，一天晚上，当国王喝醉酒上床睡下，古德龙和胡格尼的儿子来到他的面前，古德龙用剑刺入他的胸膛，古德龙和胡格尼的儿子共同用力对付他。

当国王阿特利痛醒时，他大声呼喊："我不要绑带，然后再给我涂药膏。是谁对我下此毒手？"

古德龙说："是我刺入了一点，胡格尼的儿子再深入插进了一点。"

阿特利说："你可以这样做，尽管我们之间有些误会。因为你嫁给我是因为你的亲人们的劝解，加之我给你的包括三十个优秀骑士及素养高的女仆和许多雇工在内的嫁妆，然而你还是不满足。但是如果你掌控了布德利的领地，你的婆婆也会难过的。"

古德龙说："你讲了许多与事实相悖的话，我都不屑细数它们。的确，我一直情绪低落，但更多是你带给我的。在这房子里充满了兄弟相争，手足相残，你争我夺。比较快乐的就是和西格德在一起的日子。我们杀死法夫纳，拿走他的财富，让大伙过着平静的日子。勇士们也服从我们的统领，我们也尊重他们。然而我竟失去了他，这让我背着寡妇的名号，不过最大的不幸是和你在一起，我领教过一切先王所拥有的高尚，而你永远都没能踏上战场，却做了许多坏事。"

国王阿特利回答："你的话毫无真实性可言，我们这样的谈话对我们任何一方都不利，因为这些都是没有意义的，但现在你要答应我一件事，让我穿上贵族服饰，再将尸体体面地埋葬。"

"好，我会将你葬于华丽的坟墓中，给你建个结实的石墓，将你的尸体用洁白的亚麻布缠裹，并关注其他必要的细节。"

因此，在他死后，她也是这样做的，然后放火烧了宫殿。

当宫殿里他的亲人和雇工被大火与恐怖弄醒时，他们已经无法逃避大火，于是彼此挣扎、打斗着被火烧死。国王阿特利以及他的亲人均丧命于此。在这之后，古德龙也不愿再活下去了，然而她的末日还未到来。

现在，沃尔松和基乌其，如人们口中讲的一样，是所有家族中最伟大最有力量的，就像你在古代诗歌中看到的那样。

然而，有人说麻烦依然存在。

第四十章　古德龙跳入大海但又被打捞上岸

古德龙与西格德有个女儿叫斯纳希尔德。她是所有女人中最美丽的，有一双如她父亲样炯炯有神的大眼，没有人敢与她对视，她的善良远远超过其他女人，就如太阳光大大胜过其他星球的光芒。

一天古德龙来到海边，手里拿着石头走向大海去结束她的生命，但是巨浪把她冲向了岸边，把她推到了约纳克国王的城堡，他是一位伟大的国王，拥有很多侯爵。他把古德龙娶为妻子，生下了他们的孩子哈姆迪尔、苏尔利和尔普，他们还养育了斯纳希尔德。

第四十一章　斯纨希尔德的婚礼和她的死亡

约姆奈尔克是那一时期最强势的国王，他有个叫冉迪尔的儿子。父亲叫来儿子谈话，说道："你应该去约纳克国王那里完成我的一项使命，带上我的顾问比克，去转告我的忠告，因为约纳克养育着斯纨希尔德，她是西格德的女儿。而就我所知，她是这个地球上最漂亮的女人，我要娶她为妻，你应该去帮我求爱。"

冉迪尔回答道："遵命，亲爱的陛下，我应该去完成你给予的使命。"

于是国王以一种似乎英明的方式安排了儿子的行程。他们前往国王约纳克的住地，他们看着斯纨希尔德，欣赏着她的美貌。一天，冉迪尔跟国王说："约姆奈尔克国王想跟你结为姻亲关系，因为他听说了斯纨希尔德，他非常想娶她为妻，她不能嫁给比他强势的其他人。"

国王说道："这真是很荣耀的姻联啊，他是那么有名望的人。"

古德龙说道："值得考虑啊，命运是不能改变的。"

由于国王的劝说，求婚成功地完成了，斯纨希尔德带着优厚的嫁妆上了船，坐在国王儿子旁边的船尾。

比克对冉迪尔说道："如果你自己拥有这位可爱的女人为妻而不是那老头子，那该是多么完美啊。"

国王的儿子听到这话，心里美滋滋的。于是他对她甜言蜜语，她也同样地对他。

最后他们上了岸回到国王身边。比克对他说："我不得不告诉你，尊敬的陛下，你应该知道已发生的事情，虽然这难以启齿，因为这个事件带有欺骗性。你的儿子已经获得了斯纨希尔德的全部爱，她已经成了他的娼妓，这种行为不能不受惩罚。"

他就这样给了国王很多恶意的劝告，而这些恶意的忠告对打破家庭友好也是最有力的武器。国王也就相信了他的这些恶意的忠告，变得非常愤怒，他叫人把冉迪尔抓来捆在绞刑架上。

当他被带到绞刑架下时，他抓住他的鹰并拔它的羽毛，以此给他的父亲看。国王看到这幕时说："现在很多人看到了我的荣誉就这样被毁坏了,就像这鹰身上的羽毛。"就这样,他命令把儿子从绞刑架上放了,但比克坚持他的心意,冉迪尔还是被处了死刑。

比克还说道:"没有人会像你一样折磨自己而不是对斯纳希尔德复仇,让她羞辱地死去吧。"

"好吧,"国王说,"我遵从你的建议。"

于是,她被捆在城堡门口,他让马匹在她身上踩踏,但当她睁大她的眼睛时,马儿都不敢踩踏她。于是,比克坚持用一个口袋罩住她的头,他们就这样让她失去了生命。①

第四十二章 古德龙派她儿子去为斯纳希尔德复仇

现在古德龙听到斯纳希尔德被杀戮,于是对她的儿子们说:"你们为什么还平和地坐在这里嬉戏作乐,你们的姐姐被约姆奈尔克杀害,她被马匹羞辱地踩死。你们像贡纳和胡格尼样没有良心,但他们为他们的姐妹报了仇的!"

哈姆迪尔说道:"你从来没有表扬过贡纳和胡格尼,因为他们杀死了西格德,你身上染有他的鲜血。你杀死你自己的儿子为你的同胞报仇也是恶毒的。对我们来说,杀死约姆奈尔克并非邪恶的行为,现在你迫使我们那样做,我们可以不遵从你的安排。"

古德龙开始大笑,从大烧杯中取出烈酒请他们喝,然后她为他们取来铠甲以及战争中最好的武器。

最后哈姆迪尔说:"瞧,这是我们的永别,你将听到我们的消息,为我们的死亡和斯纳希尔德的死亡喝彩吧。"

就这样他们上路了。

古德龙来到凉亭,心情非常悲伤,说道:"我与三个男人结婚,第一个是西格德,他被暴露而遭杀害,那也是最悲伤的事。然后我又嫁给阿特

---

① 在《埃达之歌》里,斯纳希尔德是国王突然弄死她的。一天他打猎归来,看到她在洗衣服,突然觉得她是他悲哀的根源,所以和他的手下骑着马把她杀死了。

利，因为我对他的失望。悲伤中我杀死了我和他的孩子。当我走向大海准备结束时，巨浪却把我推向海边，我又嫁给了这个国王。当我给予斯纳希尔德巨大财富让她离开这片土地时，我又遭遇了西格德之后的巨大悲痛，那就是她在马蹄下被踩死。最严酷的以及最丑陋的事情是将贡纳与恶虫关在一起，最恶毒的是胡格尼的心脏被挖出。

"呀，如果西格德来接我多好啊，我将跟他一起，因为这里已经没有儿子或者女儿来安慰我。哦，西格德，你已经忘记了我们一起上床时说过的话，你将来看我，是的，走出你的领地出来看我。"

她的悲伤的话就说了这些。

第四十三章 基乌其家族的结局

现在讲述有关古德龙的儿子们的故事。她精细地给他们准备了没有什么铁器能击穿的战袍。她叫他们不要用石器或者其他笨重的东西，因为这些对他们有害无利。现在他们上路了，路上遇到了他们的兄弟尔普，他们问他用什么英明的方式可解决问题。

他回答说："手脚同用。"

他们认为他无用，于是将他杀害于此。他们继续赶路，不一会儿，哈姆迪尔绊倒了，然后用手支撑着说道："尔普说的是实话，要不是手稳住我，我就完全倒在地上了。"过了一会儿，苏尔利也摔倒了，然后站起来说："我也摔倒了，但我的双脚支撑着我。"

然后他们都说他们对他们兄弟尔普的行为是恶毒的。

他们一路前行直到来到了约姆奈尔克的住所。他们走上前去立即处置他，哈姆迪尔砍掉了他的两只手，苏尔利砍掉了他的两只脚。哈姆迪尔于是说："如果尔普活着的话会取掉他的头。我们的兄弟，我们在路上杀害了他，可是我们觉醒得太晚了。"如诗歌所说——如果尔普还活着，他会取掉他的脑袋。我们勇敢的兄弟，在路上被我们给杀害了，他可是战争中很有名气的啊。

现在他们忘记了他们妈妈的嘱托，他们用石头作战。现在很多人攻击他们。他们英明地自我保护着,很多人都受了伤,但铁器伤不到他们。

突然出现了一个男人,外形比较老,而且只有一只眼,他说道:"你们一点也不英明,你们不应该结束这些人的生命。"

于是头儿说道:"如果你能,请给我们一些建议。"

他说:"用石头将他们砸死。"

就这样,众多石头从四面八方飞来,他们的生命也就这样结束了。

基乌其家族就这样灭亡了。

埃达之歌
Songs From The Elder Edda

这里主要讲述一些沃尔松家族的故事

关于赫格尼的第二部短诗[1]

赫格尼和丝格茹结婚了并有了儿子,但是赫格尼没等到老就死了。胡格尼的儿子旦戈[2],为奥丁神做了一些事情以期望他能够帮助自己为父亲报复。所以奥丁把他的长矛借给旦戈。一天旦戈在一个叫菲特的小树林遇到姐夫赫格尼,他用奥丁借给他的长矛刺进了赫格尼的身体,赫格尼当场死亡。旦戈骑马去了塞瓦菲尔,将这个消息告诉丝格茹。

旦戈:
姐姐,我非常不情愿
地告诉你一件伤心事,
我不得不告诉你,

---

[1] 这首诗是对赫格尼故事传说的补充,这样故事才更加全面完整,但故事的前面部分与传说有些不同。
[2] 胡格尼是旦戈与丝格茹的父亲,在战斗中被赫格尼杀死。赫格尼没有杀死旦戈,但旦戈诅咒了赫格尼。

今天清晨来临，
在菲特小树林里，
国王在想象着
他是广袤世界里最优秀的王时，
他却不知道死亡已经来临了。

丝格茹：
愿你发下的誓言会让你痛苦。
你曾经在清澈的地下水边，
在冰冷的岩石旁
诅咒赫格尼。

但愿船只划动不快，
虽然劲风尽力帮你！
哪怕有敌人在追赶你，
但愿马匹也拒绝奔跑！

但愿你拔出的剑鞘没有伤到他，
而仅仅是在你的头上晃动！

你要对赫格尼的死付出代价。
你就像一只野生丛林中的狼，
没有做过好事，也很不快乐，
除了死人的僵尸就
没有大肉来塞你的嘴！

旦戈：
你胡言乱语了一番，
你已经没有理智了，

你竟然这样诅咒你的弟弟。
奥丁的这把长矛,
在我的族人之间制造了冲突。

你的兄弟要给你纯金戒指,
和韦基达尔一半的土地
作为对你的补偿。
这些财宝和领地
就是你和你儿子的了,
不要悲伤!

丝格茹:
我在塞瓦菲尔一点也不高兴,
从早到晚,
我一点都不喜欢我的生活。
直到上帝的光芒照射到我,
让我广交朋友,
直到他的战马跑到我这里,
带着黄金来到这里,
我要欢迎我的王子。

赫格尼智慧地对付着朋友和敌人,
但心里还是恐慌。
就像山羊在凶猛的狼群中奔跑,
充满了恐惧,
最后还是跌倒了。

赫格尼忍受着痛苦,
被奥丁命为万物之主。

犹如白蜡树的光芒，
源于荆棘中，
雨露中成长的小鹿
优于其他野生动物。
又如他闪闪的号角，
与苍天博弈。

赫格尼被埋葬，他的灵魂来到瓦尔哈拉宫时，奥丁神让他做万物之主，与以前一样，所以他说道：
亨丁，你现在在他人的帮助下，
赶紧洗好你的脚，点燃蜡烛，
捆绑好猎犬，照顾好马儿，
喂了猪，收拾干净猪圈，
你就可以去睡觉了。

丝格茹的一个女奴隶夜晚来到赫格尼的坟地旁，她看见赫格尼带着一队人马走向墓地，于是她说道：
欺骗是无用的，
我想我应该看到了事情的结局。
你这个死人用马刺敲打你的马？
难道死亡的武士还能回家？

逝者：
你会看见，欺骗不是徒劳的，
万物不会灭亡，
你看着我们，
看着我们敲打着马。
然而战死的勇士，
踏上了回家的路。

女奴隶回到家，告诉了丝格茹，说道：
出去看看吧，丝格茹，
从塞瓦菲尔出发，
去看看你的主公。
因为他的坟墓没有盖上，
所以赫格尼出来了，
他的伤口依然流着血。
你敬爱的王来了，
带着无比的悲伤。

因此，丝格茹来到了赫格尼的坟前，说道：
我很高兴能在这里见到你，
犹如奥丁的饥饿的猎鹰
见到尸骨未寒的猎物，
清亮的露珠迎来黎明的曙光。
啊，我要亲吻我逝去的王，
虽然你的躯体血迹斑斑。
我的爱与露珠永远冻结在你身上，
胡格尼的儿子的手是残酷的！
你还好吗，我的王，
我好悲伤！

赫格尼：
丝格茹，你独自一人
留在塞瓦菲尔，
独自承受赫格尼
留给你的悲痛。
哦，擦去你的泪水，
穿戴奢华一些。

去享受南方舒适的五月，
舒适地休息睡眠吧。
让伤心的泪水流进你主公的胸膛。
把悲伤留在这潮湿阴冷的地方。
虽然失去了生命和领地，
我们必须高兴快乐，
不要唱悲伤的歌，
虽然我的内心十分痛苦，
但我的新娘躺在我的坟墓边，
我们的女儿也坐在我们中间。

丝格茹在坟墓边铺设了一张床，悲泣着：
赫格尼，我给你铺好了床铺，
善良就不应该有灾难，
哦，伊芬的族人！
哦，主公，当你活着的时候，
我常常躺在你的怀里，
香甜地睡着。

赫格尼：
我现在在塞瓦菲尔
也不存在了，
你现在一名死者的怀抱中。
胡格尼洁白的女儿
在墓地里！
哦，帝王的女儿！

我现在必须骑着我苍白的马
飞速奔驰在鲜红的大路上。

我必须在公鸡叫亮之前
来到奈河桥。

所以赫格尼踏上他的征程，其他人回家了。但第二天晚上，丝格茹命令女奴看守坟墓。所以夜幕来临时，她来到墓地，悲伤地期盼：
如果他有意要来，他应该到了。
西格蒙德的子孙
应该从奥丁神的大厅出来了。
我多么希望赫格尼出现，
但这种希望是徒劳的，
就像白尾鹭不会持久地
停留在高高的树枝上。
所有的人都会梦想。

女奴：
别再愚蠢了，
离开死者的坟墓吧，
哦，英雄的女儿！
那些死去的武士在黑夜
比在白天更强大可怕。

因为悲伤，丝格茹还是不愿意离开。在古时候，人们相信男人会重生。他们彼此的山盟海誓现在被认为是妻子的执着。所以，如民间传说，赫格尼和丝格茹又重生了。所以他仍叫赫格尼，哈丁的儿子，她是卡娜，哈弗丹的女儿。她是瓦尔裘利亚（女武神），在卡娜短诗歌中有叙述。

希格德莉法之歌

这是我的一个忠告，
你和你的家人都要诚实，

不要轻易生气，
哪怕对死者做错了。

第二个忠告，
不要发誓，
誓言会实现的，
违背诺言会受到残酷的折磨，
被诅咒的人会有报应。
第三个忠告，
任何时候不要和笨蛋打交道，
否则，你也不会聪明，
你将说出一些糟糕的话语。
当有人认为你是懦夫，
或者对你撒谎，
你也要保持平和的心态，
否则家里人也会担心。
等到有机会你再进行报复，
让撒谎者为他的谎言付出代价。

再看我的第四个忠告，
如果你招惹女巫，
那么你会惹来麻烦，
你最好远离女巫，
否则你会煎熬一个夜晚。

有远见的人
需要的是愤慨地走上战场的男人的孩子。
恶毒的女人会在
大路边等着软化你的心和利剑。

第五个忠告：
正如你所看到的，
新娘仍坐在板凳上，
不能让爱人的银器
束缚你的瞌睡，
不能掉进女人的温柔乡。

第六个忠告：
男人在一起喝酒说些
酒话和废话时，
不要和这些酒鬼发生冲突，
因为酒会让人失去理智，
喝酒和争吵会给人带来
足够的伤痛，
有些成了祸根，
有的会使人生气，
这些都是人类的悲哀。

第七个忠告：
如果和一个心胸开阔的男人争吵，
到田间打一架比闷在心里好。

第八个忠告：
面对邪恶，
保持平和的心态，
不要靠近少女，
这样他人的妻子
就不会讨厌你，
大家也就愉快了！

第九个忠告：
你要留心那些死去的亲人，
为他们找一块恰当的地方埋葬。
无论他们是病逝，
还是溺水而亡，
或者死于战争。
为他们洗洗，
就如洗你的手和脚，
梳起他们的头发，
为他们准备好棺材，
让他们死后可以睡得更好。

第十个忠告：
不要相信敌人的承诺，
他的兄弟就是毒药，
他的父亲会收拾你，
他们只有狼心狗肺，
只对黄金感兴趣。
你也不要憎恨他们，
也不要伤心悲痛。
国王拥有智慧和武器，
最重要的是他要快乐。
最后一个也就是第十一个忠告：
就算你遭遇了邪恶，
你也要以朋友的方式对待，
你也不能有挑战，
否则你就会遇难无助。

西格德之歌

赢战后,西格德告别了
年轻的沃尔松,
来到基乌其的家,
获得了基乌其家
两个弟兄的誓言,
他们发誓他们会勇敢,
只要他给他们大量的财宝。

年轻的古德龙是基乌其的女儿,
他们几天在一起喝酒,
厄运也就向他靠近了。
年轻的西格德和基乌其的儿子们一起
去向布琳希尔德求婚。
西格德骑马经历险阻,
啊!他娶了她,
有命运如此安排。

南部领主西格德
有一把未加装饰的
明亮的锋利的剑。
他把剑放在他们中间,
他既没亲吻她,
也没有让她睡在他的怀抱中。
这位匈奴王拒绝她,
因为他是帮基乌其的儿子
得到这位少女为妻。

她现在多么希望
直到她死的时候
她的生活中
也没有不愉快的事
让人感到不光彩,
但她还是遇到了悲惨的命运。

她独自坐了一晚上,
夜里她想了很多,
然后自言自语:
"哦,我的西格德,
我将要死,
我的可爱的人儿
躺在我的怀里吧。

我为曾经说过的话
感到非常伤心。
他的王后是古德龙,
我嫁给了贡纳,
可恨的诺伦(命运女神)
一直在制造悲痛。"

想到这些,
她的心就像冰山一样凉。
她一个晚上都在想:
他和古德龙在床上,
西格德用床单裹着她。
哦,匈奴王把王后搂在怀里,
多么温馨惬意。

长久以来渴望的
不仅没有快乐，
而且有悲剧性的后果。

这些可怕的事情
迫使她有了谋杀动机：
"听，贡纳，
你要失去我广阔的领地，
是的，你还要失去我！
我不爱我的生活，
我也不爱你。

我要回到我来的地方，
我要见我最亲密的人
以及那些我认识的人。
我将死去，
除非你杀死匈奴王西格德，
这样让你比他更强大！

让儿子跟随你这位父亲，
不能让他像一只没有
得到滋养的小狼！
如果儿子不存在了，
那就不用去复仇了，
尽可能地和平。"

贡纳很是悲伤，
心情沉重地、
不知所措地坐了一天。

他什么也不知道,
什么也没看清楚。
他该怎么办呢?
他很在乎自己对沃尔松的誓言,
他不想对不起西格德。

他的思想动摇了,
他的思维疲惫了,
这些日子他备受折磨,
王后要离开君王的领地。

"布琳希尔德对我来说
比其他任何人都好,
布德利的孩子是女人中最好的。
我从她那儿得到很多智慧,
我安排好了我的一生。"
他让人叫来胡格尼,
他很信任胡格尼。

"为了他的财富
你愿意收拾西格德吗?
这样你就有权治理莱茵河,
也有巨大的财富,
和平与快乐的日子就在此。
等候和平和充满喜悦的日子吧!"

胡格尼回答道:
我们所做的似乎没意义,
我们曾经许过诺言,

我们曾经发过誓，
曾经保证过。

我们不知道我们的
快乐时光还有多久，
但我们在战争中表现勇猛。
当我们四个当了统领，
我们的匈奴王必须是活着的。

没有贵族亲王会亲自征战，
要不是我们养育的五个儿子，
是的，是他们让我们扬眉吐气。
但我清楚地看到
布琳希尔德的伤心
让你难以忍受。

我们将杀害古托姆，
我们智慧的兄弟，
因为他违背了誓言，
曾经许下的诺言，
曾经许下的诺言，
在困境中许下的诺言。"

他思维简单，容易激动！
他把剑深深地
扎在西格德的心脏。
在大厅，他激动地想报复，
他鲁莽地把剑刺向遇难者。
古托姆用他那锋利的

格兰姆宝剑刺向西格德,
西格德手里闪闪发光
的宝剑没有发挥任何作用。
他的头和双手瘫向一边,
双脚也无法动弹。

古德龙温柔地躺在西格德的身边

古德龙香甜地睡着。
当她醒来时,
看到西格德在血泊中,
她的快乐消失了。

她双手紧紧抱着西格德,
心里非常难受。
——哦,古德龙,
不要伤心地哭泣,
我亲爱的新娘,
你的兄弟们还为你活着!

我们的孩子还小,
还斗不过我们的敌人。
他们行为恶劣,
不要让孩子接受他们邪恶的忠告。

你要受苦带好我们的孩子,
我想一切都会好的,
不要跟你的兄弟们计较,
这一切都是布琳希尔德策划的。

"她喜欢我胜过其他男人,
我从未想过这对贡纳很不公;
我看中兄弟情谊,
必须兑现誓言,
没有人会认为我
是她最爱的人。"

古德龙疲惫地叹了口气,
国王的生命快要结束,
她的手因捶打而发痛,
杯子也因震动发出声音,
鹅也在院子里高歌。

布德利的女儿
布琳希尔德笑了,
一次,仅仅一次
发自内心地笑了。
而床边传来基乌其女儿
痛苦的哭泣。

于是国王贡纳说道:
"你笑,可恨的女人,
你在床上高兴,
这不是好的征兆。
你缺乏爱心,你这个
邪恶行为的煽动者,
我认为你注定要死的。

在所有的女人面前,

你很有价值,
你将看到阿特利杀害我们,
你哥哥的伤口,
你看到在流血,
你应该用双手给他捂住
流血的伤口。"

"没有人指责你,贡纳,
你已经尽力了。
阿特利也不惧怕你。
他比你更不看重生命,
他也比你更强大。

我告诉你,贡纳,
你非常清楚,
这事你处理得不当,
我那时还年轻,
我不知道悲伤,
在我哥哥的家里,
我是很富有的!

我不知道哪位男人会拥有我,
而你基乌其家的儿子
骑着马来到我庭院,
那时你骑在马背上,
三位王子伴随着你,
那种气势我从未见过!

然后阿特利将我叫到一边,

对我说道,
如果我不结婚,
他不会给我黄金和土地,
就连以前答应给我的也不给了。

我的思想开始动摇了,
我曾设想嫁给
英勇善战的有名望的人。
因为我的哥哥就是
很有名望的人。
这让很多男人都悲伤。

所以我最后还是
让大家都和平了。
我开始介意那巨大的财富,
西格蒙德儿子的金光闪闪的戒指,
但我不能无故夺取别人的财富。

我把我自己许配给了国王。
他拥有黄金,
骑在格拉尼的背上,
他的眼睛不如你的眼睛明亮,
他也不如你有智慧,
你被认为是最有权威的。

我爱一个人,只有一个人,
没有人会怀疑的,
阿特利也不会怀疑,
他知道我即将死亡。

我的爱绝不动摇,
现在却遭到报应,
我真是悲伤啊。"

贡纳站起来,
这位人民的领袖
用双手抱住皇后的脖子,
在场的人一个个都离去,
她的心也不在此了。

她挣扎着推开他想离开,
但无人愿她独自离去。

他叫来胡格尼跟他交谈:
"让所有的人都去大厅吧,
你和我都很痛苦!
让我的妻子离开吧,
只有时间是消除痛苦的良药。"

胡格尼对所有的人说道:
"不,凡事都有规则,
没有人会让她离开的!
她会回来的。

不幸的是她回到娘家,
会给这个世界带来灾难,
很多人都会为此而伤心。"

他把话题转向财富。

因为她拥有大量的财产
和许多贫穷的女奴,
大厅的女佣也听她指挥。

她没安好心。
宝剑就在腰间,
她将手中的利剑插入体内,
她倒下了。
她准备抽出宝剑再次插入体内,
但她突然想起了自己的计划。

"对纯金有兴趣的就请出来,
从我手中赢取,
我将给每人一个镀金项链,
精致的门帘和床上用品
以及鲜艳的编织物。"

他们都在沉思着怎么回答,
突然大家一起回答:
"我们注定全部死亡,
但我们更乐意活着,
大厅的女佣能
完成所有的工作。"

最后,一个智慧的
穿亚麻布的少女终于说:
"我不会用语言或者用手
赶走你们,
为了我们,

相爱的人却失去了生命。"

"你失去了不太贵重的东西,
但你很生气,
你也会不带珠宝来见我。

请坐下,贡纳,
我必须跟你说一句话:
好心人的生命就这样
草率地被扼杀,
你不能就像在水中划船那样
轻易地搁置生命啊。

你应该和古德龙和平,
因为这个年轻的妻子难以平静,
她会牢记死去的丈夫。

有一个一出生就由母亲喂养的女孩,
她聪明伶俐,洁白漂亮,
她就是斯纽希尔德,
她应该是快乐的。

你应该让古德龙觉得
她是世界上最高贵、
最值得称赞的人,
不是因为她的善良,
也不是因为你对她的爱,
而是阿特利、我的兄弟——
布德利的儿子赢得了她。

想想你是怎么对付我的，
你曾如何邪恶地欺骗我？
我活着还有什么意义？

你却快乐着，
你让阿特利喜欢，
你们俩都赢了。
她喜欢你，
就像我曾爱过你，
这就是命运的安排。

不幸的是阿特利
会伤害你，
他会把你关在狭窄的
还有很多蠕虫的房间里。

没有其他空间可以让你溜走，
阿特利也会失去生命。
他的财富和他儿子的生命
都会有一个可怕的结果。
古德龙为他打扮，
但内心却十分痛苦。

你的妹妹古德龙，
她一结婚就走向死亡，
我曾有很好的忠告给她，
但她没有接受我的忠告。

我的话似乎没有说服力，

但为了我们
她不会失去她最珍爱的生命。
大海拥有了她,
波涛支撑着她。
约纳克娶了她,
享受着他父亲的财产。
她为他生育了儿子,
享受着遗产,
享受着遗产。
可是她把斯纨希尔德从这块领地送走,
她是她与西格德所生的孩子。

她接受比克的建议,
但没有赢得约姆奈尔克的爱,
西格德的亲人注定了死亡,
古德龙有了更多事操心。

我为你祈祷,
这也是我在世的最后的话。
这么广阔的领域是留给死者的,
也有一片空间是留给我们,
这些为西格德的死而死的人的!

城堡上挂着绞刑架和盾牌,
以及高卢人编制的织物,
匈奴国王对此非常愤怒。

那些服侍过我的人
被赐予了财富:

两只猎犬和两只鹰。
这就是我们的交易。

我们之间放着金属环,
以及锋利的钢,
像往昔一样,
当我们一起在一张床上,
就被称为男人和妻子。

他的背后从来没有冲突,
瓦尔哈拉宫明亮的门上有带环装饰,
如果我看重友谊,
我就不会
只有那么一点点可怜的智慧了。

我的五个女奴隶
和八个奴隶跟随他。
是的,这是我的养育者,
我父亲布德利早期给他
女儿的嫁妆。

我说了很多,
如果剑能给我说话的空间,
我还会说很多,
但我的话没有多大影响力,
我的伤痛在增长。
我说的都是真话。
现在我的话讲完了。"

布琳希尔德的地狱之旅

　　布琳希尔德死后,两个焚烧尸体的火堆被垒起,一个是给西格德的,那个首先被烧;另一个是为下葬布琳希尔德燃烧的。
　　布琳希尔德的遗体被放在一辆灵车上,车身四周是华丽的帷幔,所以民间传说布琳希尔德驾着她的灵车走向地狱,途中经历一个村落,与一女巨人邂逅。
　　女巨人说:
　　不,我认为你不应该穿越
　　这有石柱标明的界限!
　　你应该待在家纺纱织布,
　　而不是去追赶一个有妻之夫。
　　你为何从高卢来到我的房子?
　　你这个浑身金光闪闪的贵妇,
　　头脑诡秘地想探听什么?
　　你的双手沾满了男人的鲜血。

　　布琳希尔德:
　　你这个岩洞里的女人
　　还敢指责我?
　　虽然我因战争而漂泊,
　　但我的出身比你高贵,
　　这是众人皆知的。

　　女巨人:
　　你,布琳希尔德,
　　不过就是布德利的女儿,
　　从出生就注定了厄运,
　　你欺骗基乌其家的孩子们,

好端端的一个家被你搅得天翻地覆。

布琳希尔德：
我可以坐在灵车里告诉你，
如果你想知道就听我讲，
基乌其一家是怎样通过
欺骗的手段想得到我的爱情。
我却过着无爱的生活。

如果你想知道我就全告诉你：
霍里姆代尔的人都知道，
我本是一名淑女，
众神之主把战袍放在橡树下，
我和八个姐妹都盟誓，
那时我才十二岁。

那时我们家住在霍里姆代尔，
人们都叫我头盔下的希尔德。
可是在战场中出了差错，
我的战绩归奥达的兄长了。

哥特国王过早去了地狱，
奥丁因此怒不可遏，
派人将我抓去施以严惩。
他把我囚禁在斯卡塔幽谷，
逼我昏睡。
红、白盾牌相间围着我。
他要求除非有个无畏的勇士
突破重围才能把我从昏睡中唤醒。

他在我南方的殿堂周围放了火，
四周燃烧着熊熊火焰，
只有一位猛士获得他的恩准，
骑着他的骏马格拉尼越过烈火。

王子（西格德）骑着格拉尼，
驮着黄金来到我养父的宫殿，
他气宇昂扬胜过所有的人，
这位丹麦王子和我订了婚。

我们平静地睡在一张床上，
并肩而卧八个夜晚，
但我们从未伸出手臂
互相拥抱亲吻。

然而基乌其的女儿古德龙
指责我，说我睡在
西格德的怀抱。
然后我才知道
这是一场骗局。
他们用调包的方式
给我换了一位丈夫。

世上夫妻忍受时间、忍受煎熬的太多，
但西格德和我，我们必须永远在一起。
下地狱去吧，女巨人！

布琳希尔德短诗片段

胡格尼说：
"西格德做错了什么，
你这么急切地想
收拾这么有名望的人？"

贡纳说：
"西格德对我发过很多誓，
他的誓言实是谎言，
虽然大家都信任他，
但他在我面前暴露了。"

胡格尼说：
"你必须清楚，
是布琳希尔德嫉妒古德龙幸福的生活，
她是因嫉恨而不愉快。
你太喜欢布琳希尔德了。

给古托姆一些混有蠕虫的烤羊肉吃，
这样就可以诱惑他去杀掉西格德。"

西格德在莱茵河南岸被杀。
乌鸦在高树上哀鸣，
"啊，阿特利心中怒火燃烧，
旧时的誓言在心里掂量。
哦，我的勇士。"

基乌其的女儿古德龙没有站起来,
她的第一句话就是:
"西格德是战争的主角,
没有了他你们怎么去赢得战争?"

胡格尼用一个词回答道:
"我们的剑使西格德粉碎,
他的马儿看到主人倒下,
它也心灰意冷了。"

布德利的女儿布琳希尔德说道:
"你们将拥有武器和土地,
如果他还在世,
西格德还可以独自统治一段时间。"

"其实,西格德在基乌其家里没有地位,
家里五个男人会杀人,
也渴望战争。"

布琳希尔德大声笑了,
她的笑声响彻了整个房子,
那是她发自内心的笑声。
"你的幸福来自土地和人民,
然而你杀死了最有名的主公!"

基乌其的女儿古德龙说,
"你已说得太多,
很多事情都是那么可怕,

西格德的死是贡纳所为!
心中有恨就会有复仇之心。"

她酒醉之后说得更多。
他们都回到自己的床上睡觉,
只有贡纳没睡着。

他走来走去,自言自语,
脑子里也想着问题。
乌鸦和白尾海雕在返回故乡的途中,
停留在树枝上说着什么。

布德利的女儿布琳希尔德醒来,
这个善于舞弄剑术的人醒来:
"剑直接插入你的背脊,
已经发生了伤害,
这都是由我的悲伤引发的。"

大家保持沉默,听她说话。
没有人知道那女人的想法,
不知道她为什么哭泣,
也不知道她为什么伤害
她曾经为之祈祷过的男人。

布琳希尔德说:
"贡纳,我梦到
残忍的事情降临到我身上,
大厅死一般寒冷,
我的床也是冰冷的,

而你却高兴着。

所以你们现在，
将把尼贝龙根的房子化为零
诺言的违背者们！

贡纳，你不要想了，
当你让鲜血在脚下流，
你有什么想法？
你将得到报应的。

大家都曾看到尊敬的国王
骑着他的骏马来向我求婚。
我深爱的国王把
用黄金铸造的伤人感情的魔杖
放在我们中间，
它不锋利，
但在毒液中浸泡过，
伤得我无法呼吸。"

这首诗歌是讲述西格德的死亡以及他们怎样公开杀害他的。有的说他是在屋内被杀的，当时他正睡在床上，但荷兰民间传说中他们是在野外的丛林中杀死他的，有关古德龙的古诗也是这么说的，西格德和基乌其的儿子骑马回归，而他在路上被杀。一种公认的说法就是他们在发誓时他被暴露，他在还没有准备以及不知道的情况下被杀。

古德龙之歌二

国王希奥德雷克被囚禁在阿特利的宫里，他的士兵伤亡惨重，于是他和古德龙便坐在一起相互诉苦。
　　古德龙说道：
　　"多少岁月流过，
我的母亲将我抚养
于富丽的寝殿之中。
兄弟们也对我爱护有加。
直到那一天，
我的父亲，基乌其
将我用黄金盛装打扮
下嫁给了西格德为妻。

我的西格德啊
和我的那些兄弟比起来
就像枝叶青翠的松柏
傲立于杂草之间，
又如触角锋利的雄鹿
巡游于群鹿之中，
更比赤金之于灰银。

于是他们便心生嫉妒，
这些地位尊荣的王子们
终日浑噩，寝食难安，
直到他们终于
将我的王子杀害。

格拉尼飞驰而归，
嘶叫着老远便能听见声音。
可是我的西格德
却再也无法回到我的身边。

当这些刽子手们
骑着马匆匆赶回来时
身上还零零星星滴着鲜血!

我哭泣着急忙跑到格拉尼跟前
恳求它将真相全都诉诸我。
这骏马也已知晓它的主人已遭遇不幸,
低垂着脑袋将其深埋进草堆里。

大脑一片空白,
我的世界顷刻坍塌。
这一切怎么可能是真的,
我质问兄长。

贡纳将头埋下,
而胡格尼若无其事地说
西格德遭杀而尸体在河边,
而那凶手便是古托姆,
他也已被狼群分食了。

去吧,
到遥远的南面去寻找西格德。
在那里
你一定能听到
海雕的高声嘶叫
和乌鸦的哀号,
而在他们旁边的
便是你丈夫的残躯。
狼群在那周围打转。

胡格尼，
你的心当真硬如铁石，
竟残忍地将我的快乐夺取。
我真希望你们那卑劣的心
被渡鸦撕裂！"

不见了之前的得意扬扬，
心绪不宁的胡格尼
又开口说道：
　'噢，我亲爱的古德龙，
如果我的心当真被渡鸦撕碎，
你必定会更加悲伤。'

不再继续这让人心碎的谈话，
这里面满是谎言。
我转身前往南方
去为我的西格德收尸。
看着眼前的遗体，
面目全非，
我没有捶胸顿足，
也没有像其他女人一般
号啕大哭。
我瘫坐在西格德身旁，
悲伤压得我神情恍惚。

那晚月黑风高、阴森逼人，
我悲伤地坐在西格德身边，
心想最好的事情莫过于
他们一起来结束我的生命，

或者让大火把我化为灰烬。

我行尸走肉般四处游荡,
直到第六天来到哈尔弗的宫殿,
我才猛然从梦幻中惊醒过来。

我在那里和图拉,
丹麦国王哈康的女儿
一起度过了七个年头。
她用金线绣出南方的宫殿
和丹麦民族的天鹅,
以期使我心情愉悦。

我们一同用钩针编织
勾勒出好汉们上阵杀敌,
君主们奋勇当先,
高举红色盾牌,手持长矛,
与顽强的匈奴勇士
奋勇拼杀的图象。

西格德的船只离开陆地疾驰而去。
金色的船头船身上绘着图案,
我们钩织出翻浪掀涛的海战,
西格尔和西加尔在费昂南面。

我的继母格莉希尔德听到后
派人来询问我的心情如何。
她放下手中的针线活,
急切地叫来儿子们询问如何了结此事,

谁来对妹夫的遇难负责。

贡纳舍得黄金赔偿,
胡格尼也愿支付重金补过,
她说排场要安排得大气体面,
要骏马上鞍,货车上马,
老鹰要放飞,
剑要从紫杉弓中射出。

丹麦王瓦拉达尔,
还有两个王子
依阿里兹列夫和伊姆德一起陪同。
他们率领士兵,
身披红色斗篷,腰佩短剑,
手持阔剑,盔甲闪亮,
头上也闪闪发光。

每个人都给了理想的礼物,
理想的礼物,
说些撩人欣慰的话,
他们想要平息我的悲伤,
取得我的信任,
但我根本就不信任他们。

格莉希尔德要我喝酒,
她给我端来一杯苦涩清凉的酒,
要我忘记痛苦的过去,
酒的力量来自大地,
来自冰冷的海洋和公猪鲜血。

在盛酒的牛角上镌刻着铭文，
那是古文被染成了红色，
形状晦涩我看不出它的含义。
一条长龙和没有切断的海藻，
这是野生的贡品。

那燕麦酒里掺杂了很多邪恶，
各种木材的汁液，
烧焦的橡子，
炉边的黑色焦油，
上帝注定死亡的野兽内脏，
还有猪的肝脏，
因为它可以让人忘掉一切。

我的记忆确实减退，
想不起王子已含冤屈死，
三位王子也跪在我膝下求婚，
王后也想来向我说什么。

'我要给你黄金，古德龙，
你父亲离开时留下的珠宝
一并给你，赤金的项链，
露德瓦尔宫殿以及所有的战利品。

匈奴女佣为你编织衣衫，
所用金物直到你满意，
你将拥有布德利的财产，
把黄金赏赐给丈夫阿特利。'

'我不会再嫁人,
我岂肯嫁给布琳希尔德王后的哥哥,
布德利的儿子对我来说不算什么,
与他生活没有快乐。'

'不要总想着报仇,
虽然你过去受了委屈,
你就当他还活着,
把新嫁的丈夫当成西格德,
将新生下的孩子叫西格蒙德。'

'格莉希尔德继母,
我不会有快乐的生活,
也不会去寻求勇猛的武士做丈夫,
恶狼和乌鸦是朋友,
它们贪婪、残酷,
已把西格德的血吸尽。'

'我已经为你找到一位
世系家族中最为高贵的君王,
他的地位最为显赫,
你必须嫁给他,
你和他将白头偕老,
除了他你就不会再结婚。'

'不,不,不要一直劝说我了,
不要逼我嫁给可恶的恶狼,
这门婚事藏有恶意,

他会诱惑贡纳进入陷阱,
会把胡格尼的心脏挖出来。
我的生命也不属于我了,
我恨不得用剑杀了他。'

格莉希尔德听到此话诚惶诚恐,
预感不祥就开始哭泣,
她等待着儿子的到来。

'我还要给你土地和大量臣民,
温恩堡和瓦尔堡都给你,
你将终身拥有,
我的女儿,你要生活得快乐!'

为了王室家人的安全,
我可以选择他做丈夫,
但那违背我的心愿,
我也不会快乐,
兄长之死庇护不了我的儿子。

很快每个武士都骑上了马,
那高卢女人们坐进了马拉的车,
经历了七天的冰天雪地的陆地行程,
又是七天的波涛汹涌的航行,
在第三个七天,
我们来到了干旱的陆地。

高大巍峨的城堡耸立着,
门卫打开沉重的大门,

我们一行来到了王宫前面。

阿特利把我从睡梦中弄醒,
梦中全是兄长被杀的惨状。

阿特利说道:
'命运之神给我托了个梦,
他要我参阅其中的玄机,
我梦见基乌其之女古德龙
狡猾地将剑插进我的心脏。'

'梦见利器是一团烈火的象征,
那是好兆头何必牵强呢?
梦见女人发怒要提防。
与朋友交往要谨防上当。
你很难受,但我会安慰你。'

阿特利说道:
'我梦见庭院里的树苗纷纷倒下,
我本希望它们长大成材,
现在它们被连根拔起还被鲜血染红,
还被端到桌子上命令我吃下。

我梦见大鹰从我手上飞走,
不追踪猎物而飞向罪恶深渊,
我把它的心脏蘸着蜂蜜吃下,
但心里绞痛,血液上下翻滚。

我又梦见两只小狗从我手里溜走,

它们因惊吓而狂吠,
现在它们的肌肉变得腐臭,
我强忍着呕吐将尸骸吞下肚。'

'这个梦其实也并不奇怪,
它预示着出海捕鱼会有收获。
鳕鱼打捞起来味道最鲜,
它离开海面就没有几夜好活,
天亮之前把鱼头砍掉。'

阿特利又说:
'我想躺下又不想睡着,
骇人的梦境依然历历在目。'"

阿特利之歌

古德龙是基乌其的女儿。正如大家所知道的那样,为了给她的兄长报仇,古德龙先杀死了阿特利的儿子们,然后把阿特利也杀了。随后她将宫殿以及宫殿内的一切都付之一炬。这首歌便是根据这件事所编写的:

阿特利派使臣去见贡纳,
这位使臣名叫克乃弗鲁德,
他可算是个见多识广的人。
他来到基乌其的花园,
来到贡纳的宫殿,
看到了装饰华丽的长凳
与那令人欢愉的饮宴。

一群伟大的人在这里举杯,
但他们闷声不语各有心事。

华丽的殿堂有美酒款待，
但他们却把不速的贵客冷落一边。
他们察觉到这匈奴人来者不善。
当克乃弗鲁德坐在那高高的座位上，
这个南方人用他那冰冷的嗓音说道：
"阿特利派遣我
带着他的使命快马加鞭
穿越人迹罕至的黑暗丛林
来邀请您，贡纳国王，
邀请您到他美丽的国都，
戴着您那精美的头盔，
到亲爱的阿特利国王的城邦做客。
愿从此没有干戈，只有玉帛。"

在那里你们能够任意挑选礼物，
各色盾牌和光滑的梣木长矛，
还有由黄金装饰的头盔
和大批匈奴奴隶，
还有那镀银的马鞍，
血红的战袍，
南方的甲胄和战马，
以及善跑的猎犬。

他说他会赠你格尼塔荒原，
广袤平川原本是恶龙的地盘。
还有用黄金装饰的大战船，
大批财宝和第聂伯河庄园，
以及那著名的默尔克森林。

贡纳转过头对胡格尼说：
"在听说了这所有的一切之后，
你觉得怎么样，胡格尼？
据我所知在格尼塔
并没有金子，
也没有我们能看得上眼的、
我们能分到的财富。
我们拥有满满七座宫殿的
锋利的刀剑，
并且每一把剑
都有由黄金打造的剑柄。
我拥有世界上最俊美的战马，
最锋利的宝剑。
我的弯弓制作精美，胜过座椅，
我的锁子甲件件都是黄金制作的，
我的头盔和盾牌都金光闪闪，
它们都来自东方可汗的宫殿。
我拥有的一切啊，
远胜过匈奴人的一切。"

胡格尼说：
"妹妹将缠有狼毛的指环
捎给我们是什么意思呢？
莫非是她向我们发出什么信号，
我发现一根狼毛特别突出，
它死缠在指环上。
这是否意味着在我们此行的路途上
凶多吉少，途中有敌人包围？"

贡纳的至亲都纷纷阻拦，
朋友和谋臣们也争相纳谏，
叱咤风云的王公贵族也规劝。
然而贡纳思考再三，
然后站在草地上，
面对大厅里的亲朋好友，
慷慨激昂、动情地说道：
"菲奥尔尼尔，我的仆人，
把酒杯都斟上美酒，
让精美绝伦的金杯
在伟大的人们手上传递！
我们应该畅饮这葡萄美酒，
一饮至心田，
即使这将是我们在这座美丽的宫殿的
最后一次盛会！"
如果贡纳此去丧身的话，
尼伯龙根部落就失去了继承人，
那条恶狼就会前来统治。
如果贡纳此去不能生还，
皮毛灰黑的黑熊就会露出尖齿，
像狗一般欢愉、撕咬而狂叫。

武士们听得泪流满面，
纷纷前往送别不畏的君主。
胡格尼英俊的儿子突然喊道：
"往前走，别回头，我的主，
相信你们的勇气和智慧一定会战胜邪恶！"

英勇的骑士纵马飞驰而去，

飞快地穿越不知名的黑树林。
当这些勇士经过时，
那些野草杂树婆娑颤动。
接着他们跨过绿草地，
马儿因为鞭策更加快速，
不多时日便来到了阿特利的领地。

那城堡坚实而壮观，
城墙上士兵严阵以待，
到处都有重兵把守，
仿佛这里如临大敌，
四周情景让人紧张。
宫殿里待客的座椅已摆放整齐。
殿堂外埋伏着成群的甲士，
他们身披重铠和锃亮的胸甲，
手持长矛和尖利的梭镖。
阿特利正在殿中自斟自饮，
殿外伺候的奴仆不敢稍有怠慢，
他们都神色匆匆，战战兢兢，
他们都怕触怒了这君王。

贡纳一行人进了大殿，
古德龙便迎上前来。
一见到兄长，
顾不得接风洗尘便说道：
"贡纳，你们被出卖了！
面对匈奴人的奸诈狡猾，
你们有何计策能够应对？
你们赶快逃出宫殿去吧！

哥哥们，你们本应身披盔甲，
率领浩浩荡荡的大军，
来到阿特利的宫殿。
倘若你们全副武装战马长嘶，
在太阳的光辉下长驱直入，
使匈奴妇女抱着尸体痛哭，
让瓦尔基里氏仙女幡然悔悟，
把兵刃统统销毁做成铁犁。
被扔进蛇洞的必然会是阿特利，
而如今那蛇洞却为你们而设。"

贡纳说道：
"我亲爱的妹妹，
一切都太迟了，
要在尼伯龙根部落召集部队，
从莱茵河边上的罗斯莫高山出发，
要想援军赶来耗时太久！"

胡格尼用他的利剑，
一连砍翻了七个人。
第八个被他扔进了熊熊烈火。
勇士在面对敌人时就是勇猛。
当胡格尼正为贡纳抵挡来兵时，
终因不敌败下阵来，束手就擒，
他被紧紧地捆绑起来。
匈奴士兵问贡纳是否愿意用黄金赎回性命。

贡纳回答道：
"把胡格尼的血淋淋的

心脏拿给我吧。
用尖利的匕首将它从英雄
跳动着的胸膛中取出来吧！"

这伟大的人试图以其人之道还治其人之身。

他们把马夫希阿利的心取出
放进盘子端到贡纳面前。
"这一看就是胆小鬼希阿利的心脏，
它还在不停地颤抖，
比平时在他胸膛里还要快出几倍。
英雄胡格尼的心脏绝不是这样。"

当胡格尼被破膛取心时，
他强忍着疼痛放声大笑，
决不让这些暴徒听到他的一丝呻吟。
随后英雄的心被鲜血淋漓地摆放在盘里，
端到了他的哥哥贡纳的面前。

善于长矛的尼伯龙根的国王，
英勇的贡纳说道：
"我听到英雄胡格尼的心跳，
它在这盘子里几乎毫无颤动，
跳得如同在胸膛里一样平稳。
这岂是希阿利胆小鬼的心所能比拟的？
哦，阿特利，
你一定会遭到报应，
死期已离你不远！
你想得到我们的财富，

这简直是妄想！
尼伯龙根人的财宝所藏的地方
我将永藏心底。
以前我们俩都在的时候，
我还存有疑虑。
现在胡格尼死了，
这个世界
便只有我一个人知道。
这使人遭遇杀身之祸的财富
将永远沉没在莱茵河底。
阿西尔神祇留下的财宝，
只能由尼伯龙根人来继承。
宁可使它沉入河底，
我也不要让它在匈奴人手上绽放光彩！"

匈奴国王阿特利便大叫道：
"快把俘虏戴上枷锁押入囚车，
把这个国王五马分尸。
这样即使他拥有再多的财富
也是枉然。"

阿特利扬扬得意骑在战马上，
身后簇拥着持剑的武士。
胜者为王，败者为寇。
他与贡纳兄弟本是姻亲关系，
可他早已把这种关系抛在脑后。
古德龙只能躲在大厅的角落，
强忍住泪水不出声。

"你将遭到报应，阿特利，
你经常对我兄长满嘴誓言。
是的，你过去总发毒咒，
从清晨太阳初升，
到夜晚进入新婚洞房，
你总是对着主神奥丁和弓神尤尔
发誓说你不会背弃誓言。"

他们你推我搡地将君主活生生地推进了一个聚集着
毒蛇的洞穴。
它们咝咝地吐着毒芯子。
他们已经准备好了
要刺穿贡纳的心脏。
贡纳虽势单力薄，
却毫不畏惧，
他掏出竖琴，
并大声地弹奏起来。
琴声如怨似泣，毒蛇听得入迷。
神勇的武士只有这般勇气
才能保住先人留下的财产，
使之免遭他人劫掠。

阿特利掉转马头往回走，
他从一场谋杀中回程。
只听得庭院纷繁嘈杂，
充斥着各种人马之声，
老远便可以看见
从荒原赶来的武士们
手中武器的缨络一片殷红。

古德龙疾步驱身走了出来，
手上捧着金杯迎接丈夫的归来，
她要让国王得到应有的报应。
　"我要让你看到在你
华丽的宫殿里你的儿子被杀害！"

突然阿特利的酒杯掉了下来，
鲜红的葡萄酒洒了一地。
从匈奴各地赶来的王公贵族
不明就里，面面相觑。

这美丽的女人迈着愉悦的步伐为各位斟上美酒。
这位铁石心肠的女人让人恐怖，
阿特利不知道她心里要着什么花样。
她又为他们端上了美味佳肴。
软硬皆施使他们吃下。

然后她对阿特利说道：
　"你已将你两个儿子的心脏
蘸着蜂蜜吃下了。
我剑术超群的君主，
你这个杀人不眨眼的家伙，
你究竟是如何的铁石心肠啊！
能端坐在宝座上
谈笑风生地吃掉你亲生儿子的心脏！

现在你再也见不到你的心肝宝贝了，
活蹦乱跳的艾尔普和埃依梯尔。
你再也不能让他们坐在你的大腿上

陪你愉快地喝酒了,
你再也不能看他们坐在自己的座椅上
把黄金奖赏给奴仆,
把矛尖装在长矛上,
骑着小马驹摆弄着马背上的鬃毛了!"

四座皆是一片哗然,
华丽的大殿里充斥着呜咽和哀号。
好像所有的匈奴儿童都在为之哭泣,
只有古德龙
不掉一滴眼泪,
既不为像巨熊一般强壮的兄长之死,
也不为天真无邪的两个幼儿,
那两个她和阿特利所生的孽种。

这个皮肤如天鹅般白皙的女人,
她将财宝赐给了随从,
将赤金戒指也一同给了马夫。
在生命的最后一刻,
她已将金银散尽。

阿特利此时已酩酊大醉,
他的身边没有任何武器,
也不曾对古德龙有丝毫的防备。
要是他们俩当着众多王公
拥抱在一起该多好!
古德龙来到床边,
手里拿着尖利无比的短剑,
猛地刺下,鲜血飞溅,

这便结束了阿特利的性命。
接着她放出猎狗，
再在殿堂大门前纵起了大火，
火焰立即四窜，直冲云霄。
王宫里仆人们醒来了，
但想要扑灭这场大火完全是徒劳。
她为兄长报仇的怒火，
天底下岂有人能扑灭！

房梁纷纷倒下，
富丽堂皇的宫殿散发着阵阵恶臭。
那些士兵被火烧灼，
转眼便化为灰烬；
熊熊烈火将一切都吞噬。
后来人们说道——
那些葬身火窟的美貌侍女，
一个个都变成了瓦尔基里氏仙女，
缕缕魂灵都飞向了英灵殿。

故事到此就结束了。
她赤手空拳地为兄长报了仇。
历来披金戴甲的巾帼英雄不少，
可没有哪个比她更智慧，
她一生中有三个国王丧命，
皆因为这美丽的姑娘起的祸。

古德龙的催促

古德龙杀掉阿特利之后便直奔大海而去，她打算在这里结束她的生命，但她并没有被溺死，而是被海水冲到了约纳克王的领地。国王对她一见倾心，并娶她为妻。他们共育有三子：苏尔利、尔普和哈姆迪尔。她与第一任丈夫所生的女儿斯纨希尔德也与他们生活在一起。这个女儿后来嫁给了残暴的君王约姆奈尔克。这个国王有个臣子名叫比克，是个奸佞小人。比克怂恿国王的儿子冉迪尔去向斯纨希尔德求爱，说他们俩年纪相仿，简直是天作之合，然后又去向约姆奈尔克国王告密。于是国王下令将冉迪尔绞死，又将斯纨希尔德用数匹马活活践踏致死。古德龙得知了这一切，她对她的儿子们说：

"我听说的这一切，
使我无比的愤怒。"
丧女之痛使她泣不成声。
于是铁石心肠的古德龙
便催促他的儿子们去为他们的姐姐报仇：
"你们为何还在这里？
你们怎么还能够安枕无忧？
你们怎么就不为你们姐姐的死
感到一丝悲伤？
我的斯纨希尔德，
她是那么的年轻美丽。
他们却让成群的马匹
在她身上肆意践踏。
黑色的马、白色的马，
排列着整齐的队伍，
在夯实平整的大路上
踩踏着她的身躯来回奔跑！

你们一点都不像大舅贡纳！
也不像二舅胡格尼
那么勇敢坚强！

哪怕你们像他们那样勇敢，
或者像你生父那样彪悍，
那你们也一定会
忍不住要去复仇的！"

这时哈姆迪尔说话了：
"你只知道
赞扬胡格尼的英勇事迹，
他是伙同贡纳
趁西格德熟睡的时候
将他杀害。
你那蓝白色的床单
还有他鲜红的鲜血呢。

那是你丈夫的鲜血啊！
你为了为你的兄长复仇，
心情悲痛却也残酷异常。
你竟能狠下心肠
将你的亲生骨肉杀害。
倘若两位哥哥尚在人间，
我们现在的复仇岂不是多了人手。

走吧，快些将那匈奴国王的
神兵利器取出。
我们将如你所愿
踏上复仇之路！"

古德龙心满意足地
前去悉心找寻。

国王昔日的头盔和护甲
都摆放在了兄弟面前。

他们兄弟二人匆匆顶盔束甲,
随即跨马准备启程出发。

此时哈姆迪尔气吞山河地说道:
"今天一别,
恐怕难以再见到母亲您了。
手持长枪的勇士
或将长眠于哥特人的战场上。
在我们的丧礼上,
请您不要悲伤,
痛饮下那葬礼的麦酒。
为了我们,也为了
早早逝去的斯纨希尔德。"

古德龙挥手向他们道别,
离开时眼里充满了伤悲,
颓然失神的她瘫坐在门槛,
顾不得拭去满脸的泪珠,
她讲起了那伤心的往事。

"我曾拥有三个火塘,
我无比熟悉那三个壁炉,
我也曾婚配过三位君主,
曾在他们的宫殿操持宫务。
但其中只有西格德
才算是举世无双的勇士,

但却遭到了我兄长的杀害。

我从未感到如此的悲伤,
几乎痛不欲生。
可是这只是一个开始,
更大的磨难还在后头。
我的兄长竟欺骗我,
背着我将我许配给了阿特利。
这一次他们把我摧残得更惨,
我未曾料到他们会有如此毒计。

我必须说一说我的两个天真可爱的孩子。
为了复仇,我不得不
割下这颗惹人怜爱的
尼伯龙根的头颅。

接着为了摆脱命运的束缚和愚弄,
我便来到了海边,
想以这一望无际的汪洋
来结束我的生命。
哪知道天不遂人愿。
我并未被淹死,
而是被海浪卷到了这片土地。
我便只好苟延残喘至今日。

之后我就再次进入了新房,
虽然比前一次好,
可是这已经是我第三次做新娘了!
我嫁给了约纳克国王,

并为他生儿育女,
我的孩子便是他的皇位的
名正言顺的继承人。

但是我的所有子女之中,
只有她,斯纨希尔德,
才是我的心肝宝贝,
在我的心中占据着最为重要的位置。
她就如骄阳一样惹人注目。

在她出嫁远方时,
我为她盛装打扮,
穿金戴银。
却没想到,
这一别便是永远。
这是我一生中最残酷的遭遇。
斯纨希尔德那美丽的头发
被万马践踏在烂泥里。

我一生之中最悲惨的事,
莫过于我的挚爱,西格德
在睡梦中遭到暗杀,
他们趁他熟睡时刺杀他,
让他死在了我们睡觉的床上。
我一生中最骇人听闻的噩耗,
莫过于我的哥哥,贡纳
被粼光闪闪的蛇穿心而死。
我一生中见过的
最壮烈的牺牲,

莫过于英勇无畏的胡格尼
被剜心却无半分恐惧。

我记忆中的悲哀和苦难还远不止这些。
为什么我还要
留在这里继续经受
命运的折磨呢?
噢,我亲爱的西格德,
你为什么不紧勒住胯下的骏马,
掉转它黝黑的身躯,
快马加鞭前来接我呢?
这里坐着的这个女人,
孤苦无依,
已没有了儿子和女儿!
你还记得吗,西格德?
在新婚之夜我们所说的话?
我们同坐在一张床上。
噢,我的君主,
你说即使身在地狱,
你也会回来找我。
我也说过如果我做了未亡人,
甘愿早日离开人世与君同行。

各位王公大臣,
快快架起那高高的橡树草垛吧。
要架出天下最高的柴火堆,
让烈火把我的遗体燃烧干净,
将我的满腔悲哀化为飞灰,
将我心中的冤仇都化为乌有。"

哈姆迪尔之歌

天气阴霾的早晨,
几个人坐在王宫的门槛上,
他们叽叽咕咕地争来吵去,
商量着一场血肉横飞的杀戮。
眼见着断子绝孙的灾难又要发生,
小精灵们急得团团转。
他们再也不能庇护这个家族,
这几个人又在商量着复仇计划,
这世上又会添几分忧伤。

这桩事并非发生在现在,
也不是在昨天,
那是发生在很久以前的事。
在远古时期,
基乌其的女儿,古德龙
催促她的儿子们
去为他们的姐姐斯纨希尔德
报仇雪恨。

"斯纨希尔德
是你们的姐姐。
她被约姆奈尔克所杀。
这个约姆奈尔克,
竟让万马践踏她,
将她折磨至死!
无数的白色、黑色和灰色的马匹

奔跑在坚实平坦的大路上，
在她的身上肆意践踏！

现在的我就像孤独的杨树。
我的至亲家人都离我而去，
我就如断了枝丫的柏树一样孑然一身。

我就如同柔弱的树叶
经过狂风的摧残，
温暖甜蜜的日子便一去不复返。
被留下的人孤独、忧伤。
噢，我的未来君主们！
我们的家族将再无英勇的继承人了！
你们既不像贡纳般睿智，
也不如胡格尼般英勇无畏！
倘若你们的心如同我的兄长般不凡，
你们便早已踏上复仇之路！"

果敢刚毅的哈姆迪尔说道：
"你竟然赞美胡格尼的所作所为，
当他们杀死西格德时，
你却坐在床上哭泣，
杀人凶手却在一旁狞笑。
随后西格德便倒在了血泊之中，
鲜血染红了你那蓝白相间的床单，
你抚摸丈夫的尸体发呆，忘却人生的快乐。
这一切却令贡纳称了心，如了意。

你杀死了艾尔普他们，

并想以此激怒阿特利,
向他复仇。
但这一切却只是伤害了你自己。
天底下哪个人都可以杀别人,
但唯独母亲从不会残害亲生子。
想要杀掉他人,最好使用利剑,
这样方能使我们免被其所伤!"

之后性情温和的苏尔利说话了,
其言辞明智而恳切:
"我不会同我的母亲争论。
你似乎话到嘴边欲言又止,
肚里嫌我们懦弱又不肯明说。
古德龙,我的母亲,
你想要什么呢?
为你的兄长伤心,
为你另两个可爱的儿子哭泣,
为你在战场牺牲的其他亲人而悲痛!
我的母亲,
你最应该做的
是为我们哭泣啊!
虽然我们还未启程,
但我们将会战死他方!"

兄弟们怒气冲冲地走出了宫殿,
古德龙的儿子们,
苏尔利和哈姆迪尔,
在路上碰到了他们同父异母的弟弟,
他年纪虽小却略有计谋。

"我的小尔普,
你能帮我们做什么呢?"
尔普做出了睿智的回答:
"能够帮助哥哥们
我感到很高兴。
就如人的双脚,
一只脚总要帮助另一只脚。
又如人的一双手,
本就该相互照顾!"
"手对手,脚对脚,
它们都是肉长的又能给予什么样的帮助呢?"

尔普坐在草堆上,
对王子们说道:
"要给懦夫指路,
我是多么的愚蠢啊!"
他们说道:
"你这低贱的私生子,
简直是活得不耐烦了!"
他们将利剑由剑鞘拔出,
闪闪的宝剑投射出死神般的诡笑,
两人合力,没几下便送这手足上了西天。

接着他们便脱下毛皮做的披风,
迅速地重佩宝剑,换上锦服。
年轻的他们骑着匈奴的骏马,
飞驰过草原,
草叶上面甚至还挂着露珠。
他们一路直驱,

要去实施一场巨大的报复。
在路上他们看到了通往刑场的小路,
看到了冉迪尔被吊死的那棵树。
阴风飕飕,树枝在簌簌发抖,
冷风阵阵,令人毛骨悚然。
离开它往西走才见人烟。

殿堂里充满嬉笑欢歌和一片欢闹声,
人人都在狂饮麦酒肆意享乐,
哪里还能听到嗒嗒的马蹄声,
直到后来有人吹起了号角。

人们纷纷来向约姆奈尔克禀报。
说已经看到来者所戴的头盔:
"听说被踩死的姑娘
有两个英勇无比的哥哥,
勇士们已经来到了这里,
想必他们是来为斯纨希尔德报仇的,
我们最好早作打算!"

约姆奈尔克哈哈大笑,
他用手捋捋胡须,
除了满嘴酒气
便已说不出什么命令了。
他摇摇满头褐发,
坐在那里凝视着他那白色的盾牌,
一只手不停地旋转着金杯。

"看到苏尔利和哈姆迪尔两人

来到我的宫殿,我感到非常高兴!
我将用作弓弦的牛筋将他们绑起来,
并把基乌其的好孙子们统统绞死!"
如斯哥罗德走上高阶,
用纤纤玉指指着她的儿子说道:
"他们夸下了海口,却不能实现了。"
整个大殿陷入了打斗和喧哗之中,
酒杯碎了一地。
人们纷纷倒在了血泊之中,
殷虹的鲜血从哥特人胸中流出!

接着哈姆迪尔说道:
"约姆奈尔克,
你不是期待我们的来到吗?
我们和斯纨希尔德是一母同胞的姐弟。
你未料到我们斩关夺隘,
冲进了你的戒备森严的宫殿。
我们将砍下你的手和脚,
并将它们丢进熊熊的大火之中!"

重伤的老国王大声嘶吼,
虽然他身披战甲,
吼叫起来却像巨熊一般:
"约纳克的儿子
不会被刀剑及任何钢铁所伤,
快向他们的身上投掷石块!"

苏尔利说道:
"我的姐夫,

没有了手和脚,
你说起话来
就像一个敞开了口的大口袋。
你一张嘴
倒出来的肯定不是什么好东西!
现在你觉得两个人单枪匹马
能否将两百来个人
制服在他们的宫殿里呢?"

"哈姆迪尔,你很有胆识,
但却智谋不足!"
哈姆迪尔说道:
"是啊,
要是我们没有
在半路就砍下尔普的头颅
该有多好。
我们同父异母的这个兄弟,
他足智多谋,
定能为我们早作谋略,
但命运却促使我亲手将他杀害!"
苏尔利说道:
"我们怎么能一时兴起,
便杀了自己的至亲兄弟,
我们像野狼一样相互撕咬,
手足相残。
我们如狗一般无知贪婪。
这一仗我们打得如此精彩,
哥特人的尸体堆了一地,
均是被我们的利剑所杀。

现在，我们如同雄鹰，
享用过一番饕餮盛宴之后，
筋疲力尽。
我们的声名定会远扬，
就算现在或明日死去
亦了无遗憾。
命中注定你将在早上死亡，
但没有谁能挨过傍晚。"
苏尔利说完便倒地身亡，
哈姆迪尔也在殿后咽了气。
他们俩都是被石头砸死的。
这便是古代的哈姆迪尔之歌。

奥德隆的哀歌

从前有个国王，叫黑尔德瑞克。他的女儿柏格妮与一个叫威尔穆德的人相爱并怀孕了。

柏格妮难产，此时正好奥德隆来到。奥德隆是阿特利的妹妹，她是基乌其的儿子贡纳的旧爱。这段哀歌便是由他们的话整理而成：

在古代的神话故事里，
有个女子来到摩纳兰国（摩尔人的国家），
因为黑尔德瑞克的女儿难产。

难产的消息被阿特利的妹妹
奥德隆知道了。
她想这个年轻女子
应该有多么痛苦啊！
奥德隆纵马飞驰，
一路马不停蹄地

来到了黑尔德瑞克的宫殿。

她翻身下马，径直走进内殿，
她向他们说的第一句话便是：
"此时匈奴国已经满城风雨，
路人皆知，
柏格妮现在生孩子遇到麻烦了，
我是她的朋友奥德，是隆来帮她的。"

奥德隆说道：
"是哪个王子让她这么痛苦，
她又为什么这么疲惫？"

贴身女佣说道：
"他是威尔穆德，
是一个雄壮彪悍的武士，
五年前他在床上获取了少女
而没有得到她父亲的许可。"

她们也没有多说什么。
奥德隆乖乖地坐在柏格妮的旁边
大声唱着，
急切地唱着，
歌声荡气回肠，很有穿透力，
歌声的魔力镇定了分娩时的阵阵剧痛，
使柏格妮转危为安，
顺利生下了一双男女双胞胎。
那是杀害胡格尼的后继者。
疲惫的产妇生下孩子后

才有力气说话：

"愿所有的神灵保佑你，
弗雷和弗蕾娅还有别的神，
是你守护我，为我接生渡过了所有难关。"

奥德隆说道：
"我无心帮助你
因为你不值得帮助。
但从传统上看，
当他人遇到困难时，
那是必须要帮助的，
所以我也就来帮你了。"

柏格妮说道：
"你疯了，你累得失去了理智，
竟然对我说了那么多刻薄的话，
我曾与你形影不离，
情如亲生姐妹。"

奥德隆说道：
"至今我还记得那天晚上，
我正为贡纳倒了一杯酒，
你进来骂我，说我不本分，
问我咋不怕丢尽女儿家的脸面，
还要我千万不能说出去，
不然会很丢脸。"

伤心的少妇坐下来，

哭泣着诉说从前的悲哀:
"我从小生长在王宫里,
王宫里有的是酒宴供人寻欢作乐,
男人们也放荡纵欲,
我生活在父亲的钟爱中,
可他只生活了五个春秋。

病入膏肓的国王
把我叫到床前说了最后的话,
他要给我很多黄金财宝,
把我嫁给南国格莉希尔德的儿子。

他命令布琳希尔德
接管掌握生死之事,
不得有人再来到这个世界,
除非命运之神横加干预。

布琳希尔德深居闺房
做着刺绣等针线活,
她拥有广袤的土地和大批臣民,
好的名声在民间流传,
直到西格德冲进城堡。

于是城堡里的血战开始了,
一场又一场,布琳希尔德的城堡被摧毁,
她也看出了他们的阴谋。

她也实施了报复,
我们每个人都跟着遭殃。

民间也有这样的传说,
她因西格德的死而死亡。

我爱上了黄金给予者贡纳,
本应该是布琳希尔德爱他的。

他们给阿特利赤金戒指,
给我哥哥的陪礼是很丰厚的,
为了我他们给了十五座庄园做彩礼,
还有尼格拉这匹良马。
但阿特利说道,
他不接受基乌其儿子的礼物。

但我们控制不住爱情,
我们幽会缠绵,
我的头禁不住靠在他的怀里。
我的很多亲人都说喜欢看到我俩在一起,
可是阿特利却不同意,
他说我不应该爱那个笨蛋,
那有辱我们的家门。

阿特利派出他的贴身卫士,
穿过丛林来到我家窥探,
以获取我的行踪,
他们闯进不应该来的卧房,
看到我们俩在一条被子下。

我们给了他们赤金项链,
叫他们不要告诉阿特利,

但他们还是径直回去告诉了阿特利。
然而他们却把消息封锁，
生怕古德龙知道了会生出事端。

他们听到了一阵吵闹声，
那是基乌其的儿子们闯进来了。
哪知一来就无返还。
胡格尼的心脏被挖出，
贡纳被扔进了蛇窝。

哪知那时我不在王宫，
正好在吉尔蒙德国王的家里准备宴席。
聪明的国王弹起了竖琴，
高贵的贡纳认为我听到就会去救他。
我在莱斯纳听到奇异的琴声，
每根琴弦都在诉说极大的不幸。

我命令侍女赶快去救国王，
我们的船越过浪涛，
来到了阿特利的住所。

阿特利的妈妈——
恶毒的女人窜了出来，
她一剑插入贡纳的心脏，
回天乏术，我没能挽救王子。
我经常在想，
我活在这个世上还有什么意义，
我这个拥有恶龙宝剑的女人。
每当我想起无畏的勇士，

我爱他胜过爱我自己。

你坐在那儿听我诉说,
我的、他的和所有人的痛苦经历,
每个人都为自己的目的而活,
奥德隆的哀歌已唱完。"